LA MÉLODIE DES JOURS

DU MÊME AUTEUR

Chez Robert Laffont

24 heures de trop, 2002
L'Agence, 2003
prix des Maisons de la presse 2003
Le Bateau du matin, 2004
Nous n'avons pas changé, 2005
Place Furstenberg, 2007
Une vie en échange, 2008
Le Chant de la dune, 2009

Chez d'autres éditeurs

Jeanne, sans domicile fixe, J'ai lu, 1990
Taxi maraude, J'ai lu, 1992
De toute urgence, Flammarion, 1996
prix Littré 1997
Château en Champagne, Flammarion, 1997
prix Anna-de-Noailles 1998 de l'Académie française
Le Phare de Zanzibar, Flammarion, 1998
Le Talisman de la Félicité, Denoël, 1999

LORRAINE FOUCHET

LA MÉLODIE DES JOURS

roman

ROBERT LAFFONT

ISBN 978-2-221-11213-7

À mes patients d'hier,
à mes lecteurs d'aujourd'hui,
aux petits bonheurs du jour,
à Giulio Caccini

Lucie

Lucie, Léa, nos prénoms commencent par la même lettre, L comme Liberté, Lumière, Liesse, Longtemps. Ma grand-tante Théonile, dite Théo, concluait les histoires qu'elle me racontait autrefois pour m'endormir par *ils se marièrent, ils vécurent heureux et eurent beaucoup d'enfants.* Je n'ai pas de mari, tu n'as pas de père, tu es ma fille unique, et nous vivons heureuses. J'aurai trente ans bientôt, tu en as onze aujourd'hui, ma petite douce, ma Léa des bois. Avec ton tee-shirt vert, ton pantalon rouge et ton goût pour les fraises Mara des bois, tu mérites plus que jamais ton surnom.

Tu tournes autour de moi, fébrile.

— Maman, c'est quoi mon cadeau d'anniversaire ?

— Tu le sauras ce soir !

Tu poses ton bol vide dans l'évier.

— Pourquoi tu veux pas me dire ? Parce que je suis née à deux heures de l'après-midi ?

— Tu vas être en retard à l'école... Allez, zou, en route !

Tu ris, tu attrapes ton sac à dos et tu pars en classe chaussée de Converse roses sur ta patinette argentée. Nous sommes arrivées en Provence au milieu de l'année scolaire, tu n'as pas encore d'amis, tu es en phase d'observation. Tu fais parfois preuve d'une maturité confondante, peut-être parce que je suis ce qu'on appelle une mère isolée, ce qui sous-entend que ton père ne t'a pas reconnue. On se tient chaud, nos énergies se répondent, nos fous rires se mêlent. Le dimanche matin, tu m'aides à la fromagerie en jouant à la marchande en tablier rose, tu es experte dans le maniement du fil à couper le beurre, mais je t'interdis de toucher aux couteaux. Je t'élève seule du mieux que je peux. Les pères sont une denrée périssable dans notre famille.

Ta patinette disparaît au coin de la rue. Je sors de leur cachette *Le Grand Meaulnes* d'Alain Fournier et la console de jeu Wii dont tu rêves depuis si longtemps. Je prépare nos deux couverts pour ce soir, napperons et serviettes rouges, assiettes jaunes, verres bleus. J'attendais avec impatience que tes dix ans soient révolus, les premiers symptômes de l'anorexie de Diane se sont manifestés à cet âge, papa nous a abandonnées la veille de mes onze ans, toi tu es en pleine forme au moment de franchir ce cap, nous sommes bien au chaud, à l'abri du malheur, la malédiction ne nous a pas suivies.

Je recule, je contemple la table de fête. Tu as choisi ton menu, toasts au tarama, soufflé au fromage, salade de mâche, gâteau au chocolat avec Joyeux Anniversaire écrit en pâte d'amandes. Un repas déséquilibré sans les cinq fruits et légumes politiquement corrects. On n'a pas tous les jours onze ans.

Ma fromagerie se voit de loin dans la rue de l'Église grâce à sa devanture bleue et son auvent rayé bleu et blanc. J'ouvre la porte, je dispose à gauche de la longue table de ferme les yaourts la crème le fromage blanc le lait et le beurre, au milieu les œufs le miel le pain d'épice les chèvres et les bries, à droite les pâtes cuites. La boulangerie qui jouxte mon magasin est fermée, le boulanger est mort et il y a paraît-il litige sur la succession, sa Fiat 500 rouge est encore garée le long du trottoir, les pneus sont à plat, les jantes et les rétroviseurs manquent à l'appel, une chatte y a fait ses petits en rentrant par le moteur, tu lui apportes à boire et à manger.

La matinée s'écoule, paisible, entre les habitués aux horaires immuables et les passants de hasard. À midi plein je sers Darius, un infirmier grec aux cheveux de jais, aux yeux sombres bordés de longs cils et à la grosse moustache, qui travaille de nuit à l'hôpital. Un dimanche en t'entendant tousser il m'a prévenue que tu avais besoin d'antibiotiques. Il adore la feta, je lui compte toujours un peu moins que son poids, j'aime bien cet homme.

— Aujourd'hui on sera quatre ! m'annonce fièrement une vieille dame qui vit seule et à qui j'accepte de vendre des demi-camemberts parce qu'il n'y a pas de raison que les solitaires soient pénalisés. C'est quoi, ça ?

— Du saint-marcellin. Quand c'est saint, c'est un lait de vache, quand c'est sainte, c'est un lait de chèvre.

Une heure sonne au clocher de l'église. Mon dernier client compte sa monnaie.

— Bon appétit, lui dis-je en retirant mon tablier.

J'ai rendez-vous pour ma visite de contrôle gynéco annuelle. Le soleil brille, je souris à mon reflet dans la vitrine du coiffeur d'à côté, il y a un bouquet de tulipes jaunes près de la caisse, élancées, gaies, sensuelles.

Nous sommes quatre dans la salle d'attente, une adolescente maussade dont on aperçoit le nombril entre le tee-shirt et le jean taille basse, une femme nerveuse son portable scotché à l'oreille, une grand-mère aux doigts déformés qui feuillette un magazine défraîchi, et moi. Il est deux heures. Il y a onze ans, à la même heure, tu venais au monde à Lyon, sans père blême et affolé, sans grands-parents inquiets, sans personne, je n'avais prévenu personne. L'obstétricien, un colosse barbu avec une tête de loup de mer, m'a dit : « Je vous présente votre fille ! » et je t'ai tendu les bras. La nuit où tu as été conçue, c'était la fête, je trouvais ton père superbe, tu lui ressembles, ma petite douce.

La gynéco, aujourd'hui c'est une femme, vient me chercher. Je pénètre à sa suite dans une pièce agréable aux rideaux bleus semés d'oiseaux blancs. C'est ce que je remarque en premier, cet envol joyeux de mouettes sur fond de ciel bleu. C'est cela dont je me souviendrai. La gynéco a un beau mari aux cheveux poivre et sel et un labrador beige qui sourient sur une photo au mur au-dessus de la table à étriers. Elle m'invite à m'asseoir en face d'elle.

— Puisque vous venez pour la première fois je vais établir votre fiche.

Je lui donne mon nom et mon adresse, je ne fume pas, j'ai été enceinte une seule fois, à dix-huit ans, je n'utilise aucun moyen de contraception puisque je n'ai pas d'homme dans ma vie. Rien à signaler, je me porte comme un charme, je suis en pleine forme, le contraire serait malheureux à mon âge. Elle entre ces données dans son ordinateur puis relève la tête. Elle a un visage décidé, franc, qui contredit son allure svelte, presque frêle. Je lui donne la soixantaine.

— Déshabillez-vous, dit-elle.

Je suspends mes vêtements sur la patère comme tant d'autres femmes avant moi. Je m'allonge sur la table d'examen, je glisse mes pieds dans les étriers et je m'efforce de penser à autre chose, ce n'est jamais un moment très agréable. J'aurais dû acheter des piles pour ta console, je n'ai pas vérifié si elles sont incluses dans la boîte.

— Bien. Asseyez-vous, je vais examiner vos seins.

Je m'assieds sur le bord de la table, c'est presque fini, encore un peu de patience et je serai tranquille pour un an.

— Je vous fais mal, là ?

— Non.

Les mouettes blanches du tissu devant moi volent au gré du vent. Dans cinq minutes je serai dans la rue et je foncerai vers mon repassage et mes colonnes de chiffres, débits, crédits, encaissements, balance.

— Et là ? interroge la femme aux oiseaux en fronçant les sourcils.

Quelque chose a changé. Une soudaine tension dans sa voix m'alerte.

— Il y a un problème ?

La gynéco hésite imperceptiblement, me palpe de nouveau avec une grande attention, et dans la lucarne de cette seconde en suspens s'engouffrent les oiseaux des rideaux, tes cadeaux d'anniversaire, les musiques, les tableaux, les livres, toute la vie, toute la beauté et la violence du monde.

— Je sens une petite boule. Ce peut être tout à fait banal, mais je préfère m'en assurer.

J'inspire à fond, mon cœur s'affole derrière mes côtes. Pourtant rien ne peut m'arriver, je suis trop jeune, je n'ai rien fait de mal, c'est idiot mais ça s'impose à moi comme une évidence : je ne suis coupable de rien, donc je suis invulnérable.

— Cela pourrait être... mauvais ?

Je ne prononce pas le mot de la maladie que tout le monde redoute, c'est aussi tabou que de nommer lord Voldemort dans ta chère saga d'Harry Potter. L'an dernier, il y a eu une campagne d'affichage nationale avec cette phrase hallucinante : « Ne vous inquiétez pas, c'est un cancer. » Je secoue la tête, je repousse l'idée. Ça n'arrive qu'aux autres. Par exemple à ma cliente anglaise qui avait un large sourire, de magnifiques boucles auburn et l'accent de Jane Birkin. Elle a commencé par perdre son sourire, puis je ne l'ai plus vue pendant un moment, ensuite elle est revenue au magasin avec les traits tirés et un grand turban autour de la tête. Un jour j'ai failli ne pas la reconnaître à cause de sa perruque de cheveux raides. Elle m'a parlé de son cancer du sein comme si j'étais une amie proche.

— Je vais vous prescrire une mammographie et une biopsie sous échographie, précise la gynéco. Vous pouvez vous rhabiller, ne prenez pas froid.

Les bras instinctivement croisés sur la poitrine, je frissonne. Il fait chaud dans le cabinet de consultation, mais la gynéco sait que ses mots ont ouvert une brèche par laquelle s'est engouffrée la froidure, qu'intérieurement je suis transie.

— Je palpe tous les jours des seins et parfois des grosseurs, l'imagerie est là pour nous aider à savoir de quelle nature elles sont, je ne peux pas voir à travers, poursuit-elle en me regardant droit dans les yeux.

Elle a prononcé les derniers mots avec une sorte de douceur, *je ne peux pas voir à travers*, comme si elle regrettait de ne pas posséder le regard infrarouge des superhéros de bandes dessinées. *L'imagerie est là pour nous aider*, je ne connaissais pas ce terme, pour moi jusqu'ici il n'était lié qu'aux albums pour enfants que tu feuilletais il n'y a pas si longtemps, *Caroline à la ferme*, *Dora l'exploratrice*. J'essaie de crâner mais je n'en mène pas large. Pas moi, pas nous, pas ça, pas la malédiction des dix ans dans notre famille, tu es encore si petite.

— Prenez rendez-vous rapidement et venez me voir directement après, dit la gynéco en me tendant l'ordonnance pour le radiologue.

J'attrape mon chéquier et je règle les honoraires. La femme aux oiseaux ne sourit plus, elle a une bizarre expression de gravité, comme si je venais de passer un examen et de le rater.

Dans la salle d'attente, il y a toujours la jeune ado, la quadra au portable, la vieille dame qui somnole, tête penchée, en ronflant doucement. Mais la paix s'est envolée comme les mouettes du ciel pur des rideaux.

Dehors, je m'adosse au mur de l'immeuble, sonnée. Depuis ta naissance, j'ai la gaieté contagieuse pour t'offrir l'enfance insouciante que toutes les petites filles devraient avoir. L'enfance qu'elles ont, parfois, quand elles sont nées du côté de la planète où il n'y a pas de guerre, où les enfants se réveillent le matin avec des yeux qui pétillent et une bouche qui rit. L'enfance que je n'ai pas eue parce qu'un jour Diane, ta tante, mon modèle, ma fabuleuse grande sœur, n'a plus voulu manger. On l'a hospitalisée en psychiatrie. Maman s'en est tellement voulu qu'elle a perdu les pédales et reculé dans le temps, elle est redevenue une jeune fille attendant que son amoureux vienne l'emmener au bal, elle nous a effacées de sa vie pour moins souffrir, j'imagine. Papa n'a pas supporté, il nous a carrément quittées sous prétexte de nous aimer trop. Diane faisait de fréquents séjours à l'hôpital, moi je trouvais refuge chez Théo, maman est restée vulnérable, papa n'est jamais revenu. Je garde de l'époque d'avant une photo d'une douceur poignante où nous sommes tous les quatre enlacés avec un sourire contagieux à vous fendre le cœur. Elle est dans un tiroir de ma table de nuit, tu la sors parfois, petite Léa, tu l'observes en silence. Il y a des coups qu'on ne voit pas venir, on n'amortit pas la balle, on se la prend de plein fouet, on se laisse déchiqueter, briser, anéantir. Ton père ne pourra pas t'abandonner puisqu'il ne te connaît pas.

Je n'ai pas pleuré quand j'allais voir Diane à l'hôpital et que son regard m'appelait au secours alors que je ne pouvais rien faire d'autre que l'aimer. Je n'ai pas pleuré quand papa a pris la poudre d'escampette comme un voleur ni quand l'odeur de son eau de toilette dans le placard de l'entrée me tordait le cœur chaque fois que j'y décrochais mon manteau. Je n'ai pas pleuré quand maman est partie en vrille et que nos rôles se sont inversés. Je n'ai pas pleuré quand j'ai compris que je n'avais pas le droit de dire à ton père que j'étais enceinte de lui, ma Léa. Je n'ai pas pleuré quand j'ai accouché seule et que personne n'est venu s'extasier devant toi, si jolie et parfaite. Pourtant, aujourd'hui, au pied du cabinet de cette gynéco, je fonds en larmes. Je ne peux pas être malade, c'est inimaginable, ma jeunesse est comme une armure. Je suis un roc, une montagne, je n'ai jamais vacillé, je ne peux pas vaciller. J'aime les petits hauts ajustés en été, les pulls cintrés en hiver. Je sais que le corps se modifie avec l'âge, que j'aurai des rides, des seins moins lourds, des membres moins souples, un ventre moins plat. Un jour, la pollution défigurera la terre, les humains se déplaceront en soucoupe volante et je serai une vieille dame fragile qui prendra des médicaments. Dans un siècle. Dans une éternité. Je croyais avoir tout mon temps. Je croyais qu'une fois passé le cap de tes onze ans nous ne risquions plus rien.

Il fait aussi beau que ce matin, c'est encore ton anniversaire, ce soir tu ouvriras tes cadeaux, tu dégusteras ton gâteau, tu souffleras tes onze bougies. Mais tout est soudain recouvert d'un voile opaque, oppressant.

Je me raisonne, c'est le métier de la femme aux oiseaux de faire du dépistage et de traquer la petite bête. Sûrement le radiologue me rassurera. J'ai entendu à la télévision que de nos jours en France une femme sur huit risque de développer un cancer du sein, ça m'a paru délirant. Si c'est vrai qu'il y a une femme malade sur huit, il y en a sept indemnes, je fais forcément partie du lot. Je n'ai jamais gagné aucune tombola, brillé dans aucune discipline, je suis discrète, je ne suis pas du bois dont on fait les héroïnes. C'était Diane l'aînée, la flamboyante, la solaire, moi j'étais prête à manger pour deux, à morfler pour deux, à aller rechercher papa au bout du monde, pourvu que ma grande sœur aille mieux et que maman recommence à nous aimer. Je ne peux pas aujourd'hui être celle qui attire l'attention parce qu'elle risque de mourir. Je ne peux pas avoir un cancer puisque je t'aime et que tu as besoin de moi.

Je respire à fond, je me redresse. Ce n'est qu'une alerte, ma mammographie sera normale. Déterminée, je traverse la rue sans regarder et manque être renversée par un livreur de pizzas qui pile net en m'insultant :

— Ça va pas, non ? T'es dingue ? Tu veux mourir ?

Je réintègre l'abri du trottoir. En face de moi, j'aperçois mon reflet dans la vitrine du coiffeur. Sans réfléchir j'entre, demande si on peut me prendre, là, tout de suite.

— Pas de problème, installez-vous au bac !

Je m'assieds, ferme les yeux et m'abandonne aux mains de la shampouineuse qui m'ébouillante en demandant si la température me convient. J'acquiesce pour éviter le jet qui me glacerait si je répondais que c'est trop chaud. Je décroise les jambes, j'écoute mes pensées se déliter sous les doigts qui me massent. Puis je m'assieds devant le miroir.

— On coupe combien ? fait la coiffeuse en empoignant ses ciseaux.

Une petite fille blonde passe dans la rue sur sa patinette, elle porte les mêmes Converse que toi en bleu, et soudain le monde s'éclaire, le manège se remet à tourner, la vie reprend ses couleurs parce que tu existes, ma magique, ma merveilleuse petite fille.

— On coupe tout, très court.

— Vous voulez la même coupe que Cécile de France ?

— Oui. Et le même avenir.

La coiffeuse sourit, elle croit que je rêve d'être célèbre alors que je veux juste vivre longtemps et en bonne santé.

— Vous vous plaisez comme ça ?

Je hoche la tête.

— Vous avez l'air fatiguée, dit la coiffeuse.

J'ai des cernes sous les yeux qui n'y étaient pas tout à l'heure. Et des questions en pagaille, des mots qui s'entrechoquent, des peurs qui s'entremêlent, la panique qui remonte peu à peu et me submerge en ce jour qui ne devrait être que de joie, de fierté, d'anniversaire et de gâteau au chocolat. J'ai besoin de raconter ce qui me tombe dessus à des gens qui m'aiment. J'ai envie que papa me jure que rien de mal ne pourra jamais m'arriver puisqu'il est là pour me protéger. Que maman me serre contre son cœur en me berçant comme un enfant qui aurait fait un cauchemar. Que ma grande sœur se moque de mon angoisse en plaisantant. Que l'homme de ma vie m'embrasse plus longtemps que Cary Grant Ingrid Bergman dans le baiser record des *Enchaînés* d'Hitchcock. Mais papa vit ailleurs et protège peut-être une autre famille. Maman tourne en rond dans son propre cauchemar. Diane a rarement le cœur à sourire. Quant aux hommes, ils ne se bousculent pas au portillon quand on élève un enfant seule, qu'on se lève à quatre heures du matin le jeudi pour aller aux halles, et à six heures du mardi au dimanche inclus.

Soudain, l'évidence me torpille : tu ne dois surtout pas savoir que je suis inquiète, petite Léa. Je ne te ferai pas subir ce que j'ai éprouvé à cause de la maladie de Diane. Jamais ! Mon impuissance à l'aider a pourri mon enfance. Tu ne connaîtras pas ça, ma Léa des bois, je t'en fais le serment solennel.

Mais il faut que je parle à quelqu'un, sinon je vais imploser. Je ne peux pas me confier à maman, elle a déjà une fille malade, elle n'en supportera pas deux, elle risque de replonger. Diane a assez à faire avec sa propre carcasse. Je n'ai pas encore d'amis ici, j'ai trop travaillé pour lier connaissance. Je suis seule, si seule que j'en ai le vertige. C'est absurde, je panique pour rien, il y a toutes les chances que mes radios soient normales. Arrivée à la caisse, alors que je lui tends ma carte bleue, je lâche tout à trac à la coiffeuse :

— J'ai un souci de santé. Une boule au sein. Je sors de chez la gynéco d'en face, vous savez si je peux lui faire confiance ? Je suis nouvelle en ville, elle m'envoie chez ce radiologue, le Dr Mickael S., il a une bonne réputation ?

— Attendez une minute, dit la coiffeuse.

Elle pianote sur le clavier de son ordinateur, puis se retourne vers moi.

— J'ai demandé à ma voisine de palier, elle a eu un cancer du sein, elle connaît la musique.

Je frémis, quand on parle de boule au sein il n'y a donc pas que moi qui pense cancer. C comme Crabe, Catastrophe ou C'est foutu. C comme Caresses, Ce n'est rien petite Léa ou Comme je t'aime ma douce. À quoi ressemble-t-elle, la musique du cancer, rock ou requiem ?

— Ne vous inquiétez pas, ma voisine s'en est bien sortie, dit la coiffeuse. Ah, voilà, elle me répond déjà : elle n'a pas le même radiologue mais il paraît que votre gynéco est excellente. Je l'ai jointe par le Site des Voisins, vous connaissez ?

J'avais complètement oublié son existence. Quand nous avons débarqué ici, quelqu'un nous a parlé de ce site Internet de proximité qui recrée une vie de quartier dans les villes où désormais les gens se croisent sans se connaître. On s'y est même inscrites un soir, il fallait choisir un pseudo, nous sommes tombées d'accord sur Diamond pour moi à cause de la chanson des Beatles *Lucy in the Sky* et Eskimo pour toi qui rêves de Laponie et d'igloos. Nous avons cliqué sur le plan de notre quartier pour nous matérialiser par un ballon rouge. À la question : *votre commerce préféré ?* nous avons répondu : *la fromagerie de la rue de l'Église.* Puis nous n'y avons plus repensé.

— Je m'en sers au quotidien, assure la coiffeuse. L'autre nuit, mon chien était malade, j'étais affolée, je me suis connectée, un voisin m'a indiqué un véto qui se déplace. Samedi dernier, le chignon d'une mariée s'est écroulé pendant la noce, elle a appelé à l'aide sur le site et je l'ai dépannée. C'est utile et convivial, je ne pourrais plus m'en passer !

Je la remercie et lui laisse un gros pourboire.

De la maison, je téléphone au radiologue, j'énumère les examens prescrits. La secrétaire me répond sur un ton blasé, elle dit « mammo » et « écho » mais elle prononce « biopsie » en entier. Je note sur mon agenda « vendredi 13 h MEB », en abrégé : tu déjeunes à la cantine, tu n'en sauras rien, mais il t'arrive d'ouvrir l'agenda. J'appréhende ce soir où il faudra faire comme si de rien n'était, oublier le temps de ta fête ces mots qui ce matin encore ne faisaient pas partie de mon vocabulaire : mammo qui ressemble à maman... écho qui donne envie de crier pour que la montagne me renvoie ma voix comme un boomerang... et le troisième, biopsssssie, qui siffle comme le serpent à sonnette de ton *Livre de la jungle*...

À quatre heures pile, je rouvre le magasin et plaque un sourire sur mon visage pour accueillir un retraité qui est un de mes chouchous.

— Ce chèvre a un goût de noisette, mettez-le dans une boîte hermétique pour qu'il ne fermente pas. Le comté a des grains de sel dedans, il a cristallisé, c'est signe de vieillesse...

— Tant qu'il n'a pas mon âge ça va ! marmonne le vieil homme qui tremble en sortant les pièces de son porte-monnaie.

Pour la première fois de ma vie, je désire ardemment avoir un jour ses mains tavelées, sa canne, son appareil auditif, ses rhumatismes et son hypertension. Toi tu seras adulte, ma petite douce, un homme marchera à ton côté, si vous avez des enfants ils n'auront pas de Converse roses mais des baskets interstellaires, pas de patinette argentée mais des fusées individuelles. Je n'aurai plus la vie devant moi mais ce ne sera pas grave, il y aura une sorte de paix, sans doute, à avoir profité à plein de l'existence, à te voir heureuse, à avoir, j'espère, rencontré quelqu'un pour cheminer avec moi.

Raoul, un macho insupportable qui se croit drôle et habite hélas en face de la boutique entre en coup de vent.

— Je veux le beurre, l'argent du beurre, la crémière... et du fromage râpé ! clame-t-il en passant grossièrement devant mon vieux client.

— Je finis de servir ce monsieur et je suis à vous.

— C'est ce que me disent toutes les femmes ! Quelle idée d'avoir coupé vos cheveux si courts ! On dirait un garçon !

— Bonjour Lucie, aujourd'hui ma famille a envie d'une raclette, dit ma cliente anglaise Meg en poussant la porte. Si vous en avez, j'attends mon tour.

Elle est aussi joyeuse qu'avant son cancer mais son sourire a changé, il est devenu une armure. Sa perruque est de travers, quelle horreur, j'hésite à la prévenir, pourtant ce serait une preuve d'amitié. Raoul la regarde fixement, il ouvre la bouche, ça y est, il va gaffer, elle va être pétrifiée, elle aura honte, elle souffrira. Je déteste ce type, il est plus bête que méchant et ce sont les pires. Pour lui clouer le bec j'attrape un gros sachet de fromage râpé que je lui tends.

— Cadeau de la maison, filez vite rejoindre les hordes de femmes qui vous attendent !

Mon stratagème fonctionne, il oublie Meg et ressort, tout faraud. Je finis de servir le vieux monsieur qui a une cataracte prononcée et des lunettes en cul de bouteille, aucun risque de ce côté-là. Puis je coupe les morceaux de raclette et je souris à Meg.

— Vos cheveux ont un mauvais pli, dis-je le plus naturellement possible. J'ai un miroir à côté.

Je lui indique l'arrière-boutique où il y a un lavabo et une glace. Elle rougit, s'y précipite, en ressort quelques minutes plus tard avec sa perruque remise bien d'aplomb. D'autres clients sont arrivés entre temps. Meg ne me remercie pas, elle quitte mon magasin la tête haute et ça me suffit.

Le soir arrive trop vite, je ne me sens pas prête. Tu rentres, tu souris, tu apprécies mon nouveau look.

— T'es trop bien avec les cheveux comme ça, maman ! Ça va, t'as l'air fatiguée ?

— Je suis allée pêcher ton tarama, c'est l'air de la mer...

Tu ris, c'est magnifique un rire clair d'enfant, cela justifie tout le reste, chaque seconde est rare et unique, chaque minute essentielle, on ne peut pas me priver de ça, la gynéco s'est trompée, son métier la rend parano.

Nous dînons, tu te régales, je me force. Les toasts sont parfaits, le soufflé moelleux, la salade croquante, mais pour moi tout a un goût de plâtre et de peur. Tu me racontes qu'une copine de ta classe, Vanessa, fête son anniversaire dimanche, elle t'a invitée mais tu as refusé. Les autres élèves se connaissent depuis l'enfance, leurs parents ont grandi ensemble, leurs familles organisent des barbecues le week-end. Nous y avons été conviées au début mais le dimanche je finis à treize heures, après je dois ranger ce qui s'abîme, nettoyer, laver, ça prend un temps infini, même à deux. À quoi bon arriver quand il n'y a plus de saucisses ni de hamburgers ni de braises ? Malgré tes onze ans, tu as aussi compris qu'une maman seule pose problème. Les parents de Vanessa se sont disputés à cause de *la jolie fromagère*, sa mère a crié à son père : *Tu me prends pour une bille, tu vois pas qu'elle cherche un père pour sa gamine ?*

Nous n'abordons plus ce sujet, pas la peine. Quand tu insistes pour savoir quel est ton cadeau d'anniversaire, tu sais que je risque de craquer. Mais tu ne me poses plus de questions à propos de ton père. Je t'ai répondu une fois pour toutes : ce secret ne m'appartient pas, j'ai désiré ta venue de toutes mes forces, tu as été conçue avec amour, ton arrivée a été pour moi le plus beau des cadeaux. Personne ne sait, pas même maman ou Diane. Ce jour-là, j'ai mis tout mon cœur dans mes mots, tu as semblé apaisée, mais j'imagine les questions qui doivent tourner dans ta tête.

Tu souffles tes onze bougies puis tu déballes tes cadeaux. Tu ouvres *Le Grand Meaulnes* à la première page. Tu lis tout haut :

— « Il arriva chez nous un dimanche de novembre 189... »

Tu arraches le papier du second paquet, tu découvres la console, ton visage se fend d'un large sourire et tu me sautes au cou.

— Waouh, merci maman !

Nous savourons le gâteau, tu préfères le chocolat au lait, moi le noir. Puis nous relions ta console à la télévision et mettons des piles dans les télécommandes.

— On commence par une partie de tennis ?

Tu n'as jamais tenu une raquette de ta vie mais tu gagnes haut la main. J'ai pris des cours autrefois, avec Diane, je tiens la télécommande de façon classique, je pivote pour renvoyer la balle. Tu ne t'embarrasses pas de ces détails, tu frappes à la cuillère et la balle file sur l'écran de la télévision tandis que les spectateurs virtuels applaudissent ta victoire.

Hilare, tu te vautres sur le canapé de cuir fauve en revenant à la charge, ce serait sympa d'avoir un chien, non ? Je te déçois une fois de plus en refusant, il serait seul toute la journée dans l'appartement, les lois sur l'hygiène interdisent d'avoir un animal dans une fromagerie même si les semelles des clients sont aussi sales que les pattes d'un chien. Pendant que j'énumère mes arguments et que je vois ton visage s'allonger, je me dis que si je meurs il n'y aura plus de fromagerie et que tu pourras avoir tous les chiens du monde.

Je te souris, pourtant je suis tétanisée en songeant à mon rendez-vous, vendredi 13 h MEB. Au moment où j'allais partir, la gynéco a ajouté une phrase que je n'ai pas bien comprise : « Si le radiologue refuse de pratiquer la biopsie je vous enverrai chez une cytologue que je connais bien. » Pourquoi refuserait-il de faire un examen prescrit ?

Le téléphone sonne. C'est maman et Diane. Théo devait être ta marraine mais elle est morte un mois avant ta naissance, elle n'a pas eu le temps de te connaître même si elle a eu celui de se réjouir de ta venue. Je me suis rabattue sur Diane qui ignore qu'elle est mon second choix, elle remplit son office avec gentillesse et ponctualité, elle t'a envoyé un joli bracelet fantaisie, maman un chèque. Tu les remercies, tu les embrasses de ma part, tu raccroches. Ce n'est pas à moi qu'elles voulaient parler.

— Pourquoi tu as coupé tes cheveux, maman ?

— Pour changer. La coiffeuse m'a parlé du Site des Voisins sur lequel on s'était inscrites en arrivant, tu te rappelles ?

Tu allumes l'ordinateur. Le plan de notre quartier apparaît, ponctué de ballons rouges qui représentent chacun un voisin protégé par un pseudonyme. Je t'ai mise en garde contre le danger de correspondre avec des adultes mal intentionnés se faisant passer pour des enfants, tu sais qu'il n'est pas question de donner ton nom ou ton adresse sans mon aval, ni de rencontrer un internaute hors de ma présence, et que si quelque chose te trouble tu ne dois pas hésiter à m'en parler. Nous passons un moment à lire les annonces personnelles ou professionnelles, les propositions sportives ou culturelles, les profils des uns et des autres.

— Regarde, des gens ont mis la fromagerie dans leurs commerces préférés !

Nous essayons de deviner qui sont ces clients. Tu t'inquiètes.

— L'ancienne boulangerie est à louer, j'espère qu'ils ne

vont pas mettre la Fiat 500 à la casse, les chatons n'auraient plus de maison ...

Un homme dont le pseudo est Navire offre son aide le week-end pour des travaux manuels. D'autres énumèrent leurs talents ou proposent des trocs. Il est tard, tu as école demain, nous éteignons la console, tu emportes Meaulnes dans ta chambre, je convertis le chèque de maman en billets que tu glisses dans ta tirelire. Tu lis quelques pages puis tu t'endors, sourire aux lèvres. J'ai fait illusion. Il est minuit plein. Plus que trente-sept heures avant le verdict.

Plus que trente-quatre : le sommeil me fuit. Je me lève, je retourne dans le salon, je rallume l'ordinateur en coupant le son, je me reconnecte au Site des Voisins. En dépit de l'heure tardive Navire, Hafez et Rambo, qui habitent juste à côté, sont en ligne, ainsi que Maldive de la rue derrière et Paris Hilton du boulevard de la gare. Cinq humains inconnus échangeant au milieu de la nuit, leurs fenêtres éclairées doivent se distinguer de loin dans le quartier obscur, je me les représente, assis devant leur écran. Se sentent-ils moins seuls, ainsi ? J'ai envie de discuter avec eux mais mes doigts s'immobilisent au-dessus du clavier. Parler pour ne rien dire, je le fais toute la journée. Ce soir j'ai besoin de parler vrai et de crier ma peur, c'est impossible sous le pseudo Diamond, tu le découvrirais. Si je veux dialoguer, il faut que je le fasse sous un nom qui ne signifie rien pour toi, que je m'inscrive sous un nouveau pseudo.

Depuis que je suis sortie de chez la gynéco je me sens comme un oiseau prisonnier avec un tissu posé sur ma cage pour m'empêcher de chanter. Je suis une des mouettes du rideau, privée d'envol, engluée dans le pétrole de l'*Erika*, j'avais dix-huit ans à l'époque du naufrage... La voilà, l'idée ! Euréka !

Dans le silence de l'appartement, je me penche en avant, mes doigts se remettent en mouvement, je clique sur ma rue à côté de nos deux ballons Diamond et Eskimo, et je m'inscris sous le pseudo Mouette.

Aussitôt les autres m'accueillent d'un :

— *Salut Mouette, pas encore couchée ou déjà réveillée ?*

Le système du site est souple, on peut écrire à tout le monde sur le forum, à tous les internautes en ligne, ou juste aux correspondants de son choix.

Je respire à fond, je réponds :

De Mouette à Navire, Hafez, Maldive, Paris Hilton, Rambo
— *Bonsoir. On ne se connaît pas, ou peut-être que si, on s'est déjà croisés dans le quartier. Je flippe. Pardon de vous embêter avec mes soucis, mais il faut que je partage ça avec quelqu'un. J'ai peur. J'ai vu mon médecin aujourd'hui, j'ai peut-être un truc grave, je dois faire des radios, j'ai rendez-vous vendredi, je suis paniquée.*

Déjà je me sens moins mal. Les mots sont là, sur l'écran, du coup la peur s'effrite, son intensité diminue. Je suis malade, on va me radiographier, on va me soigner, on va me guérir, c'est pour ça que les médecins font dix ans d'étude.

De Maldive à Mouette
— *Quand on a peur il faut enchaîner plusieurs séries de respirations profondes.*
De Rambo à Mouette
— *C'est contagieux ce que vous avez ?*
De Paris Hilton à Mouette
— *Waouh, ça me ferait flipper aussi.*
De Hafez à Mouette
— *Quel genre de médecin ? Quelle sorte de truc grave ?*

Je ne suis ni choquée ni surprise, je réponds sans gêne, bien à l'abri derrière mon pseudo.

De Mouette à Hafez
— *Gynéco. Sein. Boule.*

Un bruit dans mon dos me fait soudain frémir, je me retourne d'un bloc, le cœur à cent à l'heure, prête à rabattre le couvercle de l'ordinateur si tu arrives. Ce n'est rien, un craquement dans la structure de l'immeuble. Je ne connais pas encore les bruits nocturnes de notre appartement, nous ne sommes pas là depuis longtemps et d'habitude je dors comme un bébé heureux.

De Hafez à Mouette

— *On vous a prescrit mammo, écho et biopsie ? Ne vous affolez pas et tenez-moi au courant.*

De Navire à Mouette

— *Courage, ce n'est peut-être rien.*

De Maldive à Mouette

— *Écoutez de la musique douce et pensez à un endroit où vous avez été heureuse.*

Le jour va bientôt se lever, je suis moins seule, ces cinq inconnus ont un peu allégé mon fardeau. J'éteins l'ordinateur, je me glisse dans mon lit, j'éteins la lumière et dans le noir je pense à toi. Tu as onze ans, tu as de l'appétit pour l'existence, je t'aiderai à grandir, à devenir une femme épanouie. Tu ne dois jamais avoir peur, jamais te sentir abandonnée, ne pas pleurer, surtout ne pas pleurer. Parce que c'est inconcevable, des larmes d'enfant, c'est contre nature, c'est terrible. Des caprices, d'accord, des larmes de crocodile pour des peccadilles, oui, mais de vrais sanglots, non, on ne fait pas des enfants pour les rendre malheureux, pour eux on veut la félicité, l'insouciance.

Je t'aime tellement. Tu es ce que j'ai fait de mieux dans ma vie. Dors, ma douce. Demain est un autre jour...

Alberte

Alberte a gardé la lettre sur le papier à en-tête de l'administration. Jusqu'au dernier moment, jusqu'à ce matin, elle n'y a pas vraiment cru.

Elle se penche à sa fenêtre, scrute la route. Personne pour l'instant, sont-ils en retard ou ont-ils changé d'idée, réfléchi, calculé, compris leur folie, tout annulé ? Elle ferme les yeux, se concentre, elle entend les bruits d'hier, les rires, les cris, la rumeur, les piétinements. Elle rouvre les yeux, écoute le silence, le juge assourdissant.

Depuis l'enfance elle a pour horizon cette route poussiéreuse bordée d'oliviers, de murets de pierres sèches et de figuiers de Barbarie. Depuis l'enfance elle se sent forte d'être corse, fière de sa terre, et elle a transmis ce sentiment aux gosses qui ont jalonné sa vie. À la belle saison elle n'a rien contre les touristes qui envahissent son île, elle les plaint presque, ils viennent d'ailleurs, ils vivent dans des appartements exigus au cœur de villes sans charme, ils s'extasient devant chaque parcelle de maquis, ils contemplent la mer avec admiration, ils sont comme des gosses émerveillés. Alberte n'a jamais joué à la poupée, sa mère est morte trop tôt, elle s'est occupée de son père, puis des enfants des autres, et un jour, étonnée, elle s'est retrouvée seule avec ses souvenirs, ses soixante ans et un avis de départ à la retraite. Mais ça n'était pas triste puisqu'il lui restait son école de l'autre côté de la placette, où la vie revenait à chaque rentrée scolaire, où le temps se divisait en trois trimestres, où l'année commençait en septembre et finissait en juin.

Elle a quatre-vingts ans maintenant mais il lui semble qu'hier encore elle faisait crisser la craie blanche sur le tableau noir. Sur la commode du salon il y a une photo encadrée, la photo de sa mère faisant la classe juste en face, brune, petite, souriante. Quand elle est tombée malade Alberte n'était qu'un bébé, elle ne se rappelle pas ses traits, alors elle aime la femme de la photo, la femme sur son estrade. Fermer l'école, ce serait tuer sa mère une seconde fois, annihiler la vie entière d'Alberte, jeter aux oubliettes les rentrées scolaires, les distributions des prix, les copies, les compos, les batailles, les réussites, tous les flamboiements. Ce qui risque de se passer aujourd'hui est impensable.

Une voiture monte la route, faisant tournoyer la poussière, Alberte a l'habitude, le monde extérieur déboule par là dans le village. Elle chausse ses lunettes, la plaque d'immatriculation finit par 2B, Corse-du-Nord, c'est une voiture étrangère, ici c'est la Corse-du-Sud, le fief des 2A. Deux personnes descendent de la BMW, un gros homme suant au double menton qui bouffe par-dessus sa cravate et un maigre à lunettes. Le gros est un inspecteur d'académie. Le maigre est le maire du village et un ancien élève d'Alberte, ils sont parents éloignés comme souvent ici, leurs deux familles se détestent pour d'obscures raisons d'héritage en indivision et d'une brouille d'ancêtres décédés longtemps avant leur naissance.

L'inspecteur s'avance vers l'école. Alberte recule dans l'ombre, son cœur bat la chamade. Elle marche sur la queue de son chien qui glapit, surpris. Elle se baisse aussi vite que ses rhumatismes le lui permettent, le caresse. L'inspecteur trouve la porte close alors il cherche du regard quelqu'un mais il n'y a personne sur la placette ensoleillée. Alberte soupire. Elle doit sortir pour les saluer, ils sont venus pour elle, pour fermer définitivement l'école et dans la foulée lui remettre les palmes académiques. Elle a préparé et repassé sa robe grise et ses souliers assortis. Comme ça, elle ressemble à une grand-mère, elle qui n'a ni enfants ni petits-enfants, puisqu'elle est restée fidèle au beau fiancé martial de sa jeunesse disparu dans un accident de chasse.

L'inspecteur regarde sa montre et fronce les sourcils, visiblement pressé d'en finir avec cette corvée.

Le maire reste impassible, il s'est battu pour empêcher qu'on ferme l'école mais il a perdu. Il n'y avait plus assez d'élèves pour justifier la présence d'un instituteur, le toit fuit, la chaudière est à changer, les travaux auraient été trop onéreux. Ce trimestre, les gamins du village sont scolarisés ailleurs, le car de ramassage passe les prendre chaque jour, ça coûte cher en essence, les enfants se lèvent plus tôt et rentrent plus tard, ils sont perturbés et ont du mal à s'intégrer.

Alberte a la tête qui tourne, la tension au plafond et le moral dans les chaussettes. La fin de son école la déchire. La bâtisse en pierre avec ses volets bleus, sa grande salle de classe, sa cheminée, ses tables et ses chaises éraflées par des générations d'écoliers autrefois en galoches, aujourd'hui en baskets, va être vendue aux enchères par l'administration. Après Alberte c'est Lisandru qui a fait la classe dans ces murs, Paulo a pris le relais, avant de transmettre le flambeau à Claudie. Malgré les prédictions pessimistes du maire, Alberte continuait à espérer un revirement de l'Éducation nationale. La cérémonie d'aujourd'hui sonne le glas de ses espoirs.

Comme une automate, elle marche vers sa chambre, enfile sa robe, chausse ses souliers, se donne un coup de peigne, tente de maîtriser le tremblement de ses mains. Elle sort, le chien sur ses talons, s'approche dans le soleil.

L'inspecteur d'académie, soulagé, accroche sur son visage un sourire de circonstance et s'avance vers elle la main tendue. Alberte ne fait pas un geste, droite, raide, les mains le long du corps. L'homme hésite, décide de passer outre.

— Madame, je suis très heureux de vous remettre aujourd'hui cette distinction que vous méritez ample...

— Mademoiselle ! l'interrompt Alberte.

L'autre fronce les sourcils.

— Je vous demande pardon ?

— Je suis une demoiselle, pas une dame.

— Oui, bien sûr. Je suppose que vos invités ne vont pas tarder?

— Ils sont tous là, dit Alberte en désignant le chien. Je vous présente Pinzutu.

L'inspecteur écarquille les yeux. En dix ans de carrière c'est la première fois qu'il est confronté à pareille situation.

— Mais... votre famille? vos proches? vos amis? vos collègues? vos anciens élèves? Où sont-ils?

— Je ne leur ai pas demandé de venir. Ceci n'est pas un jour de joie mais un jour de deuil, votre présence ici prouve que cette école est morte, il n'y a pas de quoi se réjouir. Alors allez-y, qu'on en finisse!

L'inspecteur quête du regard l'aide du maire qui réprime un sourire et le laisse se débrouiller. Il s'éclaircit la voix, sort de sa poche le texte de son discours, se lance.

— Madame... non, mademoiselle. C'est pour moi un grand plaisir de décorer une femme qui s'est consacrée au quotidien pendant tant d'années à la plus belle des causes, celle de l'éducation et de la formation des jeunes générations et qui, par son action et son dévouement, mérite une reconnaissance particulière de notre pays. Par cette cérémonie...

— Vous le pensez vraiment, sans blague? coupe Alberte. Parce que, si vous êtes sincère, je vous serai reconnaissante d'insister auprès de l'Éducation nationale pour qu'on réexamine le cas de notre école. Si vous n'en pensez pas un mot vous pouvez abréger votre discours, nous gagnerons tous les deux un temps qui, à mon âge, est compté, donc précieux.

Le maire jubile. L'inspecteur, vexé, déglutit avec difficulté. Alberte, triste et digne, se tait.

— Je ne suis pas décideur, madame... non, mademoiselle. Je comprends votre mécontentement...

— Je ne suis pas mécontente, le coupe de nouveau Alberte, je suis déçue, en colère, et j'ai du chagrin.

L'inspecteur transpire et saute deux paragraphes au hasard.

— Je suis heureux d'avoir l'occasion d'honorer, en présence de sa famille, une personne qui s'est toujours consacrée au service public...

Il s'interrompt, conscient de l'absurdité des mots qu'il vient de prononcer. Le chien Pinzutu, seule famille de la récipiendaire, l'observe avec intérêt. Le maire se mord l'intérieur des joues pour contenir son hilarité. Alberte ne tressaille même pas.

— Les palmes académiques, créées par Napoléon en 1808, constituent l'une des distinctions les plus prestigieuses... c'est une magnifique mission de faire progresser le savoir et la culture... ceux qui se sont déplacés pour vous en ce beau jour vous le prouvent...

Il s'arrête, s'éponge le front. D'habitude dans ce genre de cérémonie les décorés sont radieux, leurs familles se pressent autour d'eux avec des tenues trop apprêtées, des parfums trop capiteux et du champagne pas assez millésimé, mais il y a dans l'air un plaisir bon enfant et l'inspecteur se sent gratifié par les applaudissements qui saluent son discours. Les deux autres restent de marbre. Le bâtard s'approche de la voiture, renifle le pneu avant et lève la patte. L'inspecteur saute directement en bas de page.

— Célébrons donc la reconnaissance d'une action républicaine par excellence, en présence de vos proches, enfin, non... bon, je suis fier et heureux, madame, non, mademoiselle... ah, merde !

Il est cramoisi.

— Un très vilain mot dans la bouche d'un inspecteur d'académie, remarque Alberte.

— Heureusement qu'il n'y a pas d'enfants, ajoute le maire.

— Ah toi, basta, tu ne vas pas t'y mettre aussi ! grogne l'inspecteur.

— Vous en avez encore pour longtemps ? fait Alberte de sa voix éraillée de fumeuse.

L'inspecteur soupire. Elle a l'air fragile physiquement mais elle dégage une force étonnante. Il a découvert avec stupeur dans son dossier qu'elle n'a jamais eu le téléphone. Il se racle la gorge, attaque la dernière phase de son discours.

— C'est donc avec une joie toute particulière que je vais vous remettre, madame... non, mademoiselle, les insignes de chevalier dans l'ordre des Palmes acadamiques, non, académaques, excusez-moi... oh et puis flûte, vous savez ce que je veux dire !

Pinzutu disparaît derrière la maison, réapparaît avec un jouet en plastique dans la gueule, s'approche, le dépose aux pieds de l'inspecteur et lui gratte énergiquement la chaussure droite pour attirer son attention. L'autre, agacé, agite le pied pour s'en débarrasser tout en décorant Alberte. Le maire glousse.

L'inspecteur recule, il a fait ce qu'il a pu, il se résigne à écouter le traditionnel discours de remerciements de la récipiendaire, sûrement émaillé de reproches à l'adresse de ceux qui ont décidé de fermer sa petite école.

Alberte le regarde au fond des yeux.

— Merci, monsieur l'inspecteur, de vous être déplacé, y compris si vous racontez les mêmes salades à tous mes collègues. Merci, monsieur le maire, d'avoir essayé de m'aider et d'avoir usé tes fonds de culotte dans cette école, même si ton arrière-grand-père s'est conduit comme un saligaud vis-à-vis de ma grand-mère. Merci à toi, Pinzutu, de m'avoir supportée ces derniers temps. Monsieur l'inspecteur, vous pouvez me déposer quelque part avec votre belle voiture de fonction qui coûte dix fois le prix d'une chaudière et d'un toit neufs pour notre école ?

L'inspecteur hésite.

— Bien sûr qu'il peut, Alberte, dit le maire.

Elle n'a rien prémédité. Elle vient d'avoir l'idée, juste là, au moment où l'inspecteur lui a remis les palmes. Et tout d'un coup c'est devenu évident et logique. Elle a perçu avec une acuité intense qu'il lui serait impossible d'ouvrir ses volets tous les matins et d'avoir pour horizon l'école morte. Jusqu'ici c'était une éventualité, désormais c'est une calamité. Elle n'a pas le choix, si elle veut survivre elle doit partir, tourner le dos à quatre-vingts ans d'habitudes, renoncer à mourir dans le grand lit où ses parents se sont éteints, déposer les armes et abandonner le champ de bataille. Fuir ne veut pas dire plier mais continuer. La Corse fait intimement partie d'elle, elle a l'insularité dans la peau et le regard, où qu'elle aille elle ne sera jamais en terre étrangère. Car, une chose est certaine, elle ne peut plus rester au village.

Elle attrape sa valise marron en haut de l'armoire, y jette pêle-mêle vêtements, sous-vêtements, chemises de nuit, robe de chambre, lunettes, médicaments, papiers d'identité, carte vitale, carnet de santé du chien. Pas le temps de se changer, tant pis, elle garde ses habits du dimanche. Pas besoin de fermer sa maison, il n'y a pas de cambriolages dans les hameaux corses, même quand on se croit seul il y a des yeux partout, un chasseur embusqué dans le maquis, un randonneur silencieux, un enfant planqué pour jouer, des amoureux qui s'embrassent, un ado qui joue sa désespérance sur sa guitare.

Elle sort de sa maison, tend sa valise à l'inspecteur.

— Nous montons à l'avant ou à l'arrière ?

— Vous ne comptez pas faire grimper cet animal sur mes coussins de cuir ?

— Où voulez-vous qu'il se mette ? rétorque-t-elle en haussant les épaules. À l'avant du capot, comme le cheval de Ferrari, vous n'avez pas un peu la folie des grandeurs ?

L'inspecteur soupire mais accepte pour se débarrasser plus vite de cette corvée. Alberte grimpe dans l'auto, suivie de Pinzutu qui s'assied près d'elle sur la banquette arrière, la gueule ouverte, bavant allègrement sur le beau cuir clair.

— Si tu le répètes à qui que ce soit, tu le regretteras..., siffle l'inspecteur au maire. Tu as un fils qui passe le bac cette année, tu veux qu'il réussisse ?

Le maire redevient subitement sérieux.

— Je vous conduis où ? demande l'inspecteur.

— À l'aéroport de Figari.

La voiture fait demi-tour et s'éloigne du hameau. Alberte ne se retourne pas.

— Nous y voilà, dit l'inspecteur en s'arrêtant sur le parking devant l'aérogare.

Il sort de la voiture, ôte la valise du coffre, regarde tristement les marques que les pattes boueuses du chien ont laissées sur le cuir crème. Le maire descend aussi.

— Vous partez en vacances, Alberte ? Vous allez sur le continent ?

Elle a l'air un peu perdue soudain, comme si elle baissait sa garde.

— Une institutrice n'est jamais en vacances, on doit toujours préparer la leçon du lendemain, répond-elle pourtant.

Il attrape un chariot, pose la valise dessus.

— Vous voulez que je vous accompagne à l'intérieur ?

— *Vade retro satanas*, tu aurais dû les empêcher de faire ça, quand je serai morte je reviendrai te tirer par les pieds la nuit, grogne-t-elle.

Il recule, il est superstitieux et elle le sait.

Elle leur tourne le dos, s'éloigne avec Pinzutu en poussant son chariot, ne s'arrête qu'après avoir entendu les portières claquer et la voiture s'en aller. Seule avec le chien au poil hérissé, elle se dirige vers le comptoir d'enregistrement.

— À quelle heure part le prochain vol et quelle est sa destination ? demande-t-elle.

L'employé consulte son ordinateur, prononce le nom d'une ville du Vaucluse.

— Je désire acheter deux billets, un pour moi et un pour mon chien, dit Alberte.

La cage de transport est obligatoire mais en Corse tout s'arrange, on en trouve une.

— On n'a pas le choix, Pinzutu, fait-elle sur ce ton auquel les enfants n'ont jamais pu faire autrement qu'obéir.

Le chien refuse d'abord tout net d'y entrer. Alberte s'assied près de lui, souffle dans son oreille poilue : « Tu as déjà pris l'avion, moi ce sera mon baptême de l'air, j'ai mille fois plus peur que toi, mais je ne peux pas ouvrir mes volets chaque jour pour voir l'école fermée, tu comprends. Ce n'est qu'un mauvais moment à passer, dans deux heures tu seras libre et on ira t'acheter tes biscuits préférés, les petits en forme d'os ! »

Il se laisse enfermer. Elle le regarde s'éloigner sur le tapis, embastillé, le regard triste et accusateur, les pattes tremblantes.

Elle a beau savoir qu'il ne lui arrivera rien de mal et se répéter qu'il n'est qu'un chien, elle se sent coupable, sans blague...

Cela faisait sourire ses élèves, cette expression de petite fille dans la bouche d'une femme de son âge. Sans blague, sans rire, elle ignore de quoi demain sera fait. Elle sait simplement qu'en regardant par la fenêtre le matin, ce qu'elle verra ne lui déchirera pas le cœur. Elle ne se fait pas d'illusions, elle est sur la pente descendante, mais elle veut vivre en paix toutes les années qu'il lui reste. Elle ne connaît personne en Provence, elle n'est jamais allée plus loin que les deux capitales de son île.

Assise à l'avant de l'avion, elle regarde la piste en pensant à Pinzutu qui doit se sentir si mal dans la soute. L'avion se remplit, un ancien élève passe, déguisé en homme d'affaires du continent, costume-cravate et cartable, il la remarque et la salue, elle le revoit petit garçon, en culottes courtes, au tableau. Un ado s'installe à côté d'elle, ouvre son ordinateur, coiffe ses écouteurs sans lui adresser un mot et se plonge dans un jeu vidéo. Elle s'ennuie, elle n'a ni journal ni livre, alors elle glisse un œil vers l'écran sur lequel des personnages laids se battent. L'hôtesse de l'air se plante entre les deux rangées de sièges, elle gesticule en parlant de ceintures de sécurité, de masques à oxygène et de gilets de sauvetage, personne n'y prête attention sauf Alberte. Ils semblent tous trouver normal d'envisager qu'ils puissent manquer d'air ou tomber dans la mer. L'hôtesse termine son discours, l'aide à boucler sa ceinture puis s'éloigne dans le couloir. Le jeune à côté d'elle a les yeux rivés à son écran. L'avion commence à rouler sur la piste, il tourne, s'arrête. Les moteurs rugissent, la carlingue tremble, l'avion s'élance, Alberte s'agrippe aux accoudoirs de son fauteuil et retient sa respiration. L'avion s'arrache du sol et monte dans le ciel. Par le hublot, Alberte contemple son village, son île, sa Méditerranée. Voir sa terre si loin lui donne le tournis, elle ferme les yeux, tente en vain de se détendre, pense au pauvre Pinzutu. Les doigts du jeune pianotent sur le clavier.

L'avion trace dans le ciel, à aucun moment elle ne regrette son départ, ce n'est pas une fuite mais un acte d'amour. La terre a disparu, en bas il n'y a plus que l'eau bleue et scintillante ponctuée de bateaux. On distribue des boissons, l'hôtesse lui demande si tout va bien, elle acquiesce, elle a trop d'orgueil pour avouer qu'elle n'en mène pas large. Des passagers remontent le couloir pour aller aux toilettes, le nombre des allées et venues l'étonne, ils n'ont pourtant pas tous des traitements diurétiques ? Alberte ne prend aucun médicament malgré son âge, elle a eu un cancer du sein il y a vingt ans mais c'est de l'histoire ancienne, ça ne l'inquiète plus, elle a fait des contrôles tous les six mois, puis une fois par an. On lui envoyait une ambulance-taxi, elle bavardait avec le chauffeur et l'invitait à boire un verre d'alcool de myrte au retour, puis les contrôles se sont de plus en plus espacés, et un jour on lui a dit que ce n'était plus la peine. Elle s'est demandé si la Sécurité sociale la jugeait assez vieille pour mourir.

Une voix désincarnée prévient que l'avion va entamer sa descente et qu'il faut rattacher sa ceinture, Alberte ignorait qu'elle pouvait l'enlever. Sous peu l'avion atterrira, elle libérera Pinzutu, récupérera sa valise. Où ira-t-elle ensuite ? Elle mesure son inconscience mais n'envisage pas de rebrousser chemin. Dès l'enfance elle s'est sentie protégée d'être corse, déchirée aussi parfois, on ne naît pas impunément là, cela induit des sentiments, des abîmes, des failles, une âme.

Déterminée, elle agite la main devant les yeux de son jeune voisin qui grimace, ôte ses écouteurs et la fixe d'un air agacé.

— Tu prends souvent l'avion ? dit-elle en le tutoyant comme elle l'a toujours fait avec ses élèves.

Le jeune hoche la tête.

— Tu es d'où ?

Dès qu'il parle elle sait où il est né, elle reconnaît les inflexions, il traîne sur certaines syllabes comme le vent quand il s'engouffre dans les bouches de Bonifacio, il insiste sur d'autres comme l'odeur entêtante du maquis dans la nuit insulaire.

— Tu vis chez nous ou sur le continent ?

— Sur le continent, maugrée-t-il.

— Pourquoi ?

— À cause du boulot de mon père. Mais dès que j'ai fini le lycée, je me casse et je rentre !

— C'est la première fois que je quitte notre terre, avoue-t-elle.

Le jeune garçon se sent soudain plus vieux et plus expérimenté qu'elle. Il pianote sur son clavier et tourne son ordinateur dans sa direction. Une photo remplit l'écran, un sous-bois avec un ruisseau, des canettes de bière immergées pour être à température idéale, un banc de pierre sur lequel est assise une jeune fille aux cheveux en pétard qui porte toute la joie du monde dans ses yeux gris.

— C'est ma meuf. Elle est restée. Je suis parti. C'est dégueulasse !

— Mais au moins tu peux lui téléphoner, dans ma jeunesse nous n'avions même pas le téléphone au village, et le courrier du continent arrivait par bateau.

— Le téléphone c'est dépassé, on s'envoie des SMS ou on se parle sur Skype avec la webcam !

Alberte fronce les sourcils, larguée.

— Les SMS c'est quand on s'écrit sur le portable, on peut le faire de n'importe où et ça coûte pas cher mais on se voit pas. La webcam est une minicaméra connectée à mon ordinateur, c'est gratos, il faut juste que je sois dans ma chambre et elle aussi.

La terre se rapproche. L'avion survole des maisons, une piscine, un stade de foot sur lequel courent des fourmis en maillot de sport.

— Tu veux dire que grâce à ton ordinateur tu peux parler à ton amie et la voir comme si tu étais chez nous ? s'émerveille Alberte.

Elle considère les ordinateurs comme des objets qui ne la concernent pas, elle qui a toujours habité la maison de son enfance et n'avait qu'à élever la voix pour s'adresser à ses voisins ou à ouvrir la fenêtre pour accueillir les voitures qui montaient la route. Cette révélation lui ouvre de nouveaux horizons.

— Ouais. Quand je pète les plombs ici, je me connecte sur

le Site des Voisins, y a toujours des gus pour monter des superplans. J'y ai rencontré mon meilleur ami, il est corse aussi, d'un village à dix kilomètres du mien !

Le train d'atterrissage heurte le sol, Alberte tressaille, l'avion décélère brutalement, la voix désincarnée intime aux passagers l'ordre de ne pas bouger avant l'arrêt complet de l'appareil mais tout le monde se lève. Le garçon griffonne quelques mots sur un papier qu'il tend à Alberte. Elle lit, c'est incompréhensible et imprononçable.

— wwwsitedesvoisinsfr ?

— Faut pas le dire, faut le taper, avec votre clavier, sur Internet ! Sans oublier les points, là, regardez, y en a un après www, y en a un autre entre voisins et fr, vous voyez ? C'est l'adresse du site. Si vous vous sentez seule sur le continent, si la Corse vous manque, vous aurez qu'à vous connecter pour trouver dans votre quartier des gens qui ont les mêmes intérêts que vous, OK ?

Il éteint son ordinateur, le glisse dans son sac à dos, lui sourit pour la première fois.

— *Pace e salute*, dit Alberte en guise de remerciement.

Paix et santé. Le jeune s'éloigne dans le couloir. Alberte n'est pas pressée, personne ne l'attend, elle ne sait même pas où elle va dormir. Quand le dernier passager a disparu le découragement la saisit. L'hôtesse de l'air s'approche :

— Vous avez besoin d'aide, madame ?

Elle secoue la tête, se reprend. Bien sûr que si, quelqu'un l'attend, quelqu'un qui va se sentir une nouvelle fois abandonné en tournant dans sa cage sur le tapis roulant si elle ne se dépêche pas. Elle fourre dans son sac le bout de papier sur lequel le jeune a écrit cette adresse bizarre. Elle n'a pas compris comment cela fonctionne, mais elle a retenu le message : si elle se sent seule, si la Corse lui manque, elle trouvera dans son nouveau quartier des gens qui partageront ses goûts, donc qui aimeront la Corse, l'enseignement, les enfants et les chiens. Les lettres de l'adresse ne veulent rien dire, c'est un sésame, un mantra.

Elle fouille dans son porte-monnaie, prend deux euros, les tend à l'hôtesse de l'air.

— Merci pour votre gentillesse !

L'hôtesse paraît surprise, puis presque vexée.

— Je ne peux pas accepter, madame...

— Pourquoi ? s'étonne Alberte.

Elle ne roule pas sur l'or, elle préfère offrir l'apéritif plutôt qu'une pièce au facteur quand il lui apporte un paquet, mais elle n'est pas chez elle, alors elle s'est rabattue sur l'argent pour exprimer sa gratitude.

— Je vous aurais offert le café au village, dit-elle pour rattraper sa gaffe.

Elle descend lentement de l'avion, marche après marche. Par superstition, elle pose le pied droit en premier sur le sol. Le revêtement de la piste ressemble à celui de l'aéroport de Figari, pour l'instant rien ne change. Elle sait bien que le continent n'est pas le bout du monde, que la vie y est pareille que sur l'île de Beauté, mais l'existence ne saurait y être aussi douce que chez elle.

Dans l'aérogare, une publicité pour une chaîne d'hôtellerie attire son œil. Le prix est raisonnable, la photo attirante, c'est la réponse à son vœu, elle a eu raison de ne pas partir du pied gauche en *terra incognita.* Elle ira dormir là s'ils acceptent les chiens.

Malo

D'aussi loin que Malo se souvienne, ses rapports avec son père ont été conflictuels. Pour des détails dans l'enfance, ses notes à l'école, sa façon provocante de répondre, sa manie de recueillir les oiseaux tombés du nid et les chiens perdus. Pour l'essentiel depuis que Malo est adulte, ses choix de vie, ses choix politiques, son éthique. Ils ne se ressemblent pas physiquement, le père est petit, trapu, chauve, avec des yeux bleus à fleur de tête, on le sent coléreux, le fils est grand, longiligne, avec des boucles noires, des yeux verts, et quelque chose d'incroyablement intense dans le regard.

Ils s'affrontent, dans le salon maternel où le grand fauteuil est désormais vide. Il n'y a plus d'ouvrage de brodeuse dans la corbeille d'osier, plus de silhouette mince appuyée aux coussins, plus de chat gris couché sur le bras du fauteuil. C'est récent, cela date d'à peine trois semaines.

— Où est Bidule ? s'étonne Malo en se baissant pour chercher sous les meubles.

Son père hausse les épaules.

— Je m'en suis débarrassé, cette saleté de chat foutait des poils partout et griffait les tentures. Ta sœur ne pouvait pas le prendre, son mari les déteste.

— Tu as fait... quoi ?

La voix de Malo a changé. Son père n'a quand même pas fait piquer le fidèle compagnon de sa mère ?

— Je l'ai donné à la concierge.

— Mais elle a un beauceron, un énorme molosse qui n'en fera qu'une bouchée !

— Je n'ai pas de temps à perdre avec ces conneries, Malo...

— Maman l'aimait !

— Elle t'aimait aussi, lâche son père d'une voix sifflante. Tu es parti. Le chat est parti. Où est la différence ? Je ne devais rien à ce tas de poils. Toi, tu devais à ta mère d'assister à son enterrement. Tu me le devais, et tu le devais à ta sœur Gwen. Alors ne viens pas me donner des leçons à propos de ce connard de chat, tu es plutôt mal placé !

Malo se raidit, serre les dents, s'exhorte au calme. Désormais, toutes leurs discussions finissent ainsi.

— J'étais... au fin fond des montagnes du Venezuela..., répond-il d'une voix blanche. Je n'étais pas joignable... je signais les contrats pour mon futur commerce équitable... je ne pouvais pas deviner... qu'un dingue allait renverser maman avec sa foutue bagnole... et la tuer !

Le père secoue la tête, persuadé d'avoir raison.

— Tu n'étais pas là pour voir porter ta mère en terre, Malo. Tu n'étais pas là pour lui tenir la main ni la veiller à l'hôpital.

— Elle n'est jamais sortie du coma !

— Tu as préféré te balader à l'autre bout du monde pour monter ce projet ridicule...

Malo se sent manipulé, piégé, il sait qu'il devrait se taire, ne pas donner prise, ne pas tomber dans le panneau. Mais c'est plus fort que lui, il a besoin de se justifier.

— Je ne pouvais pas savoir, dit-il pour la centième fois.

— Nous avons voulu te dissuader de faire ce voyage, poursuit son père, inflexible. Tu ne nous as pas écoutés.

Le pluriel, employé à dessein, remplit son office et fait sortir Malo de ses gonds.

— Toi, tu as voulu m'en dissuader ! Maman au contraire m'y avait encouragé !

— Redeviens un bon fils, travaille avec moi, comme ta sœur et ton beau-frère Paul qui est un garçon malin et ambitieux. Tu as ta place réservée dans notre entreprise, tu vas commencer en haut de l'échelle, tu pourras t'acheter une moto plus grosse, louer un bel appartement, tu n'auras qu'à te baisser pour ramasser les filles. Laisse tomber tes chimères de commerce équitable. J'ai cent salariés sous mes ordres, je n'admettrai pas que mon fils soit un gagne-petit !

— Me battre, monter mon affaire, réussir grâce à mon propre travail, ça ne représente rien à tes yeux ? On n'a pas les mêmes valeurs, papa, je ne veux pas te ressembler. Je veux juste être moi.

Un tic tord la bouche de son père.

— Tu ne veux pas me ressembler, petit imbécile ? Tu préfères vendre ton stupide chocolat dans une grotesque boutique artisanale plutôt que dans une grande surface prestigieuse ? Tu es fou à lier !

Malo bout mais se force à ne pas hausser le ton.

— Stop, pouce, arrêtons de nous déchirer. Je n'étais pas là, je le regretterai toute ma vie, c'est fait, je ne peux plus rien y changer. J'adorais maman, elle le savait, ce qui est arrivé est terrible, je ne veux pas me disputer avec toi, elle n'aimerait pas ça. Je veux juste tracer mon sillon seul, papa. Toute mon enfance, dès que je me présentais, on me demandait si j'étais ton fils. Je lisais notre nom sur les camions de livraison, les entrepôts, les panneaux d'affichage. Tu as bâti un empire à partir de rien, à la force des poignets. Bravo ! Je suis fier de ce que tu as accompli. Sois fier de moi, je t'en prie... Et fais-moi confiance !

Les deux hommes se tiennent face à face, de part et d'autre du fauteuil vide. Tout peut basculer, le père peut comprendre et adouber son fils, ou le désapprouver et le rejeter. Le rideau bouge, sous l'effet d'un courant d'air, là où il est usé et chiffonné, là où la main de la mère l'écartait pour admirer le ciel les arbres et les fleurs, regarder ses enfants partir à l'école, voir son époux descendre de coupés sport conduits par des jeunes femmes inconnues. Ce banal mouvement du tissu décide de la suite.

— Tu n'étais pas là pour la mort de ta mère. Tu ne seras pas à mes côtés pour m'épauler. Tu es un déserteur, Malo, un dégonflé !

Malo frémit sous l'injure, se retient pour ne pas exploser. Il a envie de crier que lui au moins n'a pas déçu sa mère en se tapant des putes de luxe pour épater les hommes d'affaires obèses que son père prend pour des amis alors qu'ils sont des rivaux. Il réussit à se contenir. Il est le seul.

— J'aurais préféré que ce soit toi qui disparaisses, plutôt qu'elle ! lance son père.

Voilà. C'est dit. Et c'est fini. L'irréparable est prononcé, admis. Plus besoin de paroles, rien d'autre à ajouter quand on a atteint ce point.

— Tu comptais reprendre le bail de l'ancien magasin près de la poste, quelqu'un qui sait où est son intérêt m'a montré ton dossier. J'ai passé un coup de fil, ça va devenir un traiteur chinois, pas ta foutue connerie de chocolaterie !

Malo n'en croit pas ses oreilles.

— C'est impossible, j'ai signé l'option, tout est en règle.

— Tu n'as pas lu les petites lignes en bas du contrat, tu n'es qu'un amateur, un tout petit poisson qui va se faire bouffer par les grands requins. Sans ma protection, tu n'es rien, tu entends ? Tu peux en faire des confettis, de ton option. Elle n'a plus aucune valeur, *nada*, du vent ! Téléphone-leur, tu verras.

Malo sort son portable de sa poche, fait défiler le répertoire, appuie sur une touche. Il s'approche de la fenêtre, parle d'une voix ferme.

— Malo à l'appareil. Mon père prétend qu'il y a un problème avec le bail du magasin, dis-moi que c'est une plaisanterie ?

À l'autre bout du fil, on s'enferre, on s'emmêle les pinceaux, on accumule les faux prétextes.

— Laisse tomber, coupe Malo, écœuré. Il t'a foutu la trouille. Moi aussi, il me faisait peur quand j'avais dix ans. Mais c'était il y a vingt ans. J'ai grandi, depuis.

Il raccroche, effleure le rideau de la main, regarde son père droit dans les yeux, secoue la tête, jette un dernier regard au bonheur-du-jour XVIIIe en marqueterie que sa mère adorait et qu'elle lui a expressément légué, et quitte la pièce. La porte claque derrière lui. De rage, son père envoie valdinguer un vase chinois précieux qui se brise en tombant. Malo dévale l'escalier sans ralentir.

La loge est fermée, l'heure du déjeuner est sacrée, Malo frappe à la vitre. Le concierge lui ouvre, sa serviette à la main, le grand beauceron à deux pas derrière lui. En reconnaissant Malo, il prend une mine de circonstance.

— Monsieur Malo, on est désolés pour votre mam...

— Merci, coupe Malo. Où est Bidule ? Le chat ?

— Votre père n'en voulait plus, nous on pouvait pas s'en charger à cause du chien, ça se serait mal terminé. Un ami l'a pris, je lui ai dit que vous viendriez le rechercher, j'étais sûr que...

— Il habite où ?

Le numéro 4 de la rue est un pavillon morne précédé par une pelouse mal entretenue. Malo garde le doigt sur la sonnette un peu trop longtemps, le type qui sort est mal rasé, mal réveillé, il sent la clope et il a une haleine de chacal. Malo annonce la couleur :

— Je viens chercher Bidule, c'était le chat de ma mère, j'étais en voyage à l'étranger, vous avez eu la gentillesse...

— Il était malade votre chat, j'ai dû l'emmener chez le vétérinaire, c'est pas donné, je vous jure.

— Il a toujours été en excellente santé, dit calmement Malo.

— Ça coûte cher, répète le type. Alors comme ça vous voulez le reprendre... après tout ce que j'ai fait pour lui ?

— Je vais vous rembourser vos frais, dit Malo en sortant son portefeuille et en lui tendant cent cinquante euros.

Le type secoue la tête.

— Mon fils est très attaché à votre bestiole.

Malo n'y croit pas une seconde. Il sort cent cinquante euros de plus, toute sa fortune en liquide.

— Ça ira comme ça ?

Le type le toise, impassible.

— Vous avez une belle montre, dit-il en désignant son poignet.

— Non, ça c'est le dernier cadeau de ma mère, j'y tiens. Je vais chercher de l'argent au distributeur et je reviens. Il n'est tout de même pas en or, ce chat. Vous ne l'avez pas gardé longtemps. Vous voulez combien ?

Le type rigole et commence à refermer sa porte.

— Attendez ! proteste Malo.

— Mon fils va pleurer sans son chat...

— Mais il se consolera en regardant l'heure à ma montre, c'est ça ?

Le type acquiesce avec un sourire futé. Malo serre les mâchoires et le foudroie du regard. Casser la gueule à ce crétin ne lui rendra pas Bidule.

— Je veux le voir. Montrez-le-moi !

— C'est correct...

L'autre recule, referme la porte, puis revient au bout d'un moment avec un chat maigre, crade, au poil hérissé, qui n'a plus rien à voir avec le superbe et digne félin que sa mère aimait. Pourtant c'est bien Bidule, avec ses iris caramel et sa tache blanche au milieu du front. Il est méconnaissable. Malo n'hésite plus. Il détache la montre de son poignet, la tend au type qui s'en saisit avec avidité.

— J'espère pour votre fils que vous vous occupez mieux des enfants que des animaux ! grogne-t-il en prenant Bidule dans ses bras sans se soucier de son état de saleté.

— Les mômes sont des fouteurs de merde, c'est pas demain que j'en aurai ! lâche le type en se marrant avant de claquer la porte.

Malo enferme le chat dans le sac fixé devant lui sur le réservoir de sa moto et laisse la fermeture Éclair entrouverte pour que l'air circule. Puis il met le contact. Bidule, terrifié, plante ses griffes dans le tissu. Malo regarde l'heure à son poignet, se souvient qu'il n'a plus de montre, grogne :

— Ne joue pas les effarouchés, tu adorais ça quand tu étais petit. T'as intérêt à te tenir tranquille... et à me donner l'heure !

Bidule, sensible au timbre de voix familier, se calme et s'aplatit contre le réservoir. Malo relève la béquille et démarre, la moto s'insère dans la circulation. Le chat, ballotté dans le sac, retrouve d'anciennes sensations. La moto se dirige vers l'autoroute. Dans le bagage fixé à l'arrière, Malo emporte des vêtements, le dossier concernant son projet d'entreprise, son ordinateur portable, son iPod, son roman préféré, *Sylvia* d'Howard Fast. À défaut de bonheur-du-jour, il hérite d'un chat puant et pelé.

Parti de Rennes le matin, Malo arrive dans le Vaucluse en début de soirée. Il met pied à terre, enlève ses gros gants de cuir, empoigne le sac de Bidule, sonne à l'interphone Le Guevel. La porte s'ouvre sur l'être que Malo aime le plus au monde maintenant qu'il a perdu sa mère : son parrain Erwan, l'ami d'enfance de son père, un sexagénaire à la chevelure prématurément blanche, aux yeux clairs d'enfant, au teint couperosé par le grand air, les embruns et la boisson, en pantalon délavé et vareuse de marin couleur rouille. Malo ne l'a jamais vu vêtu autrement, il possède des vareuses de toutes les couleurs, en toile à voile au tissage très serré pour couper le vent, avec un bouton de fermeture au col. Il est mateloteur, il fabrique des cordages et des filins pour les bateaux.

D'abord étonné, Erwan est ravi quand Malo enlève son casque.

— Quelle bonne surprise ! s'écrie-t-il en l'étreignant.

— Je suis venu accompagné, j'espère que tu n'as rien contre ?

Erwan cherche du regard dans la rue derrière son filleul.

— Je savais par ta mère que tu avais rompu avec Véra. Ta nouvelle amie est invisible ou j'ai besoin de lunettes ?

— C'est un ami du sexe mâle : je t'ai amené Bidule. Papa s'en était débarrassé, je l'ai récupéré en l'échangeant contre ma montre, maintenant il est censé me donner l'heure avec ses moustaches.

— Je préférais encore Véra. Je suis allergique aux chats.

— Ah, merde !

Malo grimace, pose le sac qui remue sur le trottoir.

— Pourtant tu venais à la maison à Rennes ?

— Je prenais de la cortisone avant, ta mère adorait son chat et j'adorais ta mère, ça valait bien quelques désagréments. Mais je ne peux pas l'héberger chez moi.

— J'ai vu un hôtel au bout de ta rue, je vais prendre une chambre.

— Attends-moi là, j'ai une meilleure idée !

Erwan rentre dans l'immeuble. Malo s'assied sur le trottoir à côté du sac, allonge ses jambes engourdies par le long trajet en moto, ferme les yeux... et se réveille en sursaut quand Erwan le secoue et lui tend un papier.

— Tu dors chez moi. Ton chat dort au numéro 8 de la première rue à droite, sixième étage gauche, tu verras un M sur la porte. Elle peut le garder quelques jours. Ensuite, on avisera.

— Génial, dit Malo en se relevant. C'est qui, M ?

— Aucune idée ! Je me suis adressé au site Internet des voisins en expliquant mon problème, elle était en ligne, elle a répondu la première en me proposant d'héberger ton chat.

— Le site de quoi ? questionne Malo, bluffé.

Erwan lui explique ce système d'entraide au quotidien.

— Je m'ennuie le week-end, alors je fais du bricolage chez des voisins, ça me détend et ça m'occupe. Certains m'invitent à déjeuner, d'autres me paient ou me proposent d'autres services en échange. M a choisi comme pseudo Maldive, elle doit aimer les îles et le soleil.

— Et toi, c'est quoi ton pseudo ?

— Navire.

Malo sourit.

Il revient une demi-heure plus tard sans chat mais avec un gâteau.

— M s'appelle Maïli, elle est vietnamienne, masseuse, jeune, elle travaillait dans une île-hôtel aux Maldives d'où son pseudo, elle parle un français impeccable avec un accent à couper au couteau. Bidule s'est installé sur son futon et il m'a tourné le dos en boudant, j'aurais dû le laisser là où il était, quel ingrat !

Ils s'asseyent. Depuis qu'Erwan a cessé de boire il n'a aucun alcool chez lui alors ils trinquent au jus de tomate.

— Papa ne me pardonne pas d'avoir raté l'enterrement de maman, soupire Malo. Je ne me le pardonne pas non plus mais, contrairement à lui, j'ai toujours été là quand elle était vivante.

— Il est buté, ce n'est pas d'aujourd'hui, et il peut se montrer stupide.

— Il aurait préféré que je meure moi plutôt qu'elle, il me l'a dit carrément.

— Il n'en pense pas un mot. Il aboie plus qu'il ne mord, tu sais bien.

— Ah oui ? J'ai travaillé comme un dingue pour monter mon projet de commerce équitable, j'ai des partenaires financiers sérieux, je comptais ouvrir mon bar à chocolats à Rennes, j'avais trouvé un local super, maman jugeait mon idée excellente. Mais ton ami qui a des espions partout m'a mis des bâtons dans les roues en pratiquant le chantage, le bail m'est passé sous le nez, tout est à refaire...

Erwan, qui a vendu sa maison pour sauver son fils, grimace.

— Si tu l'ouvrais ici, ton bar ?

Malo sourit, croyant que son parrain blague.

— Je suis sérieux ! Pourquoi pas ? Je pourrais t'aider, pas financièrement mais pour les travaux, l'installation, tout ce qui est pratique. Tu n'aimes pas le soleil ?

Malo secoue la tête, sa vie est en Bretagne. Sa famille y demeure. Enfin, pas vraiment puisque sa mère n'est plus là, et qu'il voit peu sa sœur Gwen depuis qu'elle a épousé le très barbant Paul. Ses amis y demeurent. Enfin, pas vraiment non plus puisque son meilleur ami Alexandre vient de partir travailler en Australie. Son père et Véra, son ex-fiancée, y demeurent, et ce serait une excellente raison pour mettre des kilomètres entre eux et lui.

— Tout le monde adore le chocolat, insiste Erwan. Tant pis pour les Bretons, pourquoi ne pas lancer une première enseigne ici, et revenir à Rennes en vainqueur ? Ce serait un bon moyen de prouver à ton père que tu n'as pas besoin de lui pour réussir. Je peux demander au Site des Voisins s'il y a un local libre en ville et tâter le terrain ?

Malo hésite. Fasciné par un premier voyage au Venezuela et la visite d'une plantation de cacao au cœur des montagnes alors qu'il était encore étudiant, il a intégré Sup de Co Rennes, bâti un projet ambitieux et original, conquis des sponsors qui ont accepté d'y investir. Il se croyait arrivé au bout de ses peines, il ne lui restait plus qu'à s'installer. Il y était presque !

— Tu n'imagines pas le nombre d'heures que j'ai passées là-dessus...

— C'est pour ça qu'il n'est pas question de baisser les bras. Tu as la trouille ?

— Bien sûr que non.

— Tu refuses d'être un fils à papa mais tu préfères rester dans son sillage ?

La provocation fait mouche, Malo se rebiffe comme autrefois quand Erwan le mettait au défi ainsi que son fils Mewen. Mewen courait se réfugier dans les jupes de sa mère mais Malo triomphait de ses peurs enfantines.

— Absolument pas !

— Prouve-le !

Malo réfléchit. La Bretagne ou le Vaucluse, au fond, quelle importance ? Il s'est toujours senti plus proche d'Erwan que de son propre père. Sa mère le préférait, son père préfère sa sœur Gwen, l'enfance a été équitable. Sans sa mère, plus rien ne l'attache à Rennes. Gwen n'est pas seule puisqu'elle a Paul. Malo n'a de comptes à rendre à personne, il est libre.

Il cherche par habitude l'heure à son poignet nu, hausse les épaules, sourit à Erwan.

— C'est malin, à cause de ton allergie, je n'ai plus l'heure !

Léa

Comme tous les jeudis, Léa se réveille en sursaut une minute avant que son réveil sonne, à croire qu'elle a un calendrier et une horloge dans la tête. Sa mère est partie aux halles à quatre heures du matin, l'appartement est silencieux, son assiette et son bol sont prêts dans la cuisine. La petite fille sort la bouteille de lait du frigo, en verse sur ses céréales, avale le tout et termine par un kiwi pour les vitamines. Elle se lave les dents, brosse ses cheveux bouclés, enfile son jean et un tee-shirt rouge. Elle a dix minutes d'avance.

L'ordinateur blanc ultraplat trône sur le bureau, le tapis de souris personnalisé représente la fromagerie de la rue de l'Église, Lucie a pris la photo et l'a fait imprimer sur un carré de plastique. Elle se connecte sur le Site des Voisins juste comme ça, pour voir. Elle a un message d'un certain Arobase. Elle zoome sur le plan du quartier, repère sur l'écran le ballon rouge qui localise cet internaute, à quelques rues d'elle. Elle a promis à sa mère de ne pas correspondre avec des inconnus, elle n'a pas promis de ne pas lire. Elle clique sur le message.

De Arobase à Eskimo

— *Bonjour. J'ai 11 ans, je vien d'arriver dans la région, je doi aller à l'école Jules Ferry mais j'ai un rhume qui m'empaiche de marcher, je sui coincé au lit.*

L'inconnu ne précise pas s'il est un garçon ou une fille, il écrit *coincé* au masculin mais vu son orthographe ça ne veut rien dire. Léa a le même âge, elle est inscrite à la même école. Elle ne résiste pas.

De Eskimo à Arobase
— *Je vais à Jules Ferry aussi. Les rhumes ça empêche de respirer, pas de marcher.*

Elle regarde la pendule. Plus que cinq minutes. Arobase est en ligne parce qu'il répond aussitôt.

De Arobase à Eskimo
— *J'ai un rhume de hanche, pas un rhume de nez. J'éternue pas, je boitte. J'ai un virus dans la jambe, je doi rester étandu avec un poids qui tire sur mon pied. Je n'aime pas lire ou regarder la télé, je préfère le base-ball. Mes parents travaille, je sui seul toute la journée, je m'embaite.*
De Eskimo à Arobase
— *Ça n'existe pas les rhumes de jambe. Je pars à l'école.*
De Arobase à Eskimo
— *En quelle classe ? Je doi aller en CM2.*

Léa est excellente en français parce qu'elle adore la lecture, elle ne réfléchit pas, c'est presque un réflexe.

De Eskimo à Arobase
— *Je doiS, je vienS, je suiS, avec un S. Je m'embÊte, ça m'empÊche, avec un Ê.*

Elle envoie le message et le regrette aussitôt, mais trop tard, impossible de revenir en arrière. Pas de réponse. Elle y est allée fort. Elle a l'a vexé.

De Eskimo à Arobase
— *T'es fâché ? Je disais ça pour rire. Moi aussi je suis en CM2.*

Mais Arobase, l'enrhumé de la jambe, ne répond plus.

Léa éteint l'ordinateur, attrape son sac à dos et dévale l'escalier. Quand elle était toute petite, à Lyon, sa mère partait aux halles en l'emmenant dans la nuit, bien emmitouflée, et pendant qu'elle faisait ses achats elle confiait le couffin aux caissières qui travaillaient derrière une vitre dans un local chauffé. Puis Léa a grandi, une voisine amie venait l'aider à se préparer pour l'école. Depuis qu'elles sont en Provence c'est devenu un problème, les baby-sitters veulent bien garder un enfant le soir mais pas se lever à quatre heures du matin. Léa a juré à Lucie que ça ne lui fait pas peur de se réveiller dans un appartement vide, elle ne lui a pas avoué que tous les jeudis matin elle a mal au ventre. Sauf ce matin, parce que Arobase et ses fautes d'orthographe lui ont changé les idées.

Elle patine vers Jules-Ferry. Deux garçons de CM2 se bousculent sur le trottoir d'en face. Elle pense à Arobase. Elle n'a pas l'habitude des garçons, à Lyon elle allait dans une école de filles juste en face de l'épicerie de luxe où sa maman travaillait, c'était plus commode. Et elle connaît mal les hommes, il n'y en a jamais eu chez elle.

Alors qu'elle traverse la rue, un scooter rouge s'arrête devant le passage clouté et le pilote hoche sa tête casquée pour la saluer. C'est Darius, l'infirmier de nuit amateur de feta. Elle s'avance.

— Je peux vous demander quelque chose, ça existe vraiment un rhume de hanche ou c'est une blague ?

— Une mauvaise blague, alors ! C'est une sorte d'arthrite virale, une infection qui fait boiter les enfants et leur donne de la fièvre, on les immobilise en leur accrochant des poids au pied pour maintenir leur hanche en traction.

Arobase ne s'est donc pas fichu d'elle. Un sportif bloqué dans son lit, c'est dur. Léa ne s'ennuie jamais, elle n'a pas le temps, mais, comme Arobase, elle se sent souvent seule. C'est moins violent depuis qu'elles habitent là, quand même, grâce au soleil, à la fromagerie, à un je-ne-sais-quoi dans l'air qui ressemble au bonheur. Sauf hier soir, où sa maman était tendue et fatiguée. On ne parle que de la crise à la télé et dans les journaux, elle est sûrement inquiète pour son magasin ?

Quand elle a su que le poissonnier de la place du Marché a été obligé de mettre la clef sous la porte, elle a fait les cornes du diable avec ses doigts pour éloigner le mauvais œil.

Léa arrive à l'école, met son antivol sur sa patinette, entre sous le préau, le visage fermé. Hier, elle n'a pas dit à son professeur principal que c'était son anniversaire, donc personne ne le lui a souhaité. Elle se place dans la file avec les CM2. Elle repense à la première phrase du livre, *Le Grand...* Le grand quoi, déjà ?

— On rentre, en rang, et en silence !

Elle piétine à la suite des autres.

Elle murmure : « Il arriva chez nous un jeudi de printemps 2010... »

— Tu parles toute seule ? demande sa voisine de derrière.

Elle s'assied à sa table, troisième rangée à gauche. La place d'à côté est vide, comme elle est arrivée en cours d'année elle s'est retrouvée seule sur son banc. Quand Arobase sera guéri il s'assiéra peut-être là, s'il lui pardonne le coup des S et des Ê ?

Lucie

Je dois agir comme avant la gynéco aux oiseaux, comme si rien n'était grave, avoir pour toi le visage d'une maman sereine, avoir pour les clients mon sourire habituel. Je reviens des halles au volant de ma fourgonnette blanche réfrigérée, je tourne le coin de la rue et je fronce les sourcils. Une grosse moto bleue occupe l'emplacement réservé aux livraisons devant mon magasin. Je klaxonne. Personne ne vient. Toutes les autres places de la rue sont prises. Je me gare en rasant la moto bleue et je commence en bougonnant à décharger mes clayettes et mes seaux. Je suis obligée de les soulever par-dessus la moto en me vrillant les vertèbres, j'aurai mal au dos tout à l'heure. Je mets le double du temps habituel. Quand j'ai fini, je reste garée exprès en double file. Il y a une rambarde côté trottoir, le motard sera coincé, bien fait pour lui. Les clients défilent. Je ne pense plus qu'à mon rendez-vous chez le radiologue demain.

— Vous n'avez pas un chèvre plus petit ? râle Raoul. Il nous casse les oreilles, lui !

Il désigne, à travers ma vitrine, le motard en jean et blouson qui klaxonne, assis sur son engin. Il ne peut pas savoir que la fourgonnette m'appartient, il n'y a aucune raison sociale inscrite dessus. Il tord son poignet gauche comme pour regarder l'heure puis il fait un drôle de geste agacé, descend de sa machine et entre dans la fromagerie.

— Vous savez à qui est la voiture blanche qui me bloque ? Vous avez l'heure ?

Il n'est ni d'ici, ni de Lyon, ni de Paris, il a l'accent d'ailleurs, il doit se croire irrésistible avec ses boucles noires et ses yeux verts en amande.

— Bonjour, dis-je suavement.

— Oui, bonjour, pardon, je suis pressé. Vous savez qui est l'abruti qui m'empêche de partir ?

— Je me suis garée là parce qu'un abruti à moto a pris ma place de livraison et m'a empêchée de décharger.

Il écarquille les yeux et un étrange sourire joue sur ses lèvres.

— Votre place de livraison ? Parce qu'elle vous est réservée ?

— Je suis la seule commerçante de la rue.

— Le magasin contigu au vôtre est aussi un commerce, non ?

— Mais il est inoccupé.

— Plus pour longtemps. Il est à louer et je suis intéressé. J'aurai droit à cette place autant que vous.

Je réponds, du tac au tac :

— Mais au jour d'aujourd'hui vous n'y êtes pas encore installé.

Je me mords aussitôt les lèvres, j'ai cette expression en horreur, chaque fois que je l'entends à la radio je bondis. Il me singe :

— Au jour d'aujourd'hui j'ai rendez-vous avec le propriétaire pour signer et vous me mettez en retard. Vous avez l'heure ?

— Ce sera quel type de commerce ?

— Vous avez l'heure ?

On dirait deux gamins qui se chamaillent dans une cour d'école, c'est ridicule.

Je hausse les épaules, attrape le porte-clefs en forme de coccinelle que tu m'as donné et sors déplacer ma fourgonnette. Mon futur voisin le râleur s'éloigne sur sa moto sans un merci. Ça promet !

Je me gare en faisant craquer mes vitesses à ce qui n'est désormais plus ma place attitrée. Ce type aux yeux en amande a une tête à ouvrir un magasin de déco branché et cher. Une cave à vins m'aurait plus arrangée.

— Le genre play-boy bellâtre qui se croit malin, on n'a pas besoin de ça ici, grogne Raoul. Certaines femmes ont mauvais goût. Vous aimez ce genre de type, vous ?

Je réponds, pour couper court :

— J'aime vendre des fromages de qualité à des clients satisfaits.

Il y a toujours un moment de creux sur le coup de onze heures. Quand le magasin est désert, je sors mon iPod du tiroir et je mets les écouteurs dans mes oreilles. Ma sœur Diane adore les chants lyriques et la musique sacrée qui n'éveillent aucun écho en moi ; adolescente, je la regardais pleurer en écoutant chanter Teresa Berganza et j'essayais de ressentir la même chose mais l'émotion ne venait pas. Diane et son compagnon Bertrand passent leur vie à l'opéra et dans les salles de concerts classiques. Moi, j'aime la variété française, l'électro, le rap, le skat, le rock, le R'n'B. Dans la fromagerie déserte, je tourne sur moi-même en écoutant Eva Cassidy chanter *Songbird.* Je ferme les yeux, je danse au milieu des fromages en suivant la musique, la taille ceinte de mon tablier blanc. Puis soudain je me pétrifie en me souvenant qu'elle est morte à trente-trois ans d'un cancer de la peau et que tous ses albums sont posthumes. Je regarde à travers ma vitrine la vie normale qui continue dehors, les gens, les voitures, un enfant qui gambade, des amoureux qui se tiennent la main, un homme qui court après un bus qui ne s'arrête pas. J'entends la voix émouvante, envoûtante, si terriblement vivante de cette chanteuse qui a disparu il y a quinze ans. Je n'ai pas son talent pour créer une musique qui aide les gens à vivre, mais tu as besoin de moi, tu auras encore besoin de moi longtemps, je ne peux pas te faire le coup de manquer à l'appel, je t'ai juré d'être là, toujours. Et j'ai toujours tenu mes promesses.

Alberte

Alberte tend la main vers l'interrupteur de sa lampe de chevet mais ses doigts ne trouvent pas la poire en céramique. Son propre père a monté en lampe cet obus de la guerre de 14-18. Ses doigts s'agitent dans le vide, le temps que son cerveau se souvienne. Subitement elle se dresse, désemparée. La lampe obus est restée en Corse, de l'autre côté de la mer. Pinzutu, couché à côté d'elle, dort ventre à l'air, rassuré par le seul fait de la toucher.

Alberte se lève, ses pieds habitués aux tomettes anciennes de sa maison n'aiment pas la moquette qui recouvre le sol des chambres de l'hôtel.

Elle se dirige vers la fenêtre, l'ouvre. Il n'y a pas d'école juste en face, pas de placette comme au village mais une rue animée et un petit immeuble devant lequel se gare une grosse moto bleue dont descend un homme en jean et blouson.

Une fenêtre s'ouvre, un homme plus âgé se penche, crie quelque chose. Alberte n'est pas sourde, enfin, juste un peu; elle n'entend pas ce qu'il dit.

En guise de réponse, le motard ouvre son sac à dos et en sort une bouteille qu'il brandit, sans doute du champagne? Alberte n'a pas la cataracte, enfin, juste un peu aussi, mais elle ne voit pas si loin.

Le visage de l'homme plus âgé, sans doute le père du motard, s'éclaire. Le motard pénètre dans l'immeuble. Alberte s'écarte de la fenêtre.

Malo

— Alors ? demande Erwan, fébrile.

— Il faut des années pour concrétiser un projet, mais parfois les choses s'enchaînent et se débloquent par miracle. Tu as devant toi le nouveau locataire de l'ancienne boulangerie de la rue de l'Église ! J'ai acheté du jus d'orange bio pour fêter ça dignement. Cet espace est parfait, tu remercieras l'internaute du Site des Voisins qui t'a mis sur le coup au milieu de la nuit, vive les insomniaques. Le magasin est assez grand pour être divisé en espace vente et espace dégustation, la cuisine sera dans l'ancien fournil et j'habiterai le studio au-dessus. J'ai joint mes sponsors, ils acceptent de me faire confiance et d'investir ici. J'ai signé le bail tout de suite après l'avoir visité, j'avais la rate au court-bouillon à cause de la voisine, une fromagère jolie et caractérielle qui m'a fait une scène parce que soi-disant j'avais garé ma moto à sa place. Je retourne chez le notaire la semaine prochaine pour tout finaliser mais c'est bon. Pourquoi as-tu refusé de m'accompagner ?

— Tu es assez grand pour te débrouiller seul, je ne suis pas ton père !

Rien à redire à cela, et c'est bien dommage pour Malo. Il est son filleul, pas son fils, et c'est bien dommage pour Erwan. On ne choisit ni ses parents ni ses enfants. Erwan s'est privé du plaisir de l'accompagner par pudeur, par discrétion, par affection pour son ami Kennan. Malo n'a pas insisté par pudeur, par discrétion, par tendresse pour son parrain. Aujourd'hui est un jour de fête, il ne laissera pas l'ombre de son père lui gâcher ce moment.

— Mon dossier est accepté, les financements ont été débloqués, j'avais déjà commandé le matériel en prévision de mon installation dans un mois à Rennes. Il ne me faudra pas plus de trois semaines pour repeindre, monter les meubles que j'ai achetés en kit, rendre l'endroit accueillant.

— Tu aurais pu acheter autre chose que du jus d'orange, ça ne me gêne plus qu'on boive de l'alcool devant moi, j'ai dépassé ce stade. Ton père ne te l'a pas dit ?

— Il ne s'intéresse qu'à son auguste personne, laissons-le là où il est. Je dois faxer des documents au propriétaire. On va y aller ensemble. Tu sais où on peut acheter un second casque ?

— Dans le coin, nulle part, il faut aller à Orange. Mais je peux demander sur le Site des Voisins si quelqu'un en a un à me prêter ?

— C'est une vraie corne d'abondance, ton truc, ça remplace la famille ! dit Malo en riant.

Il s'en veut aussitôt mais c'est trop tard. Il a parlé sans penser ni à l'épouse d'Erwan enterrée depuis peu dans un cimetière marin de Bretagne, ni à son fils alcoolique pour payer les dettes duquel Erwan a récemment vendu sa chère maison de pêcheur.

— C'est commode d'avoir des voisins solidaires, se contente de répondre Erwan. Je suis vraiment heureux que tu t'installes ici.

— Il va falloir que je m'inscrive sur ton fameux site, moi aussi, dit Malo pour se rattraper.

— Ça ne prend que trois minutes. Tu as pensé à un pseudonyme ?

Malo songe aux trois grandes variétés de cacaoyers dont les fèves sont utilisées par les chocolatiers : le forastero d'Amazonie, le criollo du Venezuela et le trinitario issu du croisement des deux précédents. Il acquiesce.

Alberte

Alberte salue la réceptionniste de l'hôtel et se dirige vers la salle à manger. À quatre-vingts ans, c'est seulement la quatrième fois de sa vie qu'elle prend son petit déjeuner hors de chez elle. Les trois premières fois c'était il y a vingt ans, quand on l'a opérée à Ajaccio pour sa tumeur au sein, elle venait de partir à la retraite. Un mot tellement inadéquat, partir, elle n'avait fait que traverser la placette pour marcher de l'école à la maison dans laquelle elle était née.

À l'époque, elle était juste restée trois jours à l'hôpital. Le plus contraignant avait été la radiothérapie, elle faisait le trajet en ambulance-taxi, quatre heures de route quotidiennes pour dix minutes de rayons. Au début, on l'avait mise dans une pièce spéciale pour une exposition intensive, les visiteurs devaient rester à l'abri derrière un panneau. Elle avait un moral d'acier, elle disait : « Les petites bêtes ne mangent pas les grosses », « Je vais prendre le cancer à bras le corps et l'avenir à bras le cœur ». On lui avait fait quatre petits tatouages sur la poitrine pour cibler les rayons, quatre minuscules points bleus, ils sont encore là, on les voit de moins en moins. Un jour à la plage, un touriste stupide lui a demandé si c'était un tatouage nationaliste. Elle lui a répondu que c'était un souvenir de la prison où elle avait purgé sa peine pour avoir fait sauter la maison d'un Parisien trop curieux.

Tout est ocre dans la salle à manger de cet hôtel où les chiens ne sont pas admis, murs, rideaux, assiettes. Le café est bon, le pain frais, elle en glisse discrètement quelques tranches dans son sac pour Pinzutu qui est resté dans la chambre. Elle s'est lavée au lavabo, elle a eu beau tourner les robinets en tous sens, elle n'a pas compris le fonctionnement de la douche.

Elle sort dans la rue ensoleillée, Pinzutu sur ses talons. Il y a des dommages collatéraux à toute action. Elle ne regrette pas son départ mais elle n'a plus rien, plus de maison, plus d'amis, plus d'avenir, plus de souvenirs matériels. Il ne lui reste que son carnet de chèques et son chien. Qu'elle manque perdre quand il descend sur la chaussée au moment où un scooter rouge déboule du virage. Le conducteur klaxonne furieusement, part en dérapage, réussit à redresser son engin. Pinzutu fait un écart en grondant d'un air indigné.

— Je suis désolée, désolée ! s'écrie Alberte. Il a failli vous faire tomber ! Il n'est plus habitué à la circulation.

— Mettez-lui une laisse sinon il va tuer quelqu'un, grogne l'homme qui a eu peur.

Il a une grosse moustache noire, des yeux perçants, un accent étranger.

— Je vais aller en acheter une, nous allons nous adapter à la ville...

— Vous débarquez d'où, de Mars ?

— De Corse. C'est la première fois que je mets les pieds sur le continent mais Pinzutu est parisien d'origine.

— Et il a oublié que je dois faire attention aux voitures.

— C'est lui qui doit les éviter, pas vous ! Vous savez où je peux consulter un ordinateur ?

Il réfléchit.

— Dans le cybercafé près de la mairie.

— Il y aura quelqu'un pour me conseiller ? On m'a donné une adresse qui commence par plusieurs w.

— L'adresse d'un site, oui. C'est facile, le garçon du cybercafé il dit que je vous aide.

Elle fronce les sourcils. Elle n'est jamais allée au cybercafé, elle n'a jamais rencontré ce garçon.

— Je vais être en retard à l'hôpital, ajoute le moustachu.

Voilà l'explication, il a l'air normal mais cela ne tourne pas rond dans sa cervelle.

Le cybercafé est silencieux à cette heure de la journée. Le jeune homme derrière la caisse ressemble à un garçon de son village.

— Je souhaite me rendre à une adresse, dit-elle.

— Y a un plan de l'autre côté de la place devant la mairie, dit-il, persuadé qu'à son âge elle n'est pas une cliente potentielle.

— Une adresse pleine de w !

Il sourit et l'installe devant un ordinateur. Karim, à présent elle connaît son prénom, pianote sur les touches avec une dextérité remarquable. Elle est là parce qu'elle se sent seule et que la Corse lui manque éperdument.

— Faut choisir un pseudo, madame.

— Mademoiselle. Écrivez Corsica.

— Faut vous positionner sur le plan du quartier. Vous habitez où ?

— Nulle part pour le moment.

— Faut vous localiser, c'est obligé.

Elle sort la carte de l'hôtel.

— Pour l'instant je suis à cette adresse. Je voudrais mettre une petite annonce. Écrivez ceci je vous prie : « Je suis une institutrice corse avec un chien bien élevé et je cherche une chambre à louer. »

Les doigts de Karim volent au-dessus du clavier, *institutrice corse avec chien cherche chambre à louer.*

— Je ne vous ai pas dicté ça, objecte Alberte. J'ai passé ma vie à enseigner le français, je donnerais un bien mauvais exemple si j'amputais mes phrases ainsi.

Karim hausse les épaules mais retape la phrase dans son intégralité.

— Terminez par : *pace e salute, P.A.C.E. et S.A.L.U.T.E.*

— Ça veut dire quoi ?

— Ils comprendront.

Lucie

« Vendredi, 13 heures, MEB »

Il est 12 h 58, je suis assise chez le radiologue, les cuisses serrées l'une contre l'autre, les bras croisés sur la poitrine, transie de peur. On clame des noms et les élus se dirigent vers les cabines, qui d'une démarche légère, qui comme on va à l'abattoir. Je me dresse lorsque mon tour arrive, j'emboîte le pas à une femme en blouse blanche qui me désigne une porte et me dit d'enlever le haut et d'attendre qu'on vienne me chercher. Je m'exécute, je m'assieds sur le tabouret, j'ai du mal à respirer, on dirait un cercueil cette cabine. Je me sens oppressée comme autrefois quand je m'imaginais que les psychiatres garderaient Diane enfermée toute sa vie, que papa nous avait quittées par ma faute, que tu allais naître sourde parce que dans notre famille personne n'écoute personne. Je me raisonne en imaginant que je suis à la plage avec toi, que de l'autre côté de la porte il y a des matelas, des parasols, la mer et un marchand de glaces. Je pense à nos prochaines grandes vacances, je fermerai la fromagerie en août, ce sera notre premier été provençal, à cause de l'emprunt pour le magasin on ne pourra pas partir mais, tu verras, on sera bien quand même, ma toute petite douce.

— À nous ! dit la jeune femme en ouvrant la porte du fond.

En la suivant je pense : « C'est à moi, pas à vous. » Elle place mon sein sur une plaque et l'écrase en le coinçant sous la plaque du dessus comme dans un gaufrier, j'ai l'impression que ma poitrine va rester quadrillée pour l'éternité.

— Ne respirez plus... Respirez! Vous allez passer à côté pour l'écho, le docteur vient tout de suite.

J'obéis, docile, je m'allonge sur la table d'examen protégée par une feuille de papier, la tête près de l'appareil qui ressemble à un gros ordinateur. Un petit médecin très sûr de lui arrive, chaussures à la mode, pli du pantalon impeccable, montre élégante, badge à son nom épinglé sur la poche de sa blouse, Dr Mickael S. Il imprègne une sonde d'un gel conducteur et la promène sur mon torse. Je recule dans le temps, je me souviens de mon émerveillement à chaque échographie alors que tu grandissais en moi.

— Tout va bien, me dit le Dr S. Quelques microcalcifications à surveiller mais rien de méchant, en tout cas rien à biopsier.

J'éprouve en premier lieu un soulagement intense, mes muscles se détendent, mes poumons se dilatent, mon cœur retrouve son rythme de croisière. Je remercie le destin, j'ai envie de sauter de joie, il y a sûrement dans cette salle d'attente des patients insouciants à qui le ciel va tomber sur la tête mais moi je n'ai rien, le Dr H. s'est trompée ou plutôt elle s'est inquiétée à tort, je ne lui en veux pas, au contraire, je lui suis reconnaissante d'être si scrupuleuse. Tout va bien, ce soir tu me battras encore au tennis sur ta console, je passerai chez le traiteur chinois nous acheter à dîner, on rira, ma Léa des bois. Je ne suis pas malade!

Puis soudain je me crispe en me rappelant la petite phrase étrange de la femme aux oiseaux : « S'il refuse de pratiquer la biopsie je vous enverrai chez une cytologue que je connais bien. » Et je m'affole à l'idée de recommencer à attendre et à angoisser.

— Le Dr H. a insisté pour que je fasse cette biopsie, dis-je en souriant pour essayer de convaincre le petit médecin.

Le Dr S. hausse les épaules.

— Vous voulez que je biopsie quoi? Puisque je vous dis qu'il n'y a rien! Revenez dans six ou huit mois pour une mammographie de contrôle.

Je panique et j'insiste, c'est trop important.

— Mais la gynécologue a nettement senti une boule, vous ne pouvez pas la sentir vous aussi et prélever dedans ?

Je me souviendrai toute ma vie de la réponse du Dr Mickael S. Et, plus que de sa réponse, de l'expression suprêmement hautaine et agacée de son visage quand il a balayé ma suggestion d'un revers de main. Ce n'est pas tant ce qu'il a dit, que la façon méprisante dont il l'a dit.

— Je suis radiologue, je ne touche pas les patients, moi, ce n'est pas mon métier ! lâche-t-il avec dédain. Votre gynécologue vous examine, moi je me fie aux images, et je vous dis qu'il n'y a rien à biopsier !

Il tourne les talons, fatigué d'argumenter avec moi, je devine qu'il est heureux de ne pas toucher les patients, qu'il détesterait cela, la promiscuité, le contact, il préfère se retrancher derrière la technologie, ne pas se salir les mains, rester en retrait, à l'abri. Il est jeune, arrogant, en bonne santé, fier de son savoir. La femme aux oiseaux s'appelle Michèle, lui se prénomme Mickael, ils sont tous deux médecins mais ils n'ont pas la même humanité. Il a l'air de connaître son métier, s'il considère que je peux attendre six ou huit mois je devrais être rassurée, il ne laisse planer aucun doute, il ne prendrait pas le risque de laisser quelque chose de mauvais s'aggraver. Je lui règle ses honoraires, je sors du cabinet, j'appelle Michèle H., je lui lis scrupuleusement le compte rendu de Mickael S. Elle me fait répéter la conclusion : « On retrouve à la mammographie un foyer de calcifications dont le nombre des éléments a très discrètement augmenté, incitant par principe à un nouveau contrôle dans six ou huit mois. » Il a été catégorique. Je n'ai rien de méchant.

— On laisse tomber et je refais des radios dans six mois ?

— Vous allez m'en vouloir mais j'insiste, Lucie. Je vous avais dit qu'il était possible que le radiologue refuse. Vous allez téléphoner à mon amie Nicole V., c'est une cytologue expérimentée, de la vieille école, elle ponctionnera directement la petite masse de votre sein dans son cabinet, à l'ancienne, et elle l'analysera.

— Même si la mammographie et l'échographie sont normales ?

— Ce n'est pas courant mais il arrive que les images soient normales et les analyses non. Je veux en avoir le cœur net.

Je capitule, je n'ai pas le choix. J'étais presque rassurée, voilà que la peur revient et me rejette au large avec un bloc de béton encore plus lourd accroché aux pieds.

Je prends rendez-vous pour le lundi suivant puis je rouvre le magasin. Le premier client demande du gruyère en montrant l'emmenthal, je lui explique que le gruyère n'a pas de trous. Toi et moi ne mangeons plus de gruyère, depuis Lyon. Là-bas, j'avais comme clients une gentille famille, le père aimait le camembert, la mère se cantonnait au fromage maigre, les jumeaux préféraient le cantal et la petite fille adorait le gruyère dont elle donnait les croûtes à son chien. Un jour ils sont partis en week-end et se sont arrêtés dans une station-service, le chien s'est échappé sur l'autoroute, la petite fille a couru derrière lui, les jumeaux ont couru pour la rattraper, la maman s'est précipitée pour les protéger. Aucun n'en a réchappé. Quand le père est ressorti après avoir payé son essence, il n'avait plus de famille. C'est lui qui me l'a raconté. Son regard était devenu vide, béant, un trou noir. Je n'ai rien trouvé à dire pour le consoler, les mots justes n'existaient pas. S'il t'arrivait quelque chose, je ne suis pas sûre d'avoir la force ou l'envie de continuer. Si c'est moi qui disparais, que deviendras-tu ?

Quand je reviens chez nous le soir, tu délaisses tes cahiers.

— On est mieux ici qu'à Lyon, hein, maman ? Tu savais que ça existait, toi, les rhumes de hanche ? C'est vrai, je te jure, j'ai un nouvel ami sur le Site des Voisins, il est enrhumé. Je crois que je l'ai vexé...

Tu me montres la prose d'Arobase. Je souris, j'y arrive encore.

— L'orthographe n'est pas son fort, c'est vrai. Je te trouve dure avec lui, Léa. Toi qui adores *Le Petit Nicolas*, tu réagis comme Agnan, le premier de la classe.

Tu protestes, tu es confiante et joyeuse, j'ai acheté nos plats chinois préférés, le voisin du second joue de la guitare électrique. Nous nous mettons à table, rouleaux de printemps, poulet à l'ananas, litchis au sirop, tu manies les baguettes mieux que moi. Je me sens en pleine forme, je me répète que mes radios sont normales, que le Dr S. connaît son job. La soirée est si tranquille, ton regard est si clair, c'est un moment de grâce. Mais bientôt je n'y tiens plus, je suis obligée de me lever, je n'arrive plus à contempler ton innocence et ta sérénité, je ne finis pas mon plat, je ne vide pas mon verre de vin, j'ai trop peur que la douceur et la paix s'arrêtent. La nuit où tu as été conçue, ton père était si fort et si tendre que je suis partie avant son réveil parce que j'éprouvais la même crainte.

Après le dîner, tu te laves la première. Quand tu t'immerges dans la mousse parfumée, tu pousses toujours un petit cri joyeux, *Youhou!* Tu es entrée dans ton bain avec *Le Grand Meaulnes*, tu en as pour un moment. Aussitôt je me reconnecte au site et je lis avidement mes messages.

De Navire à Mouette
— *Alors ?*
De Maldive à Mouette
— *Vous avez fait vos radios ?*
De Hafez à Mouette
— *Pas de nouvelles, bonnes nouvelles ?*
De Paris Hilton à Mouette
— *Tout est OK ?*
De Rambo à Mouette
— *Il a dit quoi, le docteur ?*

Ces cinq inconnus se sont sentis concernés, ils ne m'ont pas oubliée, ça me réchauffe le cœur. J'essaie de fanfaronner, quand Diane était à l'hôpital j'inventais des menus de banquets pantagruéliques et je dessinais des squelettes autour, rire jaune pour ne pas pleurer.

De Mouette à Navire, Maldive, Hafez, Paris Hilton, Rambo
— *Les radios sont normales, le radiologue a refusé de faire la biop-*

sie en disant qu'il n'y avait rien à ponctionner et il m'a dit d'un ton méprisant de revenir dans six mois. Mais ma gynéco insiste et j'ai rendez-vous lundi pour une ponction à l'ancienne, comme la moutarde, paf, dans la boule !

De Navire à Mouette

— *C'est bien.*

De Maldive à Mouette

— *Quand on est très tendu un massage évacue le stress, je suis à votre disposition quand vous voulez, c'est mon métier.*

De Rambo à Mouette

— *Si vos examens sont normaux vous ne risquez pas de contaminer quelqu'un.*

De Paris Hilton à Mouette

— *Ça craint !*

De Hafez à Mouette

— *Si elle a dit que je dois faire une ponction il faut l'écouter.*

Hafez a tourné sa phrase bizarrement mais je rétablis automatiquement la grammaire correcte, c'est moi évidemment qu'on doit ponctionner, pas lui.

Un nouvel internaute nous rejoint en ligne.

De Charlie à Mouette

— *Les médecins ont financièrement avantage à vous garder en vie longtemps, donc ils vont très bien vous soigner.*

Il est gonflé celui-là. Les autres cherchent à me rassurer, lui ne mâche pas ses mots, garder en vie c'est faire reculer la mort donc la considérer comme concevable. Pourtant, en prenant ma peur au sérieux, ce Charlie en absorbe une partie et me libère un peu.

De Mouette à Charlie

— *Vous voulez dire qu'ils ont intérêt à fidéliser la clientèle ?*

De Charlie à Mouette

— *Ça dépend de votre âge. Vous êtes un bébé mouette ou un vieux goéland déplumé ?*

Je me prends au jeu pour un moment, je pense à autre chose et ce répit vient à point nommé.

De Mouette à Charlie

— *Ça ne se fait pas de demander leur âge aux dames.*

De Charlie à Mouette

— *J'ignore si vous êtes une dame, pour moi les mouettes et les goélands sont des oiseaux de bon augure.*

De Mouette à Charlie

— *Vous savez les différencier ?*

De Charlie à Mouette

— *Les mouettes sont petites avec un bec fin et des pattes rouges. Les goélands sont gros avec des pattes jaunes et une tache rouge sur le bec. Quand j'étais petit, on louait tous les ans une maison sur l'île bretonne de Groix, j'avais apprivoisé un goéland et je l'avais baptisée Julie, c'était ma meilleure amie fille, elle poussait des cris de joie quand j'arrivais au début de l'été, elle m'apportait des cadeaux, des brindilles et des vers. Elle pondait ses œufs en mai, elle les couvait encore au début des vacances, ses petits s'envolaient en août et elle venait me les montrer. Elle passait me voir chaque soir à l'heure du dîner, j'étais le seul à pouvoir l'approcher.*

De Mouette à Charlie

— *Comment saviez-vous que c'était le même goéland ?*

De Charlie à Mouette

— *Je sais reconnaître mes amis quand je les vois. Pas vous ?*

— Ton bain est prêt, maman, y a des nouveaux messages ?

Je tressaille, je ne t'ai pas entendue sortir de l'eau, tu es juste à côté de moi, en pyjama, débordante de vie, pieds nus. Je m'affole, une sueur froide m'envahit, j'ignore depuis combien de temps tu es là, si tu as regardé l'écran, si tu as lu mes échanges avec Charlie, si tu as remarqué le pseudo Mouette. Je me contiens, surtout ne pas agir en coupable, ne pas rabattre trop vite le couvercle de l'ordinateur, ne pas te mettre la puce à l'oreille. Sans te lâcher du regard tel le dresseur dans la fosse aux lions, je clique le plus naturellement possible sur « Quitter », j'attends que le texte disparaisse.

— Je ne t'avais pas entendue, chérie, tu es là depuis longtemps ?

Tu secoues la tête.

— Je t'ai appelée plusieurs fois pour te prévenir que j'avais fini ! Tu faisais quoi ?

Je plonge mes yeux dans les tiens, tu n'as jamais été douée pour mentir. Tu sembles paisible et sereine. J'en conclus que tu n'as rien lu, rien vu, rien surpris.

— Je lisais un récit de vacances.

C'est la pure vérité. Je me déconnecte du site. J'ai pris soin de verrouiller par un mot de passe l'accès aux messages adressés à Mouette. Il s'est imposé à moi tout de suite, comme une évidence. Il comporte dix lettres. TE PROTÉGER.

Léa

Dès que sa maman entre dans la salle de bains, Léa se connecte sur le site. Il n'y a pas de message pour Eskimo. Elle prend une grande inspiration, puis tape :

De Eskimo à Arobase

— *Pardon pour ce matin, je m'en fiche, des S et des Ê. Tu m'en veux ?*

De Arobase à Eskimo

— *Je suiS pas vexé, j'aiS éteint l'ordinateur parce que le doctor est arrivé, il l'aS posé sur la table loin de moi et j'aiS oublié de le lui redemender, je le voyaiS de loin mais je pouvaiS pas l'attraper ! Mes parents vienneS de rentrer et de me le rendre. J'en aiS encore pour trois semênes à rester allongé, je saiS pas si je tiendrai. Quand mes parents travailleS j'aiS personne à qui parler, sauf Josefina qui m'apporteS mon déjeuner mais elle repart tout de suite. Je faiS des fotes parce que j'arriveS des Etats-Unis, on était 6 ans dans l'Illinois, j'aiS continué à parler français avec mes parents mais je saiS plus l'écrire. T'eS contente ? C'est mieu ?*

De Eskimo à Arobase

— *Non c'est pire. Oublie les S. C'est long, trois semaines !*

Elle plaint de tout cœur ce garçon de son âge qui se retrouve seul pendant de longues heures, si elle était malade sa maman ne la quitterait sûrement pas.

De Eskimo à Arobase

— *Tes parents sont vraiment forcés de te laisser ?*

De Arobase à Eskimo

— *Ils fon de la recherche scientific et leurs découvertes transforme le monde, ils n'on pas de temps à perdre pour s'occuper d'un gosse.*

Léa devine qu'elle touche un point sensible et change de sujet.

De Eskimo à Arobase

— *Heureusement tu as ton ordinateur et ce site. Ma mère n'est pas douée pour le bricolage, c'est pour ça qu'on s'y est inscrites au début, on avait peur de ne pas savoir monter les meubles Ikea. Finalement on a réussi.*

De Arobase à Eskimo

— *J'ai aidé mon père à installer les étagères pour ses livres de biology molecular. Ma mère di qu'il a 2 mains gauches et qu'il n'aurai pas pu sans moi. Ton père aussi est maladroi ?*

Léa élude.

De Eskimo à Arobase

— *Personne n'est manuel dans la famille. Moi ce que j'aime surtout c'est lire, on dit que les enfants uniques lisent plus. Tu as des frères et sœurs ?*

De Arobase à Eskimo

— *Je sui fils unique, ça suffi amplement, c'est déjà assez dur avec un seul enfant.*

Ça ressemble à une phrase d'adulte. Léa imagine le garçon malade couché dans son lit avec un ordinateur portable posé sur un plateau. Qu'aperçoit-il par la fenêtre, une rue, un arbre sur les branches duquel pépient des oiseaux? Elle se représente les parents d'Arobase, vêtus de blouses blanches, affairés autour d'un microscope et de récipients remplis de liquides colorés comme les savants fous des films. Quand elle avait six ans, quelqu'un a demandé devant elle à sa mère si elle regrettait de n'avoir qu'un seul enfant. «Je n'ai pas dit mon dernier mot », avait répondu Lucie. L'expression avait intrigué Léa, le dernier mot, le dernier souffle, c'est quand on arrête de respirer et qu'on meurt. Elle avait eu du mal à s'endormir pendant des semaines à l'idée que Lucie puisse un jour disparaître comme Théo ou comme son grand-père. Elle a tellement entendu parler de Théo qu'elle a l'impression de l'avoir connue, elle était peintre, il y a un autoportrait d'elle dans le salon ; mais la photo du père de sa maman est cachée au fond d'un tiroir. Personne ne sait où il est, ni s'il est encore vivant. Léa songe parfois à la mort en regardant la Fiat 500 rouge du boulanger qui rouille sur place avec ses pneus à plat et sa carrosserie piquetée. Il y a encore des lunettes sur le tableau de bord, un parapluie sur la banquette arrière, des gants à la place du mort. Une collection de contraventions soulève l'essuie-glace. Qui les paiera ?

De Eskimo à Arobase

— *Tu as lu Le Grand Meaulnes ? Elle te fait mal ta jambe ?*

De Arobase à Eskimo

— *Je ne li jamai je déteste ça. J'ai un peu mal, ma mère di que si Dieu nous envoi des épreuve on a la force de les supporter, alors je supporte.*

De Eskimo à Arobase

— *La mienne est fâchée contre lui, elle a été baptisée mais pas moi.*

De Arobase à Eskimo

— *Il a soufflé à sir Timothy Berners-Lee l'idée d'Internet, il a créé le paradise, le base-ball, les croissants français et les ice-cream, elle ferai mieu de le remercier.*

De Eskimo à Arobase

— *Tu es triste d'être revenu en France ?*

De Arobase à Eskimo

— *Je regrette les matchs, l'entraineman et mon BFF, mon Best Friend Forever, mon meilleur ami Peter, il est super à la batte. J'habitai l'Illinois.*

De Eskimo à Arobase

— *Je viens d'arriver de Lyon, ma meilleure amie aussi est restée là-bas. C'est quoi la biology molecular ? Tes parents ne font pas des expérimentations sur les animaux, j'espère ?*

De Arobase à Eskimo

— *Ils fon du génie génétique. Ils rentrent tar du labo, jamai avant 10 heures le soir. Ils fon quoi les tiens ?*

Léa n'aime pas qu'il n'ait pas répondu à sa dernière question. Arobase n'est pas responsable du métier de ses parents mais elle n'a jamais oublié les terribles photos qu'elle a vues un jour affichées en devanture d'un kiosque à journaux. Elle n'aime pas non plus qu'on lui demande le métier de son père. Quand elle regarde le journal télévisé, elle se dit qu'il est peut-être l'un de ces hommes dont on parle, un ministre ou un syndicaliste ou un PDG à parachute doré ou un SDF mort de froid ou un mafieux assassiné, n'importe qui, n'importe où, comment saurait-elle ? À chaque rentrée scolaire, à la question profession du père, elle invente une réponse différente. Une année elle a écrit « chercheur d'or » et la maîtresse a voulu la confondre en pleine classe. Léa s'est levée et a fièrement argumenté : « Je ne sais pas qui c'est, alors c'est peut-être vraiment son métier, qu'est-ce que vous en savez, madame ? »

Cette fois, elle ne s'en tirera pas par une pirouette.

De Eskimo à Arobase

— *Ma mère est fromagère. Je ne sais pas où est mon père.*

Puis elle se déconnecte prestement en entendant Lucie sortir de son bain.

Lucie

Dans la salle d'attente du Dr Nicole V., la cytologue expérimentée conseillée par le Dr H., les patients sont assis dans des fauteuils qui font face aux secrétaires. Une sorte de comptoir les sépare, comme un bar, sauf qu'ici on ne commande pas des kirs ou des muscadets, on prélève.

Encore le jeu des portes, celle par laquelle on entre habillé, celle par laquelle on sort dévêtu. Encore le cœur qui bat la chamade, le sentiment de claustrophobie, l'envie de fuir comme si la femme aux oiseaux n'avait jamais palpé cette boule, comme si l'anomalie allait disparaître par enchantement. Si tu n'existais pas, je prendrais mes jambes à mon cou. Mais tu existes.

Nicole V. a quelque chose de commun avec la femme aux oiseaux, une sorte de douceur, de force, qui n'a rien à voir avec de la compassion. Elle lit la lettre de la gynécologue.

— Le Dr H. est une perfectionniste, vous avez de la chance d'être suivie par elle.

Je la sens sincère, il ne s'agit pas de futiles compliments entre médecins qui se renvoient des patients mais de respect mutuel.

— Allongez-vous. Je ne vais pas vous faire mal, pas besoin d'anesthésie ni d'incision, l'aiguille est très fine. Le Dr H. m'écrit qu'on sent mieux cette petite masse en position assise mais je dois pratiquer la ponction quand vous êtes couchée. Il faut que je la retrouve...

Elle me palpe le sein, je commence à avoir l'habitude. Elle ne sent pas une seule petite masse, mais deux, est-ce que mon cas s'aggrave ? Elle plante une première petite aiguille, puis une deuxième. C'est fait, à l'ancienne, paf ! La première fois je ne sens rien, la seconde c'est moins agréable.

— La cytoponction prélève des cellules alors qu'une biopsie prélève des carottes de tissu, explique-t-elle tout en me désinfectant et en me posant des petits pansements.

Je pense : « Et les carottes sont cuites », mais je le garde pour moi, faire des calembours diminue un peu la force de la menace. Tu ne sais pas que je suis là, ce que je traverse ne t'éclabousse pas, c'est l'essentiel.

— J'adresserai directement les résultats au Dr H. dans huit jours, conclut le Dr V. en se lavant les mains.

— C'est tout ?

— C'est tout.

Pas de bonnes paroles trompeuses, pas de mépris agacé, une franche poignée de main. Je me rhabille, je règle, je retrouve la lumière du soleil. Avant de rouvrir le magasin à quatre heures je repasse à la maison me connecter au site.

De Mouette à Hafez, Maldive, Navire, Paris Hilton, Rambo, Charlie

— *Ça y est, j'ai fait la ponction, paf !, je dois attendre huit jours pour les résultats.*

De Rambo à Mouette

— *J'espère que vous n'avez pas de cancer, ils disent que ce n'est pas transmissible mais je me méfie, vous vous rappelez Tchernobyl ils ont prétendu que le nuage radioactif s'était arrêté à la frontière ?*

Sa réponse me fait bondir et je l'efface. Personne d'autre n'est en ligne. Je clique sur les petites annonces. Corsica cherche une chambre à louer. Charlie veut acheter un utilitaire d'occasion. Je suis nouée des pieds à la tête mais je ne peux pas accepter l'offre de massage de Maldive sans dévoiler mon identité. Au moment où je vais éteindre l'ordinateur, Hafez se connecte.

De Hafez à Mouette
— *Ils ont dit que j'aurais la réponse dans une semaine, alors essayez de vous distraire et de ne pas être obsédée par ça. La ponction concerne les cellules, la biopsie concerne les tissus, vous avez compris la différence ?*
De Mouette à Hafez
— *Vous êtes médecin ?*
De Hafez à Mouette
— *Je suis chirurgien.*
De Mouette à Hafez
— *Vous travaillez dans quel hôpital ?*
De Hafez à Mouette
— *J'étais chirurgien en Iran. Je n'opère plus.*

Charlie nous rejoint en ligne.

De Charlie à Mouette
— *J'ai pensé à vous, ça s'est bien passé, vous êtes une mouette douillette ou un vaillant goéland ?*
De Mouette à Charlie
— *Je voudrais vous y voir.*
De Charlie à Mouette
— *Vraiment ?*

Je hausse les épaules, c'est une façon de parler, je ne souhaite la même peur à personne.

De Mouette à Charlie
— *Non. Je voudrais ne pas m'y voir moi.*
De Charlie à Mouette
— *J'espère que vos analyses seront bonnes et qu'on fêtera ça au cyber champagne. Quel que soit le résultat, on sera là.*

Ses trois derniers mots me clouent sur place. Il envisage donc la possibilité que mes résultats soient mauvais. Il s'engage à être là si ça tourne mal. Qui est Charlie, un célibataire, un divorcé, un veuf? S'il avait une femme dans sa vie ou dans son lit il ne perdrait pas son temps sur ce site. L'anonymat nous protège, les mots prennent leur vrai sens sans le filtre de l'aspect physique. J'ignore son âge, son aspect, le son de sa voix, son métier. Il ignore ton existence.

De Mouette à Charlie

— *Il faut que je retourne travailler. Vous êtes dans quoi ?*

De Charlie à Mouette

— *Pour l'instant je suis dans la merde mais ça va changer. Et j'avoue, je reconnaissais Julie parce qu'elle avait une cicatrice sur une patte.*

Il en faut beaucoup pour me faire sourire en ce moment. Il faut ton rire et tes remarques incongrues, ma Léa. Et les messages sur le site de ce parfait inconnu.

Léa

LUNDI

De Arobase à Eskimo

— *Bonjour. Je sui seul juske tar ce soir, mes parents von ą une remise de prix d'un chercheur. Ma mère di qu'en France le travail des femmes n'est pas reconnu comme celui des hommes. Mon père ne voi pas la difference. Pourquoi tu ne sai pas où est le tien ?*

De Eskimo à Arobase

— *Parce qu'on ne s'est jamais rencontrés. Aux halles maman est la seule sans mari, je l'aide le dimanche matin, elle commence à huit heures et moi à dix heures. Tes parents ça ne les gêne pas que tu fasses autant d'erreurs en écrivant le français ?*

De Arobase à Eskimo

— *Ils ne le save pas, je ne leur écri pas à eu, juste à toi. Je sui tombé malade le lendemain de notre arrivée en France, je sui inscrit à Jules Ferry mais j'y sui pas encore allé. C'est pa important. Toi ça te gêne ?*

De Eskimo à Arobase

— *Les autres élèves vont se moquer de toi, ils se moquent de mon accent lyonnais.*

De Arobase à Eskimo

— *Sur les photos de classe je sui le plus gran et le plus for, personne se moque de moi.*

De Eskimo à Arobase

— *Si tes parents ne rentrent pas ce soir Josefina t'apportera ton dîner ?*

De Arobase à Eskimo

— *Ses enfants l'attende, elle m'a laissé un picnic basket avec des sandwich.*

MARDI

De Arobase à Eskimo

— *Mes parents son rentrés très tar hier et ils se son disputé toute la nuit. Mon père étai en colère parce qu'un chercheur cherche plus ma mère que le vaccin contre le virus H5N1. Elle a voulu escape mais elle a même pas attein la première base.*

De Eskimo à Arobase

— *L'avantage d'une famille monoparentale c'est qu'il n'y a jamais de dispute de couple. Maman n'est pas comme d'habitude depuis mon anniversaire, un nouveau magasin va ouvrir juste à côté de sa fromagerie, je crois que ça l'inquiète.*

MERCREDI

De Arobase à Eskimo

— *J'en ai assé d'être prisonnier de ce lit, tout seul, en traction. Je vai décrocher les poids, me lever et marcher.*

De Eskimo à Arobase

— *Non ! Ne fais pas ça ! Tu veux que je vienne te tenir compagnie ? Donne-moi ton adresse, j'arrive !*

De Arobase à Eskimo

— *C'est fermé à clef, si je ne me lève pas je pourrai maime pas t'ouvrir la porte. Je sui comme une grosse balaine échouée, j'en ai vu sur une plage de l'Oregon. Je vai me lever.*

De Eskimo à Arobase

— *Non ! Si tu te lèves, je ne t'écris plus jamais, je ne suis plus ton amie, j'oublie ton nom, je ne te connais plus.*

De Arobase à Eskimo

— *Tu sai même pas comment je m'appelle. Si je me lève je me ferai d'autres amis.*

Pas de réponse.

De Arobase à Eskimo

— *J'ai pa besoin d'amis, je sui trè bien tout seul.*

Toujours rien.

De Arobase à Eskimo

— *Tu t'es déconnectée ? Hey ? Mon vrai nom c'est Sébastien. Mes ami m'appelle Seb.*

JEUDI

De Eskimo à Arobase

— *Ce matin maman est partie aux halles à quatre heures, je me suis réveillée seule et je déteste ça. Si tu te lèves tu es un crétin, Seb. Il ne te reste plus que deux semaines à patienter et tu remarcheras, c'est rien.*

De Arobase à Eskimo

— *J'ai failli le faire. Si t'avai pa été là je décrochai les poids. Thanks. Tu t'appelle comment ?*

De Eskimo à Arobase

— *Léa.*

VENDREDI

De Arobase à Eskimo

— *Ça chaufe à la maison, ma mère a crié que ma présence n'arange rien, que si je n'existai pas ils se séparerai pour faire un break.*

De Eskimo à Arobase

— *Tu restes allongé. Ce sont leurs affaires. Tu n'y es pour rien.*

SAMEDI

De Eskimo à Arobase

— *Le climat est moins tendu ?*

Pas de réponse.

De Eskimo à Arobase

— *Eh, la terre appelle la lune, Léa appelle Seb ?*

La lune reste muette.

DIMANCHE

De Arobase à Eskimo

— Hier ma mère a passé tout le matin avec moi, on a joué au Monopoly, après mon père a voulu jouer aux dames, c'étai pathetic, je préfère encore être seul. Ils se parle plus entre eux, ils me parle à moi, en triangle.

De Eskimo à Arobase

— Ils veulent te prouver qu'ils sont de bons parents et ils se disputent pour avoir ta garde s'ils divorcent ?

De Arobase à Eskimo

— Tout ce que je veu c'est remarcher et sortir de ce lit. Je les voi jamais, alors qui s'en va et qui reste, je m'en fiche.

Lucie

MARDI

De Charlie à Mouette

— *Salut la mouette pas tous les jours rieuse, vous êtes remise de vos émotions d'hier ?*

De Mouette à Charlie

— *Salut Charlie Hebdo, oui, je suis en stand-by, j'attends.*

MERCREDI

De Charlie à Mouette

— *On a tous des bons et des mauvais jours. Aujourd'hui est une journée à rayer de la carte, à supprimer du calendrier, grrrrr !*

De Mouette à Charlie

— *Ma fille fait ça avec la fête des pères. Elle a onze ans. Vous avez des enfants ?*

J'avance en terrain découvert, tant pis, j'ai besoin de t'associer à nos échanges, de parler de toi à Charlie. Je m'en veux de te cacher son existence alors que tu m'as fait assez confiance pour me parler d'Arobase. Nous avons chacune trouvé un ami virtuel grâce au site. Nous avons toutes les deux une double vie informatique.

JEUDI

De Charlie à Mouette

— *Pas que je sache, mais tout est possible.*

De Mouette à Charlie
— *C'est un choix ?*

J'y vais franco. L'étiquette n'est pas la même sur l'écran, on ose poser les vraies questions.

De Charlie à Mouette
— *Non, ce n'est ni un regret ni une nécessité, ce n'est pas arrivé.*
De Mouette à Charlie
— *Vous avez quel âge ?*
De Charlie à Mouette
— *Ça ne se fait pas de demander leur âge aux messieurs.*

VENDREDI
De Mouette à Charlie
— *Sérieusement, quel âge ?*
De Charlie à la Mouette curieuse
— *Soixante ans mais j'en fais beaucoup moins.*

Je n'aurais pas dû demander. Il a le double de mon âge, il pourrait être mon père. Il est de la génération de l'homme qui nous a laissées tomber comme de vieilles chaussettes.

SAMEDI
De Charlie à Mouette
— *Je suis trop vieux pour vous ?*

Je suis tombée dans le panneau comme ces adolescentes qui dialoguent sans le savoir avec des hommes mûrs. De quoi ai-je peur, il ne va pas me sauter dessus à travers l'écran. C'est un homme bien, il a de l'humour et il m'aide à traverser une sale passe. Pourquoi suis-je si déçue ?

De Charlie à Mouette
— *Vous êtes trop jeune pour moi ?*

Il a soixante ans, et alors ? Nous sommes sur le Site des Voisins, pas sur Meetic. Il se sent seul lui aussi, il n'a pas d'enfants, il est dans la merde parce qu'il est au chômage ou qu'il a une maigre retraite. C'est une bonne chose qu'il ait trente ans de plus que moi, en ce moment j'ai juste besoin d'amitié et d'encouragements.

De Charlie le patriarche à la Mouette qui me trouve antédiluvien

— *Vous avez quel âge ?*

De Mouette à Charlie

— *Vingt-neuf ans. Vous vous méprenez, votre âge n'a aucune importance.*

De Charlie à Mouette

— *Je croyais qu'on se disait la vérité ?*

De Mouette à Charlie

— *D'accord, je vous imaginais plus jeune.*

Charlie habite notre pâté de maisons. Son ballon sur le plan du site est au carrefour de plusieurs rues dont la rue de l'Église, nous avons déjà dû nous croiser. J'ai plusieurs sexagénaires dans ma clientèle, est-ce l'un d'eux ?

DIMANCHE

De Charlie à Mouette

— *Vous croyez en Dieu ?*

De Mouette à Charlie

— *Je ne sais plus.*

De Charlie à Mouette

— *J'accompagnais ma mère à la messe le dimanche autrefois, j'ai même été enfant de chœur. Maintenant je ne vais plus qu'aux mariages ou aux enterrements, et encore, il m'arrive de les rater...*

Nos dialogues ont changé depuis que je connais notre différence d'âge, c'est ma faute, j'aurais dû réfréner ma curiosité. Maintenant je le vois comme un père et on ne peut pas compter sur eux, nous sommes toi et moi bien placées pour le savoir, ma Léa des bois.

Malo

Malo a mal au dos, des courbatures et de la peinture partout, mais il est satisfait. L'ancien fournil transformé en cuisine et l'espace dégustation sont désormais bleus, l'espace vente est devenu orange, Erwan a commencé à monter les meubles en bois naturel, ça prend tournure. Le mateloteur sexagénaire et le trentenaire fraîchement diplômé ont peint et bricolé ensemble. Erwan est éreinté et souriant, il a posé des jours de RTT dans son entreprise pour aider son filleul. Ils ont oublié pour un temps le père agressif de l'un et le fils branlant de l'autre. Assis à même le sol du magasin, ils s'offrent une petite pause.

— J'ai lu sur Internet qu'il existe une voiture bio dont le carburant provient de résidus de chocolat mélangés à des huiles végétales, dit Malo. Son volant est fait de fibres dérivées de carottes, ses siège sont en fibres de lin et en mousse d'huile de soja, elle roule à soixante à l'heure. Je pourrais faire aussi station-service ?

— Avec le bar à chocolats mettez un tigre dans votre moteur !

Malo sourit.

— Je vais chercher des sandwichs. Qu'est-ce qui te tente, jambon, saucisson, pâté ?

— Mon cholestérol a baissé, j'ai envie de m'accorder un extra, pain frais et camembert.

— Sans moi alors, j'ai horreur du fromage.

Cela lui vient de l'enfance, de ces repas dominicaux interminables chargés de non-dits, le reste de la semaine son père déjeunait avec ses clients et ses maîtresses, mais le dimanche était sacré pour Kennan, il tempêtait, buvait, s'empiffrait, sa femme se taisait, ses enfants ne mouftaient pas. Quand arrivait le fromage, l'orage éclatait et les reproches fusaient. Malo et sa sœur Gwen avaient l'appétit coupé. Jusqu'à quinze ans, la simple vue du plateau de fromages leur vrillait l'estomac.

— Je vais chez ta voisine, dit Erwan en se levant.

Malo cherche son portefeuille, il le retrouve sous un tas de chiffons imbibés de térébenthine. Il sort, aperçoit son parrain derrière la vitrine de la fromagerie. Un taxi se gare le long du trottoir.

— Malo ?

La voix retentit dans la rue, répercutée par les façades. Les yeux en points d'interrogation, Malo s'approche du taxi dont a jailli quelqu'un qu'il ne s'attendait pas à voir.

— Qu'est-ce que tu fais là ?

— Mon petit frère est parti sans me dire au revoir.

Gwen a de superbes cheveux blonds qui cascadent le long de son dos, une élégante veste cintrée en cuir gris, un jean griffé, des escarpins à talons avec la mythique semelle rouge. Erwan sort en hâte de la fromagerie et l'étreint avec fougue malgré sa tenue de travail maculée de peinture.

— J'étais sûr que tu viendrais !

Malo n'en croit pas ses oreilles.

— C'est toi qui as dit à Gwen où j'étais ?

— Je suis pour la paix des familles. Rassure-toi, Kennan ne sait rien, j'ai tenu ma parole. Ta sœur m'a appelé, elle était inquiète pour toi, je n'ai pas voulu lui mentir. Votre mère n'aurait pas aimé que vous vous disputiez.

Gwen interroge son frère du regard.

— Tu t'installes vraiment ici ? Tu me laisses tomber ?

— Tu ne vas pas t'y mettre aussi ? Non, je n'étais pas là pour l'enterrement de maman, oui, je suis ton frère, non, je ne suis pas ton mari, Paul est le bon fils malin et ambitieux que papa aurait voulu, j'ai été témoin à votre mariage, vous travaillez avec lui, vous êtes de bons enfants respectueux, moi, je suis le vilain petit canard. Mais j'ai un rêve… et je le réaliserai !

Ils s'affrontent, même stature, même orgueil.

— Tu me manques, Malo.

— Toi aussi. Mais je ne pouvais pas rester. Papa a fait pression sur le type avec lequel je devais signer le bail du magasin, tu te rends compte ? Je me serais sans cesse heurté à lui, ç'aurait été invivable. Et puis mon parrain a besoin de moi…

— Alors ça, c'est vraiment le monde à l'envers ! bougonne Erwan en feignant d'être offusqué.

— J'ai amené Bidule ici, dit Malo, tu aurais vu dans quel état je l'ai récupéré…

— Je l'aurais pris si Paul n'avait pas eu la phobie des chats, se défend Gwen.

— Ton mari aime les cravates et les chaussures à glands, chacun son goût !

— Arrête, Malo. Il supporte papa. Combien d'hommes en feraient autant ?

— Je suis heureux que tu sois venue, dit-il en lui ouvrant les bras.

Lucie

Mon nouveau voisin et son élégante petite amie s'étreignent sur le trottoir, je les aperçois à travers ma vitrine. Ils avaient l'air de se quereller, ils ont dû se réconcilier. J'aime quand les histoires des autres finissent bien, quand le bonheur est contagieux.

Je détaille la tenue de la jeune femme blonde, je remarque la souplesse du cuir de sa veste, la coupe de son jean, la hauteur des talons de ses escarpins. Je suis chaussée de mocassins plats parce que je reste des heures debout au magasin, je porte un jean banal, des petits hauts qui se lavent en machine et ne se repassent pas. Mes cheveux hypercourts sont en bataille, mon maquillage de ce matin n'est plus qu'un souvenir, nous venons de deux planètes différentes.

Soudain, la blonde sophistiquée regarde de mon côté, elle fronce son joli nez et s'écrie très distinctement :

— Dis donc, ça pue, chez tes voisins, c'est une horreur, cette odeur ! Ils pourraient fermer leur porte !

Je me retiens pour ne pas sortir défendre mon honneur et ma marchandise, pas question de m'abaisser à ça. Qui se ressemble s'assemble, ces deux-là vont bien ensemble.

Alberte

Alberte et Pinzutu poussent la porte du cybercafé.

— Je suis venue voir si j'ai une réponse à ma petite annonce, vous voulez bien fouiller dans ma boîte aux lettres ?

— C'est une boîte mail, soupire Karim. On ne fouille pas dedans, on clique dessus. Inutile de me donner votre mot de passe et votre identifiant, je les connais par cœur... Tiens, y a du nouveau !

Alberte se penche par-dessus son épaule.

De l'Omu di Cagna à Corsica

— *Ma fille Santa vient de partir six mois à Rome grâce à une bourse Erasmus. Son studio meublé est disponible pendant cette période, je vous propose en échange de sortir mon chien Max du lundi au vendredi à l'heure du déjeuner, j'habite à côté, c'est un chien de chasse bien dressé.*

— C'est quoi ce pseudo à la con, l'homme qui cogne ? Vous n'avez pas précisé votre âge, il doit vous prendre pour une jeune instit remplaçante, faut vous méfier, grommelle Karim qui s'est attaché à elle.

Alberte lève les yeux au ciel.

— C'est le nom d'un bloc de roches qui ressemble à une silhouette humaine au sommet d'une montagne en Corse-du-Sud. L'Omu di Cagna veille sur la montagne, le lion de Rocapina veille sur la mer.

— Et moi je veille sur vous, marmonne Karim.

Ils ont pris rendez-vous devant le studio. Ange, le père de Santa, est appuyé contre sa voiture, elle le repère facilement grâce à la tête de Maure collée sur sa vitre arrière. Les yeux d'Ange glissent sans s'arrêter sur Alberte quand elle traverse la rue pour venir vers lui, Karim a raison, il attend une jolie petite enseignante.

— *Bonghjornu, so eiu,* c'est moi, dit-elle de sa voix rauque. Et je vous déçois.

Il écarquille les yeux, la dévisage avec surprise.

— Vous êtes beaucoup trop...

— Je vous présente Pinzutu, coupe-t-elle. Vous êtes d'où ?

— Porto-Vecchio.

— Alors vous me le montrez, ce studio ?

— Il est au cinquième sans ascenseur et plutôt adapté à... la jeune génération...

Il s'interrompt, gêné.

— Je ne suis pas encore grabataire, réplique Alberte.

— Je ne voulais pas vous blesser ! Max tire beaucoup sur sa laisse et il a du caractère, j'espérais quelqu'un de plus...

— Je m'occupe d'éducation depuis soixante ans, j'ai eu des enfants plus durs que des pitt-bulls qui sont devenus aussi confiants que des golden retrievers. Je m'entendrai bien avec Max, croyez-moi. Il est comment votre studio, on y accède par une échelle de corde en grimpant le long de la façade de l'immeuble ? C'est Fort Boyard ? Allez-y, je vous suis.

Alberte lui fait signe de passer devant. Son autorité paye, Ange s'exécute, certain que lorsqu'elle verra l'endroit elle renoncera d'elle-même.

L'un derrière l'autre, ils grimpent les cinq étages. Pinzutu pénètre le premier dans la pièce. Elle est petite, à peine quinze mètres carrés au sol, éclaboussée de soleil avec ses deux fenêtres. Une porte donne sur un cabinet de toilette pour lilliputiens avec douche et W-C. Un escalier d'intérieur type échelle de meunier mène à une mezzanine basse de plafond et tendue de tissu orange où trône un grand lit recouvert d'une couette blanche parsemée de gros cœurs rouges. Dans l'espace principal, les murs sont parme, le canapé rose, le bureau en bois du même violet que le gros ordinateur MacIntosh posé dessus, et les deux fauteuils bleus. Sur le minibalcon, près d'une table et de deux chaises de jardin vert pomme, des petits oliviers en pot tendent leurs branches vers le ciel. Le tout est gai, coloré, parfait pour un étudiant.

— Voilà, dit l'Omu di Cagna, sûr de son effet. Vous voyez ce que je voulais dire. Santa adore son pigeonnier, mais évidemment...

Parfois, il suffit d'un rien pour modifier le cours naturel des choses. Il n'est bien entendu pas question pour Alberte de grimper sur une échelle de meunier et de progresser à quatre pattes pour aller se coucher, ni de vivre dans un décor aux couleurs acidulées. Mais, au moment où elle ouvre la bouche pour admettre sa défaite, Pinzutu escalade l'échelle en quelques bonds et s'allonge en travers du lit, la tête sur l'oreiller barré d'une souriante bouche cramoisie. Et au même instant le vent souffle sur le balcon et le soleil joue sur les oliviers. Il y a cela, le bruit caractéristique de la brise dans le feuillage, la lumière accrochée sur les feuilles d'un vert aussi doux que sur la placette devant l'école en face de chez Alberte. Il y a cela et soudain l'avenir redevient possible, soudain le temps qui lui reste à vivre reprend du sens. Il serait absurde, déraisonnable, stupide, de louer cet appartement, elle n'est pas un cabri, elle risque de se casser le col du fémur, de se fatiguer le cœur dans les escaliers, de faire des cauchemars aux couleurs psychédéliques, tout ça n'est plus de son âge.

Paradoxalement c'est ça qui emporte le morceau. Alberte n'est pas une grand-mère puisqu'elle n'a pas de petits-enfants, elle n'a rien à prouver à quiconque, elle doit juste retrouver du goût à l'existence en dehors de son île. Pinzutu a adopté les lieux, les animaux ont de l'instinct. En quittant la Corse, Alberte a renoncé à mourir dans le grand lit ancien où ses parents ont rendu l'âme, elle sent qu'elle ne mourra pas non plus dans cette mezzanine orange sous la couette aux cœurs rouges. Et cela même achève de la décider. Ici, elle ne risque rien, la mort ne viendra jamais la chercher si haut, elle se perdra en route, elle se fatiguera à gravir les étages, elle pensera que c'est une erreur, qu'aucune vieille dame ne demeure là, qu'elle s'est égarée, elle replacera la fiche nécrologique d'Alberte en dessous de la pile, elle lui offrira un bonus de vie pour la peine. Alberte vieillit, elle s'en rend compte quand elle perd ses lunettes ou qu'au village elle croisait quelqu'un de familier sans se rappeler son nom. Ça n'a rien à voir avec Alzheimer, elle se rappelle ce qu'elle a mangé ou fait la veille, elle a juste des trous de mémoire. Son médecin, encore un ancien élève, lui a expliqué qu'avec l'âge on a des difficultés à relier les informations rangées dans des hémisphères différents du cerveau, l'hémisphère gauche stocke les mots, l'hémisphère droit les visages, on a un nom sur le bout de la langue mais il nous échappe. Ici où elle ne connaît personne, elle ne risque pas de se tromper. Il voulait aussi lui poser une pile à cause de son fichu cœur qui devient trop lent, elle a refusé tout net par peur de mourir vivante avec un cœur qui continuerait à battre dans sa tombe au milieu du maquis. Il l'a détrompée et lui a expliqué qu'un pacemaker envoie des impulsions, un muscle cardiaque mort ne répond plus aux impulsions, donc ne peut pas battre. Elle ne l'a pas cru. Quand elle se regarde dans la glace elle se reconnaît de moins en moins, elle se sent jeune dans la peau d'une vieille, étrangère à ce corps amaigri, comme si on l'avait forcée à enfiler une housse fripée. Le changement lui fera du bien.

— Je commence quand vous voulez avec Max. Il a sûrement un trajet de promenade préféré et ses réverbères favoris, vous me les indiquerez ?

— Vous me faites marcher ? Vous n'êtes pas sérieuse ?

— À mon âge on ne s'engage pas à la légère, le temps est trop précieux. Ce studio est parfait, je le prends. Je pourrai utiliser l'ordinateur ?

Ange en reste comme deux ronds de flan.

— Je rêve... Vous allez aussi me dire que vous jouez aux jeux vidéo ?

Alberte secoue la tête.

— Quand même pas. Mais si je me sens seule, si la Corse me manque, je pourrai toujours la regarder dans la caméra.

Léa

LUNDI

De Arobase à Eskimo

— *Tu croyai que mes parents se disputai pour ma garde ? T'avai raison mais à l'enver. Ils s'engueule pour pas me garder. Ils dise qu'ils m'aime mais chacun pense que je serai mieux chez l'autre. Je sui un boulet, un poid comme celui qui me tire la jambe. Je sui en traction dans mon lit pour encore 2 semaines, je sui en traction dans leur vie jusqu'à ma majorité.*

De Eskimo à Arobase

— *Je suis sûre que tu exagères. Si c'est vrai, c'est de la confiture aux cochons.*

De Arobase à Eskimo

— *Quel cochon ?*

De Eskimo à Arobase

— *Maman le dit quand un client ne fait pas la différence entre un camembert au lait cru et un camembert pasteurisé. Ça veut dire qu'ils ne te méritent pas.*

De Arobase à Eskimo

— *Si je n'étai pas couché tout serai plu simple.*

De Eskimo à Arobase

— *Encore un peu de patience. Je passerai te chercher pour ton premier jour d'école si tu veux ?*

De Arobase à Eskimo

— *Je peu pa arriver en classe avec une fille. T'es noix ?*

De Eskimo à Arobase

— *Je suis allergique aux arachides. Comment tu le sais ?*

De Arobase à Eskimo

— *You're nuts, en anglais, ça veu dire t'es folle.*

Lucie

Au début, c'est un jeudi comme les autres. Je me lève à quatre heures du matin, j'avale un premier café pour ne pas partir l'estomac vide, je prépare ton bol, puis je m'enfonce dans la nuit.

J'aime rouler dans les rues désertes, retrouver aux halles les mêmes têtes joviales, entendre les mêmes blagues bon enfant, discuter les prix, boire mon second café en mangeant une tartine beurrée sur le zinc, refuser les invitations des dragueurs à la petite semaine, avoir ma place dans ce monde laborieux et marginal. Je me souviens de nos départs autrefois dans l'obscurité, toi dans ton couffin et moi si fière de porter mon précieux trésor. Je reviens rue de l'Église avec de la belle marchandise, une douleur à l'épaule droite qui passera, envie d'être heureuse et légère parce qu'il fait tellement beau. Mon téléphone portable sonne en fin de matinée alors que je suis en train de remplir un pot de crème fraîche pour Darius, l'infirmier grec.

Je vérifie sur l'écran que ce n'est pas ton école qui me prévient qu'il t'est arrivé quelque chose, j'ai rentré le numéro de l'infirmerie dans mon répertoire. L'appel n'a rien à voir avec toi, ma toute petite douce. J'ai enregistré un autre numéro dans la mémoire de mon portable, je lui ai donné un nom de code, Famozoizo, pour ne pas t'inquiéter. La louche à la main, je décroche, plus rien d'autre n'a d'importance au monde que ce que le Dr Michèle H. va me dire.

— Je viens d'avoir vos résultats, fait-elle de sa voix calme et posée. Je voudrais vous voir aujourd'hui. Quand serez-vous libre ?

— Il y a un problème ?

— Je préfère vous en parler de vive voix.

— Je ferme à une heure. Vous partez déjeuner dans combien de temps ?

— Je vous attendrai.

Là, je panique vraiment. Ce que la femme aux oiseaux doit m'annoncer est si grave qu'elle en repousse son déjeuner. Je raccroche dans un état second. Je tiens encore la louche et la crème coule en belles volutes jaunes sur la table.

— Ça ne va pas ? s'étonne Darius. Vous êtes toute blanche.

— Rien de grave, un souci de comptabilité, une histoire d'impôts...

Je continue mécaniquement à servir, mes lèvres crispées essaient de sourire, mes mâchoires moulinent à vide, les mots restent coincés au fond de ma gorge, je sers, on ne peut exiger plus de moi aujourd'hui, j'indique les prix, je rends la monnaie, je ne suis plus ni chaleureuse ni solaire, je suis éteinte, débranchée, dévastée. J'aurais pu fermer en avance, je ne l'envisage même pas, comme si garder mes horaires habituels me raccrochait encore à la vie normale des gens bien portants qu'aucun médecin n'appelle pour « en parler de vive voix ».

— Vous avez pas l'air dans votre assiette. Si un autre homme vous a déçue, je suis disponible ! lance Raoul.

Je ne l'entends même pas, je regarde dans sa direction mais mes yeux le traversent et il n'insiste pas.

Après son départ je ferme boutique, mes doigts tremblent si fort que j'ai du mal à tourner la clef dans la serrure. Mon nouveau voisin, vêtu d'une salopette, est sur le trottoir en train de peindre sa devanture en rouge. Il me fixe, lève son pinceau pour attirer mon attention et son geste projette dans l'air un éventail de gouttelettes. Il s'avance vers moi et me dit quelque chose, je vois ses lèvres bouger mais mon cerveau n'intègre rien. Je monte dans ma fourgonnette, je mets un temps infini à enfoncer la clef dans le contact. Son pinceau en main, mon voisin continue à me regarder. Mon visage est verrouillé, je bouge comme un robot, je démarre, c'est tout ce que je suis capable de faire. Je cale, je redémarre, il s'approche de la voiture, je secoue la tête, pas maintenant. Une goutte de peinture a atterri sur ma main, je la balaye machinalement, je ne réussis qu'à l'étaler, on dirait du sang.

Famozoizo m'ouvre, sa salle d'attente est vide, elle me précède dans son bureau. Les oiseaux sont figés en plein vol, je reste debout, bras ballants, pétrifiée, à regarder mon dossier déjà préparé sur sa table, je déchiffre les lettres de mon nom à l'envers.

— Asseyez-vous.

— Je préfère rester debout... allez-y, je suis prête.

C'est la voix d'une autre, une qui a reçu pire que le ciel sur la tête, l'enfer. C'est la seconde qui change ma vie, toute ma vie, toute la suite. Tout ce que j'éprouverai, aimerai, craindrai, ressentirai, en découlera. Désormais chaque musique, chaque tableau, chaque livre sera marqué au fer rouge. Mon existence entière sera vue à travers le prisme des mots inscrits sur la feuille à en-tête du Dr Nicole V. que la femme aux oiseaux a posée devant elle, sous la photo de son mari et de son chien.

— Votre biopsie est positive, me dit doucement le Dr H.

J'hésite un instant avant de sombrer, je veux encore croire au miracle, ne pas lire la gravité sur le visage de la femme aux oiseaux. Je suis au pied du mur, ça y est, le train déraille, l'avion tombe, et je suis dedans Cela n'arrive pas à un personnage dans un film ou un roman. C'est moi, Lucie, qui me trouve assise là, par une journée ensoleillée, à entendre la sentence du destin.

— Votre analyse contient des cellules malignes, poursuit-elle en enfonçant le clou.

— Ça veut dire que j'ai un cancer ?

— Oui.

Elle y est allée progressivement, positive, maligne, mais c'est moi qui ai prononcé le mot. Ensuite c est la géhenne, je me retrouve brutalement projetée dans un autre monde, j'intègre une spirale, je perds brutalement l'insouciance comme on perd une jambe dans un accident. On n'arrête pas le progrès, on guérit les cancers, on pose des jambes artificielles, mais on ne revient jamais en arrière. Il y a eu un avant, il y aura, ou pas, un après. Je ferme les yeux pour un adieu muet à la Lucie d'hier, je les rouvre, j'articule les premières paroles qui me viennent à l'esprit, toi, c'est à toi que je me raccroche. C'est à notre amour que je me cramponne.

— J'ai une fille. Elle a onze ans.

— Elle a une mère. Et elle va la garder. Il y a toutes sortes d'adénocarcinomes, le vôtre a un très bon pronostic, il se soigne bien, il est tout petit, je vais vous adresser à un excellent chirurgien en lequel j'ai toute confiance.

Je ne connaissais pas le terme adénocarcinome mais je déteste ce mot d'emblée, il a une couleur lie-de-vin, une odeur amère, une sonorité agressive, une sale gueule. C'est un mot ennemi, un adversaire de taille, une lutte à la vie à la mort. La peinture rouge se détache sur la peau claire du dos de ma main, sanglante et hostile.

Famozoizo reprend, en détachant chaque mot avec soin :

— Il y a toutes les chances qu'il soit *in situ*, c'est-à-dire emballé dans sa gangue, non infiltrant, qui ne diffuse pas ailleurs. Comprenez-moi bien. Cela vous fait un choc, c'est normal. Mais vous avez de la chance, si je peux dire. Nous sommes très en amont, ça n'a pas eu le temps de se développer, nous arrivons avant la bataille, grâce à la dextérité de Nicole V. qui a effectué la ponction. Nous sommes tellement en amont, il est si petit, qu'il n'apparaît pas à l'imagerie...

J'ai de la chance. J'ai une fille. J'ai peur. J'ai froid. Je ne veux pas mourir. Je ne veux pas te laisser. Je ne veux pas être là. Je ne veux pas être moi. Si Théo était là elle trouverait les mots peut-être, ceux que papa a emportés avec lui. Je pense au médecin qui a prononcé le premier le mot anorexie devant Diane. Je pense à maman quand les yeux suppliants elle nous a tendu la lettre où papa avait écrit : « Je n'arrive plus à supporter de voir Diane dans cet état, je vous aime trop toutes les trois, je ne suis pas à la hauteur, c'est trop lourd. » Je pense au gynéco qui m'a annoncé que j'étais enceinte. Je pense à

Yvonne la jolie aide-soignante camerounaise qui m'a téléphoné au milieu de la nuit pour me dire que Théo était morte. Je pense au Dr Mickael S. qui n'aime pas toucher les gens.

— Si j'avais écouté le radiologue et que je m'étais contentée de refaire une autre mammographie dans six ou huit mois au lieu de vous obéir et de faire la ponction, ça aurait eu le temps de se développer et de s'aggraver ?

— Probablement.

J'ai toujours accordé crédit aux jugements des médecins, mais à cette minute je hais Mickael S. de toutes les fibres de mon corps. Il n'y est pour rien si j'ai un cancer, je ne suis pas parano. Je ne lui en veux pas de n'avoir rien décelé d'anormal à la radio. Mais je lui en veux d'avoir été si plein de mépris et de morgue. Il ne s'est pas trompé d'interprétation, il s'est trompé de métier, d'humanité, d'arrogance. À l'inverse, j'éprouve une gratitude immense pour Michèle H. et Nicole V., même si j'ai une trouille bleue. J'ai un cancer. Je ne pleure pas, ce qui m'écrase est au-delà des larmes. J'ai les yeux rivés à ceux du Dr H. Les oiseaux du rideau derrière elle tombent un à un, foudroyés, sur le sol. Ses photos de famille sont aspirées par le néant. Il n'y a plus qu'elle, moi, et toi, ma Léa des bois. Il n'y a plus que toi et moi. Bientôt, peut-être, il n'y aura plus que toi.

Famozoizo reprend la parole, elle parle d'hospitalisation, d'intervention, de radiothérapie, de contrôles réguliers qui iront ensuite s'espaçant.

— Léa ne doit pas savoir, dis-je d'une voix sans modulation, synthétique, détachée, mais ferme. Il faut que rien ne change. Il faut que j'arrête de travailler le moins possible. Je ferai tout ce que vous préconiserez, mais j'ai grandi auprès d'une sœur malade, je n'infligerai pas ça à ma fille.

La gynéco ne cille pas, elle soutient mon regard.

— Vous allez être opérée rapidement. Vous ne resterez hospitalisée que quelques jours. Vous commencerez la radiothérapie un mois plus tard, elle durera sept semaines mais elle ne vous prendra que cinq minutes par jour, ils s'adapteront à vos horaires. Vous n'aurez aucun effet secondaire à part la fatigue.

C'est la chimiothérapie qui donne des nausées et fait tomber les cheveux, elle n'est pas systématique, dans votre cas je serais étonnée qu'on vous en fasse. Le chirurgien répondra plus précisément à toutes vos questions, je vous confie à lui, à partir de maintenant il sera votre interlocuteur.

J'ai le sentiment d'écouter une langue étrangère. Intervention et opération sont synonymes. Radiothérapie veut dire rayons. Chimiothérapie veut dire médicaments, vomissements, turban, perruque, ce qu'a vécu Meg, ma cliente anglaise. Quand je serai sortie de ce cabinet tout à l'heure, je me retrouverai seule avec cette angoisse effroyable et des tombeaux, non, des tombereaux de questions. Une montagne sous laquelle je serai ensevelie. Il ne faut pas que je craque, je te le dois, ma douce. Je dois être forte pour toi, faire face et supporter, ce dont papa n'a pas été capable. Diane a enduré l'hôpital psychiatrique Maman a enduré la désertion de papa. Dans notre famille les femmes sont plus fortes. Je suis terrifiée mais je vais m'en sortir, je te le promets, Léa.

Pour ne pas m'effondrer, je reprends les choses point par point.

— La fatigue, je m'en accommoderai. Le plus dur, ce sont les halles le jeudi, je prendrai quelqu'un pour m'aider. Je ne peux pas me permettre d'arrêter de travailler plus d'une semaine. Si je ferme boutique, je ne pourrai pas rembourser mon emprunt à la banque et je ferai faillite. Qui nourrira ma fille ?

Famozoizo hausse les sourcils, je réponds à sa question muette.

— Son père et le mien sont sortis de nos vies, ma mère habite à Paris, elle est perturbée et dépassée par l'anorexie de ma sœur. Je ne peux compter que sur moi.

Ma voix se brise. Je serre les poings, je retiens le flot de larmes qui monte inexorablement et emportera tout sur son passage. La gynécologue n'esquive pas, elle aligne des mots precis, elle est concernée et elle le manifeste.

— Vous allez prendre rendez-vous avec le Dr Didier B. Si c'était pour moi, pour ma fille, ou pour ma mère, c'est en ce chirurgien que j'aurais confiance.

Je tends la main, mes doigts se referment sur l'enveloppe dans laquelle Famozoizo vient de glisser la lettre qui scelle mon sort. Ce nom, Didier B., que je n'avais jamais entendu il y a trois minutes, remplit soudain mon horizon. C'est de cet inconnu que dépend désormais mon salut. Il va me couper, m'entailler, me taillader, m'ouvrir. Retirer ce qui est dangereux. Me sauver, j'espère. Ou se tromper, glisser, déraper, gâcher, abîmer, me tuer.

Famozoizo me raccompagne à travers la salle d'attente déserte.

— Bon appétit, dis-je en me souvenant dans une sorte de brouillard qu'elle n'a pas déjeuné à cause de moi.

— Vous pouvez m'appeler quand vous voulez. Le Dr B. est très humain, vous verrez. Votre adénocarcinome est tout petit, ils vont l'enlever et ça va aller. Vous avez bien compris ?

J'ai bien compris. J'ai un cancer.

Je traverse la rue et je chemine comme un zombie à travers la ville. Famozoizo et moi sommes les seules à savoir, la terrible nouvelle qu'elle vient de m'assener n'existe encore pour personne, je peux presque m'imaginer que j'ai rêvé, que je ne suis pas allée dans son cabinet aujourd'hui, que nous ne risquons rien, que notre vie va continuer comme avant, paisible et harmonieuse...

Mes yeux sont secs, ma respiration courte. En entrant dans l'appartement j'éprouve l'irrésistible besoin d'arracher tous mes vêtements pour les fourrer en bloc dans la machine, comme si les ôter me lavait des termes médicaux dont ils ont été les témoins muets, comme si l'adénocarcinome pouvait perdre de son pouvoir maléfique, fondre et se diluer dans le tambour du lave-linge.

Je m'assieds devant l'ordinateur. Je suis nue en face de l'écran. Comme je n'ai pas de webcam personne ne le saura. Mes seins surplombent le clavier, indifférents à la tempête qu'ils ont provoquée. Mon sein droit ressemble à son camarade de gauche, aucun signe extérieur ne les diffère. Quand je le touche, soit je palpe des masses anormales partout et je suis remplie de cancers, soit je n'en sens nulle part.

Je me connecte avidement au site tel le voyageur égaré qui étanche sa soif au sortir du désert.

De Mouette à Charlie, Hafez, Maldive, Navire, Paris Hilton, Rambo

— *Je sors de chez la gynéco. J'ai un cancer du sein. Ce mot qu'on prononce tout bas s'applique désormais à moi, ça n'arrive pas qu'aux autres. Je me sens en pleine forme, on ne voit rien, je ne souffre pas, je suis comme d'habitude, pourtant j'ai un cancer. Putain de merde! La gynéco prétend que j'ai de la chance, que les choses ont changé, que le mien se soigne bien, qu'il est pris à temps, très en amont. Je suis jeune et je ne veux pas mourir. Je vais être opérée, on va me bombarder de rayons, peut-être m'injecter des saloperies. J'ai peur. Je n'ai jamais eu aussi peur.*

Je ne suis plus que cela, une peur abyssale, à fleur de peau, à perte d'âme, un tressaillement, une longue vibration d'effroi. Au secours!

Sous le coup de l'émotion, je me trompe, je clique au mauvais endroit et je poste mon message sur le forum du site où tout le monde peut le lire. Je croyais ne plus écrire qu'à mes correspondants habituels et voilà que je reçois une dizaine de réponses d'internautes. Dont une, surtout, qui me glace.

De Arobase à Mouette

— *La femme de mon coach de base-ball avai un cancer du sein, elle avai peur aussi, maintenan elle est OK, ça se soigne trè bien.*

Je tremble en lisant le message de ton ami, heureusement je n'ai pas parlé de toi. Je n'arrive pas à pleurer, mes larmes sont coincées en amont de mes yeux.

De Charlie à Mouette

— *On est là, Mouette, vous n'êtes pas toute seule. Si ce médecin affirme que vous avez de la chance, il faut la croire, les médecins n'ont aucun humour, elle est sincère. Je n'ai pas soixante ans, je vous ai menti, j'ai le même âge que vous.*

L'ordinateur vibre tant je frappe fort les touches du clavier.

De Mouette à Charlie le menteur
— *Depuis que je sais, je serre tellement les poings que j'en ai mal aux mains et que mes ongles me rentrent dans les paumes, je me sens cernée, étranglée, j'ai envie de m'arracher la peau. Ce truc est là, tapi à l'intérieur de mon corps, prêt à bondir. Vous vous êtes bien foutu de moi avec votre âge, ça vous a amusé ?*
De Charlie à la Mouette furieuse
— *Il ne faut pas fermer les poings, ça emprisonne le stress. Au contraire, il faut déplier vos doigts, décoller vos mains et les laisser en apesanteur pour laisser s'échapper vos angoisses. Si vous êtes une mouette, vous devez savoir voler, non ? Pardon de vous avoir trompée pour mon âge, je fais amende honorable, c'était un jeu idiot, j'ai changé de vie récemment, j'ai eu envie de quitter ma peau et d'être quelqu'un d'autre.*
De Mouette à Charlie le menteur
— *Moi je donnerais tout pour être quelqu'un d'autre, quelqu'un qui n'a pas de cancer ! Vous m'avez menti. Peut-être que ma gynéco me ment aussi pour ne pas m'affoler et que je n'ai plus que quelques mois à vivre. Allez jouer ailleurs, je n'ai plus de temps à perdre...*

Je me déconnecte. Il m'a dupée comme papa autrefois en prétendant nous abandonner par amour, je me suis attachée à lui alors que de son propre aveu il voulait seulement jouer. Ses messages qui m'ont aidée à supporter l'attente de mes résultats n'étaient pour lui qu'une panoplie de mousquetaire, un costume de Zorro. Le temps qui me reste t'appartient, ma toute petite fragile, je dois me consacrer à toi, tout organiser. TE PROTÉGER quoi qu'il arrive.

Je me force à desserrer les poings, je suis quand même le conseil de Charlie, je déplie lentement les doigts, j'étends les bras à l'horizontale comme un oiseau de mer. Mes mains tremblent, mes muscles sont tétanisés. Je vole comme une mouette. Je m'évade. Je plane. Je me libère de la pesanteur, je m'arrache à la terrible réalité de ce que je vais devoir subir, je me transforme, mon enveloppe charnelle disparaît, c'est peut-être ça la mort, devenir pur esprit. Je vole un bon moment, tu es à l'école, je t'imagine assise derrière ton pupitre tandis que je surplombe notre appartement, notre rue, notre ville, que je file, de moins en moins lourde, de plus en plus légère, à travers le ciel de Provence, avec mes rêves, mon cancer, mon amour pour toi, ma terreur de ce qui nous attend, petite Léa. Après un long temps, je pique vers le sol, j'atterris en douceur, je replie mes ailes, je reprend possession de ma peau, de mes muscles, je retrouve mon poids et la boule dans mon sein.

Je compose le numéro que m'a donné Famozoizo, je tombe sur un standard, on me passe l'assistante du Dr Didier B., elle s'appelle Mireille, elle me propose un rendez-vous dans dix jours. Je ne tiendrai jamais jusque-là.

— Le Dr Michèle H. m'adresse au Dr B. pour qu'il m'opère, je ne peux pas le voir avant ?

Je ne précise pas pourquoi, elle comprend, le cancer est son quotidien.

— Je viens d'avoir une annulation demain à 13 heures, c'est son premier rendez-vous quand il sort du bloc. Ça vous irait ?

Le bloc, elle veut dire le bloc opératoire ? Je viendrai avec mon dossier complet, la lettre de Famozoizo, les radios de Mickael S., le compte rendu de Nicole V. J'ai tout caché pour être certaine que tu ne risques pas de tomber dessus.

Je rouvre le magasin à quatre heures. Je conseille un vieux monsieur qui cuisine pour la première fois de sa vie parce que sa femme s'est cassé le col du fémur. J'écoute une cliente se plaindre qu'il n'y a plus de places d'avion en première pour les Seychelles et qu'elle sera obligée de voyager en business class quelle horreur. J'éconduis Raoul. Je sers Darius qui sort de garde et qui a perdu un patient cette nuit. Je donne le change, le cancer m'a mise en pilote automatique. Mon voisin a fini de peindre sa devanture, il a dû me prendre pour une cinglée ce matin.

En fin de journée, je rassemble mes forces pour faire illusion devant toi. Je t'emmène au cinéma alors que tu as école demain, c'est le seul moyen que j'ai trouvé pour fuir ton regard attentif. Tu ne t'inquiètes pas, tu considères que ce manquement aux habitudes est dû à ton anniversaire, tu savoures le plaisir du film. Je fixe l'écran sans le voir. Nous dînons ensuite dans notre pizzeria favorite, tu dévores ta quatre fromages en me parlant d'Arobase, j'avale en me forçant la moitié de ma capricciosa.

Tu dors à présent, lovée contre le mur, couette rejetée au pied du lit, visage masqué par un fouillis de boucles, sereine. Je m'interposerais sans hésiter entre toi et une voiture folle, entre toi et une balle de revolver, entre toi et la douleur. Je ne veux pas te perdre. Je veux me réveiller de ce cauchemar et que tout recommence. Je n'ai plus qu'un mot dans mon vocabulaire : ENCORE. Je n'ai plus que trois lettres dans le cœur, celles de ton prénom.

Au milieu de la nuit j'allume l'ordinateur, je me reconnecte au site.

De Hafez à Mouette

— *Si je devais choisir un cancer pour une femme que j'aime, je choisirais celui-là, c'est le meilleur, celui qui se soigne le mieux.*

De Navire à Mouette

— *Si je peux faire quelque chose, n'importe quoi, n'hésitez pas.*

De Maldive à Mouette

— *Quand je travaillais dans l'océan Indien j'ai massé une femme qui avait eu un cancer du sein, elle mettait de l'écran total pour se protéger du soleil, on voyait peu ses cicatrices, elle était comme les autres avec plus d'énergie intérieure. Un jour elle a daté un événement en me disant que c'était l'année de son cancer du sein, comme elle aurait dit l'année de sa jambe cassée. Pour elle c'était du passé, juste un repère dans le temps.*

De Rambo à Mouette

— *Je vous souhaite du courage pour faire face à la longue et douloureuse maladie qui vous ronge.*

De Paris Hilton à Mouette

— *Je sais pas quoi dire. Je suis nulle pour ces trucs.*

Les mots de chacun font mouche. Hafez est en ligne malgré l'heure tardive, il m'envoie un autre message.

De Hafez à Mouette

— *Sois heureux un instant, cet instant c'est ta vie, a écrit notre poète Omar Khayam. C'est très dur pour vous en ce moment mais vous allez vous en sortir.*

Je ne sais pas. Je ne sais plus. Je me crispe. Charlie le menteur vient de nous rejoindre.

De Charlie à la Mouette froissée

— *Si vous étiez mourante je vous traiterais comme une figurine en verre de Murano. Mais ce n'est pas le cas, nous avons le même âge et la même espérance de vie. On va vous soigner, vous allez vivre vieille, radoter et mettre des Pampers troisième âge, vous serez une magnifique Mouette séculaire aux plumes blanches alors que je serai peut-être écrabouillé par un bus demain. Alors je ne me gêne pas, on est à égalité. OK ? Arrêtez de bouder. Vous me manquez. On fait la paix ?*

Pas question de lui répondre. Je me déconnecte, j'attrape mon iPod et je cherche à m'évader mais ce soir l'électro me pèse, le R'n'B m'agace, le rap et le skat m'énervent, le pop' rock m'ennuie, tout ce que j'écoute d'ordinaire me déplaît. La variété française m'est insupportable, les mots des chanteurs parlent d'amour ou d'avenir ou de bonheur, pas de peur, pas de toi. La seule musique qui m'apaise est le concerto pour clarinette de Mozart dans la bande originale d'un vieux film d'il y a vingt-cinq ans, *Out of Africa.* Je l'écoute en boucle, surprise et intriguée d'être si chamboulée. C'est la première fois de ma vie que j'apprécie ce genre de musique que Diane et Bertrand aiment et qui m'a toujours semblé ringarde et ennuyeuse. Je vibre, j'ai des frissons, comme si j'avais de la fièvre. Il se passe quelque chose, la musique est plus forte que ma peine, elle m'entraîne, elle me roule, elle m'anéantit puis me sauve, elle me transporte dans une autre dimension où il n'y a plus ni cancer, ni angoisse, ni mort. Cette nuit, Mozart a écrit pour moi.

Léa

VENDREDI
De Eskimo à Arobase

— *Maman a des soucis, elle travaille tard la nuit sur l'ordinateur. Je crois qu'elle fait ses comptes. Je n'aurais pas dû demander une console Wii pour mon anniversaire. Pourtant elle travaille tout le temps et les clients ont l'air contents. Ta mère achète son fromage où ?*

De Arobase à Eskimo

— *Elle fai son shopping sur Internet. Elle est pas rentrée cette nuit, mon père étai furieu, il est venu dans ma chambre, il a allumé la lumière du plafon depui la porte, il a crié que c'étai pas juste que je dorme tranquille et il est reparti dans sa chambre. Comme je pouvai pas me lever pour éteindre, je sui resté avec la lumière au plafon toute la nuit.*

De Eskimo à Arobase

— *Il est vraiment méchant !*

De Arobase à Eskimo

— *Il est vraimen maleureu. Et il a peur. Les gens fon n'importe quoi quant ils panic.*

De Eskimo à Arobase

— *Tu crois qu'on peut rendre ma console Wii au magasin ? C'est à cause de moi que maman travaille autant, c'est ma faute si elle est fatiguée.*

De Arobase à Eskimo

— *Non.*

Lucie

De Charlie à la Mouette fâchée
— *Je suis là. J'aurai soixante ans dans trente ans et vous aussi. Laissez-moi vous aider.*

Je ne me laisse plus prendre à son baratin. Et je me sens deux fois plus seule qu'avant.

Le Dr Didier B. consulte dans une clinique spécialisée en oncologie, le mot cancer est tabou. Les fauteuils de la salle d'attente sont beiges avec des accoudoirs en bois et des coussins en plastique imitant le cuir, des journaux et des magazines sont posés sur une table basse. Tout le monde est sérieux, triste et grave. Il y a deux jeunes femmes musulmanes qui portent le voile et des baskets, un vieux monsieur asiatique qui tient la main d'une vieille dame antillaise, un homme à la mine austère en costume cravate et une femme en jupe plissée, une mère et sa fille adolescente. Tous vont par paires, sauf moi.

Je suis arrivée en avance, j'ai tout le loisir d'examiner les autres. À l'évidence, il y a deux populations différentes : les initiés et les profanes, ceux qui font partie du joyeux club du cancer et puis les autres, ceux qui les accompagnent, les compatissants, les doux, les mal à leur aise à la fois soulagés d'être sains et saufs et culpabilisés de ne pas être malades à la place de l'autre. Les initiés sont passés comme moi par plusieurs épreuves avant d'aboutir dans cette salle : le contrôle de routine, le froncement de sourcils du médecin, la trouille, les radios, la biopssssie, l'attente, l'annonce avec le mot qui tue. Ils sont lourds, muets et broyés; les profanes, largués, bavards et pleins de bonne volonté.

Mireille, l'assistante du chirurgien, a la gaieté de son prénom et de sa voix au téléphone. Elle me fait entrer dans le bureau du médecin. Je m'attendais à un homme plus vieux, il a la quarantaine mince, souriante, chaleureuse, un bon regard bleu, des cheveux très courts, une barbe naissante savamment domestiquée, de belles mains, une alliance à l'annulaire, il est vêtu avec une élégance décontractée. Au mur derrière lui, une jeune fille saute un obstacle à cheval. Qui est-ce, sa femme, sa fille, ou juste une photo qui lui plaît?

Je lui tends la lettre de ma gynéco, espérant contre toute attente qu'il y a eu une erreur, qu'il va me rassurer, que je n'ai pas de cancer, aucun besoin d'opération, que je me suis trompée de porte ou de film, qu'il va se fâcher, me demander ce que je fous là, me reprocher de lui faire perdre un temps précieux, me virer avec fracas de son bureau. L'espace d'une délicieuse seconde, je me persuade que nous sommes tous les deux victimes d'un horrible malentendu.

Il repose avec calme la lettre de Famozoizo, lit le compte rendu de ponction, sort les mammos du Dr S. et les examine attentivement. Il ne me demande pas de revenir dans six ou huit mois mais de me déshabiller et il palpe soigneusement mon sein. Il a de jolis boutons de manchettes et un air concentré. La jeune fille de la photo me regarde, suspendue au-dessus de l'obstacle sur son magnifique cheval. Je suis suspendue aux lèvres du Dr B., les mots qu'il va prononcer vont changer ma vie. Il ne me chasse pas. Il ne me dit pas qu'il y a une méprise. Il désigne un point sur la radio.

— Il est là, votre adénocarcinome, moi je le vois. Vous avez eu une sacrée chance d'avoir le Dr H. comme gynéco. Et vous avez eu la double chance qu'elle vous adresse au Dr V. On se trouve exactement dans le cas où l'imagerie est douteuse, où la palpation et la ponction ont été déterminantes pour poser le diagnostic, ça prouve une fois de plus que les contrôles radiologiques ne suffisent pas. Il y a de moins en moins de gynécos et de cytologues, pourtant leur rôle est capital, la preuve. Je ne sais pas comment on s'en sortira quand il n'y en aura plus. Les patientes se croiront tranquilles à tort parce qu'on leur aura dit que leur radio est normale...

J'ai de la chance, je suis une grande veinarde, j'ai gagné à la loterie du cancer.

— Vous allez faire un mammotome, c'est un appareil qui effectue des macrobiopsies étagées sous contrôle d'un ordinateur, ça ne fait pas mal. Je vous reverrai dans huit jours avec les résultats et nous fixerons ensemble la date de l'intervention, le plus tôt possible.

Il me sourit. J'ose lui poser la seule question importante :

— Est-ce que je vais mourir ?

Il n'esquive pas, il me regarde droit dans les yeux.

— On y passera tous un jour. Je vais vous opérer rapidement pour retirer cette tumeur, nous sommes très en amont et c'est important.

Je me rhabille, je lui serre la main, sa poigne ferme et énergique et son regard franc inspirent confiance. Famozoizo et la cytologue étaient maternelles, scrupuleuses et minutieuses, lui est actif, opérant, déterminé. Il ne m'a pas virée. J'ai ma place là, si j'avais écouté le Dr Mickael S. et attendu six ou huit mois de plus, j'aurais perdu un temps précieux.

En descendant en radiologie prendre rendez-vous pour le mammotome, je réalise que le Dr Didier B. lui non plus n'a pas prononcé une seule fois le mot cancer.

Il y a une prise de sang à faire avant et des produits à acheter en pharmacie, je promets de m'en occuper en sortant et je m'inscris pour passer l'examen dès demain. Je fonce au laboratoire d'analyses, l'infirmière qui me pique est une cliente, c'est le problème quand on vit dans une petite ville, je réponds bille en tête à la question qu'elle n'a pas encore formulée.

— Juste un contrôle de routine !

Je ris, tout va bien, ça se voit, non ? Elle me pique l'oreille avec une lancette pour compter le temps que mon sang met à coaguler, je plaisante, je présente une façade sereine. J'achète les compresses, les pansements et le produit anesthésique dans une pharmacie loin de la maison. En passant devant une librairie, j'aperçois ce vieux livre qui m'a tant marquée, ça ne peut pas être un hasard, je l'achète pour toi.

Je cache le sac de la pharmacie au fond d'une armoire que tu n'ouvres jamais. Je prépare notre dîner, blancs de poulet, haricots verts, yaourts bio, salade d'oranges, puis je retourne travailler. Quand nous nous retrouvons le soir, tu me racontes que le père de ton ami du site a allumé au milieu de la nuit le plafonnier que son fils cloué au lit ne pouvait pas éteindre. Tu me demandes si je m'inquiète pour nos finances et je comprends que tu as perçu mon trouble. Je mets tout sur le dos de la crise, on traverse en effet une période de turbulences. Tu branches la console de jeux et tu me bats à plate couture au bowling.

— Ça s'appelle se faire mettre la pâtée, maman !

— Tu ne perds rien pour attendre, je prendrai ma revanche ! J'ai un autre livre pour toi quand tu auras fini *Meaulnes*, tiens...

Tu souris à l'oiseau marin qui orne la couverture, tu ouvres le livre à la première page, tu lis tout haut :

— « À ce Jonathan le Goéland qui sommeille en chacun de nous. » C'est un livre sur les oiseaux ?

— C'est l'histoire d'un goéland qui veut voler plus haut et plus vite que les autres et leur montrer qu'il n'y a pas de limites. C'est aussi valable pour nous.

— On ne peut pas voler, puisqu'on n'a pas d'ailes !

— On peut voler par la pensée, la lecture, la musique, la peinture, la photo. Notre corps a des contraintes physiques mais notre imagination n'est restreinte par rien.

— C'est pour ça que je viens de t'écraser au bowling sans bowling ?

Je te trouve si subtile, si merveilleuse, si craquante. Que deviendras-tu, quel métier choisiras-tu, quel homme illuminera ton ciel, quelles passions te feront rêver ? Oui, tu voleras haut. Non, il n'y a pas de limites à ce que je suis capable de supporter pour te protéger des blessures de la vie à venir.

— C'est quoi la différence entre un goéland et une mouette, maman ? Seb dit que sur le site une dame qui s'appelle Mouette a un cancer, elle est malade et elle a peur.

Une sueur froide me glace, je m'oblige à ne pas ciller mais mes muscles sont tétanisés et mon cœur cogne contre ma cage thoracique. Avoir l'air normale, indifférente, désinvolte. Ne pas réagir, ne pas me trahir. Je coasse :

— Les goélands ont une tache rouge sur le bec et ils sont plus gros que les mouettes.

— Tu crois que la dame du site va mourir? insistes-tu avec une innocence terrible.

— Autrefois on mourait du cancer, maintenant c'est une maladie qui se soigne et qui se guérit.

— Qu'est-ce qui se passe après la mort à ton avis ?

Je ne sais pas. Jusqu'au départ de papa j'avais la foi du charbonnier et je croyais dur comme fer dans le Dieu et le paradis de Théo. J'ai peur de la mort et du vide, du néant. Avoir été et n'être plus. Si la longue et douloureuse maladie de ce crétin de Rambo me bouffe, je n'existerai plus. Mes jambes ne me porteront plus vers toi, mes bras ne t'enserreront plus, mes yeux ne te verront plus, ma bouche ne rira plus à tes plaisanteries, je ne sentirai plus ton odeur. Je serai effacée du monde, gommée de la carte. Et ça ne me fera même pas pleurer, je n'aurai plus ni larmes ni cœur ni visage. Que le paradis existe ou non, je ne te protégerai plus.

— J'ignore ce qu'il y a après, Léa. Personne n'est revenu pour nous le dire. Mais je suis absolument certaine d'une chose, tu m'entends, je suis sûre que ceux qui ont disparu continuent, d'une manière ou d'une autre, à protéger de loin ceux qu'ils aimaient. Tu as vu l'heure ? Il y a école demain.

Après avoir vérifié plusieurs fois que tu dors, je me connecte au site. J'ignore ce qu'il y a après la mort, ma toute petite douce, mais je sais ce qu'il n'y a pas. Il n'y a ni toi, ni Diane, ni maman, ni Bertrand, ni fromages, ni chocolats, ni Site des

Voisins, ni tendresse, pas même Charlie le menteur. Je n'ai plus le temps d'être fâchée contre lui.

De Mouette à Hafez, Maldive, Navire, Charlie

— *J'ai vu le chirurgien aujourd'hui. Demain je fais d'autres biopsies couplées à un ordinateur, j'aurai le résultat dans une semaine et je saurai quand on m'opère. J'ai espéré bêtement qu'il y avait une erreur, mais non.*

J'ai l'air normale, indemne, une jeune femme comme les autres. Si le banquier et l'assureur chez qui j'ai emprunté pour ma fromagerie savaient ce qui m'arrive, ils auraient une attaque.

De Charlie à Mouette

— *Il est sympa, votre chirurgien ? Un type qui a choisi comme métier de palper les seins des jolies femmes à longueur de journée est forcément un homme de goût.*

De Mouette à Charlie

— *Il veut m'opérer rapidement. Quand je lui ai demandé si j'allais mourir il m'a répondu qu'on y passera tous un jour.*

Je suis soulagée d'aborder ce sujet et Charlie est le seul que ça ne déstabilise pas.

De Charlie à Mouette

— *On n'y coupera pas, on danse tous sur le pont du Titanic mais on a le choix de la musique.*

Je repense à l'air de Mozart qui m'a tant chamboulée. Si je lui en parle, il va me prendre pour une snob et une pédante.

De Mouette à Charlie

— *Vous dansez sur quelle musique ?*

De Charlie à Mouette

— *Si je devais n'en garder qu'une seule ? L'Ave Maria de Caccini. La première fois que je l'ai entendu, j'ai eu un choc. C'est la musique la plus parfaite du monde, les notes sont comme des gouttes de pluie sur un fil. Dites-moi que vous l'aimez.*

De Mouette à Charlie

— *Je suis une béotienne, j'avoue, je ne sais même pas ce que c'est.*

De Charlie à Mouette

— *Connectez-vous tout de suite sur une banque de musique en ligne et écoutez-le. Vous ne pouvez pas vivre une minute de plus sans l'avoir entendu. Foncez !*

Je suis son conseil. Je baisse le volume à cause de toi qui dors à côté, je choisis au hasard la version d'une cantatrice coréenne et j'écoute pour la première fois de ma vie l'*Ave Maria* de Caccini.

C'est une révolution, un enchantement, une révélation. Comment décrire le ruissellement d'un torrent, comment traduire la pureté d'une voix, comment expliquer qu'une certaine combinaison de notes exprime aussi intensément l'enfance, l'innocence, la joie, la tristesse, la solitude, la passion, la mort et l'éternité ? Tout y est. Tout est dit. On mourra tous un jour, on danse tous sur le pont du *Titanic*, je veux danser le temps qui me reste sur cette musique. Secouée, je télécharge le morceau pour moins d'un euro sur mon iPod.

De Mouette à Charlie

— *Je l'ai entendu par Sumi Jo. Merci.*

De Charlie à Mouette

— *J'étais sûr que ça vous aiderait.*

Malo

Maïli ouvre sa porte à Malo qui lui tend une orchidée pour la remercier.

— Ce n'était pas la peine... Entrez vite, j'ai toujours peur qu'il se faufile dehors !

Bidule a repris du poil de la bête, il s'étoffe, il ronronne, il s'étire puis fait sa pelote sur le futon où il trône comme un pacha. Maïli porte un pyjama de soie bleu, ses pieds sont nus, ses cheveux noirs raides et brillants sont relevés en chignon.

— Quelle heure est-il ? demande Malo au chat. Ne me prenez pas pour un dingue, j'ai dû abandonner ma montre pour le récupérer. Je suis venu le reprendre et vous remercier.

Maïli sourit.

— Il est midi. Les chats chassent les mauvais esprits des maisons et il m'a tenu compagnie. Depuis que je suis arrivée des Maldives je cherche un emploi mais les instituts de beauté du coin n'ont pas besoin de masseuse.

— Comment avez-vous atterri en France ?

— C'est compliqué. Tenez, voila la litière et les boîtes qui restent.

Malo n'insiste pas, il ouvre son sac, y dépose délicatement Bidule qui cesse aussitôt de ronronner et lui lance un regard courroucé.

— Dans deux semaines, j'organise une soirée pour fêter l'ouverture de mon bar à chocolats. Vous viendrez ?

Maïli hoche la tête.

— À Rennes, j'ai assisté à des soirées événements où un masseur démontrait ses talents. Si vous faisiez pareil le soir de mon inauguration ?

Maïli ouvre de grands yeux.

— Je masse des gens déshabillés, sur une table chauffante, dans un décor zen, au son d'une musique relaxante, pas des gens habillés au milieu d'un magasin !

— Dans les soirées dont je vous parle, les invités gardaient leurs vêtements, ils étaient assis sur une chaise dans un angle de la salle, et ce gars, Cédric, leur massait les épaules, la nuque et les mains en appuyant sur des points précis. Vous ne risquez rien à essayer, si ça marche et que vous trouvez du travail grâce à moi, vous conseillerez à tous vos clients de manger mon chocolat.

— Je ne crois pas, mais merci pour votre offre, dit la jeune Vietnamienne.

Elle le salue à l'asiatique, la tête légèrement inclinée. Puis elle saisit un bocal rempli de bonbons au thé vert et le lui présente.

Bidule apprécie modérément la promenade en sac. Malo a fini de peindre le studio, il peut s'y installer avec le chat. Il traverse la rue au moment où la jolie fromagère ferme son magasin. Ils ne se sont pas parlé depuis la fois où il peignait sa devanture et où elle avait l'air totalement perdue, chaque fois qu'ils se croisent elle est anxieuse et pressée. Cette jeune femme toujours sur la défensive l'intrigue.

— Bonjour, dit Malo. Je vous présente Bidule, j'ai échangé ma montre contre lui, c'est trop long à vous raconter. Il est quelle heure ?

Elle regarde son poignet, prend un air affolé et se précipite vers sa fourgonnette sans répondre. Il la regarde partir, perplexe.

Lucie

J'ai paniqué à l'idée d'arriver en retard à la clinique mais je suis pile à l'heure. Mon voisin débarque toujours au pire moment. Pour me donner du courage, je glisse mes écouteurs dans mes oreilles et j'allume mon iPod. J'ai regardé sur Internet, le compositeur et ténor italien Giulio Caccini est né à Tivoli en 1551 et mort en 1618. Son *Ave Maria* me transporte, c'est une vraie drogue hallucinogène. Je marche vers le service de radiologie, perdue dans la musique.

Le Dr Luc R., le radiologue maison, ressemble à Einstein jeune avec sa crinière de savant fou. Il m'écoute attentivement et, contrairement à son confrère Mickael S., trouve normal de me toucher et de palper la boule qui chamboule ma vie et la tienne. Il regarde mes analyses, inspecte mes radios.

— Allons-y pour ce mammotome !

Je suis allongée sur la table d'examen, torse nu, sur le ventre. Mon sein, comprimé comme pour une mammographie, passe par une ouverture de la table, Einstein et la manipulatrice qui l'assiste travaillent par en dessous, on se croirait dans un film de science-fiction. Einstein bavarde pour me mettre à l'aise le temps que l'anesthésie locale agisse. Je m'efforce de rester digne, de trouver tout cela normal. Il m'explique qu'il va me piquer avec une aiguille creuse à l'intérieur de laquelle un minicouteau rotatif découpera des cylindres de tissu qui seront aspirés par le vide.

— Vous n'aurez pas mal, une fois enfoncée l'aiguille tourne

sur son axe, tout est calculé par ordinateur, on ne pique qu'une fois et ça ne laisse aucune cicatrice.

Je ne sens même pas l'aiguille pénétrer ma peau, le plus dur est de rester immobile pour ne pas fausser l'examen. Je repasse en boucle dans ma tête la mélodie magique de Caccini comme un mantra salvateur. À chaque ponction je sens une succion mais aucune douleur.

— J'ai pris large et laissé un clip en place pour matérialiser la zone, annonce Einstein. Je vais transmettre les prélèvements au labo.

Après une dernière radio de contrôle, il retire l'aiguille et me met un pansement.

— Ni aspirine, ni bain, ni douche pendant quarante-huit heures, et limitez les efforts avec votre bras droit, d'accord? Vous avez besoin d'un certificat pour justifier de votre absence au travail?

Je secoue la tête, je suis mon propre patron, je n'ai de comptes à rendre à personne. Je me relève, soulagée. La musique de Caccini résonne encore dans ma tête. Je n'ai plus qu'à attendre le verdict dans une semaine.

Je règle, je quitte la clinique. Au moment où je pose le pied sur le passage clouté, le barrage cède et mes larmes coulent enfin. Elles dévalent le long de mes joues, je n'avais pas encore craqué, voilà que je me liquéfie en public. Dans le havre de ma fourgonnette, je monte le volume de mon iPod au maximum, je ferme les yeux, je laisse la musique déferler sur moi et la voix de Sumi Jo recouvrir mon chagrin. Je baisse ma garde, je limoge mon courage, j'oublie de jouer au brave petit soldat. Il a fallu Caccini et un cancer pour crever le plafond de mes larmes parce que vivre est depuis devenu plus bouleversant que mourir. Les morts ont perdu au jeu de la vie, moi je suis encore en plein dans la partie et je m'accroche. Je ne veux pas déjà céder ma place.

La musique poignante de Charlie me bouleverse, Caccini dit en notes ce que nous n'avons pas de mots pour exprimer, c'est la musique tragique des violons de la Shoah, les plaintes d'un enfant mourant, la terreur d'un vieillard abandonné, les tableaux de Théo, la honte de papa le jour où il a eu le courage de partir mais pas celui de rester, la vulnérabilité et la folie de maman que son départ a anéantie, le regard suppliant de Diane autrefois. C'est aussi la musique heureuse des couples qui s'enlacent sur tous les lits du monde, le jappement d'un chiot qu'on caresse, l'ivresse d'un vin, les bulles d'un champagne, la beauté d'un coucher du soleil, le plaisir de lire des messages amis sur le Site des Voisins, et ton rire, ma toute petite douce, qui éclate en millions d'étoiles.

De retour à la maison, je me passe un gant de toilette rempli de glaçons sur les yeux pour ne pas avoir l'air d'un lapin russe bouffi, avec un peu de maquillage ça fera l'affaire. Je n'ai pas mal mais le pansement d'Einstein me gêne et ça me tire si je bouge le bras droit. Je n'ai jamais fait de différence entre mes deux seins, aujourd'hui je découvre qu'étant droitière j'aurais mieux fait d'avoir un cancer du sein gauche. Nous dînons, j'ai acheté des tranches de rôti froid sans penser que la viande se coupe. Le plus dur pendant l'examen était de ne pas bouger, le plus dur ce soir est de bouger comme d'habitude. Tu allumes la console de jeux et tu me dis en jubilant :

— Tu voulais ta revanche, je vais te remettre la pâtée, maman !

Je vais te décevoir et j'ai horreur de ça, tu ne vas pas comprendre et croire que je suis mauvaise joueuse.

— J'ai dû me froisser un muscle en portant les seaux de crème aux halles, je déclare forfait, c'est toi qui as gagné.

— C'est pour ça que tu as eu du mal à couper ta viande ?

De Charlie à Mouette

— *Votre examen s'est bien passé ?*

De Mouette à Charlie

— *Oui, grâce à Caccini.*

De Charlie à Mouette

— *Giulio a l'art de tirer la couverture à lui. N'oubliez pas les copains, j'étais là avant !*

En me réveillant le lendemain, j'oublie une seconde la menace qui pèse sur moi, je tends l'oreille vers ta chambre en souriant. Puis je suis écrabouillée par la violence de la réalité. La nuit charrie les peurs, l'instant du réveil efface la tragédie, une grâce infime m'est donnée d'oublier le temps d'un battement de cils que le ciel m'est tombé sur la tête. Les images du bonheur passé éclaboussent de beauté et d'espoir ce moment qui s'efface aussitôt. Mais la vie vaut rien que pour ce mouvement de paupières. Et pour ton sourire de petite fille insouciante qui part à l'école sur sa patinette argentée. Dieu merci, même si nous sommes fâchés lui et moi, tu n'es au courant de rien.

Je retire mon pansement, j'ai un bleu sur le sein là où Einstein a hier planté ses banderilles. Je me sens comme le taureau acculé dans l'arène. J'espère que Didier B. est le meilleur des toréadors.

Alberte

Alberte et Pinzutu prennent leurs marques dans leur nouvelle maison, la première moins vite que le second parce qu'elle est plus grande. À force de se cogner contre le plafond de la mezzanine, son corps commence à mémoriser et intégrer l'espace. Ses pieds apprennent à se placer sur l'échelle de meunier. Le plus dur, sans blague, est de supporter les couleurs criardes. Alberte a vécu quatre-vingts ans dans un univers de pierres ocre, de maquis vert et brun, de ciel et de mer bleus, en portant des vêtements en harmonie avec ces teintes. L'orange de la mezzanine, le parme des murs du salon, le rose du canapé, le violet du bureau et de l'ordinateur, le bleu des fauteuils et le vert pomme du mobilier de jardin du mini-balcon offensent ses yeux et agressent son cerveau. Mais les oliviers l'aident, jouant pour elle le rôle de la madeleine de Proust. Pinzutu ne semble pas troublé par le décor, les chiens ont un champ de vision latéral plus grand que les humains, ils voient moins loin, ils ne distinguent pas le rouge et ils voient les couleurs atténuées. Certains matins, Alberte échangerait volontiers sa place avec lui.

Elle se réveille à huit heures, descend de son pigeonnier pour que Pinzutu arrose le réverbère, puis elle remonte prendre le petit déjeuner sur le balcon. Un bol de chicorée, une tartine de miel corse, les habitudes demeurent. Les bols de Santa sont jaunes à pois verts, Alberte s'est acheté un bol du même bleu reposant que le turban de *La Jeune Fille à la perle* de Vermeer

Grâce à l'aide d'Ange qui a attesté par écrit qu'elle résidait chez lui, elle s'est inscrite à la bibliothèque municipale où elle va lire la presse. À onze heures et demie, l'heure de la sortie des écoles, elle va chercher Max. Pinzutu et lui se sont regardés en chiens de faïence le premier jour, ils se sont tournés autour en grognant, cherchant la faille. Max domine Pinzutu de la tête et du garrot, il a le jarret plus souple, le poil plus soyeux, c'est un valeureux chasseur au pedigree impressionnant. Mais il a plié devant la froide détermination de bâtard pelé de Pinzutu et il s'est couché sur le dos pour signifier sa soumission.

Son maître, inquiet à l'idée de la confrontation, avait répété à Alberte :

— Faites attention, Max est un champion belliqueux, il ne fera qu'une bouchée de votre cabot s'il ne se tient pas à carreau. Je l'ai payé une fortune, il aura forcément le dessus dans un combat mais je ne voudrais pas qu'il soit blessé.

— C'est un animal magnifique, vous devez en être fier !

Elle ne lui dira jamais que lorsqu'ils croisent un molosse sur le même trottoir Max recule derrière Pinzutu qui ouvre le chemin en intimidant l'intrus.

À deux heures, Max le fier guerrier au cœur d'artichaut réintègre l'appartement d'Ange tandis qu'Alberte retourne au cybercafé voir Karim.

— Je désire mettre une autre petite annonce sur le Site des Voisins. Écrivez, je vous prie, *Je suis une institutrice débutante en informatique et je souhaiterais suivre des cours pour apprivoiser un ordinateur.* Lorsque je l'allume l'écran devient bleu, dans sa partie droite il y a une petite boîte sous laquelle est écrit docs-Santa, je ne voudrais surtout pas fouiller dans le courrier privé de cette jeune fille.

— Ce n'est pas une boîte mais un dossier, soupire Karim. On ne fouille pas dedans, on clique dessus. Il ne contient pas du courrier, mais des fichiers. On ne dit pas la partie droite de l'écran, mais le bureau.

— J'apprendrai vite, ce n'est pas une question d'âge mais de motivation, je veux voir mon île dans la caméra. J'ai appris à lire, écrire et compter, à conduire et à enseigner, à être retraitée et à vieillir. Je viens de passer mon baptême de l'air. Ce n'est pas un petit ordinateur du continent qui va me damer le pion !

— Vous quoi ?

— M'abattre.

Karim écrit l'annonce sur le forum sans omettre un seul mot. Il a envie de lui dire qu'on s'en fiche qu'elle soit institutrice, mais il devine que si on lui enlève ça elle n'a plus rien.

— Vous finissez pas avec votre truc en corse, paix et machin ?

Les yeux d'Alberte pétillent.

— Je me sentais loin de chez moi, louer à un compatriote me rassurait. Maintenant je me suis adaptée.

— Vous dites ça comme si vous étiez étrangère ! dit Karim, interloqué. Je suis né en Tunisie, mais vous, vous êtes française, non ?

— La Corse n'est française que depuis le 30 novembre 1789. Je suis beaucoup plus vieille.

Dès le lendemain, une internaute répond à l'annonce.

De Maldive à Corsica

— *J'ai du temps libre. On peut se rencontrer ?*

Elles se donnent rendez-vous sur la place devant la mairie, Karim a insisté pour qu'Alberte ne révèle pas son adresse privée avant de voir son interlocutrice.

Elle se sent tout de suite en confiance avec Maïli.

— Je vous donnerai les cours gratuitement, offre la jeune Vietnamienne. Si vous voulez en plus des massages à domicile, mes tarifs ne sont pas élevés.

— Mon dos me joue souvent des tours, nous pourrions joindre l'utile à l'agréable. Quand désirez-vous commencer ?

Maïli sourit.

— Inutile de feuilleter mon agenda, toutes les pages sont vierges.

Elles grimpent les escaliers du pigeonnier. Maïli recule quand Pinzutu lui saute dessus en lui faisant fête, elle a peur des chiens. Elle a appris à se servir d'un ordinateur aux Maldives et se révèle bon professeur, elle enseigne à Alberte comment se connecter sur Internet et enregistre trois adresses dans ses favoris : le Site des Voisins et les deux webcams des ports d'Ajaccio et de Bastia.

— Vous voulez regarder votre village sur des photos satellites?

Le visage d'Alberte se ferme.

— Surtout pas, ma terre me manque trop! Retournons sur le site. Vous correspondez avec de nombreux voisins?

Maïli lui explique la différence entre les messages postés sur le forum, ceux adressés aux internautes en ligne, et les dialogues de personne à personne. Elle lui parle de Mouette, de Navire et du chat de Malo, d'Hafez, de Paris Hilton, de Charlie, de Rambo.

— Mouette a un cancer du sein elle est seule et paniquée, on essaie tous de l'aider.

Alberte déboutonne le haut de son chemisier et désigne sur sa peau un minuscule point bleu.

— Souvenir de radiothérapie. Je vais lui écrire.

De Corsica à Mouette

— J'ai eu la même chose que vous il y a vingt ans. On m'a opérée puis j'ai eu des rayons, ils faisaient des tatouages aux malades à l'époque, je les ai encore. À présent je suis complètement guérie. Si je peux vous renseigner, n'hésitez pas.

Elle demande à Maïli de poster une petite annonce sur le forum : *Je suis une institutrice à la retraite, je peux donner des cours de rattrapage scolaire.* Cela lui pèse trop de ne plus voir d'enfants. On ne vit pas impunément avec des élèves pendant tant d'années sans créer de dépendance. Les petits oliviers en pot qui sur son balcon tendent leurs branches vers le ciel de Provence lui sont un baume, mais les enfants lui manquent terriblement, elle a fondé son existence sur la transmission du savoir et de la connaissance. Être à la retraite ne veut pas dire qu'elle n'est plus bonne à rien mais qu'elle a plus d'expérience que les jeunes et plus de loisirs que les travailleurs. Elle souhaite avoir une vieillesse solidaire plutôt que solitaire et elle croit dur comme fer que la vieillesse a de l'avenir.

Léa

De Eskimo à Arobase

— *Plus qu'une semaine. Qu'est-ce que tu feras en premier le jour où tu remarcheras ?*

De Arobase à Eskimo

— *Pipi sans aide, ouvrir le frigo pour manger ce que je veu, dévisser l'ampoule au plafon de ma chambre.*

De Eskimo à Arobase

— *Je pensais à des actes plus nobles.*

De Arobase à Eskimo

— *Tu croyai que j'irai t'acheter des fleurs ? J'ai jamai donné de fleur à une fille.*

De Eskimo à Arobase

— *J'ai toutes les fleurs que je veux, merci. Ce qui t'a le plus manqué c'est de ne pas pouvoir aller aux toilettes tout seul ? C'est passionnant.*

De Arobase à Eskimo

— *Le jour où je remarcherai, je sortirai de la maison en claquan la porte derrière moi. Je traverserai la rue, j'écarterai les 2 bras, je me mettrai à crier de joi. Et pui je viendrai te chercher et on ira manger un ice-cream.*

Lucie

Huit jours après le mammotome, je retrouve la salle d'attente de la clinique. Les deux jeunes femmes musulmanes aux foulards sont là, si l'une a perdu ses cheveux après une chimiothérapie elle ne diffère pas de l'autre. Il y a encore le couple austère où l'homme en cravate et la femme en jupe plissée ne se regardent pas, peut-être qu'ils ont peur de craquer. Je m'installe à côté d'une femme aux cheveux gris qui lit un Agatha Christie. Personne ne parle, une chape de plomb pèse sur la pièce. Je ne suis plus ta maman ni la souriante fromagère de la rue de l'Église, je suis un numéro de Sécurité sociale qui attend ses résultats dans une pièce remplie d'initiées appartenant à la société non pas secrète mais discrète des adénocarcinomes.

Le silence est rompu par l'arrivée d'une femme en pull jaune poussin qui parle très fort dans son portable. Elle s'assied, continue sa conversation sans se préoccuper de nous, décrit avec un luxe de détails l'aspect de sa cicatrice après l'intervention. Tout le monde frémit mais personne n'ose lui dire de se taire. Elle raccroche puis tombe dans les bras de ma voisine qui ferme son roman policier. Le portable sonne à nouveau, Pull Poussin explique à son interlocutrice qu'elle vient de retrouver « la dame qui était dans la même chambre que moi, on se tenait compagnie, elle aussi on lui a retiré un sein ! ». Les gens n'en perdent pas une miette. Pull Poussin raccroche pour la seconde fois et demande à ma voisine qui se tasse sur son siège :

— Vous l'avez déjà faite, vous, la mammo de contrôle ? Je vais le dire au docteur, c'est quand même pas normal, on m'a fait payer le prix habituel. Je devrais ne payer que la moitié puisqu'il m'a enlevé un sein ! Ils ont moitié moins de travail, non ?

Une tension, une vibration dans la salle. Faut-il rire, ou pleurer ? Personne ne pipe. J'hésite encore quand Mireille surgit et appelle mon nom.

Le Dr Didier B. est toujours élégant et chaleureux, mais aujourd'hui son visage arbore une expression volontairement neutre, comme les jurés de l'émission de télé-réalité pour chanteurs en herbe que tu aimes. Il y a une feuille posée sur son bureau.

— J'ai les résultats de votre mammotome. Vous avez deux tumeurs séparées. Nous allons fixer une date pour l'intervention. Vous tenez beaucoup à votre sein ?

Il a posé la question avec naturel, comme s'il me donnait le choix entre fromage ou dessert. Il plonge ses yeux bleus dans les miens, il n'y va pas par quatre chemins, le trajet le plus court entre deux points est la ligne droite, il est chirurgien, il tranche dans le vif.

La tête me tourne, mes yeux me piquent, mais je ne baisse pas le regard. J'ai vingt-neuf ans, mes deux seins font partie intégrante de moi, je n'ai jamais imaginé que l'un d'eux puisse un jour manquer à l'appel. Je les considère comme des amis et des atouts, ils sont mon prolongement, ils protègent mon cœur et mes poumons, j'aime quand un amant les caresse, j'aime leur arrogance fière et le regard de désir des hommes sur mes corsages ajustés, ce n'est ni de l'orgueil ni de la vanité, c'est ma peau, ma silhouette, ma personne. Ils t'ont nourrie, ma Léa. Le chirurgien aurait aussi bien pu me demander si je tenais à mes oreilles, à mes mains ou à mes pieds, je n'aurais pas davantage su répondre.

Il ne plaisante pas. Il m'a posé la question. Il attend ma réponse. Il reprend avec douceur :

— Je vais tenter un traitement conservateur, garder votre sein en enlevant juste ces deux tumeurs. Mais, en cas de résultat esthétique médiocre, je serai peut-être obligé d'opter pour une mastectomie, c'est-à-dire de retirer tout le sein. On ne pourra pas réaliser une RMI, une reconstruction mammaire immédiate, avant au moins un an, parce que la radiothérapie va modifier la qualité de votre peau.

J'écoute, les yeux rivés aux siens. Je n'ai pas songé à papa depuis des années, en tout cas sûrement pas pour l'appeler au secours, mais là ma première pensée est pour lui, pour qu'il vienne m'arracher aux griffes des médecins, pour qu'au moins une fois dans ma vie il soit mon chevalier blanc.

Je tente de m'échapper mentalement, de fuir cette pièce et tout ce qu'impliquent les paroles qu'on y prononce. Mon esprit affolé s'accroche à des mots au hasard, tumeurs, mastectomie, je suis une mouette entrée par erreur dans une maison et je me tape contre les murs, je m'écorche les ailes en cherchant la sortie. Peut-être que si je me concentre assez fort je me réveillerai dans mon lit, chez nous, dans la chambre à côté de la tienne ? Peut-être que ce n'est qu'un mauvais rêve ?

— Je ne peux pas vous dire aujourd'hui si je serai obligé de vous enlever le sein, continue le Dr B. Je le saurai pendant l'opération, quand vous serez sous anesthésie générale, profondément endormie. Je ne pourrai pas vous réveiller pour vous demander l'autorisation. Il faut que je sache avant. Je ferai tout ce que je pourrai pour éviter la mastectomie, je vous le jure...

Je le devine sincère, ce n'est pas un homme qui triche, il n'a pas le temps, il passe sa vie à annoncer des mauvaises nouvelles, il ne louvoie pas, il dit vrai. Je dois lui répondre. Je réexpédie papa dans le passé. Que répondraient maman ou Diane à la même question ? Que répondrais-tu, toi, ma petite douce ?

Je dis d'une voix rauque :

— Je tiens à mon sein... mais encore plus à la vie.

— Nous sommes d'accord.

La cavalière qui saute l'obstacle sur le mur semble plus jeune aujourd'hui, c'est sans doute sa fille. Je l'interroge, il acquiesce, il a deux filles qui montent en concours hippique et il en est fier. Je tente une autre feinte, je me réfugie dans la photo, je hume l'odeur du cheval, le cuir de la selle, je vois le sable de la piste, l'herbe et les arbres qu'on distingue dans le fond de l'image, je sens la bombe sur ma tête, les bottes autour de mes jambes, l'ivresse du saut, l'euphorie du galop qui l'a précédé. Mais je ne peux pas me défiler plus longtemps, parce que tu existes.

— Ma fille Léa a onze ans. Je ne veux pas lui faire peur, je suis seule à m'occuper d'elle. Faites pour le mieux.

— Je vous le promets.

Il regarde son agenda.

— Nous sommes vendredi. Je peux vous opérer mardi matin. Vous serez hospitalisée la veille, lundi soir. Lundi après-midi on fera le repérage du ganglion sentinelle.

Sentinelle comme un soldat qui fait le guet pour garder une place forte, comme les robots qui traquent les mutants pour les détruire dans *Matrix*? Il m'explique. Quand des cellules malignes, c'est-à-dire cancéreuses, sortent d'une tumeur pour essaimer ailleurs, elles empruntent les canaux lymphatiques et envahissent en premier les ganglions situés sur leur trajet. C'est la première étape du développement des métastases. Pour savoir si un cancer a diffusé hors du sein, il faut analyser les ganglions. Avant on faisait un curage axillaire, on enlevait tous les ganglions sous l'aisselle même si c'était inutile, et la malade se retrouvait parfois avec un bras gonflé et douloureux à vie. Maintenant, la veille de l'intervention, on repère par un marquage radioactif le premier ganglion qui sert de barrière. On l'enlève pendant l'opération, on l'analyse tout de suite. S'il est sain, c'est que le cancer n'a pas diffusé, on n'ôte pas les autres, la malade n'aura ni gros bras ni chimiothérapie, elle gardera son sein et ses cheveux.

J'ai compris. Mon sein est malade mais mon bras qui n'a rien va morfler aussi.

— Vous êtes d'accord pour mardi ?

Je hoche la tête, je n'ai pas le choix, je dévale la pente sur un bobsleigh fou sans avoir la moindre idée de ce qui m'attend à l'arrivée. Qui va s'occuper de toi pendant mon absence, ma toute petite douce ?

— Je resterai hospitalisée combien de temps ? Je dois le savoir, pour Léa.

— Trois jours si je peux garder votre sein, six en cas de mastectomie.

Je saurai mardi si je m'en sortirai avec juste des cicatrices ou carrément un sein en moins. Je saurai mardi si je serai traitée avec juste des rayons ou aussi des substances chimiques qui me rendront chauve. Je n'ai plus le temps d'avoir peur, je dois m'organiser. Je ne voulais pas prévenir maman, pourtant il faudra bien qu'elle te prenne en charge, ma Léa des bois. La meilleure solution serait qu'elle descende ici pour que tu ne manques pas l'école mais elle n'acceptera jamais de s'éloigner de Diane. Tu vas devoir monter à Paris, ma douce, tu t'inquiéteras, tu dormiras mal, tu ne pourras pas dialoguer avec Seb, maman n'a pas d'ordinateur.

Didier B. me tend un dossier.

— Vous devez le lire, le remplir et le déposer à l'accueil lundi. Il faut prévenir votre mutuelle, demander à votre médecin référent de remplir un formulaire d'ALD pour la Sécurité sociale, choisir une personne de confiance, voir l'anesthésiste pour une consultation préopératoire. Je passerai vous saluer lundi soir. Vous resterez strictement à jeun à partir de minuit. Vous avez besoin d'un arrêt de travail ?

— Non, je suis à mon compte. Je dois retravailler le plus vite possible, je tiens une fromagerie. Vos patientes n'en sont pas à quinze jours près, mais mes fromages, eux, s'abîment !

Une lueur d'amusement passe dans son œil. Il est concerné, il fera de son mieux. J'ai eu besoin, pour avancer en terrain moins hostile, de donner des surnoms à Famozoizo et à Einstein, mais Didier B. restera Didier B.

Il se lève, me raccompagne à la porte de son bureau et me serre la main.

— Je suis très conservateur, je ferai mon maximum pour garder votre sein. *I'll do my best.* C'est promis, dit-il avec empathie.

I believe him. Je le crois.

Je repasse devant la salle d'attente où une jeune fille coiffée d'une casquette rouge joue au sudoku. Pull Poussin bavarde toujours avec entrain.

— Et puis, glapit-elle avec assurance, il y a les cancers mâles et les cancers femelles, le mâle est le plus mauvais, c'est celui que j'ai !

Son ancienne voisine de chambre fronce les sourcils.

— Je n'ai jamais entendu dire ça... vous êtes sûre ?

J'échange un sourire complice avec Casquette Rouge qui a levé la tête, je remarque qu'aucun cheveu ne dépasse de son couvre-chef. Pull Poussin acquiesce, sûre de son fait.

— Les tumeurs ont des sexes, c'est le docteur qui me l'a dit ! Une tumeur mâle, c'est un gros cancer très méchant, une tumeur femelle, ce n'est pas grave, les femmes sont plus gentilles !

Je comprends le malentendu. Pull Poussin a entendu les médecins parler des tumeurs malignes ou bénignes. Elle n'a rien compris, elle a fait l'amalgame entre maligne et mâle. Et elle en a déduit qu'un cancer pouvait être masculin ou féminin...

Je rentre en clinique lundi. On m'opère mardi. Je ressortirai jeudi avec mes deux seins ou le lundi suivant avec un seul. Qui vais-je choisir comme personne de confiance ? Je devine que le terme sous-entend une personne à prévenir en cas de souci, en cas de décès. En clair, la personne qui te préviendra si je meurs pendant l'opération, ma Léa.

Je m'arrête net, j'ai les jambes qui flageolent. Il peut y avoir des complications, ça arrive. Quand on habitait Lyon, une femme a été amputée par erreur du mauvais sein, du coup ils ont été obligés de lui retirer les deux. À l'époque ça ne m'avait pas frappée plus que ça. Aujourd'hui, ça me terrifie.

J'aperçois sur le trottoir d'en face ma cliente anglaise Meg qui s'apprête à traverser, elle tient une grande pochette de radios à la main, la même pochette que moi, le même cancer que moi. Dans une petite ville comme la nôtre, il est logique qu'on nous soigne au même endroit. J'ai le réflexe de m'abriter derrière une cabane de chantier. Meg cingle vers la clinique, le visage tendu, puis disparaît à l'intérieur.

Tout était feutré, silencieux, circonspect, dans la salle d'attente jusqu'à l'arrivée de Pull Poussin, on se mouvait en silence et au ralenti dans une autre dimension temporelle. Dans la vraie vie, tout le monde court et se dépêche de déjeuner, la terrasse du restaurant Les Feuilles libres dans la rue d'à côté est bondée. J'ai envie de sucré comme dans l'enfance, j'ai encore sur ma langue la saveur des meringues que Théo m'achetait, elles avaient le goût de la tendresse. Je m'approche.

— C'est pour déjeuner ?

— Je peux prendre juste un dessert et un verre de vin ?

Le patron hausse les sourcils, c'est l'heure de pointe, il va probablement refuser.

— OK, dit-il. À une condition, je choisis votre dessert !

J'acquiesce, surprise.

— Le vin, rouge ou blanc ?

— Rouge.

J'attends, intriguée et passive. J'ignore ce que le Dr B. va couper ou laisser, j'ignore le dessert qu'on va me servir, je ne sais plus rien. Un vieux monsieur passe à vélo, portant une petite fille blonde sur son porte-bagages. Une vieille dame aux cheveux blancs promène un bâtard hirsute et un superbe chien de chasse. Ces deux personnes âgées ont traversé le temps indemnes, atteindrai-je un jour leur âge ?

— Bon appétit !

Le patron dépose devant moi un grand verre ballon rempli d'un vin à la robe foncée, une jatte de glace, et trois pots de tailles différentes.

— C'est du marqués de Caceres, un vin espagnol épanoui et puissant. La glace à la vanille est maison, dans le pot de gauche il y a de la pâte de spéculos à tartiner, dans celui du milieu de la gelée de piments, dans le dernier pot de la confiture de figues.

Le vin est lourd et rond comme j'aime. La glace est une merveille de saveur. La figue fond dans la bouche. Le piment stimule les papilles. La pâte de spéculos parfumée à la cannelle est délicieuse. Ce dessert est à mi-chemin entre l'enfer et le paradis. Un homme qui déjeune à la table voisine en parlant boulot avec un collègue me lance un regard appuyé et s'attarde sur mon décolleté. Je lui plairais moins avec un seul sein, ou alors sous mon profil gauche, façon hiéroglyphe égyptien.

Derrière moi, une adolescente déjeune avec une femme âgée.

Je dois trouver le moyen de m'absenter quelques jours sans t'inquiéter. Je dois te mentir pour te préserver. Je dois mentir à maman et à Diane qui n'ont pas les épaules assez solides. Mais si je leur demande de te garder sans leur dire ce que j'ai, elles refuseront.

Le cœur lourd et l'estomac plein, je passe chez mon médecin référent le Dr Pascale M., une généraliste sympathique dont je vois le regard vaciller quand je lui explique pourquoi je suis là. Elle tamponne ma demande de prise en charge pour ALD, affection de longue durée, en précisant que la Sécurité sociale me remboursera 100 % des frais liés à mon cancer pendant deux ans. Passé ce délai je serai donc soit guérie, soit morte ? Je sors de son cabinet, le formulaire à la main. Je rentre à la maison prévenir ma mutuelle. J'allume mon ordinateur et je me connecte au site.

De Mouette à Charlie, Hafez, Maldive, Navire, Corsica, Paris Hilton, Rambo

— *Le chirurgien m'a demandé si je tenais à mon sein.*

De Charlie à Mouette

— *Les hommes n'attachent pas une grosse importance à cette partie de leur anatomie, mais si je transpose avec d'autres organes qui me sont chers, je répondrais que je tiens à mes testicules mais que je tiens encore plus à la vie.*

De Mouette à Charlie

— *C'est exactement ce que je lui ai dit.*

De Hafez à Mouette

— *Il envisage une mastectomie ?*

De Mouette à Hafez

— *J'ai deux tumeurs, ça dépendra du résultat esthétique et de l'analyse du ganglion soldat.*

De Hafez à Mouette

— *Il a dit que je vais repérer le ganglion sentinelle ? C'est parfait.*

De Corsica à Mouette

— *Le chirurgien m'a posé la même question il y a vingt ans. Mon sein est toujours là, moi aussi.*

De Maldive à Mouette

— *Je peux faire quelque chose ?*

De Navire à Mouette

— *Je peux vous rendre un service ?*

De Rambo à Mouette

— *Vous lui avez répondu que vous tenez à garder votre sein, j'espère ? Une femme avec un seul sein, c'est spécial, ça fait peur aux vrais hommes.*

Je me retiens pour ne pas lui écrire qu'il est spécialement con et que ça, ça fait fuir les vraies femmes. Et je le supprime de ma liste.

De Mouette à Hafez, Maldive, Navire, Corsica, Charlie

— *Je suis opérée mardi, je resterai hospitalisée entre trois et six jours, il n'est pas question que ma fille apprenne que j'ai un cancer.*

De Charlie à Mouette

— *Vous dites quoi à votre employeur ? Vous travaillez dans quel secteur ?*

De Mouette à Charlie

— *Le secteur commercial et il est compréhensif.*

De Charlie à Mouette

— *Dites à votre fille que vous suivez un séminaire de formation continue ? Elle a quel âge ?*

De Mouette à Charlie

— *Onze ans. Excellente idée. Je ne connais personne qui puisse la garder dans la région, je vais devoir l'envoyer à Paris chez ma mère, ça va les chambouler toutes les deux.*

De Charlie à Mouette

— *L'école de votre fille ne prend pas de pensionnaires ?*

De Corsica à Mouette

— *Je suis à la retraite, je suis enseignante et j'ai l'habitude des enfants, je peux m'occuper de votre fille.*

De Maldive à Mouette
— *Je suis au chômage, je peux garder votre fille.*

Je relis les trois derniers messages. T'envoyer à Paris te perturbera à coup sûr. Ton école n'héberge pas d'élèves. Les propositions de Corsica et de Maldive me touchent, je suis pleine de gratitude mais méfiante. Je dois les rencontrer.

De Mouette à Corsica, Maldive
— *On peut se voir ?*

Lucie

Nous avons rendez-vous au square à l'heure du déjeuner. Je m'avance, je scanne des yeux les femmes présentes. J'élimine d'emblée celles qui accompagnent des enfants ou qui ne sont pas seules donc je regarde à peine la vieille dame aux cheveux blancs qui parle à la jeune Asiatique. Je repère une clocharde échevelée au regard halluciné qui marmonne des mots sans suite en dessinant des lettres avec sa chaussure dans la poussière. J'aperçois une blonde au crâne rasé et au look gothique qui fume compulsivement. Il n'y a aucune autre femme seule dans ce square. Corsica et Maldive semblaient si chaleureuses sur le site. La clocharde est peut-être une enseignante à la retraite forcée soignée pour troubles psychiatriques. La fumeuse est peut-être une excellente masseuse que le chômage détruit à petit feu. Je leur suis reconnaissante d'avoir proposé de m'aider mais je recule doucement vers la sortie. Je prendrai le train dimanche pour t'accompagner à Paris.

Mon mouvement de repli a été remarqué. La clocharde se retourne et me fixe. La fumeuse écrase sa cigarette sous le talon de sa grosse botte noire et se lève.

— Je me suis trompée, dis-je.

Elle marche vers moi d'un pas décidé, puis me contourne pour se jeter dans les bras d'un jeune homme qui renifle et la repousse.

— T'avais promis d'arrêter, merde !

— J'ai pas fumé uuuuune seule clope depuis hier, je te juuuuuuure !

Elle n'est pas Maldive. La clocharde à l'expression farouche est tombée à genoux et elle trace avec ses doigts des signes mystérieux dans la poussière. Je lui dois au moins une explication.

— Vous êtes Corsica, n'est-ce pas ?

Perdue dans ses délires, elle ne lève même pas les yeux.

— Mouette ? fait une voix rauque.

Je pivote sur moi-même, surprise. La vieille dame qui parlait avec la jeune Asiatique n'est plus de dos.

— Vous êtes Mouette ? Je suis Corsica. Voici Maldive.

Je regarde la pathétique silhouette affalée dans la poussière du square, je regarde le couple qui s'enlace et s'embrasse, je reviens sur les deux femmes souriantes plantées devant moi, je pousse un soupir de soulagement.

— En réalité je m'appelle Lucie.

— Et moi Alberte.

— Je suis Maïli, je viens du Vietnam, dit Maldive.

Nous nous asseyons sur un banc. Elles semblent fiables.

— Je vous suis très reconnaissante. Je vous dédommagerai du temps que vous passerez avec ma fille, bien sûr.

— Vous voulez m'offenser ? proteste Alberte.

— Il n'y a aucune raison...

— On ne fait pas ça pour l'argent, ajoute Maïli.

— Je ne veux pas vous froisser mais nous ne sommes ni parentes ni amies...

Leur bonté désintéressée m'inquiète. Personne ne m'a jamais fait de cadeau, et ces deux inconnues se chargeraient de toi pour nos beaux yeux ? Où est le piège ?

— Ce que vous vivez en ce moment, j'y suis passée aussi, dit Alberte. J'ai été institutrice toute ma vie, je sais ce que veut dire être responsable d'un enfant. Je ne connais personne ici mais je vous ai écrit le nom et le numéro de téléphone du lycée de Danielle, une ancienne élève devenue professeur d'anglais en Corse, elle se portera garante de moi.

Elle me tend un papier. Dans son esprit, personne n'est plus digne de foi qu'une enseignante.

— Je n'ai rien à faire de mes journées et je trouve le temps long, explique Maïli. Mon ancien employeur est le BanyanTree Resort de Vabbinfaru aux Maldives. J'y ai travaillé cinq ans. Ici, je ne connais qu'un voisin dont j'ai gardé le chat. J'aime les chats et j'aime les enfants.

— Vous êtes toutes les deux nouvelles dans la région ?

— Je suis arrivée il y a trois semaines, il était temps que je découvre autre chose que la placette de mon village, dit Alberte.

— Et moi il y a un mois, fait Maïli.

La clocharde délirante s'assied dans le bac à sable. Les parents viennent à la hâte en retirer leurs enfants. Elle ne les voit pas, elle joue avec un râteau en plastique, une expression de ravissement peinte sur son visage trop fardé.

— Vous vous connaissez depuis longtemps ?

La Corse et la Vietnamienne échangent un sourire.

— Depuis avant-hier, dit Alberte. J'ai demandé sur le site si une bonne âme pouvait m'initier aux arcanes de l'informatique et Maïli s'est dévouée. Appelez Danielle, c'est l'heure de la récréation.

J'obtempère. Le standard du lycée me répond, on me passe le prof d'anglais.

— Je m'appelle Lucie, Alberte m'a donné votre numér...

— Elle va bien ? m'interrompt Danielle avec le même accent qu'Alberte.

— Elle a l'air. Je dois lui confier ma fille, elle m'a dit que vous vous porteriez garante...

— Nous étions si inquiets ! Elle a été mon institutrice, j'ai œuvré pour qu'on la décore des Palmes académiques mais elle nous a menés en bateau, elle nous a tous invités exprès le lendemain de la remise officielle. Nous sommes arrivés avec des fleurs, des cadeaux et de quoi la fêter dignement, sa maison était fermée, elle était partie, comme ça, sans rien dire à personne. Vous appelez d'où ?

— De Provence. Je peux lui faire confiance ?

— À mille pour cent. Ses voisins arrosent ses fleurs tous les jours. Si elle n'est pas de retour aux olives je m'occuperai des siennes. Votre fille a de la chance si Alberte se charge d'elle. Je peux lui parler ?

Je tends mon portable à Alberte qui secoue la tête.

— Elle me fait signe que non, dis-je, gênée.

— Dites-lui qu'elle nous manque et qu'aujourd'hui on voit la Sardaigne.

Je la remercie et raccroche, rassurée. Puis je transmets les messages. Alberte a un sourire nostalgique et doux qui achève de me convaincre : tu seras en de bonnes mains à mille pour cent.

— Si on voit la Sardaigne c'est qu'il fait beau. Alors, Lucie la Mouette ? J'habite juste à côté, nous serons mieux pour bavarder sur mon balcon. Cinq étages sans ascenseur ne vous font pas peur ?

Nous grimpons l'une derrière l'autre. Alberte nous précède dans une pièce éclaboussée de soleil où un bâtard l'accueille avec des transports de joie. Je contemple avec stupéfaction les murs parme, le canapé rose, le bureau et l'ordinateur violets, les fauteuils bleus.

— C'est vraiment chez vous ici ?

— Chez moi et chez Pinzutu.

Je regarde l'échelle de meunier qui mène à la mezzanine.

— Vous dormez là-haut ?

Elle hoche la tête.

— J'ai loué cet appartement à une jeune compatriote, je promène le chien de son père en contrepartie. Je n'ai pas de déambulateur, je ne suis pas sénile, ça me va très bien ! Combien de temps devez-vous rester hospitalisée ?

Je souris.

— Du lundi au jeudi ou dans le pire des cas au lundi suivant.

Assises sur les chaises vert pomme du petit balcon, nous bavardons comme trois vieilles copines. Nous n'avons en commun ni l'âge, ni l'origine, ni la profession, nous sommes juste des femmes réunies par la nécessité de te protéger, ma douce.

— Ma fille s'appelle Léa, dis-je en sortant mon portable

pour leur montrer des photos de toi. Jurez-moi que vous ne lui direz rien... à moins qu'il m'arrive quelque chose.

Elles jurent.

— Dans ce cas, et seulement dans ce cas, il faudra prévenir ma mère et ma sœur, je vous donnerai leurs coordonnées. Et je laisserai une lettre pour Léa.

— Tout va bien se passer, fait Maïli en m'effleurant la main.

— Vous avez raison, il faut envisager toutes les options, ajoute Alberte, plus pragmatique. Quel est votre métier ?

— Ça aussi, personne ne doit le savoir. Je suis fromagère, le cancer n'est pas contagieux mais les gens ont parfois des réactions bizarres.

— J'accepte à deux conditions, fait Alberte d'un air malicieux.

Je fronce les sourcils.

— Lesquelles ?

— La prochaine fois que vous irez aux halles, achetez-moi du *casgiu merzu*, du fromage corse grouillant de vers, c'est mon péché mignon.

— Promis.

— La seconde condition est plus contraignante. On va vous opérer, vous soigner, vous guérir, vous avez encore de longues années devant vous alors que moi le temps m'est compté, je pourrais être votre grand-mère. Vous vous angoissez pour Léa, je m'angoisse pour mon chien. Jurez-moi, s'il m'arrive quelque chose, de prendre en charge Pinzutu. Je ne retournerai en Corse que les pieds devant et il a trop peur de l'avion.

J'écarquille les yeux.

— Léa me harcèle déjà pour avoir un chien, je ne peux pas m'engager...

— Je ne compte pas mourir tout de suite, Lucie. Mais je serai plus tranquille si vous dites oui.

Je caresse les feuilles du petit olivier.

— C'est le monde à l'envers. Je vous demande de garder ma fille et vous voulez me fourguer votre chien.

— C'est le monde à l'endroit. J'ai eu le même cancer que vous et je suis toujours là.

Elle a un ton si catégorique, j'aimerais tellement la croire et te voir grandir... J'objecte doucement :

— Il y a des femmes qui ont un cancer du sein et qui meurent.

— Pas quand il est dépisté tôt et bien soigné.

Elle plante ses yeux dans les miens et fugitivement je me dis qu'elle est de la même trempe que Théo, et que Théo finissait toujours par avoir raison...

— Je peux héberger Léa ici sur mon canapé, ou si vous préférez je peux m'installer chez vous quelques jours avec Pinzutu ?

J'acquiesce, tu vas adorer avoir un chien à demeure.

— Chez moi c'est tout petit, je n'ai qu'une chambre, mais je cuisinerai des plats vietnamiens pour votre fille, dit Maïli. On vous a déjà massée, Lucie ?

Je secoue la tête, je suis trop jeune, je ne suis pas assez riche, je n'ai jamais eu ni le temps ni l'occasion.

— Je peux ? Laissez-vous aller.

Elle se lève, passe derrière moi, pose ses mains sur mes épaules. Je commence par me raidir, mais elle parle et je me détends en l'écoutant.

— La plus belle chose du monde, dit-elle d'une voix sourde, c'est une langue de sable au milieu de l'océan Indien. On l'appelle le *sandbank*, le banc de sable, elle n'existe pas toute l'année, parfois l'océan la recouvre. Dans l'île-hôtel de Vabbinfaru où je travaillais, les amoureux réservent à l'avance leur dîner magique sur cet îlot. Ils partent en bateau juste avant le coucher du soleil, avec un pilote, un cuisinier et un serveur. Ils arrivent alors que le soleil descend, le sable est blanc et doux, semé de coquillages rejetés par les marées, on leur dresse une table de fête avec une nappe blanche, de la belle vaisselle, des verres fins, des chaises et des bougies, on prépare leur dîner pendant qu'ils regardent le soleil plonger dans la mer. Quand la nuit tombe ils s'asseyent sous un plafond d'étoiles, des dizaines de minuscules crabes sortent de l'eau et s'approchent mais ils restent à l'extérieur du cercle de bougies que le serveur a plantées dans le sable. Autour, il n'y a rien que le silence des hommes, l'eau qui clapote contre les flancs du bateau, les vagues qui bruissent, le vin qui coule dans les verres, le feu du barbecue qui craque, les étoiles filantes qui zèbrent le ciel. On ne désire qu'une chose : rester là pour l'éternité.

Ses mains détendent lentement les contractures de mon dos, j'ai l'impression qu'on me déleste d'un poids énorme. J'imagine ce banc de sable au milieu de nulle part, je me jure que même si j'ai peur des crabes je t'emmènerai là-bas, un jour, ma petite douce.

— Il y a un mois, poursuit Maïli, j'ai fait la plus grande bêtise de mon existence. J'aimais masser les clients et les rendre légers, ma grand-mère au Vietnam m'a transmis le pouvoir de soigner avec mes mains. Notre spa venait de fermer pour la nuit, je me préparais à passer la soirée avec mes collègues thaïlandaises. Un client français est arrivé, je l'avais déjà massé, il avait un corps ferme et tonique mais du malheur sous la peau. Il m'a dit qu'il avait réservé le sandbank pour le soir. Je lui ai demandé pourquoi on n'avait jamais vu sa femme, si elle n'aimait pas les massages, d'habitude c'est le contraire, les femmes viennent sans leurs maris. Il m'a répondu qu'il avait réservé pour nous deux. « Pour vous et moi, Maïli. N'ayez pas peur, c'est une offre de gentleman. Je vous invite à dîner amicalement parce que nous sommes les seuls à parler français ici. Si vous refusez, je comprendrai. On m'a dit que c'était un lieu magique. Vous y êtes déjà allée ? » Je n'y étais jamais allée évidemment, c'était réservé aux riches clients russes, américains et européens. Ma grand-mère a été cuisinière dans une famille d'expatriés français à Saigon, c'est elle qui m'a appris votre langue. J'avais entendu les clients décrire cet îlot de conte de fées. Voilà qu'on me proposait de devenir pour un soir celle à qui le pilote tend la main pour l'aider à monter dans le bateau, celle pour qui on dresse la table de fête, celle qu'on considère et qu'on sert, celle qu'on regarde et qu'on écoute, sans contrepartie, en tout bien tout honneur...

Alberte et moi écoutons, fascinées. Maïli continue à me masser, je vis depuis des années avec un dos en compote, elle est en train de le dénouer.

— La soirée a été inoubliable. Je croyais rêver. Quand nous sommes revenus au Banyan Tree il a tenu parole, il ne m'a pas importunée, nous nous sommes quittés sur le ponton et je suis rentrée dormir dans les locaux du personnel. Il ne m'a pas donné signe de vie le lendemain, j'ai pensé que je l'avais déçu par ma réserve, en fait cela m'a soulagée. Puis il m'a fait livrer des fleurs au spa, il m'a dit qu'il était le patron d'une chaîne d'instituts de beauté, qu'il recherchait une directrice pour ses spas de luxe dans le midi de la France, quelqu'un qui connaisse le métier de l'intérieur. Il m'a invitée à dîner au restaurant de l'hôtel, il m'a parlé contrat, salaire, vacances, voyages, marketing, intéressement aux bénéfices. Il avait dans son portefeuille un billet d'avion à mon nom. Je l'ai cru comme une imbécile ! Je me suis fait avoir comme autrefois ma grand-mère par un soldat américain, pourtant j'aurais dû être échaudée par son histoire. J'ai accordé ma confiance à la mauvaise personne. Nous nous sommes envolés pour Paris puis nous avons pris le train pour la Provence. Arrivés en gare d'Avignon, il m'a avoué qu'il était avocat et il a proposé de m'entretenir... Il a brisé ma vie, il a démoli ma réputation, j'ai trop honte pour repartir aux Maldives, je n'ose pas avouer à ma famille au Vietnam à quel point j'ai été idiote, une cousine qui vit dans le Nord m'a envoyé un peu d'argent, j'ai loué une chambre. Je suis entrée en France avec un visa touristique de court séjour, je croyais trouver du travail rapidement...

Elle grimace.

— Je garderai votre secret et j'aiderai Alberte à s'occuper de votre fille. Je n'ai pas changé d'idée, la plus merveilleuse chose au monde c'est cette bande de sable posée sur l'eau, au milieu de rien. Le maître mot à Vabbinfaru c'était *enjoy*, goûtez, savourez, prenez plaisir. On disait ça aux clients. Le pilote du bateau m'a dit *enjoy* quand nous avons accosté sur le sandbank.

— Lucie, vous n'avez pas répondu à ma question pour mon chien ? insiste Alberte.

— Je ne peux pas vous promettre de le garder, mais je m'engage, si un jour vous ne pouvez plus vous occuper de lui, à lui trouver un bon foyer.

Maïli se rassied. Mon dos est détendu. Je veux devenir vieille comme Alberte même si je dois radoter. Je veux faire des erreurs comme Maïli même si je dois les regretter. Je veux le même temps que les autres.

— J'ai encore quelques détails à vous préciser.

Il faut bien que quelqu'un soit au courant. Si l'opération se passe mal, je veux reposer ici, en Provence, surtout pas à Paris. Qu'elles te protègent, qu'on ne te fasse surtout pas marcher derrière mon cercueil les bras ballants, la tête basse et en noir. Qu'on te laisse tenir la laisse de Pinzutu et mettre tes Converse roses le jour de mon enterrement. Qu'on joue l'*Ave Maria* de Caccini. Que les amis du site gardent le contact avec toi même si tu vis à Paris avec maman et Diane. Qu'on te fasse rire, qu'on t'offre une meute de petits chiots craquants, que les valeurs que je t'ai transmises perdurent. Je veux tellement que ta vie soit belle même sans moi, ma Léa des bois. Théo avait une amie qui avait été déportée dans un camp de concentration, elle lui avait demandé si ça avait été la plus grande souffrance de sa vie, son amie avait secoué la tête et répondu que la plus grande souffrance de sa vie c'était quand un de ses enfants souffrait. J'étais adolescente, ça m'avait paru inconcevable. Maintenant, je comprends.

Léa

De Eskimo à Arobase

— *Maman m'a parlé d'un îlot magique dans l'océan Indien où on ira l'an prochain dîner sous les étoiles. Puis elle m'a annoncé qu'elle part à Avignon une semaine en séminaire de gestion. Elle dit d'abord la bonne nouvelle puis la mauvaise dans la foulée. Quand j'étais petite et que j'avais une carie, elle m'emmenait au cinéma et en sortant elle m'annonçait qu'on allait chez le dentiste. On va se quitter pour la première fois, je ne suis jamais allée en colo, et toi ? Une voisine du site va venir à la maison, elle s'appelle Alberte, elle était institutrice, elle n'a pas d'enfants. Je sais que c'est bête mais ça m'inquiète un peu.*

De Arobase à Eskimo

— *Je sui allé chaque été en summer camp sur le lac Michigan, j'ai adoré. Moi c'est le contraire, je sui mieu loin de mes parents, mes histoire les intéresse pas et eux ils ne parle que du labo. Ta maman trouve que ce que tu di vau la peine de troubler le silence ?*

De Eskimo à Arobase

— *Oui. C'est normal, je suis sa fille.*

De Arobase à Eskimo

— *Toutes les mères n'aime pas les enfants.*

Léa se mord la lèvre, elle a gaffé. Il est évident pour elle qu'une mère vous aime de façon inconditionnelle même si on oublie de ranger sa chambre, même si on a des mauvaises notes, même si on la bat au bowling ou au tennis sur la console de jeux, même si on lui pique son pull en cachemire, même si on n'a pas de père. Elle ne sait pas quoi répondre, alors elle écrit :

De Eskimo à Arobase
— *Ça passe vite, une semaine ?*
De Arobase à Eskimo
— *Ça dépen des semaines.*

Malo

Le bar à chocolats ouvre samedi. L'espace dégustation est prêt avec ses tables, ses banquettes, ses tabourets et les deux grands hamacs confectionnés par Erwan et tendus aux angles de la pièce. Les étagères sont remplies de tablettes de chocolat noir, blanc ou au lait rangées sur la tranche comme des livres. De loin, on croirait une bibliothèque.

Malo a passé un contrat avec les producteurs de la région de Barlovento, là où on trouve le criollo aromatique et peu amer. Ils ont défini un prix d'achat minimum garanti du cacao brut en cas de chute des cours et, après fermentation, séchage, torréfaction, broyage et concassage sur place, un prix minimum de la pâte de cacao. Le compromis est conclu pour cinq ans, renouvelables. Les cacaos sont cultivés sans pesticides ni engrais chimiques, les travailleurs ont une couverture sociale, une ONG contrôle sur place le respect des clauses. Le cacao est transporté par cargo depuis Caracas jusqu'au Havre, puis il part en camion vers une chocolaterie artisanale qui le transforme en plaques de chocolat de couverture qu'un maître chocolatier recruté par Malo convertit en tablettes qu'on vendra dans le bar de la rue de l'Église. Il ne manque plus que le comptoir de caisse. Dix fois, Malo a demandé à Erwan de le fabriquer. Dix fois, Erwan a répondu qu'il s'en occupait.

— Ferme les yeux ! lance Malo à Erwan depuis la cuisine.

Erwan obéit. Un délicieux parfum emplit ses narines.

— Dis-moi franchement ce que tu en penses. J'accepte les critiques si elles sont constructives. Mais t'as intérêt à aimer. C'est le chocolat chaud à l'ancienne spécialité de la maison, les gens viendront du fin fond du Vaucluse pour lui. Tu peux regarder.

Erwan ouvre les yeux. Le chocolat est mousseux, il sent la cannelle et l'enfance. Il en boit une gorgée, secoue la tête.

— Alors là, mon filleul, ça va poser un problème...

— Qu'est-ce qui ne va pas ?

— C'est ça le problème. Il est trop bon. Les gens viendront aussi du Gard, de l'Ardèche, de la Drôme, des Alpes-de-Haute-Provence et des Bouches-du-Rhône, ça va être la cohue.

— Donne-moi l'heure, Bidule, c'est mon heure de gloire ! rigole Malo.

Un camion de déménagement entre dans l'étroite rue puis s'arrête juste en face du bar, projetant son ombre sur la vitrine. Le chauffeur descend de la cabine et s'approche de la porte ouverte.

— C'est ici M. Saint Malo ?

— Je suppose qu'il s'agit de moi, dit Malo, toujours hilare. Il doit y avoir une erreur, tout mon matériel m'a déjà été livré.

Erwan intervient.

— Monsieur t'apporte ton comptoir de caisse, tais-toi et remercie. Vous pouvez le rentrer à l'intérieur. Faites attention, c'est très fragile.

— Attendez, proteste Malo. Si c'est fragile, c'est inadapté à son utilisation.

Il se tourne vers Erwan.

— Qu'est-ce que tu as encore inventé ?

Le chauffeur descend la plate-forme arrière de son camion au niveau du sol puis roule un grand carton dans le magasin.

— Je dois le déballer devant vous, pour les assurances.

— Ne vous gênez pas ! l'encourage Erwan.

— Ne déchirez pas le carton, si ça ne me convient pas je le refuserai et vous le remporterez, je paierai ce qu'il faudra, précise Malo, embêté.

— Tu vas adorer, dit Erwan. C'est un peu incongru, mais une fois habitué tu ne pourras plus t'en passer.

Les cartons tombent un à un, dévoilant des pans de bois ancien. Malo ne reconnaît pas tout de suite le meuble, tant il ne s'attend pas à le voir. Enfin, le chauffeur dégage le devant, et le bonheur-du-jour marqueté aux pieds torsadés apparaît dans toute sa fragile splendeur.

— Règle numéro un, édicte Erwan, on ne pose aucun chocolat dessus. Il est destiné à recevoir tes papiers, factures et reçus. Tu rangeras la monnaie dans le tiroir de droite et les chèques dans celui de gauche, tu n'as pas besoin d'une horrible caisse enregistreuse de grande surface. Règle numéro deux, ce meuble te portera chance, ta mère voulait qu'il te revienne, c'est Gwen qui s'est chargée de l'envoi. Mais si tu préfères le refuser et que monsieur le remballe et le remporte à Rennes, libre à toi.

Malo, ému, dit au chauffeur :

— On va le garder puisqu'il a fait le voyage. Je vous offre un chocolat chaud à l'ancienne, spécialité maison, les gens viennent de tout le Midi pour y goûter !

Le chauffeur a aimé, le camion est reparti, le bonheur-du-jour a trouvé sa place. Par la vitrine, Malo voit la petite fille de la fromagère qui rentre de l'école sur sa patinette argentée. Il la connaît de vue mais il ne lui a jamais parlé. Elle regarde les étagères en passant, elle a les coins de la bouche qui remontent et les yeux qui pétillent. Il décide que le moment de faire la paix est venu, sans compter qu'il doit élargir son panel de testeurs.

— Bonjour, dit-il en entrant dans la fromagerie avec une tasse fumante à la main, vous n'avez pas de clients alors je viens vous déranger !

Son entrée en matière est mal interprétée.

— Je ne manque pas de clients si c'est ça que vous insinuez, réplique la jolie fromagère caractérielle. Là c'est une heure creuse, le reste de la journée je suis débordée.

— Je n'en doute pas. Je suis venu vous faire goûter ma spécialité maison, les gens viennent même de Rennes pour en boire.

Il pose la tasse sur le comptoir. Le nez de la petite fille se fronce comme celui d'un lapin.

— Ça sent superbon !

— J'ouvre un bar à chocolats, je l'inaugure samedi prochain à dix-neuf heures, vous êtes invitées, notre rue va devenir un repaire de gourmets grâce à nos deux magasins.

Son essai de diplomatie tombe à plat, le visage de la fromagère se ferme.

— Samedi je suis prise.

— Moi, je pourrai y aller, maman ?

— Tu seras la bienvenue, dit Malo avec cérémonie. L'invitation est valable pour toute la famille, même ceux que je ne connais pas.

Le visage de la fromagère n'est plus fermé, il est cadenassé, il a dû dire une connerie, elle est probablement divorcée ou veuve et la famille au complet se tient devant lui.

— Ton chocolat va refroidir, tu ne veux pas le goûter ? dit-il à l'enfant. Je m'appelle Malo comme la ville.

— Moi c'est Léa, et ma maman Lucie.

La mère et la fille échangent un regard, il les sent complices et fusionnelles. Léa avale une gorgée, roule des yeux gourmands.

— Il est trop bon ! Vous êtes comme Johnny Depp alors ?

— Désolé de te décevoir, je ne suis pas Willy Wonka, tu ne trouveras ni fleuve de chocolat dans mon magasin, ni tickets d'or dans mes tablettes. Mais j'ai du chocolat aux oranges confites, aux amandes, aux pistaches, à la rose, à la violette, au poivre, au piment, au gingembre, à la cannelle, au citron, et la spécialité que tu viens de goûter. Je vais vous chercher une tasse, Lucie ?

— Non merci, je viens de boire un café.

— L'un n'empêche pas l'autre. Il n'y a pas d'heure ni d'âge pour le chocolat, il suffit d'un carré pour reculer dans le temps. Vous préfériez lequel quand vous étiez petite ?

— Ma sœur aînée aimait le lait, moi le noir, on détestait le blanc.

— C'était exactement pareil chez moi !

Elle esquisse un sourire. Il se dit qu'elle est méfiante au premier abord mais qu'elle va se dégeler, leurs magasins sont mitoyens, ils vont forcément s'entendre.

— Allez, Lucie, laissez-vous tenter, c'est le meilleur antidépresseur, ça devrait être prescrit par les médecins et remboursé à 100 % par la Sécurité sociale, c'est un remède à tous les maux de la terre !

Elle recule derrière son comptoir, elle se cabre, il a l'impression de voir une porte claquer au fond de ses yeux.

— Je suis en pleine forme, je ne vois pas en quoi ça me concerne !

— Je ne le disais pas pour vous mais en général. Vous prenez toujours tout mal, hein ?

Elle le foudroie de son regard strié de vert et de bleu, beau mais glacial.

— Je n'ai pas apprécié la réflexion de votre petite amie sur mon fromage qui pue.

— Ma petite amie ? demande Malo en se demandant où elle a pu croiser Véra, son ex.

— L'élégante sirène blonde qui trouve que l'odeur qui vient de ma fromagerie est une horreur et que je devrais fermer ma porte.

Malo comprend enfin et éclate de rire.

— Ah, vous parlez de Gwen ! Gwen est ma sœur, pas ma petite amie. Elle râle mais elle a un bon fond.

— Je n'ai vu que la surface, alors. Merci pour le chocolat de Léa. Excusez-moi, j'ai du travail.

— Je ne vous dérange pas plus longtemps. Vous savez à qui appartient cette Fiat 500 aux pneus crevés qui rouille sur place dans la rue ?

— Il ne faut pas y toucher, une famille de chatons habite dedans ! proteste Léa, inquiète à l'idée qu'on puisse chasser ses protégés.

— Je m'incline, dit Malo, levant les paumes en signe de reddition. Selon le code maritime, une épave est considérée comme fortune de mer et elle appartient au premier qui en prend possession. Cette voiture est donc la fortune de terre des chats. Je vous laisse, Lucie, merci de votre accueil chaleureux et de bon voisinage, ça va être un plaisir de nous partager cette place de livraison. Jusqu'ici je mettais ma moto sur le trottoir pour ne pas vous gêner. Mais j'aurai ma nouvelle camionnette bientôt. Le premier garé gagnera !

— Je m'en réjouis d'avance, rétorque Lucie.

Léa

Dimanche matin. Léa écrit à la craie blanche sur l'ardoise *Le magasin est fermé pour la semaine* puis dessine un soleil, une part de camembert et un verre de vin sous le texte.

— Vous auriez pu prévenir, j'ai de la famille qui arrive, je vous aurais commandé un plateau à l'avance ! se lamente une cliente. Mettez-moi encore six œufs frais.

— Tout s'est décidé très vite, j'ai eu une opportunité, dit Lucie.

— Les œufs des poules heureuses, les poules en liberté ! récite gaiement Léa.

— Toute une semaine sans vous, je vais avoir du mal, vous ne me ferez pas d'infidélités, j'espère ? grogne Raoul. Vous allez rater l'inauguration du voisin. Méfiez-vous de lui. Je m'entendais bien avec la jolie libraire de la rue de la Mairie, j'ai jamais autant lu de ma vie, même des gros bouquins ! Un Arabe s'est installé à côté, il lui a fait les yeux doux, elle y a cru la malheureuse, elle n'a pas écouté mes mises en garde, elle est tombée amoureuse. Elle l'a épousé, il a fait venir toute la smala du bled. On se demande pourquoi nos hôpitaux sont engorgés, avec tous ces immigrés qu'on soigne gratos ! Maintenant il y a une drôle de faune là-dedans, ils boivent du thé à la menthe et ils vendent des pantoufles qui puent la chèvre.

— J'adore les babouches, réplique sèchement Lucie. Vous avez arrêté de lire ?

— J'achète des fromages, grogne Raoul avec humeur.

Sitôt le dernier client parti, elles se mettent à ranger et à laver le magasin. Alors qu'elles ont presque fini, un scooter rouge monte sur le trottoir, Darius en descend et regarde d'un air désolé le seau, le balai et l'étalage vide.

— Vous arrivez trop tard, dit Lucie.

Darius explique que le collègue qui devait le relever à l'hôpital après sa garde de nuit a eu un accident de voiture, il a dû attendre toute la matinée qu'on trouve quelqu'un de disponible.

— Mon collègue a eu peur, il a dit que je suis coincé dans la carrosserie, dit l'infirmier dont le visage est gris de fatigue.

Lucie se retourne d'un bloc, toute pâle.

— Si tout est rangé tant pis, je reviendrai demain, dit Darius.

— C'est fermé pour la semaine, clame Léa en désignant l'ardoise.

— Bonnes vacances alors !

— C'est pas des... eh, c'est tout mouillé, beurk ! s'écrie Léa à qui sa maman vient de flanquer la serpillière trempée sur les pieds.

— Excuse-moi, chérie. Tenez, dit Lucie en tendant trois sachets de feta à l'infirmier, vous me paierez quand je rouvrirai, j'ai fermé la caisse. Je ne veux pas vous chasser mais nous sommes très en retard.

Darius recule en remerciant, elle lui claque presque la porte au nez.

— Pourquoi tu lui as pas dit que tu pars en séminaire à Avignon ? s'étonne Léa.

— Je préfère que les clients me prennent pour une professionnelle hypercompétente qui n'a pas besoin de séminaire pour s'améliorer. Dépêche-toi, j'ai si faim que je pourrais manger cette serpillière !

Léa éclate de rire.

Leur invitée sonne à la porte à cinq heures comme prévu. Léa lui ouvre. Merveille, Corsica tient en laisse un chien qui penche la tête et ouvre la gueule comme s'il souriait.

— Qu'il est beau ! Il s'appelle comment ?

— Pinzutu.

— Ça veut dire quoi ?

— C'est le nom que les Corses donnent aux Français qui vivent sur le continent. Cela vient soit de leur accent pointu, soit du tricorne pointu que portaient les troupes françaises quand la France a acheté la Corse à la république de Gênes, je te raconterai. Mon Pinzutu à moi est arrivé un jour de Paris dans la soute d'un avion, personne n'est venu le chercher à l'aéroport, il tournait dans sa cage sur le tapis des bagages, il n'avait ni nom ni étiquette. Il a attendri mon neveu douanier qui l'a libéré et me l'a apporté. Je l'ai adopté et baptisé comme ça parce qu'il est né ailleurs.

— Le pauvre...

Léa, attendrie, s'agenouille et caresse le chien.

— Bienvenue chez nous, Alberte, dit Lucie. Je vous présente Léa, alias Eskimo. Je vais vous faire les honneurs de la maison. Vous dormirez dans ma chambre.

De Eskimo à Arobase

— *Corsica vient de repartir, son chien est super, ses maîtres l'ont expédié en Corse en avion et ne sont jamais venus le réclamer. Elle aime le fromage plein de vers vivants, beurk, dégueu ! Elle pourrait t'aider en orthographe ?*

De Arobase à Eskimo

— *Tu a honte de moi ?*

De Eskimo à Arobase

— *T'es complètement noix. Notre nouveau voisin inaugure son bar à chocolats samedi prochain à 19 heures. Tu pourras remarcher quand ?*

De Arobase à Eskimo

— *Vendredi. Je vai écrire à Mouette de venir, mon coach donnai du chocolat à sa femme quand elle étai malade, c'est bon pour le moral. Ma grand-mère s'est cassé le col du fémur cette nui, elle vit en Auvergne, elle est jamai venue nous voir en Amérique. Ma mère pleurai, je voulai la consoler. Elle m'a crié : « Fiche-moi la paix, toi tu ne sai pas ce que c'est qu'une mère ! » Alor je l'ai laissée pleurer.*

Léa est sidérée.

De Eskimo à Arobase

— *Ta mère T'a dit à Toi que tu ne sais pas ce que c'est qu'une mère ?*

La crêperie est gaie avec ses petites fenêtres à croisillons, ses nappes à carreaux rouges et blancs, sa vaisselle en grosse faïence. Léa se régale d'une galette à l'œuf et au jambon, sa maman choisit une saumon fumé, elles terminent par des crêpes au chocolat.

— Je t'appellerai tous les soirs, sauf mardi parce que je sortirai du séminaire trop tard, Léa. Tu me laisseras un message sur mon portable pour me raconter comment s'est passée ta journée, d'accord ? Alberte a l'air gentille, hein ?

— Oui. Et j'adore son chien.

Alberte l'a conquise grâce à Pinzutu.

— Moi, je sais ce que c'est qu'une mère, dit Léa. Tu reviens quel jour ?

— Je ne sais pas encore.

Léa sent combien sa maman est tendue. Elle avait une drôle d'expression quand elle a vidé la caisse ce matin avant de fermer le magasin.

— T'en fais pas, maman, les clients t'aiment et ils aiment tes fromages, ça va aller !

Lucie se lève brusquement pour aller payer. Léa a soudain mal au ventre comme quand elle lit ce que lui écrit Seb sur ses rapports avec ses parents, comme quand elles montent à Paris pour Noël, comme le jour de la fête des pères.

La petite fille se connecte au site avant de se coucher, elle relit plusieurs fois la réponse d'Arobase pour vérifier qu'elle ne rêve pas.

De Arobase à Eskimo

— *Mes parents m'on adopté quand j'étai bébé comme Alberte a adopté son chien.*

De Eskimo à Arobase

— *Si c'est pour rire, tu as un humour assez spécial.*

De Arobase à Eskimo

— Je sui sérieu, mon père me l'a annoncé le jour de mes 10 ans. Ma mère biologique m'a abandoné. Ma mère adoptive a raison, je ne sai pas ce que c'est qu'une mère.

Léa ne sait pas quoi répondre, ça dépasse son entendement. Les trois quarts des élèves de sa classe ont des parents divorcés, ça n'a rien d'original. Elle est la seule à ne pas savoir qui est son père. Mais la situation d'Arobase est encore plus complexe.

De Arobase à Eskimo

— Dans mon école de l'Illinois un psychologue nous a appri à réagir sans violance contre les insultes. Il nous a dit de faire une petite poubelle magique avec la main et de jeter les insultes dedan. Ou d'écraser les mots qui blesse sous nos pieds. Il a dit que les mots qui fon mal sont juste des sons, des sillabes mises boutabou. Qu'il fau les dédramatiser, leur enlever de la force. Alors j'ai suivi son conseil. J'ai jeté à la poubelle le mot Adopté, je l'ai écrasé sou mon talon. Je croyai l'avoir désintégré. Mais cette nuit, quand ma mère m'a crié que je ne sai pas ce que c'est qu'une mère, le mot est revenu.

Lucie

Je rentre en clinique ce soir. Tu finis tes céréales, tu prends ton sac à dos et ta patinette, tu m'embrasses.

— On se revoit à la fin de la semaine, maman ?

Ta voix est claire, ton regard franc, je te serre contre mon cœur et soudain je me fige. Quelle excuse trouverai-je pour ne pas en faire autant à mon retour ? Comment t'expliquerai-je ma fatigue ? Je te repousse doucement, je me racle la gorge car je ne suis pas sûre que ma voix va sortir.

— Allez, va, tu vas être en retard...

Tu te dandines d'un pied sur l'autre comme lorsqu'un détail te tarabuste.

— J'ai un truc à te demander, maman. Tu me promets de ne pas le prendre mal ?

Je frémis, j'ai le sentiment d'avoir raté une marche et de dévaler un escalier qui s'enfonce dans les ténèbres. Qu'as-tu découvert, quels indices ai-je laissés filtrer ? As-tu trouvé mon dossier médical ? Ai-je parlé en dormant ? On dit que les enfants sentent inconsciemment ce qu'on leur cache, as-tu perçu ma peur ?

Tu te lances :

— C'est bête, je sais. Mais j'ai besoin d'être sûre. Tu me l'aurais dit si tu m'avais adoptée, hein ? Je suis vraiment ta fille ?

Je suis tellement soulagée que je ris.

— Qu'est-ce que c'est que cette question ? Tu me ressembles, je t'ai montré des photos de moi quand je t'attendais, le jour de ta naissance a été le plus beau jour de ma vie ! Pourquoi me demandes-tu ça ?

— Pour rien.

J'insiste, je dois tirer ça au clair, il est impossible que nous nous séparions sur un malentendu. Je voudrais tant pouvoir t'assurer que je serai toujours là pour toi. Je serre les poings, toute ma carcasse tremble. Quand tu es sortie de moi, si petite, si dépendante, si vulnérable, j'ai juré de te protéger contre vents et marées. Ce n'est pas un adénocarcimachin à la con qui va m'en empêcher. Je suis ta mère, personne au monde ne peut m'enlever ça. Même si je meurs demain d'un accident d'anesthésie, je suis ta mère. Même si on me coupe un sein, même si je perds mes cheveux, je suis ta mère. Même si cette saloperie me détruit et que malgré moi je deviens indifférente, méchante, égoïste ou violente, je serai hélas encore ta mère. Je te souris, tendresse et rage. Je me raidis pour ne pas craquer.

— Je ne comprends pas, chérie. Quelqu'un a osé te dire le contraire ?

Tu secoues la tête.

— Mon ami Seb a été adopté, ses parents le lui ont annoncé le jour de ses dix ans. Je sais bien que tu ne me mens jamais, mais ça m'a trotté dans la tête, je voulais être sûre.

Moi, la-maman-qui-ne-ment-jamais, je te regarde avec une infinie douceur en luttant comme je n'ai jamais lutté pour contenir mon émotion.

— Tu es vraiment ma petite fille, promis, juré, craché, la preuve, on a le même nez en patate.

Tu ris, rassérénée, en fronçant ton nez exquis.

— En Amérique, un psy a appris à Seb que les mots qui blessent sont juste des sons, des syllabes mises à la suite les unes des autres, il lui a conseillé de faire une petite poubelle magique avec la main et de les jeter au fond, ou de les écraser sous sa chaussure. C'est une bonne idée ?

— Une merveilleuse idée.

Tu es ma fille et ce n'est pas sans conséquences. Durant toute ta vie de femme, chaque fois que les gynécos te demanderont s'il y a des cancers du sein dans ta famille, tu devras répondre oui. Et plus tu vieilliras, plus les médecins enchaîneront : « Vous avez toujours votre mère ? »

J'espère de tout mon cœur qu'à cette question aussi tu répondras oui.

— Bon séminaire, maman !

La porte claque derrière toi. Comme une marionnette dont le montreur lâche brutalement les fils, mon corps se ratatine, les plis de ma bouche s'affaissent, la musique s'éteint, le rideau tombe. Plus besoin de faire illusion. Le désespoir ça repose. Je me suis consacrée à toi pour ne pas perdre une miette de ta présence. Maintenant j'ai un détail important à vérifier. « Mon collègue a eu peur, il a dit que je suis coincé dans la carrosserie », nous a dit Darius hier à la fromagerie. Une construction grammaticale très caractéristique. Je me connecte sur Internet, je tape Hafez, je découvre que c'était un poète persan. Je tape Omar Khayam, je découvre que c'était aussi un poète persan. Je tape Darius, j'apprends que c'était un roi perse de la dynastie des Achéménides. Je croyais que Darius était grec à cause de son goût pour la feta. Darius, alias Hafez, est donc perse c'est-à-dire iranien. Il est chirurgien. Et il travaille comme infirmier de nuit. Pourquoi ? Fera-t-il le rapprochement entre l'hospitalisation de Mouette et la fermeture temporaire de la fromagerie ?

Avant de quitter l'appartement, je vérifie avec un soin paranoïaque qu'en te connectant sur le site en mon absence tu ne risques pas de tomber sur les messages adressés à Mouette et que mon mot de passe n'apparaît nulle part.

Je marche dans la rue. Si une femme sur huit risque d'avoir ma maladie il y en a forcément sur ce trottoir au milieu des passants, certaines le savent, d'autres non. Je repense à ce que tu m'as raconté, aux mots qui blessent et qui ne sont que des syllabes mises bout à bout. Je place les doigts de ma main droite en rond pour former une petite poubelle et j'y balance mentalement le mot « cancer » en refermant aussitôt le couvercle. Puis je prends le mot « adénocarcinome » et je l'écrase sous ma semelle, je le piétine, je l'écrabouille, je le concasse, je le pulvérise jusqu'à ce qu'il soit méconnaissable.

Le service de médecine nucléaire est bardé de pancartes prévenant les gens qu'ils pénètrent dans une zone radioactive, ce qui les affole vu qu'ils n'ont pas le choix. Je me fais violence et je m'approche en tendant mon carton à la femme en blouse blanche qui officie à l'accueil.

— Bonjour, je viens pour le repérage du ganglion sentinelle.

Au bout du couloir une dizaine de personnes attendent déjà, j'avise une chaise vide et je cingle vers elle. On ne me regarde pas, ceux qui sont là ont assez de leur propre angoisse, ils ne sont plus curieux des autres. On appelle mon nom. À quatorze heures, un mois jour pour jour après ton anniversaire, on me fait une anesthésie locale puis on m'injecte un produit radioactif dans le sein. Serai-je phosphorescente cette nuit? J'ai milité contre le nucléaire et signé des pétitions au lycée mais je suis là. Si ça pouvait me sauver, je jonglerais avec des serpents à sonnette. Je ne crains pas le monde extérieur mais ce qui se passe en moi, ce sont mes propres cellules qui mutent, c'est mon propre corps qui m'attaque. Moi *versus* moi.

On me dit de revenir dans une heure, je retourne dans la salle d'attente. Sur les chaises inconfortables on parle toutes les langues, on a tous les âges, mais on sue la même peur. Des regards s'échangent, des sourires timides, des soupirs las. Certains vont mourir bientôt, d'autres dans cinquante ans et ils vivront plus vieux que les médecins et les infirmières qui les soignent aujourd'hui. Dans un avion tous les voyageurs volent vers le même but, dans un hôpital les passagers descendent à des escales différentes. Les femmes qui viennent pour cet examen ont toutes le même cancer que moi, la vieille dame dans son fauteuil roulant, la brune plongée dans *Millénium*, la dame africaine dans son boubou coloré, même la jeune fille avec les cheveux verts et le rouge à lèvres bleu.

Je me lève et je sors dans les jardins qui jouxtent le service. Dans mon organisme, le produit radioactif est à la recherche du ganglion perdu. Je l'ai baptisé le ganglion douanier, je lui ai donné ce surnom pour l'apprivoiser et essayer de juguler ma peur. Ce douanier avec son uniforme, son ceinturon, son képi et ses grosses moustaches, j'espère qu'il a monté la garde efficacement, qu'aucune cellule terroriste n'a franchi la frontière pour essaimer ailleurs.

Je n'ai pas marché ainsi parmi les fleurs depuis des années, depuis ta naissance en fait. J'ai donné les clefs de la fromagerie à Maïli, mes frigos sont d'occasion, il faut que quelqu'un vide l'eau des récipients deux fois par semaine. Et j'ai confié celles de l'appartement à Alberte. Je leur fais confiance, nos biens matériels ne risquent rien, c'est moi qui risque tout, et toi par ricochet. Ce soir à la clinique je n'aurai pas d'ordinateur pour écrire aux amis du site, je t'ai laissé le nôtre pour ne pas te priver de tes échanges avec Arobase. Je pourrai t'appeler avec mon téléphone portable. Je pourrai parler à mots couverts à Alberte et Maïli si elles sont avec toi. Mais Charlie, Hafez et Navire me manqueront douloureusement...

Je suis soudain transie comme si un vent polaire s'abattait sur la roseraie ensoleillée, arrachait les pétales et glaçait la terre. La beauté du jardin se mue en menace, sa force tranquille devient meurtrière. La nature perdure, les saisons se succèdent, les feuilles des arbres tombent puis renaissent tandis que les humains souffrent et disparaissent pour l'éternité. Combien de malades de mon âge se sont promenées parmi ces roses en craignant pour leur avenir ? Combien de mamans ont foulé ces allées ?

Un jeune couple est assis sur un banc, la fille n'a pas plus de vingt ans, le garçon s'est laissé pousser un bouc pour se vieillir, il porte un costume gris et une chemise blanche, il sort un paquet-cadeau de sa poche, le lui tend. Elle sourit, elle est très blonde, extrêmement belle, elle a un petit soleil tatoué sur le poignet et des yeux violets assortis à sa robe d'été, elle aussi doit revenir dans une heure. Sans le vouloir, je surprends leur conversation.

— Qu'est-ce que c'est ?

— Tu sais que je suis forcé de partir à New York mercredi, je ne peux pas faire autrement, ça fait deux ans qu'on organise ce congrès, si je ne présente pas notre projet je perds mon boulot... Je sauterai dans le premier avion dès que j'aurai fini, je serai de retour vendredi. Grâce à ça, je resterai près de toi.

Elle déballe le cadeau.

— J'avais déjà un téléphone portable, dit-elle d'une voix déçue.

— Tu avais une mobylette, ce truc est une Harley Davidson ! C'est un iPhone, à la fois un téléphone numérique intelligent, un iPod et un vrai terminal d'ordinateur avec plein d'applications, je l'ai paramétré, on pourra communiquer quand tu seras à la clinique et moi à Manhattan exactement comme si tu étais à la maison et moi dans mon bureau à Orange !

Je tressaille. Je viens de trouver le moyen de ne pas être seule au monde ce soir. Comment n'y ai-je pas pensé plus tôt ?

À l'heure prévue, je retourne dans la salle d'attente. Les initiés se lèvent et se remplacent comme au jeu des chaises musicales, les couples se séparent lorsqu'il n'y a pas deux sièges libres adjacents. On m'appelle, on me passe sous la gamma caméra. Le spécialiste de médecine nucléaire prend une feuille, dessine un sein, fait des croix aux emplacements des relais ganglionnaires en me précisant qu'on n'a pas tous les mêmes. Il a l'air aussi content que toi quand tu m'as battue au bowling sur ta console, il a repéré le ganglion sentinelle sous mon bras. Le douanier est à son poste, le petit doigt sur la couture du pantalon, le regard fixé sur la ligne bleue des Vosges. C'est sa dernière nuit dans mon corps. Je saurai demain si je dois lui être reconnaissante ou lui en vouloir à mort, et là le mot prend tout son sens.

Le magasin de téléphones est noir de monde. Des jeunes demandent des explications mais n'achètent rien, des personnes âgées achètent mais ne comprennent rien aux explications, des travailleurs pressés pestent contre les jeunes et les vieux. Je ronge mon frein. On m'attend à la clinique, je regarde ma montre, j'ai envie de hurler qu'on m'opère demain, qu'on n'a plus la même espérance de vie, que je n'ai plus une minute à perdre, écartez-vous, laissez-moi passer !

Mon tour arrive enfin. Le vendeur veut bien me vendre son génial téléphone qui permet d'accéder à Internet mais je dois le paramétrer sur mon ordinateur.

— Écoutez, je suis hospitalisée tout à l'heure et opérée demain, je suis incapable d'effectuer ces réglages et je ne peux pas repasser chez moi, j'ai absolument besoin de me connecter trois fois par jour sur un site Internet jusqu'à la fin de la semaine... c'est vraiment très important, s'il vous plaît, aidez-moi...

Cinq personnes survoltées et à cran attendent derrière moi. Le vendeur fronce les sourcils.

— On se connaît, non ?

Je le regarde mieux, il habite notre immeuble au deuxième étage, c'est lui qui joue de la guitare électrique tard le soir, je l'ai défendu lors de la seule réunion de copropriété où je suis allée. Il accepte de me prêter quelques jours un appareil déjà paramétré à condition que je lui achète le plus cher. Et il me jure d'être discret.

— Quand vous rentrerez à la maison, vous me le rendrez et je vous rapporterai le vôtre, OK?

Je ressors du magasin avec le précieux iPhone. La boutique mitoyenne vend des pyjamas, d'habitude je dors en débardeur et en boxer, pour la clinique j'ai besoin d'un vrai pyjama qui se boutonne devant. La vendeuse s'avance.

— La nouvelle collection vient d'arriver, ils sont jolis, n'est-ce pas ?

Je désigne un modèle boutonné devant, gris clair avec des nœuds papillons roses.

— Le S sera parfait pour vous.

— Je vais prendre le M.

— Vous allez flotter dedans, dit la vendeuse en secouant la tête.

— On m'opère demain, j'aurai un pansement, je serai plus confortable si j'ai de l'ampleur.

— Ce n'est pas grave, j'espère ?

Ce n'est pas que je ne veuille pas répondre, les mots sont coincés dans ma gorge. Je paie la vendeuse qui, gênée, fuit mon regard. Quand je rentrerai chez nous, je prétendrai avoir acheté ce pyjama pour le séminaire. Tu me croiras ma petite douce, pourquoi douterais-tu ?

J'ai rendez-vous avec l'anesthésiste pour la consultation préopératoire. Il m'ausculte, demande si j'ai des allergies, si on m'a déjà endormie. Il a des yeux outremer, demain je le reconnaîtrai, je ne verrai que ces billes bleues entre le calot et le masque, elles me serviront de bouées de sauvetage.

Je donne mon dossier aux admissions. J'ai hésité avant de désigner la personne de confiance et de signer sous la phrase : « J'ai bien été informée que cette personne pourra être consultée par l'équipe médicale au cas où je ne serais pas en état d'exprimer ma volonté. » Maman et Diane sont écartées d'office puisqu'elles ne sont pas au courant. Théo n'est plus là. La première personne qui m'est venue à l'esprit est Charlie mais j'ignore son vrai nom. J'ai finalement choisi Famozoizo. Si j'ai le cerveau flingué, si je ne suis plus capable de t'ouvrir les bras et de te dire que je t'aime, ma Léa des bois, elle saura prendre les décisions qui s'imposent.

Ma chambre est au deuxième étage et donne sur une école qui ressemble à la tienne. J'ai demandé une chambre seule pour ne pas risquer de me retrouver avec une voisine du genre de Pull Poussin. Ma mutuelle prend en charge le supplément, je ne m'y attendais pas. Je vide ma petite valise écossaise, je n'ai emporté que des hauts qui se boutonnent par-devant. Si on m'ampute d'un sein j'aurai la moitié du torse plat, j'ai la taille fine mais une forte poitrine, j'aurai vraiment l'air asymétrique. Chacun a la notion de son propre corps, connaît l'espace que sa carcasse occupe, demain un étranger remodèlera ma silhouette à sa guise. À quoi servira mon soutien-gorge si un bonnet sur deux est vide ? Que penseras-tu de moi ? Comment aurais-je réagi à ton âge si ma mère ou Théo avaient subi cette amputation ? Auras-tu peur ? Auras-tu honte ? Que feront-ils de mon sein s'ils me le retirent ?...

Le soir tombe. J'ai revêtu mon pyjama neuf avec les nœuds papillons roses, je m'assieds en tailleur sur mon lit, incapable de regarder la télévision, je panique, je pense à ce que nous ferions toi et moi en ce moment si tout ça n'était qu'un cauchemar.

— Bonsoir !

Je sursaute. C'est mon chirurgien, Didier B., souriant et frais comme un gardon.

— Vous ne devriez pas être chez vous à cette heure-là, docteur ?

— Je commence mes interventions tôt le matin, et je passe voir mes patients chaque soir avant de quitter la clinique.

— Vous n'êtes jamais avec votre famille ?

— Si, la nuit, le week-end et pendant les vacances. Ma femme et mes filles sont habituées.

Je me sens ridicule dans cette tenue. J'ai moins de trente ans, c'est l'heure de l'apéritif, et je suis en pyjama d'adolescente devant ce bel homme de quarante ans en costume de ville.

— L'infirmière m'a dit de me changer, mais je ne suis pas malade...

Je me mords la lèvre, c'est stupide, bien sûr que si, j'ai un cancer.

— Qu'est-ce qui va se passer, docteur ?

Il a sûrement hâte de rentrer chez lui mais il s'assied sur le bord de mon lit.

— Je vais vous opérer, j'aurai les éléments pour décider de la chirurgie et du traitement adapté, puis, une fois celui-ci terminé, vous aurez des contrôles réguliers qui, si tout va bien, s'espaceront de plus en plus dans le temps.

Il ne me donne pas de faux espoirs, il ne dit pas qu'il va forcément me sauver, il expose les choses telles qu'elles sont.

— J'ai caché ma maladie à ma fille, elle croit que je suis partie en séminaire. Si vous m'enlevez un sein, il faudra que je lui dise la vérité...

— Nous saurons demain, dit-il.

Il saura avant moi, pendant que je dormirai profondément, que je rêverai peut-être, rêve-t-on quand on vous plonge dans un sommeil artificiel ? Si on me retire un sein, me reverrai-je intacte dans mes songes ?

— Votre intervention est prévue en milieu de matinée, on vous redescendra dans votre chambre vers seize heures, vous serez ensuquée. Si votre famille veut prendre de vos nouvelles, vous pouvez leur donner le numéro de Mireille, mon assistante.

Il me tend la main. Je serre ses doigts qui demain me charcuteront.

— Dormez bien.

Il est parti. J'attrape mon téléphone pour t'appeler mais une infirmière fait irruption dans sa chambre.

— On n'est pas encore venu vous chercher pour la radio du thorax ? Vous savez où c'est ?

Oui, dans le laboratoire d'Einstein.

Je suis en pyjama au milieu de gens habillés normalement mais tout le monde s'en fiche. Je croyais la radiologie fermée en dehors des horaires de bureaux, au contraire elle bruisse et vibre de mille maux. Les patients sont assis sur des chaises disposées en fer à cheval devant le comptoir des secrétaires, ça porte bonheur un fer à cheval normalement. Je reconnais la jeune blonde aux yeux violets de la roseraie grâce à son soleil tatoué sur le poignet. Quelle est la statistique ? L'une de nous sera-t-elle obligatoirement amputée demain matin ? Une femme d'une cinquantaine d'années en robe de chambre fleurie téléphone fébrilement avec son portable malgré l'interdiction affichée au mur.

— C'est Véro, je te dérange ? OK, je comprends, on se rappelle, pas de problème. Tout va bien, rien de spécial, je suis en pleine forme, je voulais juste avoir de tes nouvelles... bonne soirée !

— C'est Véro, vous êtes à table ? Ah, vous allez au ciné ? Ne vous mettez pas en retard, on se rappelle, pas de souci, je suis au top du top, bon film !

— C'est Véro, bonsoir, ça va ? Vous avez des amis à dîner ? Je te laisse, je sais ce que c'est, j'appelais juste comme ça, je pète le feu en ce moment, à bientôt !

D'après sa tenue, elle aussi est opérée demain. Elle non plus n'a personne pour lui tenir la main.

Une silhouette familière apparaît soudain et je me recroqueville sur mon siège, pétrifiée. Impossible de me cacher, je suis en pleine lumière dans le fer à cheval des chaises. Ma cliente anglaise Meg m'aperçoit, écarquille les yeux, je la vois penser, je devine son étonnement et son hostilité, elle m'a fait confiance, je l'ai connue pimpante avec ses boucles auburn, broyée sous son turban, puis courageuse avec sa perruque raide et son expression de défi. Elle m'a raconté sa maladie sans fard. Elle ne comprend pas ce que je fais là en pyjama, ou au contraire elle comprend trop bien et elle m'en veut.

Elle s'avance, fronce les sourcils, dit avec l'accent de Jane Birkin :

— Vous aussi ?

Ces deux petits mots me brûlent au fer rouge, je me sens traître même si je ne lui dois rien. Elle prononce *aussi* avec la salve de *s* que j'entends dans biopssssie. Son visage et son corps me reprochent mon silence, elle m'a ouvert son cœur et elle a posé sa peine sur la table. Lui avoir caché mon mal, c'est la mépriser.

— Léa ne sait pas.

Par ces quatre mots je rétablis le dialogue, par ces quatre mots je me dédouane et j'espère qu'elle va me pardonner. Elle a des enfants, elle est bien placée pour me comprendre. Quand elle a perdu ses cheveux, la pauvre a été forcée de leur dire. Les a-t-elle réunis pour leur apprendre la mauvaise nouvelle, comme on rassemble sa nichée pour avouer qu'on va divorcer, « mais ça ne changera rien papa et maman vous aimeront pareil », en sachant pertinemment que tout va changer ?

— Je ne lui ai rien dit.

Je ne vois plus les autres chaises du fer à cheval, je n'entends plus le brouhaha de la radiologie, il n'y a plus que Meg et moi. Tu ne sais pas et tu es à l'abri, je te protège comme je m'y emploie depuis ta venue au monde, tu es ma fille et je veux le meilleur pour toi, la douceur, la sérénité, la paix, tout ce que la maladie de Diane m'a autrefois arraché. Comme un monstrueux trou noir, son anorexie a englouti nos rires. Tu ne sais pas et c'est ma plus belle preuve d'amour. Ce qui m'arrive ne plombera pas ta vie.

— C'est terrible ! s'écrie Meg.

J'approuve, je suis de son avis, c'est terrible ce qui nous tombe dessus. Meg secoue farouchement la tête, il y a maldonne, ce n'est pas après la maladie qu'elle en a, mais après moi.

— Vous n'avez pas le droit de lui cacher ! dit-elle avec hostilité. C'est affreux ce que vous lui faites !

Ce que *moi* je te fais à *toi*? Moi ? Je n'ai rien demandé, je subis, je me prends de plein fouet le cancer dans la tronche et j'assume. Le moyen de faire autrement ? Je n'ai pas tous les droits vis-à-vis de toi, mais j'ai au moins celui de te préserver. Pourquoi cette femme que je trouvais touchante m'accuse-t-elle ?

Elle insiste avec véhémence :

— Vous devez la vérité à votre fille, Lucie ! Vous n'avez pas pu lui cacher votre angoisse, même avec la meilleure volonté du monde. Elle a perçu votre malaise et si vous vous taisez c'est encore pire parce qu'elle ne comprend pas et qu'elle risque de se croire responsable. Je ne l'ai pas dit à mes enfants tout de suite, ma fille est devenue insomniaque et mon fils somnambule, ils m'en ont voulu pendant des mois, ne faites pas mon erreur.

Je déteste Meg, je n'ai plus aucune compassion pour elle. Un jour tu prendras ton autonomie et tu voleras de tes propres ailes, mais pour le moment je lis à livre ouvert en toi et je te sais sereine, tu crois seulement que la crise économique me préoccupe.

— Vous ne connaissez pas Léa, elle est franche, sensible, à fleur de peau, si elle était perturbée je m'en rendrais compte.

— Vous êtes sûre ? Vous faites du mal à votre fille, Lucie.

Je bondis, aussi choquée que si elle t'avait agressée. Autour de nous on fait semblant de ne pas entendre, les patients plongent le nez dans leurs magazines périmés, les secrétaires pianotent sur leurs claviers d'ordinateur.

— Je vous interdis de dire ça !

Moi qui ne me suis jamais battue, j'ai presque envie de la frapper. Elle lève les paumes en signe de reddition.

— Rassurez-vous, je tiendrai ma langue ! Vous croyez avoir

raison mais vous vous trompez. Il faut dire la vérité aux enfants sinon ça les bouffe et ça les détruit, pire qu'un cancer.

J'avais de l'empathie pour elle. Ce que j'éprouve à présent m'effraie, c'est de la haine pure. Elle me traite de mauvaise mère. Je siffle entre mes dents :

— Vous voulez que je lui dise quoi, que je vais peut-être mourir ? Vous voulez que j'explique à ma petite fille de onze ans...

On appelle Meg. Sauvée par le gong. Elle disparaît dans la cabine qu'on lui indique. Je me rassieds, les joues cramoisies, la respiration haletante. Véro, la femme à la robe de chambre fleurie, a le regard perdu. La blonde aux yeux violets et au poignet tatoué me sourit timidement. Un homme en costume-cravate qui ressemble à mon banquier me glisse : « J'ai un cancer de la prostate, je ne l'ai pas encore avoué à ma femme, c'est con mais je n'y arrive pas, j'ai trop peur qu'elle me quitte. Vous, au moins, vous êtes sûre que votre petite fille ne vous quittera pas. »

Il a les yeux pleins de larmes. On m'appelle pour la radio des poumons.

Einstein n'est pas là, c'est un radiologue inconnu qui m'annonce en souriant que ma radio des poumons est normale. Je n'en ai jamais douté, c'est logique, je ne fume pas, je suis jeune, en bonne santé, enfin, façon de parler. Quand je ressors de la cabine, les patients se sont égaillés comme une volée de moineaux. Véro, Meg, la blonde aux yeux violets, le banquier au cancer de la prostate, ils ont tous disparu.

Je remonte dans ma chambre. On m'apporte le plateau du dîner, potage aux légumes, hamburger, haricots verts, Vache qui Rit, compote, un repas d'enfant. Je goûte à tout, je ne finis rien. En ouvrant ma trousse de toilette, je tombe sur un petit paquet où tu as écrit en majuscules POUR MAMAN. Mes yeux s'embuent, mon cœur fibrille, s'il était relié à un électrocardiographe les ondes danseraient la java. J'ouvre. Tu m'as acheté des macarons au chocolat et une carte postale qui représente une fromagerie à l'ancienne au dos de laquelle tu as écrit : « Pour ton goûter, s'ils te donnent un diplôme on l'encadrera dans le salon. »

Je repousse mon plateau, j'entre dans le cabinet de toilette, je déboutonne mon pyjama, je me regarde dans le miroir. Est-ce la dernière fois que je me vois ainsi, non estropiée, non mutilée, harmonieuse, sensuelle et gracieuse ? Je vois cela dans la glace, le magnifique et indescriptible pouvoir de séduction de la jeunesse, le grain de peau, le ventre plat, les courbes douces, les seins tendres, la jolie impatience d'un corps de jeune femme. Je me souviens de l'amour avec ton père, je n'ai jamais regretté cette nuit. Je me rappelle les étreintes avec l'amant lyonnais que j'ai aimé en le prévenant honnêtement qu'il n'y aurait pas de suite, j'avais trop peur de t'imposer un homme qui ne te traiterait pas comme sa fille.

Je prends ma douche et je me lave les cheveux avec le savon désinfectant que m'a donné l'infirmière. Je retourne dans la chambre chercher l'iPhone, je reviens dans le cabinet de toilette, je lève le bras sans trembler, je vise, je me photographie nue dans le miroir, de face puis sous mes deux profils. Si je me réveille de l'anesthésie avec un seul sein, je pourrai toujours regarder ces photos pour me souvenir de mon corps d'origine, comme ces femmes âgées qui ont autrefois été très belles contemplent les images de leur jeunesse triomphante. Il ne me restera que cela, de mornes photos prises dans un triste miroir sous une mauvaise lumière.

Est-ce que c'en sera fini de l'amour ? Il existe sûrement des hommes que ça ne gênera pas, qui feront avec, que ça fera même fantasmer. C'est dans ma tête qu'il y aura chaos, c'est sous ma peau qu'il y aura panique. J'ai toujours cru que j'aurais d'autres enfants un jour. J'ai toujours espéré qu'un homme cheminerait vers nous, qui nous aimerait toi et moi en bloc.

Tu as onze ans, ton corps est en pleine mutation, tes petits seins et tes poils commencent à pousser. Peut-être que demain soir, vue sous mon profil droit, je serai plus plate que toi ? Le jour où Meg s'est confiée à moi elle m'a raconté qu'en perdant ses cheveux à cause de la chimiothérapie elle avait aussi perdu ses cils, ses sourcils, les poils sous ses aisselles et sur son pubis. Je suis ta maman, ma douce, mais mon corps va peut-être régresser jusqu'à devenir plus jeune que le tien.

J'hésite à appeler Famozoizo, il est trop tard, je n'ai pas le droit de m'immiscer dans sa vie. J'ai envie de te téléphoner mais je ne me sens pas assez vaillante, tu es subtile, tu percevrais les fêlures dans ma voix. Là, pour le coup, je te ferais du mal ! J'ai besoin, pour retrouver mon courage, de l'humour provocateur de Charlie. Assise sur le lit, je me penche sur l'iPhone, dans le magasin ça semblait facile, évident, ludique, simplissime.

— C'est paaaaas vrai, nooooooon !

Je fulmine, la rage au cœur. Ça ne fonctionne pas. Je n'arrive pas à me connecter et c'est le supplice de Tantale. J'ai supporté le déluge de catastrophes qui s'est abattu sur moi mais ce site est mon radeau de survie.

Je jaillis hors de ma chambre. Il n'y a personne sur le palier décoré de photographies d'un désert africain. Le local des infirmières est vide, elles font leur ronde du soir. Je m'avance, espérant contre toute attente rencontrer quelqu'un de plus doué que moi. J'entends une voix masculine de l'autre côté de la porte battante qui donne sur l'escalier, je m'approche, je l'entrebâille.

Un homme en costume bleu froissé me tourne le dos, il est un peu gros, un peu chauve, un peu vieux, il parle bas, le front collé à la vitre.

« Je viens de la laisser, ils l'opèrent demain matin, ils lui retirent son sein, c'est certain, ils l'ont prévenue. Elle m'a demandé si je la désirerai encore après... J'ai dit oui, bien sûr ! Putain... J'ai toute la belle-famille sur le dos, ils sont insupportables, ils m'appellent tout le temps, comme ils ne veulent pas la faire flipper c'est moi qu'ils font chier ! Bien sûr que je t'aime mon chou d'amour, mais il faut que tu comprennes, je ne peux pas quitter ma femme alors qu'elle va peut-être mourir... »

Je frémis.

« Je dois rester avec mes gosses ce soir, mais on se retrouve demain à l'heure du déjeuner, j'ai réservé notre chambre habituelle à l'hôtel... moi aussi mon chou d'amour... tu sais, elle a du courage, je ne sais pas comment j'aurais réagi à sa place... »

Quel salaud ! Je vibre d'indignation, il va s'envoyer en l'air demain pendant qu'on charcutera sa femme, quel pauvre type ! quel minable ! quel... humain faillible ? Ma colère retombe comme un soufflé. Il ne trompe pas sa femme parce qu'elle a un cancer, il la trompait avant, parce qu'il ne l'aime plus, parce que c'est la vie, parce que les histoires d'amour finissent mal en général, comme chantait Catherine Ringer avant de perdre son homme.

— Pardon, je voudrais passer...

Je sursaute et je m'écarte de la porte battante. J'ai déjà vu ce jeune homme avec un bouc, qui est-ce, un médecin, un infirmier, un de mes clients ? En entendant nos voix le gros homme chauve au costume bleu froissé pivote et referme son portable comme un gosse pris la main dans le sac. Le jeune homme au bouc commence à descendre l'escalier. Je me souviens : le voyage à New York, un jeune homme à Manhattan écrit à une jeune femme en France, une blonde aux yeux violets qui a un soleil tatoué sur le poignet, un ganglion radioactif sous l'aisselle, et un cancer dans le corps.

— Monsieur, s'il vous plaît, attendez !

Il s'arrête.

— Nous étions ensemble dans la roseraie cet après-midi, pour le repérage du ganglion douan... sentinelle. Vous avez offert un iPhone à votre amie pour pouvoir lui écrire par Internet.

— Éliane est ma femme, dit-il d'une voix lasse. On s'est mariés à Noël.

— J'ai le même téléphone mais je ne sais pas m'en servir. Vous pourriez me montrer ?

Il remonte les marches, vient vers moi.

Nous sommes tous les deux dans ma chambre. Il a une alliance brillante et un cartable de cuir neuf frappé à ses initiales. Il m'explique comment me connecter sur le Site des

Voisins. Et, ô prodige de la technologie, ça marche ! J'ai des messages, je vais y répondre, je suis éperdue de gratitude.

— Vous ne pouvez pas savoir à quel point je vous suis reconnaissante ! Je me sentais seule, personne ne sait que je suis là, c'est mon unique lien avec l'extérieur. Qui est le chirurgien de votre femme, le Dr B. ?

— On dit que c'est le meilleur. Il va peut-être lui enlever le sein demain matin.

En le disant il vieillit de vingt ans, ses traits se creusent, son teint se plombe, sa voix se brise mais il se reprend.

— Excusez-moi, c'est ridicule, j'arrive à me dominer devant ma femme, mais là...

— Je sais. On voudrait opposer au monde un visage serein, ne pas s'effondrer, agir comme d'habitude, et puis soudain ça vous broie.

— Vous êtes malade, vous avez le droit de craquer. Pas moi !

— Vous protégez votre femme, je protège ma fille, on fait de notre mieux. Il n'y a plus de norme, nous sommes passés de l'autre côté.

Il hoche la tête.

— J'y vais, Éliane va s'affoler si je ne réponds pas au téléphone à la maison. Elle voulait que je dîne avec des amis ou chez mes parents mais je préfère rester chez nous au cas où elle chercherait à m'appeler cette nuit. J'ai envie de me saouler, en fait. Vous avez compris, pour l'iPhone, ça ira ?

— Oui. Merci.

— Votre fille a quel âge ?

— L'âge d'avoir une mère souriante et en bonne santé qui s'occupe d'elle.

— Je suis fils unique mais Éliane vient d'une famille nombreuse, on veut des enfants, enfin, on en voulait... Le Dr B. nous a dit qu'il y a un délai à respecter après la fin du traitement. On croyait qu'on avait tout le temps. On ne sait plus, maintenant qu'on a ce cancer.

Il parle au pluriel, et subitement un énorme manque se creuse en moi.

— Merde pour demain, ajoute-t-il avec gravité en me regardant dans les yeux.

— Merde à vous aussi !

La porte se referme derrière lui. Je suis de nouveau aussi seule que la jeune mariée dans la chambre voisine. De l'autre côté de la rue, la cour de récréation où demain des petites filles insouciantes joueront est plongée dans l'obscurité et le silence.

Tu sais qui j'ai envie d'appeler, ma Léa ? Mon père, l'homme qui s'est courageusement enfui quand j'avais ton âge.

Ma Léa des bois, tu sais ce que c'est qu'une mère, mais tu ne sais pas ce que c'est qu'un père et c'est ma faute. Un père, c'est bon, c'est chaud, c'est fort, ça vous fait gravir l'Himalaya pour lui plaire, ça vous donne envie de le rendre fier, ça vous juche sur ses épaules et ça vous fait voir le monde d'en haut, en paix, en sécurité, en amour. On a beau grandir, étreindre d'autres hommes, on n'oublie jamais.

Mue par une impulsion, je me connecte sur Internet et je tape son nom. Mon cœur se dilate soudain et je retiens mon souffle. Mon père est sur Facebook ! C'est écrit noir sur blanc : « Laurent est sur Facebook, rejoignez Facebook et entrez en contact avec Laurent ou d'autres personnes que vous connaissez, vous pouvez écrire à Laurent. » Je reste un moment interdite. Il est à portée d'un clic de souris, d'une pression de mon index. Je peux lui écrire, il va me répondre. Toi, tu ne peux pas écrire au tien sur Facebook. Je te demande pardon, ma douce.

Je vais lui écrire : « Papa, c'est Lucie, j'ai un cancer, on m'opère demain matin, viens, j'ai peur. J'ai une petite fille merveilleuse qui s'appelle Léa, j'aurais tant voulu que tu la connaisses. J'ai fait tout ce que j'ai pu pour maman et pour Diane mais je n'ai plus de forces. Je suis trop vieille pour que tu me portes sur tes épaules mais je suis trop jeune pour mourir. » C'est ridicule, j'ignore où il habite, il nous a gommées de sa vie, je l'ai même haï pour ça, Diane et maman étaient à l'hôpital, les médecins n'avaient plus d'interlocuteur, il n'y avait plus que moi et Théo, on s'est débrouillées. J'ai envie de lui envoyer un message à elle aussi. Ils ont peut-être un serveur connecté avec ce paradis auquel elle croyait dur comme fer. Je pourrais lui écrire : « Théo, tu me manques, je t'aime et j'ai la trouille, où que tu sois, protège d'abord Léa et, si tu peux, aide-moi. » Le jour où Théo a disparu elle a emporté un bout de mon cœur, j'ai donc déjà été amputée, si le Dr B. m'enlève mon sein demain ce ne sera finalement que la deuxième fois. On n'a qu'un père, on n'a qu'une mère, moi j'avais une Théo en plus et son départ m'a laissée orpheline. Ça fait onze ans mais c'est comme si c'était hier. Tu l'aurais aimée, ma Léa des bois, et elle aurait craqué pour toi. Quand je téléphonais à Théo j'entendais le soleil et le rire dans sa voix. Elle avait des rhumatismes, un squelette tordu et courbé, elle y voyait mal, ce qui était tragique pour un peintre, elle entendait le quart de ce qu'on lui racontait, la dernière année de sa vie elle ne se souvenait plus qui j'étais, alors elle me disait : « Je ne sais plus quel est notre lien de parenté mais je sais qu'on s'aime ! » C'est en son honneur que je t'ai fait ce drôle de cadeau, tu t'appelles Léa Marie Théonile, c'est pas cool, je sais.

« Vous pouvez écrire à Laurent. » Le cœur battant, les mains tremblantes, je clique sur le nom de papa. Et j'éprouve une immense déception. L'homme que je vois sur la photo n'y est pour rien mais je lui en veux de s'appeler comme mon père. C'est juste un homonyme. Ç'aurait été trop beau. Papa s'est sauvé, Théo est morte, ils sont injoignables.

Je compose un numéro de téléphone à Paris, celui d'une vivante pour qui j'ai eu peur souvent et que j'aime comme une sœur.

— Lucie ? lance gaiement Diane. J'ai reconnu ton numéro. Ça va ? On est en train de regarder une merveilleuse émission avec Teresa Berganza sur Muzzik, tu as le satellite ? Tu ne peux pas rater ça !

Certains sont fans de Johnny Hallyday, ma grande sœur affirme que cette soprano espagnole l'aide à vivre et à manger.

— Je ne suis pas chez moi, Diane. Tu connais l'*Ave Maria* de Caccini ?

— C'est vraiment toi qui me parles ? Tu sais que ce n'est pas un fromage ?

Il y a trop de tendresse dans sa voix pour que je me vexe.

— Je l'ai entendu pour la première fois il y a quelques jours, il m'a ensorcelée...

— Qui est l'heureux élu ?

— Pardon ?

— Quel est l'homme qui a réussi à te convertir à la grande musique ?

Je hausse les épaules sans répondre, ce n'est pas un homme, c'est un pseudo sur un écran.

— Et toi, comment ça va ?

— Je vais bien, Lucie, je vais vraiment bien. On a toujours été télépathes, tu as senti que j'allais t'appeler ? J'ai une grande nouvelle à t'annoncer. Bertrand et moi avons décidé de nous marier. Ma filleule préférée sera ma demoiselle d'honneur. Je veux que tu sois mon témoin.

J'ai envie de tout sauf de ça mais j'accepte. J'espère juste que je serai assez en forme pour me tenir à ses côtés.

— C'est une merveilleuse nouvelle ! Quand ?

— Dans trois mois, on se marie à l'église, les parents de Bertrand y tiennent. Attends un instant... Bertrand, vite, monte le son... Berganza chante *Tosca*, c'est sublime ! Je vais enfin pouvoir t'offrir des CD pour Noël, tu ne vas pas y couper. Il faut que je te laisse, elle va se jeter du haut du château Saint-Ange. Je suis en train de m'en sortir, Lucie, et tu y es pour beaucoup. Je me sens revivre !

Moi, je me sens mourir mais je ne veux pas gâcher sa joie.

Je compose un autre numéro, maman décroche, deux étages au-dessus de Diane.

— Ta sœur est fatiguée, Lucie, son poids s'est stabilisé mais elle est à la merci d'une rechute.

— Bertrand prend soin d'elle, maman, ça va aller. Je viens de lui parler, elle m'a annoncé la grande nouvelle, c'est formidable !

— Je ne sais pas. Elle va s'épuiser, elle a déjà si peu de forces.

Tu sais ce que je pense de l'institution du mariage et des hommes...

Vite, détourner son attention de ce sujet épineux, combler le vide.

— Elle avait l'air enthousiaste, c'est bon de l'entendre aussi joyeuse.

— Elle aura une vraie robe de princesse, tu sais ?

Maman a cinquante-cinq ans, elle croit à la robe couleur du temps et aux pantoufles de vair, mais plus à l'amour. Elle est coloriste de bandes dessinées, c'est elle qui ajoute le jaune du soleil, le vert de l'herbe ou le rouge des fraises mais elle vit dans un monde uniformément gris.

— Il l'aime, maman.

— Jusqu'à quand ?

J'avais beau être très proche de Diane, je ne pouvais pas manger à sa place et mes pitreries ne la nourrissaient pas. Bertrand lui a ouvert le cœur et l'appétit. C'est un mathématicien original et génial qui occupe ses jours à faire de la recherche pure et à écouter de la musique, il échafaude des théories, imagine des équations et des algorithmes, publie des livres, l'emmène à l'opéra et au concert. Il lui a redonné goût à la vie, maman lui en est reconnaissante, mais elle lui en veut d'avoir réussi là où elle a échoué, et d'être fidèle et solide alors que papa s'est évaporé.

— Je suis lasse, Lucie.

— Je sais, maman.

— Toi, tu as de la chance, tu vis dans un cocon, tu n'as rien d'autre à faire que bavarder avec tes clients, jouer à la marchande et profiter de ta fille !

Les larmes me montent aux yeux. Il faut que je raccroche.

— Je t'embrasse, maman, ça va aller.

Je laisse tomber l'iPhone sur mon lit. Dans certaines familles l'amour va de pair avec les longues tablées joyeuses et les plats mijotés. Si Diane s'était nourrie comme tout le monde, si maman n'était pas partie en vrille, si papa était resté, nous aurions pu être comme les autres. Mais notre histoire est différente et chacun doit garder son rôle. Moi, je suis forte, c'est mon emploi. Si je leur disais que j'ai un cancer, je ferais une sacrée erreur de casting.

Je soupire, je bloque les pensées négatives qui affluent, je consulte mes messages sur le site.

De Navire à Mouette

— *Quand vous rentrerez chez vous n'hésitez pas à me mettre à contribution.*

De Maldive à Mouette

— *À Vabbinfaru, après les massages, les clients prennent un bain de fleurs de frangipanier dans une grande baignoire de cuivre en plein air. Ils se lavent avec un gant rempli de clous de girofle. On allume des bâtons d'encens parfumés à l'ambre, on leur donne à boire une boisson glacée au gingembre et à manger des morceaux de melon, d'ananas, de pastèque et de mangue. Et on leur dit Enjoy. Votre fille adorera ça.*

De Hafez à Mouette

— *Le chirurgien a dit que je fais tout pour garder votre sein, c'est bien. Le cancer n'est plus une fatalité, ni une honte, ni un tabou. C'est devenu une maladie comme les autres, qui se soigne, et dont on guérit. Je vous le répète, si je devais en choisir un pour quelqu'un que j'aime, ce serait le vôtre.*

De Arobase à Mouette

— *Vous avez moin peur ? Samedi à 19 heures rue de l'Église y a l'inauguration du bar à chocolats, mon coach en donnai à sa femme, à côté y a une fromagerie exellante.*

De Charlie à Mouette

— *Je pense à vous. J'espère que vous garderez votre sein, et si ce n'est pas le cas, c'est beau aussi, une amazone, ça peut être infiniment sexy, les guerrières de la Grèce antique qui se coupaient un sein pour tirer à l'arc fascinaient les hommes, mille malatchoux !*

Il veut me rassurer mais je n'ai rien d'une guerrière. Dans le neuvième travail d'Hercule la reine des amazones séduite par son charme lui donne sa ceinture et l'histoire finit mal pour elle, ça ne porte pas bonheur d'être une amazone.

De Mouette à Charlie

— *Mille quoi ?*

De Charlie à Mouette

— *On avait inventé ce mot avec ma sœur pour jurer sans que notre père nous balance une gifle. À Groix les gens disaient « nom de toui », mais plus haut dans le Finistère c'était « mil mallozh doué », qui se prononçait mille malochtoué. On l'avait transformé en mille malatchoux, c'était notre secret.*

Je comprends mieux.

De Corsica à Mouette

— *Je ne pourrai pas vous parler librement ce soir. Je vous ai dit que j'ai eu un cancer du sein il y a vingt ans. Ne me prenez pas pour une folle et croyez-moi : on vit beaucoup mieux après.*

Alberte n'a pas l'air sénile mais ses mots me paraissent insensés. On vit beaucoup mieux après, moi je vivais parfaitement avant ! Mes poings se raidissent, je me rappelle le conseil de Charlie et je me force à étendre les doigts. J'ai la tête qui tourne, je n'ai pas assez mangé, comment fait Diane pour résister avec le peu qu'elle ingurgite ? On a repris mon plateau pendant que j'étais sous ma douche, heureusement j'ai tes macarons au chocolat. J'en savoure un en fermant les yeux. Je repense au dessert du restaurant de la rue d'à côté. Je déguste un second macaron. J'adore le chocolat. Impulsivement, je fais un pacte avec le destin. Si je garde mon sein et mes cheveux, si mon ganglion douanier n'est pas infiltré, si j'arrive à te préserver de cette épreuve, si je m'en sors... je fais le vœu de ne pas manger de chocolat pendant un an ! C'est une promesse solennelle, un engagement sacré. Sur cette bonne décision, je compose notre numéro. Je me concentre pour avoir une voix calme. Tu décroches.

— C'est comment, alors, maman, vous êtes beaucoup d'élèves ? Tes profs sont sympas ? Tu passeras un examen à la fin ?

— Je ne crois pas, ma douce. Tes macarons sont délicieux. Tout va bien ?

— Super. Alberte a jamais vu *Desperate Housewives*, on regarde le DVD !

Je déglutis avec peine en me rappelant le premier épisode de la saison 4 de ce feuilleton américain où Lynette, atteinte d'un cancer du sein, enlève sa perruque et dévoile son crâne chauve en disant à ses amies : « Désormais entre nous il n'y aura plus de secrets. »

— Tu te souviens que demain soir je ne pourrai pas t'appeler, tu me laisseras un message sur mon portable ? Vous avez déjà dîné ?

— Maïli vient d'arriver avec des plats vietnamiens qu'elle a cuisinés, on va se faire trois plateaux-télé. Tu sors avec les autres ? T'es habillée comment ?

Je regarde mon pyjama aux papillons roses. Je te décris la tenue pendue sur le cintre dans l'armoire.

— Chemisier rouge et pantalon corsaire noir, mille malatchoux !

— Mille quoi ?

Ton rire est aussi musical que Caccini.

— C'est une expression inventée par un ami.

— Bonne soirée, maman !

Tu raccroches. Tu as hâte de repartir devant la télé, c'est normal. Allongée dans mon lit, lumière éteinte, je pose mes mains sur mes seins en un geste de protection dérisoire. C'est ça l'inconcevable, je suis en pleine forme, rien ne se voit, rien n'est douloureux, pourtant demain matin on va me descendre sur un brancard au bloc opératoire avec mon jeune corps, ma confiance et ma peur. On va me trancher, peut-être me mutiler. Ma silhouette sera dévastée, mon harmonie chamboulée. Il faudra t'expliquer, trouver les mots justes. Me supporter, me reconstruire. Trouver un sens à ce séisme.

Je m'assieds, je rallume la lumière, je prends au fond de mon sac posé sur la table de nuit la feuille blanche et l'enveloppe que j'y ai glissées exprès. Pas besoin de réfléchir, ma main court sur le papier.

« Ma petite douce, ma Léa des bois. Je t'écris ce mot au cas où il m'arriverait quelque chose. Tu es ce que j'ai de plus précieux au monde. Je ne t'ai pas abandonnée. Si je ne suis plus là un jour, je ne l'aurai pas choisi, ce sera contre ma volonté. Je resterai près de toi autrement, je continuerai à te protéger, à t'aimer. Je crois à l'amour, à la force des liens, au souvenir. Mon amour pour toi ne disparaîtra jamais. Tu m'as souvent demandé qui était ton père. Je ne t'ai pas répondu parce que révéler ce secret n'aurait facilité ni ta vie ni la sienne. Je me sentais de taille à t'aimer pour deux. Si je pars, il faut que tu saches. Il ignore que tu es sa fille. C'est... »

J'hésite une seconde, le stylo levé. Puis j'écris le prénom et le nom de ton père, je glisse la feuille dans l'enveloppe, je ferme le rabat autocollant, j'écris au recto : « À donner à ma fille s'il m'arrive quelque chose pendant l'opération. »

Quand tu étais toute petite, je faisais parfois semblant de dormir trop longtemps, tu me secouais et je ne bougeais pas exprès, c'était stupide. Si mon ganglion douanier a déserté et transformé la frontière en passoire, si le cancer s'est infiltré partout, si un jour tu me secoues et que je n'entends plus tes supplications ni tes pleurs, Meg aura raison, je te ferai du mal. J'ai peur, ma Léa.

Je repense aux amazones sexy de Charlie et à son *On danse tous sur le pont du* Titanic *mais on a le choix de la musique.* Au sandbank et au *Enjoy* de Maïli. Au cancer sélectionné pour la femme qu'on aime et au goût pour la feta d'Hafez. Aux minuscules points tatoués sur la peau d'Alberte et à son *On vit beaucoup mieux après.* À la gêne de Paris Hilton. À la connerie insondable de Rambo. Au *Vous aussi ?* de Meg. À ma sœur Diane, mon double au visage émacié et au regard béant qui dans trois mois s'avancera sans notre père vers l'autel pour rejoindre un homme qui la mérite. À maman qui se réfugie dans son monde imaginaire. À toi qui chaque année biffes la fête des pères sur le calendrier.

Si tu n'existais pas, je préférerais mourir sur la table d'opération, ne jamais me réveiller plutôt qu'entendre le Dr B. m'annoncer que c'est fichu, que le douanier s'est laissé déborder, que j'ai des métastases partout et seulement quelques mois à vivre. Mais tu existes, et j'ignore ce qui serait le pire pour toi, apprendre à la fois que je t'ai menti et que je suis morte, ou me voir décliner, souffrir, dépérir, me débattre, jusqu'à ce que tu ne le supportes plus et que tu souhaites me voir partir, jusqu'à ce que les métastases dans mon cerveau m'empêchent de te reconnaître comme maman autrefois avait oublié l'existence de Diane et la mienne ?

Tu as onze ans et la vie devant toi, le cancer doit rester pour toi un signe du zodiaque, ma Léa. Je ne veux pas finir allongée sous la terre dans le caveau de famille, même couchée à côté de Théo. Je ne veux pas que maman et Diane me fleurissent à la Toussaint, l'idée qu'on te force à acheter une azalée pour poser sur ma tombe le jour de la fête des mères me fait hurler. Si je ne suis plus là, je veux que tu biffes ce jour-là aussi sur le calendrier, ma toute petite douce. La seule pensée qui me console ce soir, c'est qu'il vaut mieux que ce soit moi plutôt que toi. Tu es en bonne santé, tu n'as rien, les gynécos te surveilleront et se méfieront. Je m'appelle Diamond, je veux que ta vie étincelle et brille. Je m'appelle Mouette, j'étendrai mes ailes pour te protéger. Tu es ma fille. Tu as le plus charmant et délicieux petit nez du monde. Ne m'en veux pas, mon amour.

Léa

— Léa ? Tu as crié dans ton sommeil, ça m'a réveillée... Tout va bien ? s'inquiète la voix rauque d'Alberte.

Léa se dresse sur son lit, en nage, la respiration haletante, les cheveux trempés, tremblant de tout son corps. Alberte est penchée au-dessus d'elle. Pinzutu gratte le drap avec sa patte. Elle pose une main mal assurée sur la tête douce du chien.

— Tu as fait un cauchemar ? demande Alberte. Ça t'arrive souvent ?

La petite fille secoue la tête, encore ensuquée. Elle est à l'abri dans sa chambre. Elle saute de son lit, passe dans le couloir éclairé et familier. Il n'y a pas de flaque de sang par terre. Sa maman dort tranquille dans un hôtel d'Avignon. Cet affreux rêve n'était qu'un cauchemar...

— Pardon de vous avoir réveillée...

— Je vais te faire un lait chaud avec du sucre, décrète Alberte.

Léa examine la plante toute rose de ses pieds bien propres. Quel rêve idiot, le corridor ensanglanté et l'homme sans tête qui les tuait toutes les deux, sa mère d'abord, puis elle...

— Tu te souviens de ton rêve ? dit Alberte en lui apportant le lait qu'elle boit avidement.

Léa secoue la tête.

— Je vais me rendormir.

— Ça t'embête si Pinzutu dort avec toi ? Il s'agite, il me gêne...

— Pas de problème.

Alberte réintègre sa chambre. Pinzutu reste, il a compris. Léa le caresse un long moment. Quand elle estime que suffisamment de temps s'est écoulé, elle se relève, quitte sa chambre sur la pointe des pieds et rejoint le salon, le chien sur ses talons. Aucune lumière ne filtre sous la porte de la chambre où dort Alberte. Elle allume l'ordinateur, se connecte sur le site. Il est trois heures du matin.

De Eskimo à Arobase

— J'ai rêvé que maman était morte, mon père l'avait tuée et il se préparait à m'étouffer. C'était horrible, mille malatchoux. J'ai peur de me rendormir et que le cauchemar continue. T'es là ?

Elle écrit parce qu'elle panique, elle sait bien qu'il ne répondra pas, qu'il dort, coincé dans son lit avec les poids accrochés à ses pieds, si son père n'a pas eu la méchante idée d'allumer le plafonnier.

De Arobase à Eskimo

— Je sui là. Ça veu dire quoi, malatchoux ?

De Eskimo à Arobase

— C'est un mot inventé. Qu'est-ce que tu fais sur le site au milieu de la nuit ? Tu devrais dormir !

De Arobase à Eskimo

— Toi aussi ! Dans quatre jours et trois nuits ils von m'anlever les poid, j'ai peur de pas remarcher comme avan, j'ai rêvé que mes jambes étai en marschmallow et ne me portai plus, que je devenai tout mou, ça m'a réveillé. On a l'air malin. Je continue ton rêve et tu fini le mien ?

De Eskimo à Arobase

— D'accord, on échange, j'ai les jambes en guimauve, tu te débrouilles avec le tueur.

Léa éteint l'ordinateur, trotte en silence dans le couloir, suivie du chien, avec une pointe d'appréhension chaque fois qu'elle pose le pied par terre.

— Dormez bien tous les deux ! lance Alberte, pas dupe.

Léa se pelotonne dans son lit. Pinzutu pose sa gueule sur le bord du matelas et la regarde, quêtant un encouragement. Elle tapote le drap pour lui signifier son accord. Le chien saute et s'allonge contre elle. Elle se concentre pour intégrer le rêve de Seb et fuir le sien. Ce doit être amusant d'avoir des jambes en marshmallow, quand on a une petite faim, hop, un doigt de pied ! Évidemment pour les Converse roses, ça doit pas être facile. Ni pour la patinette. Et on risque de fondre au soleil...

Lucie

Dès que j'ouvre un œil, je pense à toi, ma douce. Ce matin je ne préparerai pas ton petit déjeuner, je n'irai ni te réveiller ni aux halles. Je suis là où tu ne me sais pas. J'ai faim et soif mais il m'est interdit de manger ou de boire. Une infirmière me donne un comprimé à avaler. J'enfile une chemise de bloc opératoire ouverte dans le dos. Et j'attends. Quelques *Ave Maria* de Caccini plus tard, on vient me chercher avec un brancard. J'éteins mon iPhone et je le glisse dans le tiroir de ma table de nuit, je m'allonge, déjà somnolente grâce au médicament. On me roule dans l'ascenseur puis jusqu'au bloc où je retrouve le regard outremer de l'anesthésiste qui installe une perfusion dans mon bras gauche d'une main sûre.

— C'est mon sein droit qui est malade, ne vous trompez pas !

Je ne vois pas le Dr Didier B. Je veux demander ce qui va se passer s'il a la grippe ou s'il a été coincé dans un embouteillage, mais j'ai la bouche trop pâteuse pour formuler les mots. Les billes bleues de l'anesthésiste me contemplent, entre le calot et le masque. Le Dr B. entre enfin, il me sourit, il écarte haut les mains comme si une arme le tenait en joue, quelqu'un dans son dos lui attache sa blouse, il...

... Un enfant pleure, un petit garçon, il est juste à côté de moi, où est sa maman ? Je tourne la tête. Il essaie d'enlever sa perfusion, quelqu'un s'approche aussitôt. Moi aussi j'ai une perfusion et du mal à tenir mes yeux ouverts. Il y a des brancards, des corps allongés, des silhouettes debout avec calots et masques, des perfusions et des alarmes. Un visage se penche sur moi, je reconnais Mireille, l'assistante du chirurgien.

— Tout va bien, Lucie, l'opération est terminée, vous êtes en salle de réveil, vous avez gardé votre sein, il n'y avait qu'une seule tumeur cancéreuse, le ganglion sentinelle n'était pas infiltré, tout s'est bien passé !

Je suis dans le potage, pourtant je comprends ce qu'elle m'annonce, c'est une merveilleuse nouvelle, je pense à toi, TE PROTÉGER, je pense aux photos de moi nue dans la mémoire de mon téléphone, je pense à Charlie et à ses amazones sexy, Mireille devient floue...

...Je ne suis plus dans la salle de réveil mais sur un brancard qu'on roule hors d'un ascenseur, en tendant le cou je reconnais les photographies du désert décorant le palier qui sépare ma chambre de celle d'Éliane. J'aperçois, tourné vers le mur, la nuque secouée de sanglots d'un homme qui pleure. On me roule dans ma chambre, je suis trop ensuquée pour lui demander...

...J'ouvre les yeux. Sur le côté gauche de mon lit, une infirmière règle le débit de ma perfusion. J'ai faim.

— Quand est-ce que je pourrai manger ?

— Quand vous serez réveillée.

— Mais je suis réveillée puisque je vous parle !

— Quand vous serez vraiment réveillée. Vous n'avez pas mal ?

Non, je devrais ?

— Il est quelle heure ?

— Cinq heures. Vous êtes remontée de la salle de réveil vers trois heures. Si vous avez mal, appuyez sur la poire, je vous donnerai des antidouleurs, d'accord ?

J'acquiesce. S'il est cinq heures tu es déjà sortie de l'école. J'ai gardé mon sein. J'ai faim mais je suis trop fatiguée pour argumenter avec l'infirm...

— Il est quelle heure ?

— Sept heures.

L'infirmière m'aide à m'asseoir, je grimace, ça tire. J'ai un pansement sous le bras, un pansement au niveau de l'aréole de mon sein, un tuyau qui sort d'un troisième pansement sur le côté. Mon ganglion douanier a été mal récompensé de son efficacité. On m'apporte un plateau avec du thé, des biscottes, du beurre et de la confiture, je les dévore avec reconnaissance. Jamais biscottes n'ont eu autant de saveur. Impossible de t'appeler, j'ai la voix cassée, est-ce l'émotion ou l'anesthésie ? J'ai les jambes entourées de bas de contention pour, m'explique-t-elle, empêcher les problèmes de circulation. Pas très sexy. Je m'en fiche, je suis entière.

... Je me réveille en sursaut en entendant la porte s'ouvrir. Le Dr Didier B. s'avance vers mon lit, aussi frais et pimpant qu'hier soir après sa matinée de bloc opératoire non-stop et son après-midi de consultations ininterrompues.

— Je vous avais dit que je ferais tout mon possible pour garder votre sein, j'ai tenu parole. Une seule de vos tumeurs était maligne, la cicatrice se verra à peine. Il n'y avait pas d'infiltration du ganglion sentinelle donc vous n'aurez pas de chimio, l'analyse en labo nous confirmera tout ça dans huit jours. Nous faisons un protocole systématique de radiothérapie pendant sept semaines, cinq minutes par jour, vous commencerez dans un mois. J'aime rentrer dans une chambre le soir d'une intervention et annoncer ce genre de bonne nouvelle à mes patientes. Ce n'est pas toujours le cas.

Je me rappelle brusquement l'homme qui pleurait ce matin de dos sur le palier.

— Il y a d'autres femmes pour lesquelles ça s'est moins bien passé ?

Il opine, le visage subitement grave. Je lui offre un de tes macarons au chocolat, il accepte comme un copain en visite. Il est neuf heures, sa femme et ses filles doivent l'attendre avec impatience pour dîner. Il me tend la main, je la serre avec gratitude.

— Je pourrai sortir quand ?

— Ce n'est pas moi qui décide mais votre corps. Dès que votre drain, ce tuyau qui sort, là, sur le côté, ne donnera plus. Jeudi ou vendredi, je pense, si vous n'avez pas de fièvre. Nous nous reverrons demain. Je suis sûr que vous allez mieux dormir qu'hier !

Il sort. Je l'entends discuter avec quelqu'un sur le palier. Puis on toque à ma porte.

— Entrez !

C'est le jeune homme au bouc.

— Je voulais juste savoir si ça s'était bien passé ? J'ai demandé au Dr B. mais il n'a rien voulu me dire à cause du secret professionnel.

— J'ai gardé mon sein.

— Pas Éliane. Il dit qu'elle pourra avoir une reconstruction mammaire dans un an, on lui prendra de la peau ailleurs pour la greffer. Elle doit faire de la chimiothérapie, donc elle perdra ses cheveux. Vous l'avez vue dans le jardin hier, ça va lui faire un choc...

Éliane est une ravissante blonde aux yeux violets. Dans un mois, elle sera une ravissante chauve aux yeux violets avec un torse asymétrique, mais elle sera vivante.

— On n'a pas pu partir en voyage de noces en janvier à cause de mon travail, soupire-t-il. On avait réservé à Tahiti dans trois semaines, je vais annuler. Si Éliane avait gardé son sein et évité la chimio c'était encore jouable, elle aurait pu se reposer...

Il grimace.

— J'ai annoncé à mon patron que je ne pars plus à Manhattan demain, elle a besoin de moi. Si je ne reviens pas sur ma décision il me vire. Je m'en tape, je préfère changer de travail et garder ma femme. Vous aviez l'air si seule hier soir. Vous avez pu joindre vos proches ?

— Grâce à vous.

Il évite mon regard.

— C'est bien que vous ayez gardé votre sein. Bonne nuit.

Il s'en va. Ma seule visite a été celle du mari de ma voisine de chambre et c'est ma faute. Si j'étais restée à Paris, maman et Diane se seraient relayées à mon chevet. Je suis seule physiquement mais j'ai mes amis du site, et ta voix. Tu m'as appelée et tu m'as laissé un message, je le garde pour tout à l'heure, je m'habille le cœur à l'avance. Je ferme les yeux, fourbue. Éliane n'ira pas en voyage de noces à Tahiti. Où iront Diane et Bertrand, à un festival de musique lyrique ? La porte s'ouvre à nouveau sur un infirmier de l'équipe de nuit. Je lui donne le reste de tes macarons, le chocolat me manque déjà. Je m'offre le plaisir d'un Caccini puis je me connecte sur le site.

De Corsica à Mouette

— *Tout va bien ici. Pinzutu adore votre fille. Comment ça s'est passé ?*

De Maldive à Mouette

— *Alors ?*

De Hafez à Mouette

— *Mastectomie ou tumorectomie ? Curage axillaire total ou juste prélèvement du ganglion sentinelle ?*

De Navire à Mouette

— *Tous mes vœux pour un prompt rétablissement.*

De Charlie à Mouette

— *J'ai pensé à vous toute la journée. Amazone ou gogo girl ?*

J'adore les provocations de Charlie. Mes doigts dérapent sur les touches tactiles du minuscule clavier, j'ai l'impression d'avoir des moufles, je me sens flagada et endolorie.

De Mouette à Charlie

— *Gogo girl, mille malatchoux ! Je suis flapie mais entière.*

De Mouette à Corsica, Maldive, Hafez, Navire, Charlie

— *Il n'y avait qu'une seule tumeur cancéreuse, ils l'ont enlevée, j'ai encore mon sein, le ganglion sentinelle n'était pas infiltré, je n'aurai pas de chimio, seulement de la radiothérapie, merci, merci à tous.*

Ce n'est plus de la solidarité, là, on s'avance vers autre chose, qui ressemble à l'amitié. Charlie devait guetter mon arrivée en ligne parce qu'il répond tout de suite.

De Charlie à Mouette

— *Supernouvelle! Avec la radiothérapie, vous serez encore plus rayonnante!*

Je souris, trop fatiguée pour répondre. J'ai juste la force d'interroger ma messagerie pour entendre ta voix.

« Bonsoir maman, j'ai battu Maïli au tennis, elle joue encore plus mal que toi! Pinzutu a dormi dans ma chambre. Seb va remarcher vendredi et venir à l'inauguration du bar à chocolats samedi. T'as bien travaillé? Je t'embrasse fort. Tu me manques. »

Léa

Léa ouvre un œil, aperçoit celui de Pinzutu à quelques centimètres. Le pli est pris, hier soir le chien s'est dirigé vers la chambre de la petite fille et couché sur son lit. Alberte n'a pas protesté. Elle s'active déjà dans la cuisine.

— Bonjour Léa ! Tu as bien dormi ?

Elle acquiesce, elle n'a plus fait de cauchemar mais elle s'est réveillée plusieurs fois. On est mercredi, elle a juste classe le matin.

— Je vais conduire Max chez le vétérinaire pour ses vaccins, j'en profiterai pour mettre à jour ceux de Pinzutu, je serai rentrée à midi, précise Alberte.

Léa emprunte à sa maman son joli petit pull gris à boutons multicolores et se connecte au site avant d'aller à l'école.

De Eskimo à Arobase

— *Plus que trois jours et tu remarcheras, c'est trop bien !*

De Arobase à Eskimo

— *Je suis furieu, mes parents m'avai promi de me conduire à l'inauguration samedi mais papa va à un congrès et maman bosse au labo et n'a pas le temps pour ces enfantillages. Je vai rater ça, c'est trop stupid ! Pourquoi m'adopté s'il son trop débordés pour s'occuper de moi ?*

De Eskimo à Arobase

— *Si maman rentre de son séminaire à temps elle viendra te cher-*

cher avec la fourgonnette. Sinon je vais réfléchir à une solution de secours.

Léa a du mal à se concentrer sur le cours, il y a trop de chamboulements pour la même semaine, l'absence de sa maman, la présence de Pinzutu, Seb qui va remarcher, leur prochaine rencontre. Après la classe elle fait un crochet par la rue de l'Église. Elle patine avec vivacité, elle a mis le bracelet que lui a offert sa marraine, le souvenir de son cauchemar est comme une menace confuse, une brume d'angoisse qui flotte dans l'air. Du bout de la rue, elle aperçoit leur voisin à quatre pattes devant la vieille Fiat 500 rouge, la tête sous la carrosserie.

— Les chatons sont dedans, pas dessous ! dit-elle obligeamment en arrivant à sa hauteur.

Il se relève, la mine sombre et le jean maculé.

— Le chat de ma mère s'est sauvé en rentrant de chez le véto, il a bondi hors du sac pendant que je cherchais mes clefs, il est planqué sous la carrosserie, il faut que je le récupère, il a toujours vécu en appartement, il ne connaît pas les voitures, il va se faire écraser par le premier camion qui passe !

— S'il n'est pas habitué à vous, il vaut mieux que votre mère vienne le chercher ? suggère Léa.

Malo grimace.

— Elle vient de mourir, il n'a plus que moi, il a intérêt à s'habituer.

Léa écarquille les yeux, désolée d'avoir gaffé.

— Oh ! pardon, excusez-moi...

— Tu ne pouvais pas savoir.

— Vous êtes trop grand, moi je peux me faufiler dessous. C'est quoi, son nom ?

— Il s'appelle Bidule. Il ne griffe jamais. Il a eu peur chez le vétérinaire, une vieille dame patientait avec un chien de chasse et un petit bâtard, un sombre crétin est entré avec un berger allemand sans laisse. Tout s'est passé très vite, le berger allemand a voulu attaquer le chien de chasse, le petit bâtard s'est interposé, j'avais posé le sac de Bidule par terre, il a été renversé et roulé dans la bagarre, il a eu la trouille de sa vie.

Léa comprend immédiatement qu'il s'agit de Pinzutu et Max.

— Les chiens n'ont pas été blessés ? s'affole-t-elle.

— Non. La vieille dame a dû être karatéka dans sa jeunesse, elle a balancé son sac dans la gueule du berger allemand en hurlant si fort qu'il s'est figé sur place.

— Alberte était institutrice, dit Léa. Je vais chercher votre Bidule.

Malo la regarde d'un air interloqué. Comment peut-elle être si sûre de savoir de qui il parle ?

Sans se soucier de salir ses vêtements, la fillette se couche sur le trottoir et commence à ramper. Sa tête et son torse disparaissent sous la voiture tandis qu'elle appelle : « Bidule ! Tu as eu peur mais c'est fini, Bidule, le danger est passé, tout va bien, maintenant. »

Le chat, terrifié, est tapi hors d'atteinte. Il la regarde, les oreilles couchées, en crachant. Mais il l'écoute, ses moustaches frémissent quand elle parle.

« Bidule, tu dois me laisser t'approcher, tu n'as pas le choix, Bidule, ta maîtresse n'est plus là pour s'occuper de toi, il faut que tu me fasses confiance. »

Le chat s'arrête de cracher et commence à reculer. Malo fait le tour de la voiture. Léa continue à l'amadouer.

« Bidule, tout va bien, tu es en sécurité, ça va al... »

Le chat recule encore et Malo l'attrape prestement par derrière. Il le tient par la peau du cou et le secoue doucement :

— Et alors, tu voulais te faire aplatir comme une crêpe ? C'est la jungle, ici, tu n'aurais pas survécu vingt-quatre heures, tu te prends pour un chat de gouttière ?

Léa recule en rampant mais elle s'accroche à une aspérité et elle doit forcer pour se libérer. Elle émerge enfin, souriante et sale. Le chat ne crache plus, à sa grande surprise.

— Les chattes transportent leurs petits de cette façon, quand tu tiens un chat adulte par le cou il redevient bébé, explique Malo. Tu t'es fait mal ? Tu saignes !

Léa regarde la traînée sanglante sur son bras, elle s'est blessée sur un morceau acéré qui dépassait et elle a fait un accroc au pull emprunté sans permission.

— Maman va me tuer parce que j'ai abîmé son pull..., soupire-t-elle.

— Ta maman va me tuer parce que j'ai abîmé sa fille, rétorque Malo. Il faut désinfecter ça, tu vas t'asseoir ici, devant la fromagerie, je monte enfermer Bidule et je redescends avec de quoi te soigner. D'accord ?

Elle hoche la tête. Il revient sans le chat, avec de l'alcool et des pansements.

— Ça va piquer un peu, prévient-il. Répète dix fois de suite chocolat chaud.

— Chocolat chaud chocolat chaud chocolat chaud chocochcochcoch aïe !

Il a versé l'alcool. Elle serre les dents. Il nettoie la plaie délicatement puis appose un pansement dessus.

— Tu es courageuse.

— Bidule était en danger, vous ne pouviez pas l'abandonner, c'est votre héritage.

— Je te suis très reconnaissant, Léa, j'ai une dette envers toi, demande-moi n'importe quoi sauf une rivière de diamants, je ne suis pas assez riche !

Léa n'a pas besoin de réfléchir longtemps. Ses yeux s'illuminent et elle s'écrie :

— Ça ne vous coûtera que l'essence. J'ai un ami qui habite pas loin, il a été malade, il ne peut pas encore bien marcher, il veut venir à l'inauguration samedi, vous pourrez aller le chercher ?

Malo inscrit son numéro de portable sur un papier.

— Ce n'est pas cher payé pour le prix de ton sang. J'irai en moto. Cette vieille Fiat 500 est rouillée, à ton âge ton vaccin antitétanique est certainement à jour mais demande à ta maman de vérifier, d'accord ?

Léa acquiesce sans préciser que sa maman est absente cette semaine.

— Je lui dirai, promet-elle.

Lucie

Je suis moins flagada qu'hier. Frédéric, le kiné de la clinique, vient vérifier comment je bouge mon épaule et il me masse le bras pour drainer la lymphe. Je dois me ménager, ne plus porter des poids de plus de quatre kilos de ce côté-là, ne plus jamais faire de prise de sang ni prendre ma tension artérielle à droite.

De Mouette à Charlie

— *J'ai un cancer du sein mais ils ne s'occupent que de mon bras, je crois qu'ils me confondent avec une autre malade.*

De Charlie à Mouette

— *Vous aviez un cancer du sein, on vous a opérée pour le retirer, vous ne l'avez plus.*

On m'apporte mon déjeuner, crudités, omelette, salade, camembert plâtreux, crème caramel. J'engloutis tout, puis je compose le numéro de l'appartement, Alberte répond.

— Léa ne va pas tarder. J'ai été si heureuse de lire votre message ! Vous êtes exactement dans le même cas que moi. Ils vont vous faire la radiothérapie puis des contrôles de plus en plus espacés. Et un jour tout cela sera derrière vous.

— Comment va Léa ? Elle dort bien, elle mange bien ?

Grandir à côté d'une sœur anorexique m'a laissé des séquelles.

— Elle adore la cuisine épicée de Maïli. Ce qu'on vous sert est mangeable ?

— Leur crème caramel industrielle est moins bonne que le dessert du restaurant de la rue à côté de la clinique, glace à la vanille avec pâte de spéculos, gelée de piments et confiture de figues, mais ça peut aller.

— Vous avez changé de voix, remarque Alberte. Quand je vous ai rencontrée pour la première fois au square, vous n'étiez qu'une boule de peur et vos cordes vocales étaient stressées. Aujourd'hui votre timbre traduit la force et l'émotion. J'ai été pareille, mon amie orthophoniste Noëlle me l'avait dit à l'époque, je ne l'avais pas compris. Je m'en rends compte en vous écoutant, c'est très net. Votre voix est redevenue libre.

Une infirmière entre dans ma chambre pour vérifier que mon drain remplit son office, je la regarde avec espoir, ma sortie est fonction de son efficacité.

— Je rappellerai Léa en début de soirée, dis-je.

J'appelle Famozoizo, elle paraît sincèrement contente. Puis je sommeille, je n'ai ni le courage d'allumer la télévision ni celui d'ouvrir un livre, je flotte, je rêvasse, une fatigue venue du fond des âges me terrasse. En fin d'après-midi, je me connecte au site.

De Hafez à Mouette

— *Je suis heureux avec vous, reposez-vous et ménagez votre bras.*

Qu'est-ce qu'ils ont tous, avec mon bras ?

De Charlie à Mouette

— *Arrêtez de battre des ailes et posez-vous un moment. Vous n'êtes pas Jonathan le goéland.*

De Mouette à Charlie

— *Vous connaissez ce vieux livre ? C'est un de mes préférés !*

De Charlie à Mouette

— *« Jonathan Livingstone le goéland » est en pole position dans ma bibliothèque idéale. La musique de Neil Diamond dans le film est superbe.*

Neil Diamond, *Lucy in the Sky with Diamonds*... Rien n'est par hasard.

Ce soir, le Dr Didier B. termine sa journée moins tard. Il examine mon sein, lève la poche plastique reliée au drain, sourit d'un air satisfait, inspecte mes cicatrices.

— On vous retirera le drain et la perfusion demain matin et vous pourrez sortir en fin de matinée. Nous nous reverrons dans huit jours. Ne vous inquiétez pas si votre aisselle gonfle, c'est normal, prélever le ganglion sentinelle interrompt la chaîne ganglionnaire, la lymphe s'accumule en amont, il faut parfois la ponctionner.

Pour l'instant j'ai une balle de golf sous le bras et aucune envie qu'on y touche.

— Ça ne vous plombe pas le moral de ne voir que des cancers ? dis-je.

— Non. Je ne reste pas là les bras ballants, j'opère mes patientes et je leur permets de continuer leur vie.

— Comme avant ?

Il secoue la tête.

— On guérit de plus en plus de cancers mais les gens ne sont plus jamais comme avant. Beaucoup affirment qu'ils vivent mieux, qu'ils n'accordent plus d'importance aux choses insignifiantes, qu'ils ne se laissent plus déborder, qu'ils savourent. Ça ne les empêche pas de voyager mais ça leur donne envie de changer d'itinéraire.

Je me sens trop jeune pour devenir aussi sage mais il a raison, j'ai perdu l'insouciance en route et gagné une encore plus furieuse envie de croquer la vie.

Peu après son départ, la porte s'ouvre et Maïli entre en portant un cabas avec précaution. Je ne m'attendais pas à sa visite, je lui ai demandé de s'occuper de toi, moi je suis assez grande pour gérer.

— Il faut reprendre des forces après une opération, dit-elle, votre corps a subi un choc, on l'a endormi de force, il est traumatisé. Vous n'avez pas encore dîné ? Vous voyez un inconvénient à manger le dessert en premier ?

Étonnée, je secoue la tête. Elle prend un air mystérieux, extrait de son cabas une assiette, une cuillère, et quatre petits pots en plastique qu'elle pose devant moi.

— Glace, gelée, confiture, j'ai oublié le quatrième.

J'écarquille les yeux.

— Alberte vous a raconté ? Je ne lui ai pourtant pas donné le nom du restaurant, comment avez-vous trouvé... ?

— J'ai fait tous ceux de la rue.

Je déguste une bouchée de vanille nappée de piment à mi-chemin entre le ciel et l'enfer. Puisque je n'ai plus le droit de manger de chocolat pendant un an, je vais me consoler avec la glace.

— Je sors demain, Maïli. Je reprendrai le travail mardi si je peux mais je n'irai pas aux halles cette semaine.

— Vous ne pouvez pas rentrer chez vous directement, vous avez perdu votre vitalité, votre énergie est bloquée, elle doit recirculer. Je peux vous héberger jusqu'à samedi et vous aider à redémarrer.

— Je ne veux pas être un poids. Et ma fille me manque. Je préfère rentrer chez moi.

— Comme vous voudrez.

Je la remercie pour ces agapes et pour l'offre. Elle remballe sa vaisselle et ses petits pots et repart avec son cabas, imperturbable.

Je compose notre numéro. Tu réponds, tu n'as pas l'air de trouver ma voix changée. Tu me reparles de Pinzutu, tu me racontes le sauvetage de Bidule, tu me précises que le voisin vient de perdre sa mère et qu'il s'est inquiété de tes vaccins, tu me demandes si je serai là samedi pour aller chercher Seb et l'aider à marcher, tu m'avoues que tu as fait un accroc à mon petit pull gris. Tes vaccins sont à jour. Je suis furieuse contre cet imbécile qui t'a laissée crapahuter sous cette voiture. J'ai d'autres pulls, ma douce, ça n'a aucune importance. Je suis en état de sortir mais pas de conduire, je n'ai pas le bras droit assez mobile et je suis trop fatiguée par l'anesthésie, tu ne comprendras pas que je refuse d'aider ton ami. Maïli a raison, j'ai besoin d'une transition. Fidèle à mon habitude d'annoncer une bonne nouvelle avant une mauvaise, je t'apprends d'abord que Diane et Bertrand se marient dans trois mois et que tu seras demoiselle d'honneur.

— On ira à Paris? dis-tu sur un ton pas franchement emballé.

— Pour le week-end, oui, le mariage sera le samedi évidemment et on rentrera le dimanche soir.

— Pourquoi évidemment?

— Parce que Diane se marie à l'église.

Tu n'es jamais entrée dans aucune église. Je suis catholique mais j'ai cessé de pratiquer quand mon aînée d'un an a pesé la moitié de mon poids et que notre père a fichu le camp. Je ne t'ai jamais parlé du Dieu de Théo. La dernière fois que je suis allée à l'église c'était pour son enterrement, Yvonne qui avait accompagné ses derniers instants était assise à côté de moi, l'église était pleine à craquer, Théo avait passé sa vie à aider les autres, les gens étaient venus lui manifester leur gratitude et leur affection, une jeune maman faisait téter son bébé de quelques semaines à l'arrière de l'église, c'était beau et émouvant, il y avait de l'amour et de la sérénité dans l'air.

J'enchaîne sur la mauvaise nouvelle : mon séminaire dure jusqu'à samedi soir. Tu es déçue.

— Dommage... Alors Malo ira chercher Seb en moto. Tu nous rejoindras là-bas, quand même?

Je te promets de faire mon possible. Mais je ne sais pas si j'aurai la force.

De Mouette à Maldive

— *Votre proposition de m'héberger jusqu'à samedi tient toujours? Merci encore pour le dessert.*

De Mouette à Corsica

— *Le dessert était une idée géniale. Je sors demain mais je suis château branlant, Maldive propose de m'héberger, vous pouvez rester chez moi jusqu'à samedi?*

On m'apporte le dîner, soupe, poisson, purée, salade de fruits. J'avale juste la soupe, je n'ai plus faim. Mes papilles se souviennent du suave dessert. Je sommeille devant la télévision puis je me reconnecte au site.

De Corsica à Mouette
— *Le lendemain du jour où ils m'ont enlevé ma tumeur à Ajaccio, Catherine, une ancienne élève devenue médecin, a fait deux heures de route pour m'apporter des beignets au brocciu maison, je n'ai jamais oublié leur goût. Je peux rester jusqu'à samedi.*
De Maldive à Mouette
— *C'est tout petit chez moi mais vous serez bien.*

J'ai fait le bon choix.

De Navire à Mouette
— *Allez-y mollo en rentrant. Ma femme a été longtemps malade, je sais ce que c'est de se sentir moins vaillante.*
De Hafez à Mouette
— *En France je ne peux plus opérer ni rédiger d'ordonnances, mais si vous avez besoin d'un avis médical quand vous serez chez vous, n'hésitez pas !*
De Rambo à Mouette
— *Votre état s'est beaucoup aggravé ?*
De Mouette à Rambo
— *Toujours pas morte et toujours contagieuse !*

Je souris en cliquant sur « Envoyer », j'imagine la tête qu'il fera en me lisant.

De Charlie à Mouette
— *Vous sortez quand de la clinique ? Quelqu'un viendra vous chercher ? Je sais que vous tenez à votre anonymat, je ne peux pas me bander les yeux si je dois conduire. Mettez des lunettes de soleil, une perruque et une fausse moustache !*
De Mouette à Charlie
— *J'ai failli mettre une perruque pour de vrai. Je me débrouillerai. Merci d'y avoir pensé.*
De Charlie à Mouette
— *On vous a parlé de l'inauguration du bar à chocolats samedi ?*
De Mouette à Charlie
— *J'ai fait le vœu, si je gardais mon sein, de ne plus manger de chocolat pendant un an. Arrêtez de me tenter, ça me déplume !*

De Charlie à Mouette

— *C'est courageux mais maso. Venez quand même ?*

De Mouette à Charlie

— *Peut-être.*

Léa

De Eskimo à Arobase

— *J'ai trouvé une solution pour samedi, Malo viendra te chercher en moto. Tu auras assez de force pour tenir dessus ?*

Elle s'attend à ce qu'il proteste et la renvoie dans les cordes. La brièveté de la réponse l'inquiète.

De Arobase à Eskimo

— *J'esperre.*

Lucie

Jeudi fin de matinée. Je suis assise sur mon lit près de ma petite valise écossaise. Le placard est vide et prêt à accueillir les affaires d'une autre femme paniquée. Une infirmière me retire le drain et la perfusion.

— On vient vous chercher à quelle heure ?

— Personne ne vient, je vais rentrer en taxi.

Elle me regarde d'un air surpris, ça ne doit pas être courant. Je descends à l'accueil en portant ma valise de la main gauche, je remplis les papiers administratifs, on m'appelle un taxi. Je sors dans la rue l'attendre, je suis chancelante, je bouge comme une petite vieille. Un jeune homme traverse la rue, je reconnais le mari d'Éliane, il n'est plus en costume gris d'homme d'affaires mais en jean et tee-shirt, il me dit que sa femme reste ici jusqu'à lundi et que tu vas être heureuse de me retrouver. Je lève les yeux vers l'étage que je viens de quitter. Une ombre passe derrière une fenêtre, celle d'Éliane ? C'est l'heure de la récréation dans l'école d'en face, des cris et des rires montent dans l'air.

Dire que la chambre de Maïli est petite est un euphémisme, mais j'y suis mieux qu'à l'hôtel. La déco est zen, un grand futon par terre, une table basse sur laquelle sont posés une orchidée, des galets noirs et des bâtonnets d'encens, une fontaine miniature, des vêtements suspendus à un fil qui barre l'angle de la pièce.

Je m'écroule comme si je venais d'escalader l'Himalaya, je sommeille jusqu'au soir, terrassée par une fatigue abyssale. Alberte est avec toi, tu es en sécurité, je peux dormir tranquille.

Maïli me masse les épaules puis touche mon bras, mon aisselle et mon sein, je la laisse faire, je ferme les yeux, j'ai envie de pleurer, elle dit que c'est normal, que l'énergie était bloquée, que mon corps réagit. Elle n'a pas de salle de bains, seulement un lavabo, ça ne me manque pas, je n'ai pas le droit de prendre de douche avant huit jours. Elle m'a cuisiné un repas vietnamien délicieux mais je m'endors au milieu. Je me réveille juste assez pour t'appeler.

Tu me parles de Seb qui après avoir été coincé dans son lit a presque peur d'en sortir. Tu crains autant de le décevoir que d'être déçue. Tu insistes pour que je rentre à temps pour l'inauguration, tu promets de me mettre la pâtée au bowling, tu dis que tu as rêvé de moi.

Le vendredi matin je règle le réveil de mon téléphone sur 7 h 40 pour ne pas te louper. Je m'accoude à la fenêtre, la chambre de Maïli est située sur ton trajet pour l'école. La balle de golf sous mon bras a grossi pendant la nuit pour devenir une balle de tennis. Ça y est, te voilà. Je retiens mon souffle. Tu propulses ta patinette avec énergie et hardiesse, tu es bien dans ta peau, insouciante et gracieuse. J'ai la gorge serrée. Maïli qui remonte avec les croissants fait semblant de ne pas remarquer mon air triste. Quand je me reconnecte sur le Site des Voisins, j'ai un message de toi !

De Eskimo à Diamond
— *Reviens vite, maman, à demain !*

Tu m'as démasquée ! Un long frisson me glace, je suis transie, c'est ta façon de me le dire, ma douce, tu vas mûrir trop vite comme moi autrefois, porter sur tes frêles épaules une responsabilité...

Je relis le message plus attentivement. Je respire. Eskimo écrit à Diamond, pas à Mouette. Tu ne sais rien. Tu n'as rien deviné, rien découvert. Mon cœur met plusieurs minutes à retrouver son rythme normal.

De Charlie à Mouette

— Quand j'étais ado j'ai gagné un concours sur « Ouest-France » avec une photo que j'avais prise d'un petit port de Groix à travers le trou du bec de Julie. J'espère que vous avez le profil moins acéré, Mouette. Vous êtes prête à reprendre votre envol ?

De Mouette à Charlie

— J'ai les ailes rognées et du mal à bouger mon épaule. Je vais retrouver ma fille demain, comment lui expliquer que je ne peux pas la serrer dans mes bras ?

De Charlie à Mouette

— Mon meilleur ami Alexandre est incapable d'écrire trois mots sans faire de fautes d'orthographe, il a fait un blocage là-dessus mais c'est un type brillantissime. Le jour du bac, il s'est mis le bras droit en écharpe, il a demandé à passer les épreuves écrites sous la forme orale, il a été si convaincant qu'ils ont accepté, et si doué et génial qu'il a eu son bac avec mention. Mettez votre bras en écharpe quelques jours, le temps que votre blessure cicatrise.

Léa

VENDREDI
De Eskimo à Arobase
— *Bon courage pour tes premiers pas. Tes jambes ne sont pas en marshmallow, ça va aller.*

Léa rentre de l'école et se précipite sur le site : elle n'a aucun message. Elle s'installe sur le canapé avec Pinzutu et se plonge dans *Le Grand Meaulnes.* Elle a aimé le début mais se sent infiniment triste quand le bonheur tourne court et que les festivités sont annulées faute de mariée. Alberte lui fait remarquer que si le mariage s'était déroulé normalement il n'y aurait pas eu matière à roman.

— Je préfère être heureuse et que personne n'écrive mon histoire, décrète Léa.

Quand elle se reconnecte en fin de journée, elle a deux messages.

De Diamond à Eskimo
— *À demain, ma Léa des bois, je serai contente de te retrouver et de rencontrer Seb.*
De Arobase à Eskimo
— *Je sui pas encore capable de gagner une compétission mais ça y est, je marche, mes jambes obéisse !*

Elle sourit et lui donne le numéro de portable de Malo pour qu'ils se mettent d'accord.

Malo

Un bouquet de superbes roses trône sur le bonheur-du-jour. Erwan, surexcité, tournicote à travers le magasin. À l'étage, Bidule bousille le dessous du matelas avec ses griffes. Alexandre a envoyé un mail à Malo pour lui souhaiter bonne chance et lui jurer qu'à dix-neuf heures, heure française, c'est-à-dire au milieu de la nuit à Sidney, il débouchera un cabernet australien pour boire à la santé du bar à chocolats. Malo espérait que Gwen viendrait mais non ; c'est elle qui lui a envoyé les fleurs, avec un petit bristol sur lequel elle a écrit : « Je te souhaite toute la réussite du monde. »

Les plaques de chocolat remplissent les étagères du sol au plafond, les tasses de grès bleu sont alignées sur la table. Malo a accroché au mur sa photo fétiche, des barques dans un petit port prises à travers le bec d'une mouette tachetée, un clin d'œil pour une invitée très particulière dont il va enfin faire la connaissance ce soir.

— Tu ne peux pas tout gérer seul, lui répète Erwan. Je peux t'aider ponctuellement mais j'ai mon travail. Prends quelqu'un en CDD, tu verras après.

Malo soupire, il déteste l'idée d'embaucher une personne sans être certain de pouvoir la garder.

Il arrive sur le palier de Maïli, il entend du bruit à l'intérieur, elle est là. Il toque à la porte.

— Maïli ? C'est Malo, le maître de Bidule. J'inaugure mon bar ce soir, je viens vous proposer du travail. Je peux entrer ?

On ne répond pas tout de suite. Puis une voix inconnue s'élève, avec un accent asiatique encore plus prononcé que celui de la Vietnamienne.

— Maïli pas là.

— C'est urgent, je m'y prends à la dernière minute, je sais. Je vais lui écrire un mot, ce sera plus simple, mais je n'ai ni papier ni crayon. Vous voulez bien m'en donner ? Je ne veux pas vous déranger, juste lui écrire. OK ?

— Maïli pas là.

— Laissez tomber, je lui écrirai sur le site. Venez avec elle ce soir, d'accord ? Vous aimez le chocolat ?

— Maïli pas là.

Il redescend l'escalier, si absorbé dans ses pensées qu'il se cogne contre la jeune Vietnamienne qui arrive en portant un sac de courses.

— Je viens de parler à votre amie à travers la porte, elle ne m'a pas laissé entrer. J'ai une offre sérieuse à vous faire. On remonte ?

Maïli secoue la tête.

— Elle est timide, c'est ma chambre, vous êtes un homme, ce n'est pas bien pour ma réputation, il vaut mieux qu'on prenne un café en face.

Il ne lui fait pas remarquer qu'il est déjà venu chez elle. Ils s'asseyent en terrasse, il lui explique. Elle est intéressée, elle peut accepter un emploi rémunéré déclaré et déposer une demande pour transformer son visa touristique en visa long séjour.

— C'est un contrat à durée déterminée, si ça ne marche pas je ne pourrai pas vous garder.

Les cheveux raides et brillants de Maïli bougent à chaque mouvement de son cou gracieux.

— Ça va marcher.

L'inauguration commence dans une heure. Malo a prévu de faire goûter à tout le monde la spécialité maison. Il a mis une pancarte sur sa devanture depuis une semaine, il a passé une annonce dans le journal local, Arobase en a parlé sur le site, les gens devraient venir nombreux.

Il gare sa moto devant une maison blanche, fait pivoter son poignet pour regarder l'heure, interrompt son mouvement. Il ne se résigne pas à racheter une montre.

La porte s'ouvre, le garçon qui sort a l'air plus âgé que Léa. Grand, baraqué, il se déplace avec précaution. Il porte un tee-shirt gris au logo d'une équipe de base-ball américaine et un jean. Son regard est franc, son sourire chaleureux, ses cheveux couleur paille sont trop longs dans le cou, de la sueur perle à son front. Léa a prévenu Malo qu'il n'a pas marché depuis un mois.

— Besoin d'aide ?

Seb secoue la tête, se dirige seul vers la moto, pose un pied sur le cale-pied et s'appuie lourdement sur le dos de Malo pour enjamber la bécane.

Malo lui tend le casque passager récemment acheté à Orange, explique comment fonctionne le micro qui leur permettra de communiquer en roulant, vérifie :

— Tu es déjà monté sur une moto ? Tu sais qu'il faut te tenir au porte-bagages et te pencher comme moi dans le sens du virage ?

Seb acquiesce. Ils roulent vers la rue de l'Église.

— J'en connais une qui va être heureuse de te voir, dit Malo alors qu'ils arrivent à une courbe.

— Elle est pas la seule, mille malatchoux, j'aurais pas voulu rater ça !

Malo est si stupéfait qu'il manque continuer tout droit. Il se récupère au dernier moment, incline la moto et négocie le virage avec adresse mais ça passe limite.

— Wouaouh, souffle Seb, j'ai cru qu'on allait dans le mur !

Malo s'arrête, soulève sa visière, tourne la tête :

— Qu'est-ce que tu viens de dire ?

— J'ai cru qu'on allait dans...

— Non, avant, qu'est-ce que tu as dit avant? Léa n'est pas la seule, mille quoi?

— Malatchoux.

— Comment connais-tu ce mot?

— Par Léa.

Malo redémarre, sourcils froncés.

Léa

Erwan, en vareuse bleu outremer, est prêt à accueillir les futurs clients. Maïli, ravissante en tailleur pantalon de soie beige, se familiarise avec les lieux. Léa a mis un pantalon rouge et un tee-shirt bleu avec une arobase imprimée sur le devant. Elle s'avance sur le trottoir en entendant la moto. Le passager descend lentement, ôte son casque, ses cheveux couleur paille partent dans tous les sens. Il la dépasse de plusieurs têtes.

— Je t'ai dit que j'étais grand pour mon âge. Joli, le tee-shirt !

Il a une belle voix et s'exprime avec un léger accent américain. Elle sourit.

— Tu seras derrière tout le monde sur notre photo de classe.

— Et toi tu ne seras pas la plus moche.

La phrase est bizarre mais elle comprend que c'est un compliment.

Malo incline la moto sur sa béquille et demande :

— Léa, comment connais-tu l'expression mille malatchoux ?

— C'est un ami de maman qui l'a inventée.

— Tu le connais ?

Léa secoue la tête, surprise de sa véhémence.

— Ça doit être un des élèves.

— Un élève de ta classe ?

Léa hésite, elle ne sait pas comment s'en sortir, Malo vient de leur rendre un fier service, il ne mérite pas qu'on lui mente.

— Un élève de sa classe à elle. Elle est en séminaire à Avignon mais faut pas le dire.

Alberte arrive avec Pinzutu, elle reconnaît Malo et s'inquiète aussitôt de Bidule.

— Comment va votre pauvre chat ? Pinzutu a eu raison de défendre Max, ce ne sont pas les animaux qui sont dangereux mais les humains, cet *abrutitacciu* était incapable de retenir son propre chien !

— Bidule est chamboulé et il n'est pas le seul, dit Malo. Ta maman vient ce soir, Léa ?

La petite fille acquiesce. Alors que les gens du quartier déboulent, elle voit Malo se diriger vers le mur, décrocher une photo qui représente un goéland et des barques à travers le drôle de trou de son bec, et la ranger dans le meuble ancien sur lequel sont posées les roses.

— Je ne peux pas encore rester debout très longtemps, avoue Seb, un peu rouge.

— Assieds-toi, dit Léa. Maïli va servir le chocolat à l'ancienne, je vais nous en chercher, je reviens tout de suite.

Elle prend son tour dans la file qui grossit à chaque minute. Raoul, le client que sa mère a du mal à supporter, aperçoit Alberte et Pinzutu, grogne :

— La commission d'hygiène interdit les animaux dans les magasins d'alimentation. Ce bâtard est dangereux et cette furie a agressé mon chien, je pourrais porter plainte !

Il regarde Maïli d'un air suspicieux.

— Vous êtes nouvelle dans la région ? Vous allez quelquefois sur le Site des Voisins ?

La jeune Vietnamienne hoche la tête.

Léa demande deux tasses et retourne près de Seb.

— J'ai l'impression de te connaître depuis longtemps, c'est trop bizarre.

— On a mis un visage sur nos mots, c'est tout. Et tu ne vois pas mes fautes d'orthographe quand je parle.

Il y a cette évidence entre eux, sans le site ils ne seraient pas allés l'un vers l'autre, il a l'air plus vieux et du genre sportif, elle a l'air plus jeune et du genre qui lit pour son plaisir. Ils savourent leur boisson, la glace est rompue, la complicité prime.

— J'espère que Mouette va venir, dit Seb.

Il n'a pas parlé fort mais Raoul a entendu et il bouscule Darius pour se rapprocher d'eux.

— Vous connaissez Mouette ? C'est la Chinetoque ?

Léa et Seb ouvrent de grands yeux.

— La bridée, la Chinoise, quoi ! C'est elle ?

Léa secoue la tête.

— Maïli est vietnamienne et son pseudo est Maldive.

— Vous savez qui est Mouette ?

Léa hausse les épaules et écarte les mains pour exprimer son ignorance.

— Ta mère m'a manqué cette semaine, elle n'est pas là ?

— Elle arrive, dit Léa en entraînant Seb plus loin.

Elle se réjouit de revoir sa maman, son retour effacera les derniers lambeaux du cauchemar. Elle est contente d'avoir rencontré Seb, plus qu'une rencontre ce sont des retrouvailles. Mais quelque chose la tarabuste, malgré le regard plein d'étoiles de Seb, la fête qui bat son plein, et le fumet ensorcelant du chocolat.

Lucie

J'ai eu chaud ce matin quand mon voisin est venu frapper à la porte de Maïli... Ses massages et ses points de pression ont été efficaces, je me sens plus forte. En début de soirée, quand je suis sûre que tu es partie à la fête, je rentre chez nous en portant ma valise du bras gauche, je la vide, je cache mon dossier médical de plus en plus ventru. Je me lave par morceaux puisque je suis interdite de douche, je me change. Je ne resterai pas longtemps à l'inauguration, tout le quartier y sera. Je suis curieuse de voir Charlie. Il m'a aidée dans cette épreuve, il s'est interposé entre moi et la mort, moi et ma terreur de t'abandonner, moi et ma peur du néant. J'ai juste des cicatrices en plus et un ganglion en moins. Éliane et Meg n'ont pas eu ma chance, c'est ce que je me répète quand je me sens flancher.

J'arrive rue de l'Église, je marche le bras droit légèrement écarté du corps à cause de la balle de tennis qui est devenue pamplemousse, on dirait Lucky Luke.

— Maman !

Toutes les mamans présentes se retournent, pourtant je sais que c'est toi qui as parlé. Tu surgis devant moi, le rose aux joues, tu me sautes au cou, je serre les dents, tu appuies sur mon sein opéré et tu écrases mon bras engourdi mais tu es légère et souple, tu es ma petite douce préférée au monde, tu ne me feras jamais mal. Je n'ai pas mis mon bras en écharpe, je suivrai la suggestion de Charlie dès demain.

Tu me souffles :

— Avec ce que t'as appris cette semaine, tu vas vendre assez de fromages pour qu'on aille sur le sandbank cet hiver ?

Tu es radieuse, tu me présentes Sébastien, je suis fatiguée mais si heureuse de te retrouver.

— Reste avec Seb, maman, je vais te chercher une tasse de chocolat !

Impossible de refuser, je ferai semblant de boire et je la reposerai discrètement. Je m'assieds avec soulagement, je remarque les cernes sous les yeux de ton ami, nous sommes deux éclopés épuisés. Le maître des lieux s'approche, plutôt beau avec ses boucles noires et ses yeux verts, il faut reconnaître ce qui est.

— Tous mes vœux pour votre bar, c'est une belle fête.

Tu reviens, tu me tends une tasse pleine.

— Je suis impatient d'avoir votre avis sur ma spécialité, dit Malo en restant planté là comme une souche.

Je ne peux même pas y tremper mes lèvres, j'aurais peur de me réveiller demain avec des métastases partout.

— Vous ne buvez pas ?

— Si, dans une minute, il sent vraiment bon.

Pour Charlie c'est râpé, je ne vois vraiment pas comment je le repérerais dans la foule. Darius parle avec Maïli.

— Excusez-moi...

Je me dirige vers eux pour fuir Malo. Darius me demande où j'ai passé mes vacances, je lui parle du mariage de ma sœur en sous-entendant que j'étais à Paris. J'ai le poing droit posé sur ma hanche, on dirait Bonnemine, la femme d'Abraracourcix dans *Astérix*.

— Et voilà la plus belle fromagère du Vaucluse, vous m'avez manqué, allez, je vous embrasse ! clame Raoul.

Je frémis en le voyant se précipiter vers moi les bras tendus, je me crispe et je me place de trois quarts pour que mon côté gauche absorbe le gros de ses effusions. Je me prépare à encaisser le choc. Soudain, sans que personne ait compris ce qui arrivait, Darius, qui allait porter sa tasse à ses lèvres, sursaute, et le contenu de sa tasse se retrouve sur le devant de l'horrible chemise décorée de palmiers de Raoul. Qui se met à couiner comme un cochon qu'on égorge.

— Vous pouvez pas faire attention ? J'ai du chocolat partout, merde !

Vexé et furieux, il postillonne au nez de Darius qui, très calme, répond :

— Je suis sincèrement désolé, quelqu'un m'a bousculé...

— Vous ne savez pas tenir une tasse ? Vous savez combien elle coûte, cette chemise ?

L'Iranien, une lueur dans le regard, répète poliment :

— Je vous prie de m'excuser, ce n'est pas ma faute, on m'a poussé, ça arrive, mais c'était mon chocolat, vous me donnerez la note du pressing.

— Ça arrive peut-être chez vous, mais chez nous en France on sait se comporter convenablement en société ! fait Raoul très fort.

Darius plisse les yeux, ses moustaches noires frémissent.

— Vous n'êtes pas chez vous mais chez moi ! intervient Malo. Maïli, vous pouvez apporter une autre tasse à ce *gentleman* ?

Darius se détend et accepte le cadeau de paix. Malo pose la main sur l'épaule de Raoul et le fait pivoter vers la sortie en maintenant sa pression.

— La facture du pressing sera pour moi. Vous habitez juste en face, je crois ? Allez vous changer, vous ne pouvez pas rester comme ça.

— Et ne revenez pas avec votre chien ! lance Alberte. Si je le revois sans laisse et qu'il attaque l'un des miens j'en fais de la bouillie pour chats !

— À propos de chats, le mien n'a pas apprécié d'être renversé et malmené, ajoute Malo en poussant Raoul vers la porte.

Tu m'expliques que, chez le vétérinaire, le berger allemand de Raoul s'est jeté sur Max et que Pinzutu et Alberte l'ont défendu. Je profite du brouhaha suscité par l'altercation pour reposer ma tasse pleine sur la desserte. Alberte me présente son ami Karim qui tient le cybercafé. Malo revient vers nous.

— Franchement, je ne sais pas ce qui s'est passé, dit Darius, j'étais en train de boire...

— Vous avez aimé ma spécialité maison ? insiste Malo.

— Délicieuse, dis-je, le poing toujours posé sur ma hanche.

Son obstination me fatigue. Je décide de rentrer sans attendre Charlie et je te cherche des yeux pour te prévenir. Mon cœur manque un battement, tu es en grande conversation avec Meg. Je vous rejoins.

— Il fait lourd en ce moment, je dors mal, dit l'Anglaise. Vous ne faites jamais de cauchemars, les enfants ?

Ma sœur d'infortune croit nous aider mais elle ne te connaît pas, ma Léa, tes nuits sont douces. Tu ne réponds pas. Seb dit qu'il a rêvé que ses jambes étaient en guimauve. Meg remarque la position peu naturelle de mon poing sur ma hanche.

— J'appelais ça ma cannette de Coca, dit-elle en me regardant au fond des yeux.

Cannette de Coca pour elle, pamplemousse pour moi, à chacune ses références et la même épreuve pour les deux. Seb fronce les sourcils, tu hausses les tiens, vous ne pouvez pas comprendre.

— Le Coca empêche de dormir, c'est vrai, il faut le boire sans caféine le soir, dis-je précipitamment.

Je ne suis pas une mère irréprochable, on ne suit pas de cours pour apprendre à devenir parent, mais je fais de mon mieux avec amour. Dans huit jours, quand j'aurai revu le Dr B. et qu'il m'aura confirmé les bons résultat des analyses, je te mettrai peut-être au courant. À moins que je ne le fasse après ma radiothérapie. Je vois bien que Meg hésite à intervenir.

— Je rentre à la maison, dis-je pour couper court. Tu dînes avec nous, Sébastien ? Je téléphone à tes parents pour les prévenir ?

Ton visage s'éclaire, tu es ravie que j'invite ton ami.

— Pas la peine, mon père est à un congrès et ma mère rentre tard de son labo.

— Alors on y va, dis-je en défiant Meg du regard.

Elle me désapprouve mais sa voix se fait presque tendre pour me dire : « À bientôt, Lucie. » Seb remercie Malo de l'avoir amené en moto. Je caresse de la main au passage le secrétaire marqueté.

— Ce bonheur-du-jour est magnifique, vous ne craignez pas qu'on l'abîme ?

Malo secoue la tête.

— Peu de gens savent que ce meuble s'appelle ainsi, d'où vous vient cette science ?

— Ma grand-tante Théo avait le même.

Nous croisons Raoul sur le trottoir, il revient chercher noise à Darius dans une chemise encore plus laide.

— Ce type a une tête de terroriste, non ? Ils se mêlent aux populations, on leur donnerait le bon Dieu sans confession, et un jour, crac, ils balancent leurs avions sur l'Empire State Building ! Il est quoi, égyptien, syrien, irakien ?

— C'était le World Trade Center et il est iranien, dis-je sèchement.

— Il a peut-être mis de l'anthrax dans le chocolat, c'est pour ça qu'il ne l'a pas bu et qu'il l'a renversé sur moi ?

Seb fait mine de réfléchir en prenant un air de conspirateur :

— Il est peut-être de mèche avec la Chinetoque ?

Tu enchaînes sur le même ton :

— Il est infirmier, il doit connaître les poisons efficaces ?

— Les étrangers nous infiltrent, les malades nous contaminent, j'ai correspondu avec cette Mouette sur le Site des Voisins, il faut vous méfier de tout le monde, proteste Raoul.

— Mon pseudo est Diamond, dis-je. Quel est le vôtre ?

Je sais ce qu'il va répondre mais j'ai besoin de l'entendre de sa bouche. Il bombe le torse et répond fièrement :

— Rambo.

Je réussis à ne pas ciller mais Seb et toi vous pouffez de rire. Raoul, vexé, s'éloigne. Tu m'expliques pourquoi « la Chinetoque » puis tu te tournes vers Seb.

— Et si Meg était Mouette ? Elle a un cancer puisqu'elle a une perruque... c'est peut-être pour ça qu'elle a parlé de Coca, les médicaments contre le cancer font vomir, quand j'étais petite et que j'avais mal au cœur tu me donnais du Coca, tu te souviens, maman ?

Je m'en souviens. Tous ceux qui portent perruque n'ont pas un cancer, tous ceux qui ont un cancer n'ont pas une perruque, mais je ne te détrompe pas, ma petite douce. Le parfum du chocolat monte dans l'air. J'aime ce que tu es, ce que tu dégages, l'adolescente que tu deviens, l'adulte que tu seras, j'aime te voir grandir et t'épanouir. Le bar est rempli de gens de générations différentes réunis par une gourmandise qui a ses racines dans l'enfance. « On y passera tous », m'a dit le Dr B. Un jour tous ces voisins qui font la fête seront dans des cercueils ou dans des urnes, en squelettes ou en cendres, toi aussi, ma tendresse, un jour des humains qui t'aimaient pleureront à ton enterrement, j'espère de toute mon âme que je ne serai plus là, que je t'attendrai là-haut s'il existe un après, que je t'attendrai là-dessous s'il n'y a rien.

Malo

La fête est superbe, les gens sont ravis, le chocolat embaume, Erwan a un sourire jusqu'aux oreilles et une grosse tache sur sa vareuse, Maïli remplit son office avec grâce. Malo se félicite d'avoir donné un coup de coude à Darius au bon moment, il fallait stopper Raoul par n'importe quel moyen, on aurait dit un taureau en train de charger une biche. Il n'est pas mécontent non plus d'avoir vengé Bidule.

Il a harcelé Lucie pour vérifier qu'elle ne boirait pas son chocolat donc que c'était bien elle, Mouette. Il est à la fois bouleversé, surpris et mal à l'aise. Il se sent attiré par Mouette, mais Lucie l'agace. Lucie est jolie, agressive, et elle le déteste.

Brusquement il éprouve le besoin d'être seul. Il prévient Maïli qu'il monte au studio.

Il s'assied sur son lit, les yeux dans le vague. Il pense à la photo qu'il a décrochée du mur. Enfant, il s'en est voulu d'abandonner Julie quand son père n'a plus loué la merveilleuse maison de Groix. Il l'a imaginée revenant chaque été l'attendre, frappant au carreau avec son bec, ne reconnaissant pas les occupants qui peut-être la chassaient. Il l'a revue des années après, quand il est retourné sur l'île pour un job de vacances grâce à Erwan, dès sa sortie du bateau il a couru à Port-Lay et elle était là qui l'attendait, les goélands vivent longtemps, il l'a reconnue à la cicatrice de sa patte. Les nouveaux propriétaires de la maison, Gildas et Isabelle, lui ont confirmé qu'elle venait tous les soirs mais ne s'approchait jamais. Malo a repris les habitudes d'autrefois, il montait chaque jour au coucher du soleil, il était le seul à pouvoir la toucher. Un soir il l'a attendue en vain. Quand il est rentré dormir sous sa tente, il y avait un tas de plumes sur son sac de couchage, Julie était morte, le cou brisé. Mewen, le fils d'Erwan, jaloux du lien qui unissait son père et Malo, s'était vengé. Ce n'était qu'un oiseau, mais c'était son amie. On ne raisonne pas le chagrin, on le voit déferler et on attend qu'un jour une vague l'emporte au loin.

Julie est morte à cause de lui, sa mère est morte sans lui, c'est assez pour une seule vie d'homme. L'oiseau appartient au passé, la mort de sa mère est récente, il les a trahis tous les deux sans le vouloir. En aidant cette Mouette effrayée il avait l'impression d'être pour une fois là où il fallait, de dire ce qui aidait, d'être présent, de se rattraper. Cette inconnue lui est devenue plus proche que ne l'a jamais été Véra avec qui pourtant il a failli se marier. Mouette avait besoin qu'on l'écoute exprimer sa peur, qu'on la fasse rire. Sur l'écran de l'ordinateur, il était le preux guerrier volant au courage de la fragile internaute et la sauvant de l'ennemi cancer. Dans la vie réelle, il se retrouve dans une comédie de boulevard où le chocolatier et la fromagère se disputent une ridicule place de livraison. Il aura sa nouvelle camionnette sous peu mais il ne se garera pas là, Mouette doit économiser ses forces.

Il a choisi son pseudo sur le site en pensant à *Charlie et la chocolaterie*, le livre de Roald Dahl dont Johnny Depp a joué le rôle principal au cinéma. Léa lui en a même parlé devant sa mère. Malo secoue la tête. Véra était la plus belle fille de Sup de Co Rennes, les hommes se retournaient sur elle dans la rue, elle n'était ni tendre ni chaleureuse, il appréciait sa beauté, il aimait faire l'amour avec elle, mais ils ne partageaient pas l'essentiel. Il ne lui a jamais parlé de Julie, elle n'aurait pas compris. Il ne lui a jamais fait entendre l'*Ave Maria* de Caccini. Il ne lui a jamais parlé de danser sur le pont du *Titanic* en choisissant sa musique.

Il décide d'arrêter d'écrire à Mouette. On ne l'a pas mutilée, elle va s'en sortir, elle a sa fille, elle a sa fromagerie, le père de Léa existe forcément même s'ils ne vivent pas ensemble, elle a aussi une sœur et une mère, elle n'est pas seule au monde, elle peut se débrouiller sans lui. Il va faire le mort le temps d'y voir plus clair. Mouette avait besoin de Charlie mais Lucie n'a pas besoin de Malo. Il commençait pourtant à en tomber sacrément amoureux. Peut-on désirer une femme qu'on n'a jamais vue ?

— Oui ! s'exclame Malo à voix haute.

— Tu parles tout seul, mon filleul ? On te demande en bas. Qu'est-ce que tu fabriques ?

Malo ne doit rien à Lucie mais il ne veut pas trahir Mouette.

— Personne ne doit savoir que je suis Charlie sur le site Erwan, c'est très important.

Erwan hausse les sourcils.

— Je ne comprends pas pourqu... ?

— Personne ! Je t'expliquerai.

— Tu me le dis trop tard, j'en ai parlé il y a dix minutes, je ne pouvais pas savoir.

Malo étouffe un juron, mille malatchoux, qui est au courant, Maïli, le poissonnier, la boulangère, Alberte ? Pas ce crétin de Raoul, pas Léa, pas Seb, surtout pas Lucie ?

— Tu en as parlé à qui ?

— À Darius, le type sympa qui a renversé son chocolat sur l'autre andouille. Je lui ai dit que j'étais Navire et, une chose en amenant une autre...

Malo pousse un soupir de soulagement.

— C'est moins grave. À partir de maintenant plus un mot à quiconque, d'accord ?

Erwan acquiesce, intrigué, mais n'insiste pas, comme il n'a pas insisté jadis pour savoir ce qui s'était passé quand Malo et Mewen s'étaient battus puis fâchés à mort à Groix.

— L'inauguration de ton bar est une réussite, dit Erwan.

— Je n'aurais jamais pu y arriver tout seul.

Ils redescendent. La soirée bat son plein, tout le monde a apprécié la spécialité maison. Malo cherche Darius des yeux, l'entraîne à l'écart.

— Vous avez parlé du site avec mon parrain Erwan.

— Il est Navire, vous êtes Charlie, je suis Hafez, dit Darius avec un large sourire.

— Il ne faut pas qu'on sache que je suis Charlie. Je voudrais que vous n'en parliez à personne. S'il vous plaît.

— Pas de problème, fait Darius, surpris. Tout à l'heure, quand j'ai renversé ma tasse sur cet homme stupide, on m'a bousculé. Vous étiez juste à côté de moi.

Malo attend.

— C'est vous qui m'avez poussé ? Exprès ?

Malo hoche la tête.

— C'est ce que je pensais. Alors ça va. Vous aviez sûrement une bonne raison.

Malo sourit.

— Chaque pays a ses fous, ses imbéciles et ses hommes honnêtes et respectables. La chemise de cet homme stupide était affreuse. La jeune femme vietnamienne qui vous aide est poétique, ajoute Darius avec le même sourire.

Lucie

Nous sommes rentrés lentement à la maison pour ménager les jambes de Seb. Il dévore mes pâtes, il se comporte comme s'il était de la famille depuis toujours, je lui dis que je l'adopte. Tu fais une drôle de tête et je me souviens, trop tard, qu'il l'a déjà été.

— Si on m'avait demandé mon avis je vous aurais choisie, répond-il avec naturel.

Il est heureux de remarcher et d'être à nouveau indépendant.

— Qu'est-ce qui t'a le plus manqué ?

Vous échangez un regard, vous pouffez de rire.

— Hier, quand le médecin m'a retiré les poids, je suis sorti de la maison, j'ai traversé la rue, j'ai écarté les bras et j'ai crié de joie. J'avais promis à Léa de lui offrir une *ice cream* mais j'ai dû aller faire des radios de contrôle.

Un garçon sportif cloué au lit pendant un mois n'en sort pas indemne, l'expérience le transforme. Comme toi et moi, il vient d'une famille non pas recomposée mais décomposée. Tu lui demandes quand il reprend l'école. Il grimace, on l'attend lundi à Jules-Ferry.

— Je ne suis pas trop bon en orthographe...

Je fais mine de n'avoir jamais lu sa prose.

— Léa m'a dit que tu as vécu aux États-Unis, tu as besoin de temps pour reprendre tes marques, c'est normal.

Tu lui lances un défi au tennis sur ta console dès qu'il aura retrouvé ses jambes. Je prends les devants avant que tu me proposes d'y jouer, je me masse l'épaule et je t'avoue qu'elle me handicape encore, on m'a recommandé de mettre mon bras en écharpe, jeudi je n'irai pas aux halles, je dois la laisser au repos. Je ne peux donc pas reconduire Seb, je vais le raccompagner en taxi.

— Il est gentil, Malo, pourquoi tu ne l'aimes pas, maman ?

Vous attendez ma réponse. Je n'ai rien à lui reprocher sauf qu'il tombe toujours au mauvais moment. Et qu'il m'horripile. Il est beau, sûr de lui, magnétique, et il me prend probablement pour une folle caractérielle.

— Il m'est indifférent, dis-je.

C'est faux, en fait c'est tout le contraire, il y a en lui une intensité qui me trouble et cela m'énerve. Toute à ta joie de me retrouver, tu sautes d'un sujet à l'autre, oublié Malo, tu me reparles du sandbank, tu prends l'Atlas sur l'étagère et nous cherchons les Maldives. J'ai eu une anesthésie générale il y a cinq jours, je me sens comme une pile déchargée, il faut que j'aille m'allonger. Au moment où je vais appeler le taxi, l'hymne national américain retentit dans la poche de ton ami. Il parle à sa mère dans un sabir mi-anglais mi-français et finit par lui donner notre adresse.

— Ma mère me croyait encore au bar, elle quitte son labo et elle passe me chercher. Mon père est en congrès, elle déteste rentrer seule à la maison, elle a la trouille.

— Elle a peut-être pensé que tu es fatigué ? dis-je par solidarité.

Il hausse les épaules.

— Elle m'a dit ce matin qu'elle préférait quand j'avais mon rhume de hanche, au moins elle était sûre d'avoir quelqu'un à la maison quand elle rentrait.

Il ne plaisante pas. Il me remercie pour le dîner, me serre la main. Vous ne vous touchez pas, vous gardez vos distances. Tu dis, pour dissiper la gêne :

— De Eskimo à Arobase, j'ai passé une supersoirée.

— De Arobase à Eskimo, yes, t'es pas la seule.

Je rajoute mentalement : « De Mouette à Arobase, merci d'avoir été là. »

Après le départ de Seb, je te fais découvrir Caccini. Nous l'écoutons allongées sur le canapé, tu te mets à ma gauche, du côté de ma bonne épaule. Tu me dis que tu as l'impression de voler, que ça te donne des frissons et la chair de poule, envie de pleurer et de rire. C'est une soirée juste et parfaite, je suis là avec toi, l'être que j'aime le plus au monde, et cette musique merveilleuse. Je ferme les yeux. Je pense à Éliane seule dans sa chambre de la clinique, au jeune homme au bouc seul dans l'appartement plein de leurs photos de mariage. Je pense à Famozoizo avec son mari et son labrador, au Dr B. avec sa femme et ses filles. Je pense au Dr Mickael S. avec son petit air suffisant et méprisant, à Malo remettant le pitoyable Raoul-Rambo à sa place... Tu me secoues doucement.

— Hé, maman, tu t'es endormie, on ferait mieux d'aller se coucher dans nos lits, non ?

Tu fais ta toilette la première, je ne me déshabille pas pour que tu ne remarques pas les pansements qui protègent mes trois cicatrices, l'horizontale sous le bras, la petite sur le côté, la ronde là où on a retiré ma tumeur.

Nous écrivons à Alberte et à Maïli pour les remercier. Je me concentre pour ne pas me tromper de pseudo, je me répète en boucle que je m'appelle Diamond.

De Diamond et Eskimo à Corsica et Maldive

— *Merci pour tout, venez dîner à la maison dimanche prochain ?*

Dans une semaine je serai moins épuisée et ça me changera les idées la veille du rendez-vous avec le Dr B. Tu espères qu'avec la carrure de Seb les autres élèves ne se moqueront pas de la façon dont il écrit. Tu me glisses au passage que Pinzutu te manque. Tu trouves joli mais trop grand le pyjama que j'ai acheté pour le séminaire. Je te serre contre moi comme si on s'était quittées six mois et non six jours, ça me fait un peu mal mais c'est si bon. Assise au bout de ton lit, je te regarde t'endormir puis je file sur l'ordinateur, c'est quand même plus commode d'avoir un grand écran.

De Arobase à Mouette
— *Vous ête pa venu ce soir ?*

Je réponds à ton ami que je n'ai pas pu me libérer. J'ai envie d'écrire à Hafez que Raoul est un imbécile mais je ne peux pas. J'espérais avoir un message de Charlie comme à l'accoutumée, mais non.

De Mouette à Charlie
— *Vous êtes allé à l'inauguration du bar à chocolats ?*

Il n'est pas en ligne, il ne répond pas.

Léa

DIMANCHE
De Arobase à Eskimo
— *C'étai fun, non ?*
De Eskimo à Arobase
— *Moi aussi je suis heureuse de te connaître. Ne sois pas inquiet pour Jules-Ferry demain, ça se passera très bien.*
De Arobase à Eskimo
— *JE sui cool. TU es inquiète. Pas moi. Ça ser à rien. Je devrai ?*

Léa écrit pour la première fois à Mouette.

De Eskimo à Mouette
— *Vous auriez dû venir au bar samedi. Et il faut écouter l'Ave Maria de Caccini, c'est une musique magique.*

Lucie

DIMANCHE

Je viens de lire ton message à Mouette, tu as tout compris, ma douce. Je n'ai pas de nouvelles de Charlie, il est peut-être parti en week-end ? Le pamplemousse sous mon bras continue à grossir.

De Mouette à Hafez

— *J'avais une balle de golf, c'est devenu une balle de tennis puis un pamplemousse, ça ne me fait pas mal mais c'est gênant au quotidien, est-ce que ça peut devenir une citrouille et éclater ?*

De Hafez à Mouette

— *Vous regardez trop de séries américaines ! C'est un lymphocèle, ça va se résorber tout seul. Votre chirurgien a dit que je peux le ponctionner, mais plus il ponctionnera, plus la lymphe se recollectera. Soyez patiente.*

De Mouette à Hafez

— *Merci. Pardon pour la consultation.*

De Hafez à Mouette

— *C'est un plaisir pour moi. Ne plus opérer me manque.*

Je me souviens de Darius le soir de l'inauguration, si digne et calme quand ce petit coq ridicule de Raoul l'a agressé.

De Mouette à Hafez

— *C'est indiscret de vous demander pourquoi vous ne pouvez plus opérer ?*

De Hafez à Mouette

— *Je suis réfugié politique. Mon frère était un proche du shah d'Iran, j'aurais risqué la prison si j'étais resté. Il est parti en Amérique, j'ai choisi la France. J'ai vendu tout ce que j'avais à Téhéran pour acheter un appartement à Paris, j'ai tout mis au nom de ma femme pour la protéger. J'ai dû repartir clandestinement en Iran soigner mon père malade. Quand je suis revenu à Paris, ma femme n'est pas venue me chercher à l'aéroport, j'ai pris un taxi, je n'avais pas de quoi le payer, je lui ai dit d'attendre en bas, je suis monté chez nous, ma femme m'a donné cinquante euros pour le taxi en me disant de garder la monnaie et elle m'a annoncé qu'elle voulait divorcer, que l'appartement était à elle et que je devais habiter ailleurs. J'ai tout perdu mais je suis vivant, libre, et je peux travailler. Je suis venu dans le Midi parce qu'un de mes anciens étudiants est patron d'un service à Orange, il m'a trouvé cet emploi d'infirmier, sans lui je coucherais sous les ponts. Mes diplômes ne sont pas valables en France, je dois repasser des examens dans deux mois, je révise mais c'est difficile dans une autre langue. Vous m'avez aidé. Grâce à vous je me sens à nouveau chirurgien.*

Le pudique Darius ne se serait jamais confié ainsi, Hafez le peut sous couvert d'anonymat. Si le Dr Mickael S. qui n'aime pas toucher les malades était contraint d'émigrer, il n'aurait sûrement pas le cran de travailler comme infirmier de nuit.

De Mouette à Charlie

— *Vous allez bien ?*

Pas de réponse.

LUNDI

Mon voisin le guitariste vient récupérer son iPhone et me rendre le mien, qu'il paramètre sur mon ordinateur, j'en aurais été incapable. Je le remercie par un plateau de fromages.

De Mouette à Charlie

— *Vous avez des soucis ?*

MARDI
De Mouette à Charlie
— *Vous êtes fâché ?*

MERCREDI
De Mouette à Charlie
— *Qu'est-ce qui se passe ?*

JEUDI
De Mouette à Charlie
— *Répondez-moi, je commence à m'inquiéter. Hé, y a quelqu'un ?*

VENDREDI
De Mouette à Charlie
— *J'ai compris pourquoi ce silence radio. J'ai gardé mon sein et j'évite la chimio, je ne vais pas mourir tout de suite, je suis moins intéressante, ça ne vous amuse plus, c'est ça ?*

Léa

LUNDI

De Eskimo à Arobase

— *C'est idiot qu'on ne soit pas dans la même classe. Comment ils sont les autres CM2 ? Pourquoi tu ne m'as pas attendue à la sortie ?*

De Arobase à Eskimo

— *Ils son stupid. J'étai fatigué.*

MARDI

De Eskimo à Arobase

— *Moi aussi au début ça s'est mal passé. Tu écris mal le français mais tu parles couramment l'américain, tu es plus fort qu'eux.*

De Arobase à Eskimo

— *J'ai pas étudié votre programe, je sai rien. J'ai l'air d'un crétin. Quand j'écri au tablo même le prof se moque de moi.*

MERCREDI

De Arobase à Eskimo

— *C'était sympa d'aller à la pissine ensemble et de boire le chocolat au bar.*

De Eskimo à Arobase

— *Tu nages comme un poisson.*

De Arobase à Eskimo

— *Je jouai au water-polo dans l'Illinois. J'ai pas encore retrouvé toute mes jambe sur terre, mais dans l'eau je suis comme avan.*

JEUDI

De Eskimo à Arobase

— *C'était trop bien de me réveiller ce matin sans que maman soit partie aux halles. Elle dit que son épaule va mieux mais elle la bouge mal, tu sais si ça existe les rhumes d'épaule ? Je croyais qu'on devait retourner chez Malo après l'école ?*

De Arobase à Eskimo

— *Mon prof principal a convoké mes parent mais ils on tro de travail pour venir. Il veu me faire reculer d'une classe. Je vai me retrouver avec les petits. Je vai pas le suporter et tu aura honte de moi.*

Une seule personne peut aider Seb.

De Eskimo à Corsica

— *On a besoin de vous, Alberte, ça va mal à l'école. Vous pouvez aller voir le prof de Sébastien pour lui dire que vous allez l'aider à rattraper son retard et qu'il ne doit pas descendre dans la classe en dessous ? J'irai promener Pinzutu et Max tous les jours pour vous, je goûterai même votre fromage aux vers !*

De Corsica à Eskimo

— *Je garde ce délice pour mon usage personnel. J'aiderai avec plaisir ton ami à se remettre à niveau mais je ne suis pas de sa famille, son professeur ne me recevra pas, ce sont ses parents qui doivent y aller.*

De Eskimo à Corsica

— *Ses parents ne sont pas de sa famille non plus, il a été adopté. Vous pourriez dire que vous êtes sa grand-mère ?*

De Corsica à Eskimo

— *Tu veux que je mente à un collègue de l'Éducation nationale ?*

De Eskimo à Corsica

— *Oui. Les institutrices aident les enfants. Sans vous il n'y arrivera pas, il va se bloquer. Il est déjà plus grand que tous les CM2, si on le met avec les petits il va se recroqueviller dans sa coquille.*

De Corsica à Eskimo

— *Les institutrices donnent le bon exemple en disant la vérité.*

Léa n'insiste pas, Alberte se range du côté des adultes. Seb va rétrograder d'une classe et se ratatiner. Elle se sent triste et impuissante, elle ne lui dira même pas qu'elle a parlé de son problème à Alberte. Elle aide sa maman à cuisiner à cause de son bras en écharpe. Elle n'a plus refait de cauchemar mais elle se réveille plusieurs fois par nuit et elle met longtemps à se rendormir.

VENDREDI

De Eskimo à Arobase

— *Dimanche, Alberte et Maïli viennent dîner, tu es invité aussi.*

De Arobase à Eskimo

— *Je change de classe lundi, j'aurai pas le moral.*

De Eskimo à Arobase

— *Tu n'as pas fait une seule faute d'orthographe. Viens dimanche, allez !*

De Arobase à Eskimo

— *Je préfaire être seul.*

SAMEDI

De Eskimo à Arobase

— *Quand tu étais coincé dans ton lit on pensait que dès que tu remarcherais on irait à l'école ensemble. Et maintenant que tu remarches tu m'évites. C'est idiot.*

De Arobase à Eskimo

— *Tout le monde pense que je sui idiot. Bienvenu au club !*

Malo

Les gens présents à l'inauguration reviennent en tant que clients. Les deux hamacs sont souvent occupés. Le fleuriste se plaint qu'on lui achète moins de bouquets, c'est plus original d'arriver avec des chocolats au goût nouveau.

— Je ne te comprends pas, mon filleul. Tu devrais sauter de joie. Au lieu de ça tu traînes les pieds et tu as une mine de déterré ! s'emporte Erwan en enfonçant les mains dans les poches de sa vareuse rouge assortie à la devanture.

Malo a une mine de Charlie qui déprime. Il résiste, il se retient de répondre à Mouette, il se sent pris au piège. La situation est inextricable. S'il lui révèle qui il est, leur amitié amoureuse sera fichue. S'il ne dit rien, ça ne fera que repousser le moment où elle saura. Donc c'est foutu, sans compter que maintenant Mouette prend Charlie pour un salaud et un lâcheur.

Mardi, Lucie rouvre son magasin avec le bras droit en écharpe. Mercredi, Léa et Seb viennent boire un chocolat chaud en sortant de la piscine, Seb est moins rayonnant que samedi, il lui faudra du temps pour s'adapter à son école. Jeudi, Malo propose à Lucie de sortir ses poubelles mais elle l'envoie promener en grognant qu'elle n'est pas impotente. Vendredi, il remarque ses traits tirés et son air soucieux, elle est encore plus jolie quand elle va mal. Elle ne lui pardonnera jamais d'être Charlie.

Lucie

Nous dressons le couvert toutes les deux le dimanche soir, je mets une nappe rouge pour égayer l'atmosphère, les hommes nous font souffrir cette semaine ma Léa, Charlie s'est évaporé dans la nature, Seb traverse une mauvaise passe. Mon pamplemousse me gêne de plus en plus, je revois le Dr B. demain.

Alberte et Maïli arrivent à vingt heures avec des tulipes, tu aurais préféré du chocolat mais tu mets leurs fleurs dans un vase. Tu es déçue que Seb ne soit pas là, tu dresses l'oreille chaque fois que des pas montent l'escalier, tu espères qu'il s'est ravisé. Alberte nous chante des chants corses *a capella* qu'elle appelle *paghelle*, ils parlent de terre, d'amour, de famille, de chasse, des bagnes de l'ancien temps, de guerres, de serments, de dignité, sa voix rauque me serre le cœur et te bouleverse. Maïli s'en aperçoit et pour faire diversion elle nous dit d'imaginer que Pinzutu est une raie manta de grande envergure et, en lui donnant des bouts de pain, elle nous montre comment le soigneur nourrit les raies le soir aux Maldives. Il pivote sur lui-même et les immenses poissons s'enroulent le long de son corps pour attraper leur dîner. Pinzutu, ravi de l'aubaine, joue parfaitement son rôle. Tu souris pour me faire plaisir. Je souris pour faire honneur aux invitées. Arobase et Charlie nous manquent infiniment.

De Mouette à Corsica, Maldive, Hafez, Navire

— *Demain matin je revois le chirurgien, je vous donnerai des nouvelles.*

De Mouette à Charlie

— *Demain matin je revois le chirurgien, je vous donnerai des nouvelles même si vous vous en fichez. L'entraide n'est pas à sens unique, je sais aussi écouter.*

Pas de réponse.

Le lendemain je me reconnecte dès que tu es partie pour l'école.

De Charlie à Mouette

— *Bon courage.*

Pas un mot sur son silence de la semaine.

Je retrouve la salle d'attente du Dr B., je salue Mireille. Deux vieilles dames sourdes parlent trop fort, celle qui est malade a un air doux et résigné, l'autre catalyse l'agressivité de tout le monde en déclarant avec un terrible petit air satisfait : « J'avoue que j'ai une chance de pendu, j'ai quatre-vingt-dix ans et je n'ai jamais été malade de ma vie, même pas de rhumatismes, rien, je savoure mon bonheur, pourtant ça tombe autour de moi ! » Théo utilisait cette expression, « une chance de pendu » : dans le temps quand la corde cassait et que le pendu tombait on considérait que c'était la volonté divine et il était gracié. Je vais savoir dans cinq minutes si ma corde a vraiment cassé.

Mireille m'appelle. Le Dr B. me fait entrer dans son bureau. Sa fille s'envole toujours avec élégance par-dessus l'obstacle.

— Les analyses en laboratoire confirment les bons résultats de celles faites pendant votre opération. Une seule tumeur était maligne, l'autre était bien un petit cancer *in situ*, c'est-à-dire complètement emballé dans sa gangue, non infiltrant. Il aurait pu ne jamais se manifester, ou bien se réveiller et passer la barrière.

Je me déshabille, il examine mes cicatrices. Celle du sein est parfaite, elle épouse exactement l'aréole, il m'a découpée avec art en suivant les pointillés. Celle du drain n'est plus qu'un souvenir. Il désigne le pamplemousse sous mon bras.

— Je vais ponctionner votre lymphocèle, vous ne sentirez rien.

Il enfonce l'aiguille et retire plusieurs seringues de liquide, le pamplemousse redevient balle de tennis puis balle de golf, ça ne me fait même pas mal.

— Vous allez vous reposer trois semaines puis vous commencerez la radiothérapie avec le Dr Jacques V., son assistante s'appelle Sandra, elle verra avec vous les dates du repérage et du centrage, elle vous expliquera le déroulement des choses.

— On ne se revoit plus ?

— Je vous reverrai pour les contrôles, le premier aura lieu trois mois après la fin de la radiothérapie.

Je sors de son bureau, un peu hébétée. Je ne réalise pas encore. J'ai franchi une étape, la prochaine s'annonce. Je quitte le Dr B. et la souriante et blonde Mireille pour prendre rendez-vous avec le Dr V. grâce à la souriante et brune Sandra. Je change de service, j'aborde l'épreuve suivante, elle durera sept semaines. Sandra ouvre son agenda, m'inscrit pour une prise de contact avec le Dr V., pour le repérage puis pour le centrage. Encore des mots nouveaux à intégrer.

Je m'installe à la même table d'angle dans le restaurant de la rue d'à côté. Je raconte au patron combien son dessert m'a remonté le moral le lendemain de mon opération. Il m'apporte d'office le capiteux vin espagnol, la jatte de glace et les trois pots disposés en espalier comme les frères Dalton. Je suis passée tout près, si près, tellement près. J'ai failli partir si loin de toi que la peur qui m'enserrait n'a pas disparu. Elle est comme la gangue de mon cancer, j'y suis encore prisonnière.

Comme je ne travaille pas le lundi, Alberte passe me voir à la maison avec Pinzutu avant ton retour de l'école. Elle me parle de son village, des herbes qu'elle ramassait dans les chemins pour la soupe, des figuiers, des lauriers et des oliviers, de la terre qui lui manque. Elle me répète qu'elle n'y retournera jamais, qu'elle ne supporterait pas de voir son école fermée.

Qu'elle en veut au rectorat de lui avoir caché la vérité et de lui avoir fait miroiter une possible réouverture.

— Ils m'ont menti, trompée, c'est impardonnable. Une amie plus jeune que moi a grandi en croyant qu'elle était catholique. Un jour, son père l'a emmenée voir un film sur la Shoah. Quand ils sont sortis, il lui a annoncé qu'elle était juive et que tous leurs ancêtres avaient été exterminés dans les camps. Elle a mis des années à se réapproprier son histoire, elle ne savait plus qui elle était. Le mensonge est destructeur, Lucie, il est pire que la vérité.

Je me fige.

— Je croyais que vous étiez de mon côté ?

— Vous avez choisi de préserver Léa au moment où vous aviez le plus peur. Maintenant la donne a changé, vous naviguez dans des eaux plus tranquilles, vous pourriez reconsidérer les choses. La veille de votre opération Léa a fait un cauchemar, elle s'est réveillée en criant, elle tremblait et elle était livide. J'ai envoyé Pinzutu dormir avec elle mais elle a continué à avoir un sommeil agité.

Je suis blême.

— Raison de plus pour ne pas la perturber encore davantage ! Je vous dois beaucoup, Alberte, mais c'est moi qui décide.

— Réfléchissez quand même, Lucie.

De Mouette à Corsica

— *Ne m'en veuillez pas, je vous en prie. Et respectez mon choix.*

De Mouette à Maldive, Hafez, Navire, Charlie

— *J'ai revu le chirurgien, les bons résultats des analyses sont confirmés, c'était un cancer « in situ » emballé dans sa gangue, il a ponctionné la boule sous mon bras, je commencerai les rayons dans trois semaines.*

De Mouette à Charlie

— *Merci de m'avoir consacré votre si précieux temps quand j'avais peur de mourir. Finalement vous ressemblez à Rambo sauf que lui annonce la couleur et ne joue pas au gentleman. Vous êtes quelqu'un dans le genre de mon père, un homme qui se défile. J'aurais préféré ne pas vous connaître.*

Je me sens plus libre sans mon pamplemousse, je peux à nouveau bouger l'épaule. Je m'enferme dans la salle de bains pour inspecter mes cicatrices, je passe le doigt dessus, elles sont un peu boursouflées, le Dr B. dit que c'est normal. Est-ce que Meg et Alberte ont raison ? Est-ce que je te fais du mal ?

Léa

Léa rentre de l'école sans passer par le bar ou la fromagerie, elle n'a envie de parler à personne. Seb a changé de classe donc d'étage, elle le verra encore moins. Cette nuit elle a de nouveau fait un cauchemar. Elle était au bord d'un lac avec sa maman qui lui lâchait la main et s'avançait seule dans l'eau noire. Léa avait les pieds collés au sol, elle était comme paralysée, elle avait beau appeler et supplier, sa maman s'enfonçait peu à peu puis finissait par disparaître.

Un SDF est assis près de la fontaine, il a des cheveux châtains en broussaille, une barbe, ses vêtements sont usés et sentent mauvais, il n'a pas de chien mais un chat gris avec un seul œil jaune, l'autre orbite est vide. L'animal est perché sur son épaule. Léa s'arrête de patiner pour le regarder.

— Il a eu un accident ?

— Ça ne te regarde pas, grogne le SDF. Casse-toi !

Léa, sans se démonter, fouille dans son sac à dos, en sort un paquet de biscuits et le lui tend.

— Je t'ai rien demandé, fous le camp !

— Goûtez-les, ils sont bons, insiste la petite fille.

— J'ai goûté à toutes sortes de choses, meilleures que tes biscuits de merde et plus dangereuses. La liberté n'a pas de prix mais elle a un coût.

Léa se méprend.

— Je vous en fais cadeau, je les avais pris pour un ami mais il est rentré chez lui.

L'homme hausse les épaules et attrape les biscuits.

— Maintenant, dégage !

— Vous avez des enfants ?

— J'espère que non et je m'en tape.

Léa insiste :

— Vous en avez peut-être sans le savoir ? Vous ne les aimez pas ? Vous avez forcément été un petit garçon ?

— Déguerpis ! ordonne l'homme d'un ton menaçant.

Elle rentre chez elle, perdue dans ses pensées. Il est peut-être ainsi, celui dont sa mère refuse de lui parler. Peut-être que son père aussi a faim, et que quelque part dans le monde une petite fille inconnue partage son goûter avec lui.

Elle est troublée d'avoir rencontré cet homme. Si perturbée qu'elle attrape le courrier qui dépasse de la boîte aux lettres sans soulever le couvercle et qu'elle s'écorche la main contre le bord coupant de la boîte. Elle saigne un tout petit peu, rien de grave, son sang a taché une lettre adressée à sa maman, elle pose l'enveloppe à plat contre le mur pour l'essuyer. Il y a un tampon dessus, Clinique H., Institut d'oncologie. Sa maman a mal à l'épaule, c'est ça l'oncologie ?

Une fois dans l'appartement elle allume l'ordinateur mais avant de se connecter au site elle tape « oncologie » sur le moteur de recherche, sans s'inquiéter plus que ça.

« L'oncologie est appelée aussi carcinologie ou cancérologie. Le médecin qui pratique cette discipline est appelé oncologue ou cancérologue, il soigne les cancers. Le terme vient du grec *onkos,* masse ou tumeur, et du suffixe *logie,* étude de. »

Les doigts tremblants, avec l'impression de commettre un geste terriblement interdit, Léa, incrédule, décachette la lettre.

« Le Dr G., anesthésiste, a l'honneur de vous présenter ses honoraires pour sa consultation préopératoire. La feuille de maladie vous sera envoyée dès réception de votre règlement. »

Léa a du mal à respirer. Elle relit les mots, consultation préopératoire, sa maman n'a pas été opérée ? Opérée de quoi, d'abord ? Elle regarde la date et son cœur fait un bond dans sa poitrine. C'est celle du jour où Lucie est partie faire son séminaire à Avignon. Mais la clinique dont l'adresse est sur l'enveloppe n'est pas à Avignon, elle est ici même, dans leur ville, et elle soigne les cancers. Depuis qu'elle est revenue du séminaire, sa mère a le bras en écharpe et ne joue plus avec elle sur la console vidéo, elle ne se déshabille plus devant elle, elle ne prend plus de bain, elle est souvent fatiguée, elle ne va plus aux halles. L'estomac de Léa la brûle, ses yeux se remplissent de larmes. Toutes les pièces du puzzle s'emboîtent. Sa maman a un cancer du bras.

De Eskimo à Arobase
— *J'ai besoin de te voir d'urgence.*
De Arobase à Eskimo
— *Je vien chez toi ?*

Aujourd'hui Lucie avait rendez-vous chez le contrôleur des impôts, elle risque de rentrer d'un moment à l'autre.

De Eskimo à Arobase
— *Surtout pas. On se retrouve chez Malo.*

Malo

Maïli est partie plus tôt pour aller chez le dentiste. Léa arrive au bar, elle est blême et elle claque des dents. Malo s'affole, il croit qu'elle a eu un accident, qu'on l'a agressée, il la fait asseoir dans un des hamacs, lui verse un chocolat chaud, il l'aide à boire parce qu'elle ne parvient même pas à tenir sa tasse, il la questionne avec douceur.

— Calme-toi, bois une gorgée... c'est bien... ça va aller... raconte-moi ce qui s'est passé, respire un bon coup et explique-moi. Tu as mal quelque part ? Je ne peux pas t'aider si je ne comprends pas ! Dis-moi ce que tu as, Léa !

Elle relève la tête, le regarde d'un air suppliant, elle n'est plus qu'une boule de chagrin et d'angoisse.

— J'ai ouvert une lettre... Maman n'est pas partie en séminaire, elle est allée se faire opérer... dans une clinique pour les gens qui ont des cancers !

Les yeux de Malo cillent. Elle comprend qu'il est au courant. Son visage se ferme. Seb entre en trombe dans le bar.

— Tu pleures, Léa ?

Il se penche sur sa meilleure amie, il ne l'a jamais vue dans cet état, il esquisse un geste vers elle, mais il est trop jeune, trop empoté, trop pudique, ses grands bras battent l'air, il se sent impuissant et ça le met en colère.

— Qu'est-ce qu'on t'a fait ?

— Maman..., hoquette Léa.

Ses larmes ruissellent sur ses joues, elle a du mal à parler.

— Elle m'a dit qu'elle faisait un séminaire… alors qu'on l'opérait d'un cancer !

Seb fronce les sourcils. Malo tend des mouchoirs en papier à Léa qui s'essuie les yeux, se mouche, balbutie :

— Pourquoi elle m'a menti ?

— Parce qu'elle t'aime, répond Malo.

— Parce qu'elle ne voulait pas t'inquiéter, dit Seb.

Darius arrive, il monte avec son scooter sur le trottoir, retire son casque, il a la mine des mauvais jours, il entre dans le bar sans voir Léa que Seb cache avec son large dos, il soupire :

— Je vais me faire recaler à mon examen, je n'y arriverai jam…

Il aperçoit soudain le visage chiffonné de Léa.

— Qu'est-ce que tu as ?

Seb et Malo, pétrifiés, se taisent. Léa regarde Darius puis lui demande d'une petite voix triste :

— Un cancer du bras, on n'en meurt pas ?

Darius, cueilli à froid, hésite. Malo se demande comment il va s'en sortir. Darius s'assied à côté de Léa et temporise.

— Pourquoi tu me demandes ça ?

— Maman vous a dit qu'elle partait en vacances mais elle était dans une clinique d'oncologie. Elle a mal au bras. On peut la soigner ? Elle ne va pas mourir ?

L'Iranien récapitule, tous les indices concordent, soudain ça devient une évidence. Comment n'a-t-il pas fait le lien ? La fille de Lucie et la fille de Mouette, la fermeture de la fromagerie de Lucie et le cancer du sein de Mouette, les vacances de Lucie et l'opération de Mouette, le bras en écharpe de Lucie et le lymphocèle de Mouette. Léa l'implore du regard. Il pèse soigneusement chaque mot.

— Non, Léa, elle ne va pas mourir. Elle a eu très peur. On l'a opérée, on continue à la soigner. Et ça va aller.

— C'est pas un cancer comme Meg la dame anglaise ? insiste Léa qui a de grands cernes sous les yeux. Le bras c'est moins grave que le sein ?

Cette fois, pas d'échappatoire.

— Ta maman a un cancer du sein mais il est beaucoup plus

gentil et moins agressif que celui de Meg, on l'a détecté plus tôt et on a pu la soigner plus vite.

— Pourquoi elle me l'a pas dit ?

— Pour te protéger, dit Malo.

— Elle m'a menti ! s'écrie Léa, incrédule et désespérée. J'avais confiance en elle, je ne la croirai plus jamais ! Alors Alberte et Maïli aussi m'ont menti ? Si je n'avais pas ouvert cette lettre vous auriez tous continué à faire semblant ?

— Les adultes mentent pour notre bien, dit Seb. La femme de mon coach...

Il s'interrompt brusquement.

— Je viens de comprendre, Léa. Mouette, celle qui a peur parce qu'elle a un cancer du sein, celle à qui j'ai écrit sur le site...

Léa ouvre de grands yeux.

— Tu crois... ?

— C'est forcément elle, conclut Seb.

Un silence pesant suit leur découverte.

— Je n'étais pas au courant, dit Darius. Mon pseudo est Hafez, j'ai dialogué avec Mouette, je te jure que j'ignorais que c'était ta maman, je viens juste de le réaliser.

— Je l'ai compris par des recoupements le jour de l'inauguration, je ne le savais pas avant, ajoute Malo.

Les deux adultes et les deux enfants se dévisagent, perplexes.

— On fait quoi, maintenant ? dit Seb. On lui dit qu'on sait la vérité ? Ou on continue à mentir comme elle ?

Léa se tourne vers Darius.

— Est-ce que maman aussi va avoir une perruque ?

— Non, Léa, elle ne perdra pas ses cheveux parce qu'elle est moins malade et qu'on la soigne autrement. Meg ne va pas mourir non plus même si on la soigne avec des médicaments très forts. Ta maman a été opérée, elle n'a pas besoin de médicaments aussi puissants, on lui a enlevé un petit ganglion sous le bras, elle est gênée pour bouger son épaule et elle ne doit plus rien porter de lourd de ce côté-là, c'est tout.

— Elle ne retournera plus jamais dans cette clinique ?

— On t'a déjà fait une radiographie, Léa ?

La petite fille acquiesce.

— Oui, quand le docteur a cru que j'avais l'appendicite.

— Ta maman va être soignée avec des rayons. Elle va s'allonger sous une machine et elle y restera pendant cinq minutes, comme quand on t'a fait ta radio. Elle devra y aller tous les jours pendant sept semaines, puis on ne l'embêtera plus et vous serez tranquilles.

— Elle n'aura pas mal ?

— Non, ça la brûlera comme si elle avait un gros coup de soleil et elle aura la peau qui pèle comme ton nez quand tu ne mets pas de crème à la plage.

— Sept semaines, c'est long ! soupire Léa.

— Dans trois mois elle aura fini son traitement.

— Dans trois mois je serai demoiselle d'honneur au mariage de ma tante et elle sera témoin, murmure Léa.

Seb se tourne vers elle.

— Je ne sais pas vraiment ce que c'est qu'une mère, Léa, mais j'ai compris comment fonctionne la tienne. Tu te rappelles quand elle a cru que la mienne venait me chercher chez vous le soir de l'inauguration parce que j'étais fatigué ? Elle ne pouvait pas imaginer qu'une mère ne soit pas inquiète pour son fils. Elle pense comme ça pour toi parce qu'elle t'aime. Son énergie se dispersera si elle sait que tu sais. Je crois qu'il faut le lui cacher pour la protéger.

Léa, les yeux dans le vague, murmure « LA PROTÉGER ».

— On va tous conjuguer nos forces pour la soutenir, d'accord ? résume Malo.

Il ne peut plus aider Mouette en tant que Charlie mais il peut préserver sa paix jusqu'à ce qu'elle reprenne sa vie normale. Il a craqué au bout d'une semaine, il lui a souhaité bon courage le jour où elle a revu son chirurgien. Tout est à refaire.

— Où habite ton père, Léa ?

Sébastien fronce les sourcils et secoue la tête pour l'arrêter mais c'est trop tard. Malo se dit qu'il a gaffé, est-ce que le père de Léa est mort ?

— Aucune idée, répond Léa avec naturel.

Donc, il n'est pas mort. Malo aime mieux ça, il n'a pas

réveillé la douleur de la petite fille et il a un rival en chair et en os. Les morts ont l'avantage, les vivants ont un trop gros handicap face à eux. Le père de Léa est dans la nature et il délaisse son enfant. Malo se rend compte que dans son cœur Mouette et Lucie sont en train de fusionner, que le visage de Lucie n'est jamais loin de ses pensées. Il a raté l'enterrement de sa mère, il sera présent pour la guérison de Lucie. Si ça devient trop dur pour lui après de la côtoyer tous les jours, il confiera le bar à Maïli et il repartira au Venezuela.

— Tu ne l'as pas vu depuis quand ? demande-t-il à Léa.

— Je ne l'ai jamais vu, je ne sais même pas comment il s'appelle.

Quand Erwan rentre de son travail dans sa vareuse du même rose que les roses trémières des jardins bretons, Malo l'attend devant l'immeuble, assis sur sa moto.

— Tout va bien ?

— Non. J'ai besoin d'une oreille amie. J'ai acheté du jus de tomate et du saucisson pour l'apéro. Tu as du temps à me consacrer ?

— Mon temps appartient à ceux que j'aime, dit Erwan en ouvrant la porte.

Allongé dans le hamac, Malo lui raconte tout. Erwan ne l'interrompt pas une seule fois.

— Finalement, si je comprends bien, tu es amoureux de Lucie ?

— Non, de Mouette.

— Mais Mouette est Lucie. Et Mouette aime Charlie. Donc tu es sur les rangs.

— Sauf que je ne suis pas Charlie, s'énerve Malo. Enfin si, mais pas le Charlie qu'elle espère.

— Tu es celui qui l'a aidée à traverser l'enfer et à protéger sa fille, ça crée des liens. Véra n'avait pas de tendresse en elle. Cette jeune femme en a à revendre.

Ils ont vidé la bouteille et fait un sort au saucisson. Malo quitte Erwan un peu rasséréné.

Léa

Léa ne s'est jamais sentie seule comme ça. Malgré l'absence de son père, elle a grandi à l'abri dans un cocon protecteur. Depuis qu'elle sait que Lucie est malade, elle a le sentiment d'un grand vide, comme si on lui avait retiré le cœur les poumons l'estomac et que son corps se résumait à une enveloppe creuse avec une tête, des bras et des jambes de pantin. Même l'amitié de Seb ne comble pas cette béance. Elle comprend à présent d'où viennent ses cauchemars. Elle devinait confusément que Lucie n'était pas comme d'habitude et elle craignait d'y être pour quelque chose. Elle sait désormais que ce n'est pas de sa faute. L'homme sans visage ne viendra plus la nuit assassiner sa maman. Elle ne se noiera plus dans les eaux sombres du lac. Et le cancer ne l'emportera pas, Léa saura l'en empêcher.

— Emmène-moi dans une église, demande-t-elle à Seb.

— Pourquoi ?

— Je veux demander à tous les dieux de guérir maman, on va commencer par le tien.

— Mais tu n'es pas baptisée, Léa, tu ne crois même pas en lui, et tu m'as dit que ta mère ne pratiquait plus, objecte Seb.

— Si ton dieu n'existe pas, je ne risque rien à aller le voir. S'il existe et qu'il m'entend, il nous aidera, sa mère a peut-être été malade un jour et il s'est inquiété pour elle, il comprendra.

— Dieu n'a pas de parents.

— Pas d'enfants non plus ?

— Si, un fils unique.
— Alors je demanderai à son fils.

L'église est fraîche, les vitraux filtrent la lumière. Léa s'avance vers l'homme barbu étendu sur la croix, les bras écartés, l'air doux, triste et fatigué.

— Bonjour, maman est malade, elle a besoin d'aide. S'il vous plaît.

Elle attend un moment, confiante. Puis elle se tourne vers son ami.

— Pourquoi les bougies sont allumées ?

— Chaque cierge symbolise une prière.

Elle avise la statue d'une jeune femme en bleu qui tient un bébé dans ses bras.

— Je peux en allumer une ?

Seb acquiesce. Léa glisse un euro dans la tirelire aux pieds de la jeune femme et allume un cierge.

— Bonjour. Vous êtes une maman. La mienne a un cancer. Je vous en prie, aidez-la.

Elle se retourne vers Seb, chuchote :

— J'ai fini ici, on peut sortir.

Une fois dehors, il lui demande pourquoi elle parlait si bas alors qu'il n'y avait personne dans l'église.

— Je ne pouvais pas dire devant eux qu'on va voir les autres dieux, je ne voulais pas leur faire de peine.

Ils regardent sur l'ordinateur où trouver une synagogue et prennent le bus jusqu'à la ville voisine. Ils ne se parlent pas de tout le voyage. Un jeune homme coiffé d'un petit calot noir sort de la synagogue quand ils arrivent, il leur explique qu'on n'entre pas n'importe quand, qu'il y a le lieu de prière des hommes et la galerie des femmes, que seuls les hommes se couvrent la tête. Ils restent dehors respectueusement pour ne pas commettre d'impair. Léa réitère sa requête.

Ils prennent un autre bus pour atteindre la mosquée. Surmontée de plusieurs minarets, elle ne ressemble pas aux deux édifices précédents. Les hommes sont coiffés de toques blanches et les femmes de foulards, tout le monde retire ses chaussures à l'entrée, Léa n'ose pas enlever ses Converse roses, Sébastien garde ses baskets, ils demeurent sur le parvis, intimidés. Léa renouvelle sa demande.

Ils retournent à l'arrêt du bus.

– Dans ma classe, il y a des chrétiens, des juifs et des musulmans, je crois qu'on a vu tout le monde, dit Léa.

— Quand ta maman sera OK, comment sauras-tu lequel t'a aidée ?

— J'irai les remercier tous, celui qui a été efficace se reconnaîtra.

Les vignes de Provence défilent derrière les vitres du bus, Léa est certaine que ses efforts porteront leurs fruits. Ils retournent au bar où Darius boit un chocolat chaud en bavardant avec Maïli.

— Tu as une religion ? demande Léa à Darius.

— Je suis zoroastrien, pour nous chaque personne répond de ses actes selon son *fravahr*, l'équivalent du karma des hindous. Nous avons un principe de vie : bonnes pensées, bons mots, bonnes actions. Nous ne fêtons pas Noël, Pâques, la Toussaint ou le nouvel an comme les chrétiens, nous ne célébrons pas Yom Kippour, Roch-Hachana, ou Hanoucca comme les juifs, nous ne faisons pas le ramadan, l'Aïd el-Seghir, ou l'Aïd el-Kebir comme les musulmans. Nous avons Norouz le premier jour du printemps, Sizdah Bedar où tout le monde va pique-niquer à la campagne, Mehregan en automne aux vendanges.

— Au Vietnam, dit Maïli, notre nouvel an est la fête du têt nguyên dan, tout ce qui se passe ce jour-là influe sur l'année à venir. Je suis taoïste. Dans le Tao nous avons des dieux de l'Antiquité, mais aussi des divinités stellaires ou guérisseuses ou liées à la nature, et même des maîtres divinisés.

Pas étonnant qu'il y ait tant de malades, si un seul Dieu est le bon, les autres n'entendent pas les appels au secours des hommes. Léa ne sait plus quoi penser. Pour fabriquer le chocolat de Malo il a fallu du cacao du beurre des œufs et du sucre. Il y a forcément eu quelqu'un à l'origine des hommes, c'est à celui-là qu'elle doit s'adresser. Lequel est-ce ? Aucun des lieux de culte où elle s'est rendue n'était neutre, elle y sentait quelque chose qui la dépassait comme dans la musique de Caccini, c'était bizarre.

— Je sais que tu m'en veux, mais ta maman ne voulait pas t'inquiéter, précise doucement Maïli.

— Tu m'as menti et Alberte aussi, fait Léa, butée. Je veux dire à maman qu'à deux on est plus fortes et qu'elle peut me faire confiance. Mais pas n'importe quand, je dois trouver le bon moment.

— Tu pourrais lui dire sur le sandbank ? suggère Seb.

Léa hausse les épaules.

— On ne va pas aller aux Maldives avant l'hiver prochain.

— Non, dit Seb, le regard brillant. Mais si vous n'allez pas au sandbank, le sandbank peut venir à vous...

Léa fronce les sourcils et l'observe avec attention. Il a retrouvé son sourire du soir de l'inauguration, ses yeux pétillent, il a oublié Jules-Ferry, les moqueries des autres, le verdict des professeurs et sa rétrogradation, il est redevenu Arobase.

— Explique ?

Seb se tourne vers Maïli.

— Récapitulons. Sur ce sandbank, il y avait du sable, de l'eau, une table, des chaises, une nappe, de la vaisselle pour deux, un bon dîner, des bougies, des coquillages, des crabes, un bateau, un ciel étoilé... c'est tout ?

Lucie

Je n'ai plus le bras en écharpe, ma balle de golf devient noyau de pêche, j'ai pris l'habitude de porter ce qui est lourd de la main gauche, je suis un animal adaptable. Hier je suis retournée aux halles, j'ai prétexté une épaule fragile, le fils du fruitier a chargé mes achats dans ma fourgonnette pour quelques euros. Avoir le cancer discret me sauve. Charlie me manque, je suis de moins en moins Mouette, je redeviens Lucie. Je t'emmène acheter des babouches rue de la Mairie, tu choisis des rouges, moi des jaunes, l'ancienne libraire nous fait du thé à la menthe, nous bavardons avec son beau-frère Karim qui tient le cybercafé. Aujourd'hui ça fait quinze jours que j'ai été opérée. J'ai rendez-vous avec le Dr Jacques V.

Je découvre au sous-sol de la clinique une nouvelle salle d'attente où les femmes parlent entre elles et s'échangent des tuyaux alors que les hommes baissent la tête et se murent dans le silence. Une femme en robe verte assise deux chaises plus loin m'impressionne, elle a un teint de cire, un corps maigre mais un ventre proéminent, elle a l'air enceinte de la mort, c'est la première pensée qui me vient, elle n'attend pas un enfant mais la mort. Elle feuillette sans conviction un magazine, consulte sa montre, sort son portable, compose un numéro, chuchote :

— C'est Véro, je te dérange ? Tu regardes ton feuilleton à la télé ? Je comprends, c'est sacré, moi aussi je suis débordée de boulot au bureau, ils seraient perdus sans moi. On se rappelle bientôt, hein ?

J'ai du mal à reconnaître la femme à la robe de chambre fleurie qui téléphonait désespérément à tout le monde en radiologie la veille de mon opération. Véro est méconnaissable, comment peut-on changer autant en quinze jours ? Elle pose ses mains sur les genoux, l'air résigné, comme si elle avait déjà perdu la partie.

Quand Sandra, l'aimable assistante du Dr V., m'appelle, je me raisonne, je me lève, je passe devant Véro, je lui souris, elle ne réagit pas, son regard me traverse comme si j'étais invisible. Elle cherche des voix amies au bout du téléphone, elle n'en a rien à foutre du sourire d'une inconnue. Elle va mal et elle ne se fait pas d'illusions. J'ai les jambes en coton.

Sandra me fait entrer dans un petit bureau. Le Dr V. me tend la main, il est plus âgé que le Dr B., il a les cheveux blancs, il me rappelle Ricardo Montalban dans cette série américaine, *L'Île fantastique*, que maman adorait quand Diane et moi étions petites. Il y était M. Roarke, un milliardaire qui accueillait dans son île des gens venus réaliser un fantasme ou un rêve le temps d'un week-end. Le Dr V. ne ressemble pas vraiment à Ricardo mais je le regarde au fond des yeux, moi aussi j'ai un vœu à exaucer.

Il me rassure, les doses de rayons sont absorbées localement, tu n'auras aucun risque à me côtoyer, ma Léa des bois. On m'enfermera quelques minutes par jour dans un miniblockhaus avec une porte blindée, surveillée par une caméra vidéo et des microphones. Je serai allongée tantôt d'un côté tantôt de l'autre, le bras levé et écarté du corps, pour que mon sein seul soit exposé au faisceau de rayons. Pour la première fois de ma vie le fait d'avoir des seins volumineux va me servir, si j'avais été aussi plate que Diane j'aurais dû m'allonger sur le dos et les rayons auraient bombardé mon œsophage au passage. Le faisceau sera ciblé au maximum, une fois qu'ils auront fait le repérage et le centrage je garderai des repères adhésifs collés sur la peau pendant les sept semaines. Ils vont irradier l'emplacement de la tumeur en lésant le moins possible les tissus sains autour. Il examine mon dossier, mes radios, mes analyses, puis établit une feuille de traitement à mon nom.

— Je vous verrai une fois par semaine le mercredi. On fixera les séances en fonction de vos disponibilités, ça ne vous prendra pas plus d'un quart d'heure par jour.

Ricardo, puisque désormais je le surnomme ainsi, me donne une liste de recommandations pour protéger ma peau : le savon de Marseille est conseillé, les bains et les produits moussants sont interdits, je devrai me sécher en me tamponnant doucement avec une serviette-éponge sans frotter, ne pas utiliser de talc, de déodorant ni de parfum du côté irradié. Il me prescrit des vitamines à prendre le matin pendant six mois et une pommade pour ma peau chaque soir. Les rayons ne me gêneront pas pendant plusieurs semaines, ils me brûleront à la fin puis ma peau se régénérera. Je serai fatiguée et surtout plus fatigable, d'où les vitamines.

— Vous n'avez pas d'objection à ce qu'on vous tire le portrait ?

Ce n'est pas pour mes beaux yeux mais pour ma feuille de traitement, une sécurité.

— À dans quinze jours !

Il a le regard franc et une poignée de main ferme, je me sens aussi en confiance avec ce grand Dr V. aux cheveux blancs qu'avec l'élégant et humain Dr B., et Sandra est aussi cordiale que Mireille. Quand je retraverse la salle d'attente, Véro n'est plus là.

Je m'arrête dans une pharmacie, j'en ressors avec les vitamines prescrites. Tu ne seras pas inquiète, il y a marqué dessus « contre les états de fatigue passagers », ça arrive à tout le monde d'être fatigué, ça ne te fera pas peur, ma toute petite douce.

Tu rentres de l'école le soir toute chamboulée. Il paraît qu'hier Sébastien a frappé un grand élève. Le grand s'est plaint à ses parents qui ont appelé le proviseur, ce matin ton ami a été convoqué.

— Et alors ?

— Le proviseur voulait lui donner un avertissement et l'exclure plusieurs jours. Je suis allée plaider sa cause. Il a juste eu l'avertissement.

Je te regarde, fière de ta fidélité en amitié. Parce que c'est mon rôle de mère, je te rappelle tout de même que la violence n'est jamais une solution.

— Pourquoi est-ce qu'ils se sont battus ? C'est vraiment Seb qui a commencé ?

Tu m'expliques et je vois la scène comme si j'y étais. Meg attendait son fils à la sortie de Jules-Ferry à côté d'une maman qui avait dans les bras un bébé en train de gesticuler. Le bébé a tiré sur la perruque de Meg qui a tourné, elle ne s'en est pas rendu compte. Un grand élève l'a vue et s'est moqué d'elle devant tout le monde juste au moment où son fils arrivait. Pour faire diversion Seb a donné un coup de boule dans l'estomac du grand avec sa tête. Mais il a refusé obstinément de se justifier quand le proviseur lui a demandé pourquoi. C'est là que tu es entrée en jeu.

— Je lui ai tout raconté. Il a tranché équitablement, il a seulement donné un avertissement à Seb et aussi au grand et il n'a viré personne.

J'ai toutes les peines du monde à rester stoïque, j'y parviens au prix d'un effort considérable. Tu me fixes, j'ai le sentiment que tu es sur le point de me parler. Pendant quelques minutes tout est en suspens, la tension entre nous est palpable. Je fonds de tendresse en te regardant. Tu as l'air si grave, comme si tu savais. C'est impossible, n'est-ce pas ?

Tu ajoutes :

— Seb a fait comme Zidane, il a défendu l'honneur de Meg.

Je me tais, tendue comme un arc. La violence n'est jamais une solution, Seb a eu tort de s'attaquer à l'estomac de ce petit con, il aurait mieux fait de lui dévisser la tête.

— Ça fait longtemps que ton ami n'est pas venu dîner, si tu l'invitais demain ?

— Depuis qu'il a changé de classe il m'évite, il a honte, moi, je m'en fiche !

Charlie n'a pas reculé d'une classe, j'ai juste cessé de l'attendrir.

De Mouette à Corsica

— *Sébastien, l'ami de Léa, a des problèmes à l'école, vous pouvez l'aider ?*

De Corsica à Mouette

— *Vous vous y mettez aussi ? Venez déjeuner sous les oliviers demain.*

De Mouette à Corsica

— *Quels oliviers ?*

De Corsica à Mouette

— *Ceux de mon balcon, ils grandiront un jour. Je ne propose pas à Maïli de se joindre à nous, Darius travaille la nuit mais il est disponible pendant la journée, elle lui consacre désormais tous ses moments de liberté.*

Je tombe des nues. Darius et Maïli ? Hafez et Maldive sont le premier couple du Site des Voisins. Dans le chaos général, il y a au moins ça.

Malo

Charlie trouvait les mots justes pour Mouette, Malo rame avec Lucie, quand ils se croisent sur le trottoir elle le regarde à peine et elle répond du bout des lèvres à son bonjour quotidien. Il meurt d'envie de la rejoindre en deux enjambées pour tout lui dire, cette situation est absurde, ça ne peut plus durer.

Léa vient au bar le mercredi à l'heure du déjeuner en sortant de l'école, elle traîne les pieds et erre comme une âme en peine, Seb est rentré chez lui pour travailler, elle lui a proposé de l'aider mais il est trop fier pour accepter, il ne progresse pas, il se bute, il se bloque. Elle s'installe dans un des hamacs tandis que Malo passe dans la cuisine et laisse Maïli s'occuper de la vente. La clochette le prévient qu'un nouveau client entre, il dresse l'oreille en entendant une voix familière demander :

— Malo est là ?

— Je peux vous aider, monsieur ? propose Maïli.

— Non. Appelez Malo.

Il soupire, sort de la cuisine.

— Ce monsieur n'est pas un client, Maïli. C'est mon père.

Kennan, la mine rébarbative, inspecte les lieux puis son visage se tord en apercevant le fragile meuble de caisse.

— Gwen va m'entendre, je croyais qu'elle l'avait mis chez elle !

— Je croyais que maman voulait que je le prenne, fait Malo sans se démonter.

— Ta mère n'est plus là, mon ami. Tu l'as peut-être oublié puisque tu n'étais pas là à son...

— ... enterrement, ça m'étonnait que tu ne me l'aies pas encore jeté à la figure ! Je ne suis pas ton ami, papa, et tu n'es pas le mien.

Léa et Maïli écoutent, les yeux écarquillés. Un couple qui hésitait entre deux parfums s'en va en marmonnant : « On reviendra. »

— Tu fais fuir ma clientèle, dit Malo.

— Tu sais comment je t'ai retrouvé ? Mewen est venu taper son père, mais il paraît qu'Erwan est à sec, il a découvert que tu vivais là et il m'a téléphoné pour me donner ton adresse, il jubilait à l'idée de t'emmerder. Je lui ai promis de le récompenser pour sa peine. Je n'aurais jamais pensé à te chercher ici. J'en déduis que ton cher parrain t'a aidé entre deux cuites.

— Il ne boit plus.

— J'espérais que Véra t'influencerait, mais elle était trop bien pour toi et elle a compris où était son intérêt. Arrête de croire au père Noël, oublie les grotesques conseils de ta pauvre mère. Un connard l'a renversée, elle est morte, toi tu es vivant, tu ne vas pas passer ta vie dans ce pitoyable bled paumé où tu n'es personne, un commerçant miteux qui tient une boutique plus petite que mon bureau !

— Si c'est ça un père, je suis contente de ne pas connaître le mien ! le coupe Léa, rouge de colère.

Lucie

Un homme crie si fort dans le bar à chocolats que je ne peux pas faire autrement qu'entendre.

— *Tu ne vas pas passer ta vie dans ce pitoyable bled paumé où tu n'es personne, un commerçant miteux qui tient une boutique plus petite que mon bureau !*

— *Si c'est ça un père, je suis contente de ne pas connaître le mien !*

C'est toi qui viens de crier, ma Léa. Il y a autant de douleur que de fierté dans ta voix. Je me précipite hors de la fromagerie, je t'aperçois à travers la devanture. Rouge comme un coq dans ton hamac, tu tiens tête avec dignité à un homme trapu. Malo s'avance et pose la main sur ton épaule en un geste étonnamment protecteur. Maïli ouvre de grands yeux.

L'homme n'apprécie pas et contre-attaque :

— Tu es bien mal élevée, petite, ceci explique cela.

Je me prépare à voler à ton secours mais Malo est plus rapide.

— Je t'interdis d'insulter mes amis, papa ! Tu es chez moi et je ne t'y ai pas convié. Léa, je suis navré que tu aies assisté à cette scène, tous les pères ne sont pas comme ça.

L'homme, vexé, dit avec dédain :

— Tu vends ton chocolat artisanal à combien, quatre euros ? Elle est où, ta marge ? Tu travailles pour enrichir les planteurs de cacao bouseux, c'est ça qu'ils t'ont appris dans ton école de commerce qui m'a coûté une fortune ?

— J'ai travaillé chaque été et chaque week-end pour te rembourser jusqu'au dernier centime. Et je fais ce que j'estime juste vis-à-vis de mes associés.

— Ce ne sont pas des associés mais des paysans incultes. Les affaires sont les affaires, l'argent appelle l'argent, si tu n'écrases pas les autres tu te feras broyer. Je me suis battu pour ne pas finir comme mon père, bouffé par les poissons, et j'ai réussi. On me craint, on me jalouse, on m'admire ! Ce qui n'est pas le cas de ton parrain, entre nous soit dit.

— Il ne s'est pas enrichi mais il a réussi d'autres choses.

— Ah oui ? Son drogué de fils est venu me supplier de lui donner de l'argent, je l'ai fichu à la porte. Ensuite il m'a monnayé ton adresse. Quelle classe !

— Erwan a été un bon mari, répond Malo sur un ton étrange.

Tout ça va mal se terminer. J'ôte mon tablier, j'attrape mon porte-monnaie, je respire à fond et j'entre dans le bar comme si j'étais une cliente. Tu es dans ton hamac, tu as les pommettes rouges et la respiration saccadée. Malo a toujours les mains sur ton épaule, il a l'air malheureux et dégoûté, une veine bat sur sa tempe. Je m'avance vers la bibliothèque et j'attrape cinq tablettes d'une main ferme. Je dis à Malo :

— Votre chocolat est cher, dix euros la tablette ce n'est pas donné mais franchement ça les vaut. J'ai lu les articles sur vous dans les journaux, j'ai regardé le reportage à la télé. Vous allez me revoir souvent ! Donc, je vous dois cinq fois dix... cinquante euros.

Je fouille mon porte-monnaie, je fais l'appoint. L'homme trapu intervient :

— Vous payez dix euros pour une seule tablette ? Vous savez combien ça coûte en grande surface ?

— Je préfère en manger moins et qu'il soit meilleur, pas vous ? Ce bar à chocolats est devenu la coqueluche de la région, on vient d'Avignon et d'Orange exprès, on ne parle plus que de lui partout !

Malo, imperturbable, emballe mes achats. Je ressors, je me glisse discrètement dans la fromagerie, je guette derrière ma vitrine.

Au bout de cinq minutes, le père de Malo grimpe dans une grosse Mercedes et démarre. Tu me rejoins en bondissant, hilare :

— T'as été géniale, maman !

Il n'y a plus de douleur dans tes yeux, seulement la joie d'avoir mouché cet homme désagréable et offensant. Malo te suit, mes billets à la main.

— Merci, Lucie. Mon père est un triste sire. Je vous rends votre argent. Faites-moi plaisir, gardez le chocolat pour Léa, elle l'a bien mérité !

Je secoue la tête en me demandant pourquoi il a précisé que le chocolat serait pour toi, comment pourrait-il savoir que je n'en mange plus ?

— Entre commerçants miteux d'un pitoyable bled paumé il faut bien se serrer les coudes, dis-je. Mais je n'ai pas besoin d'aumône, reprenez vos tablettes.

Il les récupère, le visage figé. Je suis consciente d'être injuste et impolie envers lui. Ta voix résonne dans ma tête, si c'est ça un père, je suis contente de ne pas connaître le mien. Tu le connais, ma toute petite douce, mais tu ne sais pas que c'est lui...

Je te fais déjeuner puis je pars à la clinique en prétextant un rendez-vous avec mon comptable. J'ai en effet rendez-vous mais c'est pour mon repérage sous scanner, je ne sais pas ce que c'est, on m'a dit d'apporter mes mammos et d'acheter des patchs collants transparents. Je me répète : « C'est comme si je faisais des UV pour avoir bonne mine. » Un couple entre, main dans la main, l'homme tient le dossier de radios. Ils ne sont pas jeunes, ils ne sont pas beaux, ils s'épaulent. Lui est chauve, un peu gros, il porte un costume marron aussi froissé que quand je l'ai vu téléphoner à sa maîtresse dans l'escalier la veille de mon opération. Aujourd'hui il ne parle pas à son chou d'amour, il ne la retrouve pas dans leur chambre d'hôtel habituelle à la pause-déjeuner, il s'occupe de sa femme. Voit-il encore sa maîtresse, ont-ils rompu ? Ils sont assis côte à côte, il serre la main frêle de sa femme dans sa grosse patte. Qu'il soit infidèle en dehors n'a plus tellement d'importance. Les règles du monde extérieur n'ont plus cours ici. Il n'a pas fui comme mon père. Il n'a pas disparu comme Charlie.

On appelle mon nom. Je rentre dans une salle, je me mets torse nu, je m'allonge sur une table, on me place un oreiller sous la tête et un support sous le sein, je suis couchée sur le côté, le bras allongé vers le haut. On me dessine des marques sur la peau avec un feutre, on me colle dessus des petits aimants qui se verront à l'image : « Ça va durer cinq minutes, respirez mais ne bougez pas. » Je glisse dans le scanner, je ressors. Ils vont se repérer sur ces coupes pour calculer la meilleure manière de m'irradier. Puis on me photographie, de face. Tu n'es pas de l'autre côté de l'objectif ma petite douce, ce n'est pas une photo de vacances à coller dans notre album, je ne suis ni heureuse ni souriante dessus, ils ont besoin de mes traits et de mon nom pour ne pas faire d'erreurs, ne vous trompez pas, c'est moi que vous allez bombarder de rayons, vérifiez vos doses. On colle la photo sur mon dossier, j'ai fermé les yeux, c'est bête. On ne la refait pas, on s'en fiche, on me reconnaît. Pendant sept interminables semaines, les manipulatrices m'identifieront sans voir la couleur de mes yeux.

Deux jours plus tard, pour le centrage, je rentre dans une autre pièce, la machine ressemble à un grand objectif, je m'allonge de nouveau sur le côté le bras vers le haut. C'est une vérification balistique des faisceaux et du champ d'irradiation avant le début du traitement, ils font des radios pour vérifier que ce qu'ils ont calculé correspond. On me redessine des marques sur la peau, on colle dessus des adhésifs. Quand j'étais adolescente je faisais des croix au Bic sur le dos de ma main pour me souvenir des choses, aujourd'hui on m'écrit dessus pour se souvenir de me bombarder. Au temps d'Alberte, on tatouait la peau de petits points indélébiles. Il vaut mieux supporter des scotchs deux mois qu'être marquée à vie. Pourquoi n'utilisent-ils pas les tatouages au henné qui s'effacent au bout d'un moment, ceux que je t'ai autorisés un été sur la plage ?

Je n'imaginais pas que ce serait si voyant, je vais devoir fermer les boutons de mes chemisiers ou mettre des petits hauts à encolure serrée. Je rentre chez nous, extérieurement je suis impeccable, dessous c'est la Berezina. Les scotchs me grattent, j'ai déjà envie de les arracher, ces sept semaines vont être interminables.

De Mouette à Corsica, Maldive, Hafez, Navire

— *Je commence la radiothérapie lundi, j'en ai pour deux mois. Je passerai dans le grille-pain dix minutes tous les jours. Ils m'ont collé des scotchs partout, j'ai l'air d'un paquet-cadeau mais ce n'est pas Noël.*

J'ai retiré Charlie de la liste de mes correspondants.

Léa

De Arobase à Eskimo

— *Ce matin on m'a encore apelé chez le proviseur en plein cour. Qui je voi ? Alberte ! Elle a parlé au prof principal, elle va me doner des leçons le soir pour que je ratrape les autres et je remonte dans ma classe d'avan jusqu'aux grandes vacances. Elle di que c'est grâce à toi.*

De Eskimo à Arobase

— *C'est trop bien ! Je vais parler à maman lundi soir, il faut qu'elle lise la lettre de l'anesthésiste et qu'elle le paie. Erwan a le sable. Malo ira chercher la table et les chaises du balcon d'Alberte. Maïli fera le dîner. J'ai trouvé les étoiles et les bougies, Malo a les coquillages, il manque juste le bateau et les crabes.*

De Arobase à Eskimo

— *Je m'en charge.*

Lucie

PREMIER JOUR

La journée commence par un bel acte manqué, j'ai laissé les lumières de ma fourgonnette allumées hier soir, la batterie est vide. Je ferme la fromagerie plus tôt et je cours tout le long du chemin. J'arrive essoufflée et en nage. On ne me dirige pas vers la grande salle d'attente mais vers une petite pièce avec quelques fauteuils et une fontaine à eau. Deux femmes attendent déjà. Je les salue de la tête. La plus âgée porte un turban, la jeune a une perruque blonde avec une coupe au carré. Une manipulatrice de radiothérapie en blouse blanche arrive par la porte marqué « Entrée interdite », elle vérifie d'un coup d'œil que j'ai la même tête que sur la photo du dossier qu'elle tient, elle prononce mon nom. Dans la vie profane, une manipulatrice est une personne perverse et calculatrice qui vous manœuvre à votre insu, dans le monde du cancer c'est une technicienne spécialisée qui aide à vous sauver la vie.

C'est parti, je vais mettre le rôti au four. Je me déshabille, je rentre dans le bunker, je grimpe sur un escabeau, je m'allonge sur la table, le bras tendu vers le haut, j'expose mon fragile sein bardé de scotchs qu'on cale sur des plaques de plomb empilées les unes sur les autres. La machine au-dessus de moi ressemble, en plus volumineux, à l'agrandisseur photo que Diane utilisait autrefois pour développer ses clichés argentiques noir et blanc dans la salle de bains de Paris.

— Ne bougez pas !

La porte se referme, je suis seule. Je compte les secondes. Je ne sens rien mais je sais que les rayons me canardent. Une voix m'annonce que c'est terminé. Je me rhabille, je ressors à l'air libre. J'ai presque l'impression d'avoir rêvé.

La rue est pareille, les enfants de l'école voisine jouent et crient, les voitures passent, le monde n'a pas changé. Je mets mes écouteurs dans mes oreilles, j'ai besoin de Caccini pour reprendre pied dans la réalité, Charlie m'a au moins laissé cette bouleversante musique en partage. Les premières notes de l'*Ave Maria* me laminent l'âme. Il me manque, et je déteste devoir l'admettre. Un jeune homme décoiffé en tee-shirt et jean baggy s'approche de moi. Je retire mes écouteurs à contrecœur.

— Je suis content de vous revoir, dit-il.

Il doit me confondre avec une autre personne.

— Vous étiez en radiothérapie avec Éliane ?

Sans le prénom je ne l'aurais jamais reconnu. Le jeune mari d'Éliane a rasé son bouc et mis du gel, il n'a pas encore retrouvé de travail, ils ont vendu leur voiture, ils se déplacent désormais en Vespa, ils ont changé de vie en l'espace d'un mois. Sa ravissante femme blonde aux yeux violets a perdu ses cheveux et ses poils, sa perruque à la coupe au carré la métamorphose, son regard sans cils ni sourcils a changé d'expression, on dirait une héroïne de mangas à la beauté étrange, je n'ai pas vu le soleil tatoué sur son poignet parce que dans la salle d'attente elle portait un chemisier à manches longues.

— Ça va, votre fille ?

Je hoche la tête.

— Martin ?

Éliane vient de sortir et l'appelle. Il s'appelle donc Martin. Il veut nous présenter, je secoue la tête.

Après avoir fermé le magasin, je fais redémarrer ma fourgonnette grâce à la nouvelle camionnette de mon voisin et je tourne une demi-heure dans le quartier pour recharger ma batterie. Quand j'ouvre la porte, je trouve l'appartement dans le noir. Je m'inquiète, tu devrais pourtant être là depuis longtemps. J'actionne l'interrupteur de l'entrée, la lumière ne jaillit pas, l'ampoule doit être grillée, zut.

— Léa?

Tu ne me réponds pas mais j'entends une musique douce.

— Léa?

Les notes de piano semblent provenir de la salle de bains. J'avance à tâtons, les mains en avant, j'aperçois un rai de lumière qui filtre sous la porte, le couloir non plus ne s'allume pas, c'est bizarre. J'appuie sur la poignée, la porte s'ouvre...

J'hallucine.

La baignoire est remplie d'une eau bleue sur laquelle flotte un petit bateau. Le carrelage du sol est recouvert d'un fin sable jaune parsemé de coquillages. Une petite table et deux petites chaises que je reconnais trônent au centre, le couvert est dressé pour deux, des bougies allumées sont fichées en cercle dans le sable, des petits crabes en plastique sont posés à l'extérieur du cercle.

— Tu as recréé le sandbank...

Ma voix sort rauque, aussi méconnaissable que la salle de bains. Tu as même collé des étoiles en plastique phosphorescentes au plafond.

— Ça te plaît, maman?

Très émue, je me laisse tomber sur une des chaises. Si tu savais comme ta mise en scène tombe bien, ma douce.

— C'est merveilleux, Léa! Tu t'es donné beaucoup de mal.

Tu hoches la tête. Ton décor est parfait mais l'expression de ton visage me gêne, tu es sérieuse, beaucoup trop sérieuse. Tu dis :

— Tu te souviens quand tu m'emmenais au ciné avant de m'annoncer qu'on allait chez le dentiste?

Je frémis. Que vas-tu m'annoncer, on vous a virés de l'école, Seb et toi?

— Je n'ai pas de carie, dis-je pour temporiser.

Je plonge mes yeux dans les tiens, je frissonne, puis je comprends. Tu sais. Tu as imaginé cette mise en scène pour me le dire. J'ignore comment tu l'as appris, si Alberte et Maïli ont vendu la mèche, je leur avais pourtant fait jurer...

Tu te lances avec courage. Depuis que tu es née, tu attaques la vie bille en tête.

— Tu m'as menti, maman. T'es pas allée en séminaire ! T'as reçu une lettre d'une clinique d'oncologie, j'ai regardé le mot sur Internet. Tu dois payer l'anesthésiste qui t'a vue avant l'opération, j'ai mis la lettre sur ton bureau. Tu as eu un cancer du sein comme Meg, mais tu n'auras pas de perruque et c'est beaucoup moins grave. Darius m'a juré que tu ne vas pas mourir.

Ta voix casse à la fin sous le coup de l'émotion. J'ai l'impression qu'une main énorme froisse mon cœur comme une boule de papier. Depuis combien de temps es-tu au courant ?

— Je suis tellement désolée, ma Léa des bois...

Je n'ai rien d'autre à dire pour ma défense. Je revois le visage courroucé de Meg m'accusant de t'être néfaste. J'ai cru bien agir.

— Je ne voulais pas t'effrayer, ma douce. Le plus dur est passé, ça va aller.

Tu hoches la tête mécaniquement comme un chien en plastique sur la plage arrière d'une voiture. Et tu te jettes dans mes bras. Je te serre contre moi en silence tandis que les vagues se brisent sur la coque du bateau qui nous a amenées au sandbank, je te serre dans mes bras sous le ciel étoilé, je retire mes chaussures et j'enfonce mes pieds dans le sable fin, nous allons dîner ma tendre et magnifique petite fille, nous allons souper en tête à tête sur cette langue de terre plantée au milieu de la mer à l'autre bout du monde.

Je desserre un peu mon étreinte, mais tu t'accroches à moi comme un koala à son arbre. Si tu continues, je vais craquer et m'effondrer. Je prends les devants, pas question de m'attendrir sinon on est cuites. Je m'écrie :

— Aïe ! Une saleté de crabe vient de me pincer l'orteil ! Toi, mon vieux, tu vas finir en court-bouillon...

Tu me lâches. Je me baisse à la recherche de mon agresseur. Quand je relève la tête, tu t'es recomposé un visage normal.

— J'espère que l'eau est bonne..., dis-je.

Je remonte les jambes de mon pantalon, je m'assieds sur le bord de la baignoire, face au mur, et je trempe mes pieds dedans. Tu m'imites. L'une à côté de l'autre, les pieds dans l'eau, nous fixons l'horizon par-delà le carrelage bleu du mur.

Le menu concocté par Maldive est délicieux. Tu n'as pas agi seule, tout le monde t'a aidée, Seb, Alberte, Maïli, Erwan, Darius, même Malo qui n'est pas inscrit sur le site. Ils sont tous au courant. Je découvre que Navire est Erwan. Darius sait donc que je suis Mouette. Ils t'ont promis de garder le secret. Charlie, seul, manque à l'appel

— Je croyais que tu ne mentais jamais, maman ?

— Sauf en cas de force majeure.

— Tu n'as rien dit à grand-mère ni à tante Diane ?

— Non. Et j'ai fait le vœu de ne pas manger de chocolat pendant un an.

— Tu l'as promis à qui ?

Piégée.

— Honnêtement, je ne sais pas. J'ai fait un pacte, je dois tenir ma promesse.

— Je suis allée voir les dieux chez eux pour leur demander de te guérir, maman.

J'ouvre de grands yeux.

— Tu es allée voir qui ? Où ?

— Seb m'a accompagnée voir le tien à l'église, on est passés ensuite à la synagogue et à la mosquée. Je leur ai tout expliqué. Quand tu seras OK on ira ensemble les remercier, d'accord ? Tu prends des vitamines parce que tu es fatiguée ?

— Les rayons vont me fatiguer, j'ai eu ma première séance ce matin, c'est comme une radiographie, on ne sent rien, il faut que j'y retourne tous les jours de la semaine pendant deux mois.

J'ouvre les deux premiers boutons de mon chemisier et je te montre les scotchs qui protègent les marques sur ma peau. Tu avances la main doucement, tu en effleures un avec délicatesse.

— Ça te gêne ?

J'admets que ça gratte.

— Je pourrai t'accompagner demain ?

Tout mon être se rebelle à cette idée, tu es si innocente, si jolie, si ardente, tu n'as rien à faire dans ce lieu, même si les soignants y sont chaleureux et humains, même si le cancer du sein est celui que Darius choisirait pour la femme qu'il aime.

— J'y vais à l'heure où tu as cours.

— Juste une fois, je t'en prie, maman. Je veux être avec toi. Tu me feras un mot ! S'il te plaît ?

Meg et Alberte avaient raison, ce n'était pas une bonne idée de te mentir. Ce que tu imagines aujourd'hui te fait sans doute encore plus peur que ce que tu verras. Je capitule.

— D'accord. Mais ce sera la seule et unique fois.

Tu dors, toutes ces émotions t'ont achevée. Je revisse les ampoules de l'entrée et du couloir. Demain, pendant que tu seras à l'école et moi au magasin, nos amis remettront la salle de bains en ordre, la magie n'aura duré qu'un soir.

De Mouette à Arobase, Corsica, Maldive, Navire, Hafez

— *Nous avons passé une merveilleuse soirée sur le sandbank grâce à vous. Merci...*

Malo m'a déjà dépannée avec sa batterie, il faudra aussi que je le remercie demain pour ça. Ça ne me met pas très à l'aise, mais je ne peux pas te reprocher de l'avoir mis dans la confidence, tu es libre de choisir tes amis. Aujourd'hui l'un des miens manque à l'appel et son silence me fait un méchant petit pincement au cœur. Ce qui s'est passé ce soir est si chamboulant que je dois le mettre au courant, même si pour lui ça n'a plus aucune importance.

De Mouette à Charlie

— *Ce soir ma fille et des voisins du site m'ont téléportée sur un banc de sable au milieu de nulle part, c'était surprenant et intense. Elle a découvert la vérité parce que j'ai reçu une lettre de la clinique sur laquelle elle est tombée. Je n'aurais pas dû lui mentir. Elle a insisté pour m'accompagner demain à ma deuxième séance de radiothérapie. Je regrette déjà d'avoir accepté.*

J'envoie vite mon message avant de changer d'avis. Je suis pathétique et ridicule, il s'en fiche totalement, il a oublié que j'exi...

Non, il répond tout de suite !

De Charlie à Mouette

— *Pardon de ne plus m'être manifesté. J'ai eu des soucis personnels et j'ai dû quitter la Provence. Je penserai à vous demain, vous y allez à quelle heure ?*

De Mouette à Charlie

— *Pourquoi avez-vous disparu comme ça sans prévenir ?*

De Charlie à Mouette

— *On ne fait pas toujours ce qu'on veut.*

De Mouette à Charlie

— *Je ne vous ai rien demandé, moi ! Vous m'écrivez quand je suis paniquée... vous cessez du jour au lendemain quand je rentre chez moi et que je vais mieux... et là vous revenez dès que je commence la radiothérapie... je vous fais pitié, c'est ça ?*

Charlie à Mouette

— *Si j'avais eu pitié de vous, j'aurais continué à vous écrire pour avoir la conscience tranquille. Vous n'avez pas besoin de pitié, vous êtes jeune, jolie, et vous allez vous en sortir.*

De Mouette à Charlie

— *Je suis peut-être hideuse, qu'est-ce que vous en savez ? Il est limite, votre argument. Je ne vais pas mourir donc vous pouvez me laisser tomber comme une vieille chaussette ?*

De Charlie à Mouette

— *Vous avez eu un cancer donc je dois être parfait ?*

Mes doigts courent sur le clavier, je réagis d'instinct, heureuse de me chamailler avec lui. Tu dors dans la pièce à côté, je n'ai plus rien à te cacher, je ne guette plus les bruits.

De Mouette à Charlie

— *C'est de la provocation à deux balles. J'avais confiance en vous.*

De Charlie à Mouette

— *Alors, vous irez à quelle heure demain ?*

De Mouette à Charlie

— *Qui me dit que vous n'allez pas vous volatiliser à nouveau ?*

De Charlie à Mouette

— *Quelle heure ?*

De Mouette à Charlie

— *14 heures.*

Malo

Il éteint son ordinateur, nourrit son chat, décide de visionner un film. Il glisse le DVD dans le lecteur, s'installe confortablement, lance le film sans le son, regarde les héros s'agiter sur l'écran. Ils se querellent, donc, c'est couru d'avance, ils finiront dans les bras l'un de l'autre parce que c'est du cinéma. Alors que dans la vraie vie ils se seraient logiquement écharpés, trompés puis quittés.

Dans la vraie vie, Malo a décidé de protéger Lucie et de l'accompagner en musique sous son pseudo, c'est ce qu'il a trouvé de mieux pour l'aider. Il le fera tant qu'elle aura besoin de lui. Pas au-delà. Leur histoire est forcément vouée à l'échec.

Il arrête le film, saisit une feuille blanche, un crayon, et quadrille la page. Sept semaines, cinq jours par semaine, sept fois cinq, trente-cinq. Il réfléchit. Véra a emporté tous les CD qu'ils avaient achetés en commun, mais, de nos jours, avec un ordinateur ou un téléphone numérique intelligent, on peut écouter ou télécharger toutes les musiques par le biais d'Internet. Les sept notes de la gamme seront plus explicites, plus tendres, plus amicales, plus amoureuses et plus stimulantes que les vingt-six lettres de l'alphabet. Les airs primeront sur les mots. Cinq minutes avant sa séance de radiothérapie, les morceaux qu'il lui enverra seront autant de lettres d'amour déguisées, une main dans la sienne, une épaule contre sa tête, des pas parallèles à sa marche.

Il dresse une liste de compositeurs : Haendel, Vivaldi,

Barber, Mozart, Satie, Bizet, Puccini, Beethoven, Mahler... Il note aussi des chanteurs de jazz : Louis Armstrong, Ella Fitzgerald, Ray Charles, Oscar Peterson...

Mouette a le même âge que lui, elle écoute donc la même musique contemporaine. Mais elle ne connaît pas forcément celles du passé, celles auxquelles sa mère puis Erwan l'ont initié. C'est celles-là qu'il veut lui faire découvrir.

Lucie

Je me réveille avec un affreux mal de tête, pourtant je n'ai pas bu hier sur le sandbank, le soleil était déjà couché quand nous y avons abordé, je n'ai sûrement pas d'insolation. Le retour en bateau sur la mer déchaînée de la baignoire, peut-être ?

Tu chipotes dans tes céréales, as-tu peur de m'accompagner à la clinique ?

— Tu n'es pas forcée de venir aujourd'hui, Léa.

— Je sais.

— Tu préfères un autre jour ?

— On fait grammaire en première heure. Je suis bonne, ça ne me posera pas de problème. Tu me fais un mot ?

Je croise Malo en arrivant au magasin et je le remercie de t'avoir aidée. Il se comporte normalement à mon égard et je lui en sais gré. Darius passe acheter sa feta et plaisante avec moi comme à l'accoutumée, mes craintes en ce qui les concerne étaient injustifiées. À l'heure du déjeuner, tu arrives sur ta patinette.

— Ça va ?

Tu hoches la tête mais ton sourire est crispé. Tu as beau être une préadolescente, comme on dit maintenant, tu as l'air ce matin d'un petit chat inquiet et ton regard a vieilli par ma faute.

— Je t'emmène déjeuner dans un endroit spécial, tu vas

adorer le dessert. Puis tu retourneras à l'école. Ne t'impose pas ça, Léa, c'est inutile. Tu me laisseras devant la clinique, d'accord ?

Tu regimbes.

— Tu m'as dit que ça ne fait pas mal, que c'est comme une radiographie. Pourquoi tu as peur que je vienne ?

— Je n'ai pas peur.

— Moi non plus.

Pour une fois, on ment toutes les deux.

Le patron du restaurant sourit en me reconnaissant puis il te voit et il hésite imperceptiblement. Il sait où je vais, lui aussi doit penser que tu n'as rien à faire là. Nous dégustons un savoureux tagine.

— Je ne vous demande pas si vous prenez un dessert ?

Tu découvres mes saveurs fétiches. La glace te plaît, la figue t'amuse, le piment te surprend, la pâte de spéculos t'intrigue. Puis tu rends ton verdict avec ce froncement du nez que j'adore :

— Ça a le goût du paradis !

Tu n'es pas ma fille pour rien.

Nous arrivons devant la clinique. La cour de l'école bruisse de cris joyeux. Une jeune femme coiffée d'un feutre sort. Un homme à la mine sombre téléphone. Tu marches à ma hauteur. Je ralentis sans m'en rendre compte.

— Tu vas être en retard, maman !

Je n'aurais jamais dû accepter que tu viennes. Je t'ai évité ma maladie, je ne veux pas t'infliger le traumatisme de cette salle d'attente, je suis terrifiée à l'idée que tu éprouves ce que j'ai éprouvé dans le service de psy où ma sœur était prisonnière. Je salue la jeune femme de l'accueil qui garde la frontière entre le monde des insouciants et le club des cancéreux. Nous dépassons la radiologie, aucun malade impressionnant n'en sort, on a réussi la première épreuve. Nous évitons la consultation de chirurgie, aucun couple en larmes ne surgit, la deuxième épreuve est franchie haut la main. Nous descendons au sous-sol, j'ai l'impression d'être dans un jeu vidéo où nous passons chaque fois au niveau de difficulté supérieur, conquérant une nouvelle vie. Maintenant c'est toi qui ralentis. Un jeune homme aux cheveux dressés sur la tête lit dans la petite salle d'attente, quand il lève les yeux je le reconnais, décidément je ne m'habitue pas à son look.

— Léa, je te présente Martin, sa femme a été opérée le même jour que moi.

Tu lui tends la main, ton visage est impassible mais tu es pâle, je résiste à l'envie de te serrer dans mes bras. Dans cinq minutes nous serons sorties et je jure devant le Dieu de Théo et tous ceux que tu as sollicités de ne plus jamais t'emmener ici. La manipulatrice arrive, elle regarde ma photo aux yeux fermés, elle prononce mon nom qui est aussi le tien, je me raidis.

— Je n'en ai pas pour longtemps, Léa...

Je n'aurais jamais dû t'emmener.

La porte du blockhaus se referme, on dirait une porte de banque pour accéder à la salle des coffres sauf qu'il n'y a ici ni cambrioleurs ni or en barre. J'espère que Martin te parle et te distrait. Je change de côté, on cuit l'autre face. Il ne se passe rien, les rayons sont invisibles. J'entends le même ronronnement sourd qu'hier, je compte les mêmes secondes.

— Terminé !

La lourde porte pivote sur ses gonds, je descends de la table, je me rhabille le plus vite possible, je ressors. Tu as disparu, Martin aussi. Une personne âgée est assise près de la fontaine à eau, elle somnole, elle flotte dans sa robe rouge à pois blancs, le teint gris, le visage émacié, déjà ailleurs, plus vraiment là, fragile à en pleurer, déchirante. Je mets plusieurs secondes à reconnaître Véro. Elle a vieilli de vingt ans. Je suis navrée pour elle et désolée pour toi si tu l'as croisée...

Je remonte l'escalier quatre à quatre, je te cherche partout, tu n'es ni en radiologie, ni à la consultation de chirurgie, ni à la machine à café, ni dans le hall ! La jeune femme de l'accueil croit t'avoir vue sortir, as-tu fui parce que Véro t'a impressionnée ? Je me précipite dans la rue, haletante, essoufflée et en nage. Je t'aperçois. Tu es juchée sur la Vespa de Martin. Vous discutez calmement.

— Tu as fini, maman ? Martin avait mal à la tête, je l'ai accompagné dehors.

Je cherche sur ton visage si l'état de Véro t'a effrayée. Non, tu sembles sereine. Je devine que Martin t'a emmenée dehors exprès et je lui lance un regard reconnaissant.

— Je te ramène à l'école, ma Léa des bois.

Tu descends de ton perchoir à contrecœur. Nous saluons Martin, nous dirigeons vers la voiture. Nous roulons vers ton école en silence et en connivence. Je te dépose juste à l'heure pour ton prochain cours. Tu me regardes droit dans les yeux, tu me remercies de t'avoir emmenée, puis tu pars en courant, légère. Je respire un peu moins mal. Avant de redémarrer, je me connecte sur le Site des Voisins.

De Charlie à Mouette

— *D'Erik Satie, Gymnopédie n° 1.*

Surprise et déçue, je fronce les sourcils. J'attendais des mots provocants ou pétillants adaptés à mon cas précis, Charlie m'a habituée à manier le verbe avec plus d'aisance. Mon premier réflexe est de penser qu'il se défile comme les gens qui se cachent derrière des citations de poètes ou d'écrivains.

Garée en double file devant ton école, j'effleure sans enthousiasme les lettres sur l'écran tactile pour recopier le nom du compositeur et celui du morceau, puis je clique sur le lien. Brusquement la musique surgit et m'enveloppe, aussi légère au début que ta course il y a quelques secondes, puis plus grave. Il y a une sorte d'évidence et de fatalité dans ces notes, Véro a perdu, je vais gagner, c'est ainsi. Je comprends alors brusquement que Charlie n'a pas choisi cette musique par hasard, bien au contraire : elle est faite précisément pour moi aujourd'hui, elle s'ajuste sur moi comme une seconde peau. Du coup, je ferme les yeux, je me laisse imprégner et rouler par les vagues jusqu'à ce que le silence retombe.

Je ne trouve pas les mots pour remercier Charlie donc je ne réponds pas, il comprendra. Grâce à lui je me sens moins broyée, Satie m'a délestée d'une part de mes déchirements pour les remplacer par de l'espoir.

Alberte

Pinzutu monte généralement les escaliers plus vite qu'elle mais aujourd'hui, après avoir sorti Max, elle a l'impression d'avoir les jambes en coton, de pédaler dans la semoule, comme disaient les jeunes. Ses jeunes à elle, ceux d'autrefois, pas les actuels dont elle a parfois du mal à comprendre les codes de langage.

— Attends-moi !

Le chien se retourne. Alberte accélère le pas pour le rattraper puis s'arrête soudain, le souffle coupé. Elle a mal dans la poitrine, pas du côté du sein qui a été malade, de l'autre, le côté du cœur.

Elle s'appuie au mur et se force à respirer doucement, cela va un peu mieux. L'étau se desserre. Elle ne s'assied pas sur les marches, elle aurait trop peur de ne plus pouvoir se relever.

Elle n'est pas pressée, elle a tout le temps du monde, la cloche ne va pas sonner la fin de la récréation, elle n'a plus que deux élèves. D'abord Sébastien qu'elle voit tous les jours et qui fait des progrès considérables à chaque leçon particulière, elle l'a baptisé Le Girafon à cause de ses grands bras et de ses grandes jambes. Puis Darius que Maïli lui a demandé d'aider une fois par semaine pour sa grammaire. Sébastien ne vient pas avant quatre heures et demie, d'ici là elle aura atteint le haut de l'escalier.

Lucie

MERCREDI, 13 h 55

Je croise Sandra, l'assistante de Ricardo, en arrivant à la clinique, son sourire me réchauffe puis mon moral retombe. C'est le troisième jour et j'en ai déjà assez. Fébrile et impatiente, je me connecte sur le site juste avant ma séance en espérant que Charlie ne m'a pas oubliée.

De Charlie à Mouette
— *Eternal Source of Light Divine, de Georg Friedrich Haendel.*

Rien d'autre, juste une nouvelle indication de musique. Je ne fronce pas les sourcils, je m'y attendais un peu mais je suis tout de même sceptique, ça ne peut être ni aussi magique que Caccini ni aussi troublant que Satie ?

Les premières notes envahissent mes oreilles de béotienne. Ce sont mes sens qui réagissent, pas mon cerveau. Comme quand Sumi Jo chante l'*Ave Maria*, un fleuve d'émotions m'emporte loin de la petite salle, loin de la clinique et des malades, dans un lieu auquel seuls ceux que j'aime ont accès, toi, Charlie, Diane et Bertrand, maman, les amis du site, même Théo...

Une manipulatrice inconnue sort, vérifie ma photo sur son dossier. Je me lève, Haendel et Charlie entrent à ma suite dans le bunker. Tandis que je m'allonge, les notes continuent à chanter dans ma tête, elles sont mon bouclier. Charlie ne se défile pas du tout, loin de là, c'est plutôt l'inverse : il a trouvé le moyen de franchir la porte interdite avec moi.

De Mouette à Charlie
— *Votre musique est invulnérable aux rayons et elle m'aide. Vraiment.*

JEUDI
Aux halles le fils du fruitier charge ma fourgonnette, le pli est pris. Malo m'aide à décharger au retour, je lui offre des ravioles au fromage pour ne rien lui devoir, je lui parle du Site des Voisins en termes chaleureux mais il n'est pas branché informatique. Tous les Bretons ne sont pas coulés dans le même moule, celui-là ne sait même pas où se trouve l'île de Groix. Il est indéniablement beau, toutes les célibataires du quartier n'ont d'yeux que pour lui mais il s'en fiche, il est peut-être gay?
Puis je file à la clinique.

De Charlie à Mouette, 13 h 55
— *Nisi Dominus, d'Antonio Vivaldi.*

La musique déferle à nouveau et comme hier elle m'entraîne miraculeusement ailleurs. Un homme avec un sac de sport d'où dépasse le manche d'une raquette lit *L'Équipe* près de la fontaine à eau comme si le rebond d'une balle sur une ligne de fond de court avait encore la moindre importance. Vivaldi n'a rien de commun avec Caccini ou Haendel mais tous les trois me portent. Charlie m'a prouvé qu'il savait employer les mots à bon escient, je découvre qu'il manie les notes avec la même délicatesse. Je n'ai jamais rencontré un homme qui me comprenne aussi bien. C'est excitant et un peu angoissant.

VENDREDI, 13 h 55
De Charlie à Mouette
— *Changement de style pour aborder le week-end : Georgia on my Mind, de Ray Charles.*

Je suis seule à attendre, est-ce que les cellules du cancer aussi ont des résidences secondaires ?

Papa aimait le jazz, maman n'en a plus écouté après son départ, la musique n'avait plus droit de cité dans le salon, elle restait confinée dans la chambre de Diane. La voix chaude de Ray Charles me donne envie de faire des projets.

De Mouette à Charlie
— *Cette semaine est passée vite grâce à vous.*
De Charlie à Mouette
— *Je ne suis que le messager, c'est vous qui savez écouter et décoder*

Il ne peut pas imaginer à quel point ses musiques changent tout. Je vais vivre au jour le jour pendant ces sept semaines en espérant que, chacun de notre côté, nous tiendrons le coup sur la longueur.

Léa

De Eskimo à Arobase

— *Comment ça marche tes cours avec Alberte ? Je ne me réveille plus la nuit depuis que j'ai parlé à maman, c'était une super idée ton sandbank. Ça m'a un peu rassurée de l'accompagner, les rayons ne lui font pas mal et elle a des amis. J'ai bavardé avec une gentille vieille dame en robe rouge à pois blancs qui m'a dit que les docteurs de cette clinique guérissent tout le monde.*

De Arobase à Eskimo

— *Alberte m'a expliqué un truc : les mots ne sont pas mes ennemis. C'est comme une équipe de base-ball, je suis un lanceur qui aprend à lancé dans la zone de strike et qui exploite les faiblesse du frappeur en fonction de la hauteur de ses mains sur la bate et de la largeur de son pas d'élan. L'orthographe a des régles à respecter, la grammaire a des exeptions et des stratégies, comme le base-ball. Sauf que c'est plus facile parce qu'on s'en moque si on est droitier ou gaucher. Alberte est mon coach. Elle va m'aidé à gagner.*

De Eskimo à Arobase

— *Maman aussi va gagner. Tous les voisins du site sont ses coachs.*

Lucie

DEUXIÈME SEMAINE

LUNDI 13 h 55
De Charlie à Mouette
— *O mio babbino caro, de Giacomo Puccini.*

Je bavarde dans la salle d'attente avec une belle femme élégante qui vient pour un contrôle, elle utilise une crème de la Mer qu'un médecin a inventée pour effacer ses cicatrices après un accident lors d'une expérience. Je lui demande si elle connaît Caccini, Haendel, Vivaldi, Ray Charles ou Puccini. Elle hoche la tête comme si c'était une évidence et que je débarquais de la planète Mars.

De Mouette à Charlie
— *Vous m'avez donné un passe pour un nouveau monde ?*
De Charlie à Mouette
— *Devoir de vacances pour ce soir : le largo de la symphonie du Nouveau Monde d'Antonin Dvorak.*

Nous l'écoutons toutes les deux à la maison après le dîner. Pour moi Dvorak pourfend les vieux monstres planqués sous les lits, toi tu vois un cow-boy de western galoper dans le soleil couchant. Charlie a inventé pour moi un nouveau langage, que peut signifier ce morceau pour lui ? Ta complicité avec Seb est éclatante, ce qui me lie à Charlie est d'un autre ordre, ça vient de loin, des abysses, ça remue du lourd, je n'ai pas le temps de m'y attarder, je garde mon énergie pour le grille-pain grandeur nature.

MERCREDI, 13 h 55
De Charlie à Mouette
— *L'Adagio de Samuel Barber.*

Je suis si émue et concentrée en écoutant le poignant cadeau de Charlie que je sursaute quand une quadra blonde arrive, au bord des larmes. Elle a un cartable à la main, un ordinateur en bandoulière, un tailleur sexy. Son taxi a crevé, elle vient de loin, elle a raté son rendez-vous pour le centrage, tout son traitement va être décalé, elle est affolée, ses lèvres tremblent. Dans l'univers de la clinique elle n'est plus une femme d'affaires influente, mais un nom sur un dossier et son travail a moins d'importance que sa dernière mammo.

Ricardo inspecte ma peau après la séance, il recolle deux scotchs qui tiennent mal, je parle fromages et musique avec lui et Sandra, surtout pas cancer.

VENDREDI, 13 h 55
De Charlie à Mouette
— *De Vincenzo Bellini, dans la Norma, Casta Diva chanté par Maria Callas. Incontournable.*

Incontournable : un mot ambigu, aussi positif que négatif, il signifie à la fois « on ne peut l'éviter » et « on ne saurait vivre sans ». Je ne peux éviter mon cancer. Je ne peux couper à mes séances de radiothérapie. J'aurais du mal à les supporter sans les musiques de Charlie qui sont devenues pour moi incontournables.

J'écoute. J'ignorais qu'une voix de femme pouvait à la fois être si déchirante et soulager. Tu vas mieux, petite Léa, je ne te cache plus rien et tu ne te réveilles plus la nuit. Charlie ne s'adresse plus à moi qu'à travers ses musiques et pourtant cela nous rapproche. J'espère que je ne me fais pas de cinéma, que ce n'est pas à sens unique ?

Malo

Samedi c'est l'affluence au bar, Malo et Maïli ne chôment pas. Il y a du monde à la fromagerie aussi, Lucie s'active de l'autre côté de la vitrine. Pour le changement de millénaire, le célèbre pâtissier Jean-Paul Hévin a créé des chocolats au fromage, Malo et Lucie pourraient s'associer et créer une saveur nouvelle ? Il soupire, certain qu'elle dira non, il y a son vœu, et puis elle ne veut rien avoir de commun avec lui. En fin de matinée, Erwan débarque dans une vareuse grise couleur ciel d'orage.

— Si on sortait une table et des chaises pour déjeuner dehors, on serait comme des rois !

Il a gardé la nostalgie des casse-croûtes pris sur les ponts des bateaux. Ils s'installent sur le trottoir. Maïli file rejoindre Darius. Léa et Seb arrivent de l'école.

— Vous embarquez avec nous ? Salade, sardines, pain frais ?

Léa ravie transmet l'invitation, Lucie accepte et élargit le cercle à Alberte qui arrive bientôt.

— L'un de vous sait qui est Charlie ? demande Lucie à la ronde.

Ils secouent la tête. Erwan tient sa langue et ne regarde même pas son filleul. Malo voudrait ne plus aimer Lucie, ne pas s'asseoir devant son ordinateur chaque jour de la semaine à 13 h 55, mais il ne peut pas planter Mouette. Ils déjeunent puis restent traîner au soleil, à parler du quartier, de la crise financière, de leurs espoirs. Malo pose des chocolats et des caramels bretons au centre de la table, Lucie prend un caramel.

— J'ai un cadeau pour vous remercier tous du sandbank, dit-elle soudain.

Elle pose son iPhone sur la table, se connecte sur Internet, écrit un titre en effleurant les touches, règle son appareil sur haut-parleur.

— Écoutez ! Je ne comprends pas pourquoi ça ne me faisait pas vibrer avant, c'est comme si j'avais dormi pendant vingt-neuf ans et que je venais de me réveiller...

Une voix reconnaissable entre toutes monte dans la rue ensoleillée, adultes et ados se taisent pour mieux entendre. Malo demeure impassible tandis que la Callas chante *Norma*. Sur l'écran du téléphone intelligent, la cantatrice au visage tragique et à la voix d'or drape son châle autour de ses épaules sur la scène de l'Opéra de Paris en 1958.

— Elle a abandonné sa carrière par amour pour un milliardaire et elle en est morte, remarque Malo quand la musique cesse.

— L'amour est mauvais pour la santé, conclut Seb.

— Incontournable..., murmure Lucie.

— La fromagerie n'est pas encore ouverte ? grogne Raoul.

Ils étaient tellement dans leur bulle qu'ils ne l'ont pas vu arriver. Lucie consulte sa montre, surprise que le temps ait passé si vite. Elle rouvre son magasin et y entre avec Raoul et Léa. La petite fille reparaît quelques minutes plus tard, la mine sombre.

— Le bouton du haut du chemisier de maman s'est ouvert, on voit deux bouts de Scotch qui dépassent avec les marques dessous, je suis sûre qu'il les a repérés ! souffle-t-elle.

— Mille malatch... Donne-moi le numéro de portable de ta mère, vite ! dit Malo en attrapant le sien. Et filez dans le bar tous les deux.

Léa et Seb obtempèrent. Le téléphone sonne de l'autre côté de la vitre. Lucie décroche.

— C'est Malo à l'appareil, ne regardez surtout pas dehors, votre chemisier est un peu trop ouvert...

Lucie, les yeux fixés sur la motte de beurre qui est devant

elle, le téléphone dans la main droite, reboutonne son col de sa main gauche libre. Malo raccroche. Raoul paie puis ressort de la boutique, songeur et silencieux pour une fois.

— J'ai toujours été un fervent adepte de la chirurgie esthétique, explique Malo à Erwan et à Alberte. Lucie est loin d'être plate mais elle pourrait être encore plus canon, elle a consulté un chirurgien hier à ma demande, il a dessiné des marques sur sa peau pour nous montrer, on est en train de réfléchir !

Raoul, estomaqué, fait mine d'admirer la devanture pour écouter la suite.

— J'aime qu'il y ait du monde au balcon, poursuit Malo en joignant le geste à la parole, j'espère que ça ne vous choque pas, Alberte ?

Raoul le fusille du regard puis s'en va. Alberte est toute guillerette. Erwan rigole doucement.

— Tu es crédible en macho vulgaire pourvu d'un seul neurone, mon filleul.

— Au moins, après ça, il ne l'embêtera plus !

Lucie ressort, soucieuse.

— On voyait vraiment beaucoup les scotchs ? Il a dit quelque chose ?

Alberte, Erwan et Malo secouent la tête avec des airs innocents de premiers de la classe.

— Il n'a rien remarqué, assure Malo.

Lucie

TROISIÈME SEMAINE

LUNDI 13 h 55
De Charlie à Mouette
— *Brel, La Quête.*

Il ne pouvait pas savoir. Il ne pouvait pas deviner.

Très émue, j'écoute ce Jacques que mes parents aimaient quand papa n'était pas encore parti en emportant dans sa valise le rire et la raison de maman. Je me souviens des paroles par cœur : « Rêver un impossible rêve, porter le chagrin des départs... » Et le dernier vers : « Pour atteindre à s'en écarteler, pour atteindre l'inaccessible étoile... »

Deux femmes entrent dans la salle, la jeune fille à casquette rouge qui jouait au sudoku le jour où le Dr B. m'a demandé si je tenais à mon sein et sa mère qui lui ressemble avec un sein et vingt ans de plus. Une manipulatrice s'avance, dossiers à la main, scannant du regard nos trois visages. La mère se renfonce machinalement dans son siège, elle est juste là en visite.

Casquette Rouge passe en premier. Sa mère se tourne vers moi, elle a besoin de s'épancher, si tu étais malade, petite Léa, moi aussi j'emmerderais la terre entière.

— Ma fille a une vie sage, elle habite la campagne, elle ne boit pas une goutte d'alcool, elle ne fume pas, elle mange bio, elle fait du sport, elle met même une oreillette pour téléphoner... et elle a un cancer du sein ! Moi, je vis dans une ville polluée, je fume comme un pompier, je ne fais aucun exercice, je passe des heures le portable vissé à l'oreille, et je suis en pleine forme, c'est injuste !

J'acquiesce en espérant qu'elle va se taire mais elle continue :

— Quand ses cheveux sont tombés elle s'est cloîtrée chez elle, elle ne supportait pas de se regarder dans la glace. Puis elle s'est acceptée. Elle adore cette casquette, c'est son petit garçon qui l'a choisie pour elle. Elle refuse de mettre une perruque, elle dit que ça gratte, que ça tient trop chaud, qu'elle ne se reconnaît pas avec...

La porte de la cabine s'ouvre. Casquette Rouge sort. C'est mon tour. Nous nous croisons. Mes cheveux sont solidement arrimés sur ma tête. Nous avons mis notre vie entre parenthèses pour rêver notre possible rêve commun : guérir. Elle a un petit garçon. Je t'ai. Et depuis peu j'ai aussi Charlie.

JEUDI 13 h 55
De Charlie à Mouette
— *D'Alfredo Catalani, La Wally.*

Je ne suis jamais seule dans le bunker, Charlie y introduit ses amis en douce, hier Beethoven, que Théo appelait son amoureux platonique, soupirait *Ah Perfido*, aujourd'hui Catalani me lamine l'âme.

De Mouette à Charlie
— *Quand ma sœur écoutait Teresa Berganza, je ne comprenais pas son émotion... Il a suffi de quelques cellules mutantes pour me transformer ?*

De Charlie à Mouette
— *Quand mon père piquait des colères, les musiques de ma mère me servaient de tapis volant et de sabre laser. Il faut être en paix avec le passé pour aller vers l'avenir, il faut avoir été triste pour entendre la musique, et être en paix avec soi-même pour la supporter.*

J'entre dans le grille-pain. La manipulatrice fronce les sourcils et râle parce que deux scotchs se sont détachés cette nuit pendant mon sommeil. Elle dit que si ça se reproduit ils vont devoir me tatouer. Je démarre au quart de tour, je refuse d'être marquée à vie ! J'ai beau sauter sur le tapis de Charlie et faire des moulinets avec mon sabre, j'ai le cœur lourd tandis que les rayons remplissent leur office.

Le soir, je prétends que tout va bien devant toi mais je n'ai pas le moral.

De Mouette à Charlie

— *Ce n'est pas évident d'avoir en permanence ces trucs qui démangent collés sur la peau, je ne les ai pas enlevés exprès ! Pas question de me faire tatouer, plutôt crever... peut-être qu'ils me mentent et que de toute façon ça finira comme ça ?*

De Charlie à Mouette

— *Prévenez-moi, que je ne me fatigue pas à chercher des musiques pour rien... J'ai raté un épisode ?*

De Mouette à Charlie

— *Juste un coup de blues dans une journée de merde, je n'aime pas me faire engueuler alors que je n'y suis pour rien.*

De Charlie à Mouette

— *C'est beau le blues, mais pour demain j'ai prévu quelque chose qui plairait à votre sœur.*

Le lendemain, avant de frire, j'écoute en souriant le *Cats Duet* de Gioacchino Rossini chanté par Elena Obraztsova et Teresa Berganza où les deux célèbres cantatrices dialoguent en miaulant. Mes scotchs sont bien en place. Je m'allonge dans le bunker avec la souplesse d'un chat.

Léa

LUNDI

De Arobase à Eskimo

— *Alberte dit que je fais des progrès. Je t'ai dit comment elle me surnomme ? Le Girafon... Il y a un nouveau garçon dans ma classe qui arrive d'Angleterre, il est pire que moi en français. J'irai directemen chez lui en sortant, pas la peine de m'attendre.*

De Arobase à Eskimo, tard le soir

— *Les parents de Brian ont une super villa avec une pissine privée, la fromagerie de ta mère tiendrait toute entière dans leur salon ! Tu viens te baigner avec nous mercredi après-midi ?*

De Eskimo à Arobase

Je vous laisse entre hommes. Je préfère la minuscule fromagerie de ma mère.

MERCREDI soir

De Arobase à Eskimo

— *T'aurais dû venir, c'était extra, je t'ai regretée !*

De Eskimo à Arobase

— *Tu aurais pu insister plus ! C'est basique les garçons.*

De Arobase à Eskimo

— *C'est compliqué les filles.*

JEUDI

De Arobase à Eskimo

— *Tu boudes ?*

VENDREDI

De Eskimo à Arobase

— *Je suis occupée, je prépare un exposé avec Louis, un garçon stylé et super classe.*

De Arobase à Eskimo

— *Je ne suis pas jalou et je suis plus stylé et plus super classe que lui.*

De Eskimo à Arobase

— *JalouX avec un X.*

De Arobase à Eskimo

— *T'es méchante quand t'es maleureuse. Meg aussi est maleureuse, j'ai parlé à son fils ce matin. Elle a pris des somnifères. Elle est à la clinique.*

De Eskimo à Arobase

— *MalHeureuse avec un H. Je croyais qu'elle était guérie ?*

De Arobase à Eskimo

— *Je croyais qu'on était amis ?*

Lucie

Tu rentres avec du vague à l'âme, tu mets un moment à me dire que Meg est hospitalisée parce qu'elle a abusé des somnifères. La nouvelle me glace jusqu'aux os. Je la pensais tirée d'affaire, je nous pensais de retour sur la terre ferme.

— Il faut que j'y aille, Léa.

— Je t'accompagne ?

— Non, ma douce. Tu mets la table, tu invites qui tu veux, Seb, Alberte, Maïli, Darius, Erwan. Et tu m'attends. On fera une grande omelette.

— Pas Malo ?

J'ai un instant d'hésitation puis je hausse les épaules.

— Malo, si tu veux.

Quand la nuit tombe, tous les hôpitaux et toutes les cliniques se ressemblent. La femme blonde de l'accueil hausse les sourcils en me reconnaissant, ce n'est pas mon heure habituelle. Meg est hospitalisée à un étage où je n'ai jamais mis les pieds. Je ne prends pas l'ascenseur pour me donner le temps de la réflexion. Que vais-je lui dire ? Elle n'a peut-être aucune envie de me voir.

Je m'arrête derrière la porte. Je n'entends ni conversation ni télévision. Je toque puis, comme personne ne répond, j'entre. La chambre est la copie conforme de celle que j'occupais. Meg, appuyée à ses oreillers, une perfusion dans le bras, fixe le mur en face d'elle. Elle est plus pâle que d'habitude. Sa perruque est la seule note de couleur dans la pièce. Elle me dévisage, passive. Elle ne manifeste rien. J'approche.

— Léa est dans la même école que votre fils, elle m'a dit que vous étiez là, j'ai pensé que vous aviez peut-être besoin de quelque chose ?

— Je voulais dormir, j'ai pris des somnifères.

— Qu'est-ce que je peux faire ?

Je me mords les lèvres, ma question est absurde, je ne peux ni guérir son cancer ni obliger les aiguilles de l'horloge à reculer jusqu'au joli temps insouciant d'avant.

— Mon mari m'en veut d'être vivante.

J'ai dû mal entendre.

— Pardon ?

— Il était attendri et compatissant quand il croyait que j'allais mourir, il me regardait avec des yeux de merlan frit et me parlait avec des sanglots dans la voix. Il avait fait son deuil, il s'était résigné à me perdre. J'ai survécu. J'ai repris mon poste, mais je n'ai pas retrouvé ma place. Je n'ai plus la même façon de voir la vie, Lucie. Ce ne sont pas les autres qui ont changé, c'est moi. Tout le monde a été adorable, mon mari, ma famille, les médecins, les infirmières. Quand on m'a dit que mon traitement était terminé mon mari a cru que tout allait recommencer comme avant. C'est impossible ! Je me répète que je devrais être heureuse et soulagée et je me sens mal et je culpabilise. D'autres n'ont pas eu ma chance, je devrais sauter de joie au lieu de déprimer. Je n'arrive pas à tourner la page...

Je m'assieds sur la chaise en plastique blanc devant la fenêtre. Ce qu'elle décrit, je ne l'ai pas ressenti moi-même, mais Alberte m'en a parlé, ça s'appelle le syndrome de Lazare et ça touche les survivants et les rescapés.

— Vous n'oublierez jamais, Meg. Vous avez rassemblé vos forces et mobilisé vos ressources, vous avez choisi d'aller vers la vie mais mué en chemin, et vous avez laissé votre peau d'avant derrière vous. L'épreuve que vous avez traversée vous a transformée. Vous êtes à la fois l'ancienne et la nouvelle Meg. Il y a une vie après le cancer mais ce n'est plus la même.

Elle grimace.

— J'ai tenu le coup quand ça allait très mal, mes contrôles

sont excellents, on devait fêter ça en famille, et j'ai craqué ! J'ai parlé avec une psy ce matin, j'aurais dû faire la démarche dès que j'ai senti que je m'enfonçais, je vais la revoir régulièrement. Je vous ai donné des conseils, j'aurais dû aussi balayer devant ma porte. Mes enfants ont morflé, ce n'est pas drôle d'avoir une mère mal...

On frappe. Deux ados entrent, le garçon est mince, étroit d'épaules, petit, avec un regard d'une tendresse folle, la fille est le portrait craché de Meg et plus âgée que toi.

— Papa est en train de garer la voiture, il arrive, dit-elle avec la voix de sa mère.

Ils apportent dans un cabas des huîtres qui viennent d'être ouvertes, du beurre, du pain et du vin blanc frais, ils ont même pensé au citron. Les huîtres ont coulé au fond du cabas et ils restent là, tout empotés et embêtés, à regarder l'eau imbiber le pain et ramollir le beurre. Je les aide à limiter les dégâts. Meg presse un citron sur sa première huître et boit une gorgée de vin.

— Vous êtes des amours, dit-elle.

Ils ont eu la même idée qu'Alberte avec le dessert ou Charlie avec ses musiques : faire pétiller le temps qui reste, savourer les petits bonheurs du jour. Meg attaque sa deuxième huître pendant que son fils lui beurre son pain. Son mari ouvre la porte. Je m'éclipse discrètement.

Quand j'arrive chez nous, tu as préparé une omelette en séparant les blancs des jaunes et en les battant séparément comme je te l'ai enseigné. Je m'étonne de ne voir que deux couverts.

— Tous nos amis étaient pris ?

Tu secoues la tête. Tu n'as invité personne.

— J'ai pensé que tu serais fatiguée par ta visite à Meg, et puis on est bien toutes les deux, non ? Comment elle va ?

Je t'explique qu'elle a juste eu un moment de découragement. Ton omelette est baveuse et moelleuse, ta salade endives-tomates-fromage est parfaite, tes pommes au four à la confiture sont délicieuses. Je repense aux enfants de Meg qui subissent de plein fouet cette nouvelle tempête.

— Tu sais ce qui me ferait plaisir, Léa ?

— Quoi ? fais-tu, prête à bondir pour me le chercher.

— J'ai envie de te mettre une pâtée au tennis !

Tu résistes bravement à la tentation.

— Ça ne te fera pas mal au bras ?

— J'ai deux mains. Même avec la gauche, je vais te battre à plate couture.

Alberte

Darius remarque les chevilles gonflées d'Alberte et lui conseille de consulter un cardiologue. Elle y va à reculons.

Quand on a quatre-vingts ans, tout le monde est jeune. Le jeune cardiologue de soixante ans lui fait un électrocardiogramme et une échographie. Elle a de l'angine de poitrine depuis longtemps, elle sait que cela n'a rien à voir avec sa gorge, que c'est son cœur qui souffre, mais ça n'a jamais été à ce point.

— Votre insuffisance cardiaque chronique a augmenté, je devrais dire empiré. Votre cœur ne fait plus son travail de pompe. C'est pour ça que vos jambes sont enflées.

— Combien de temps encore ?

— Je ne comprends pas.

— J'ai combien de temps devant moi ?

Il se lance dans une explication tarabiscotée, parle de médicaments, de repos, de régime sans sel et sans gras, il lui conseille d'éviter de monter des escaliers, de confier son chien à quelqu'un qui s'en occupera, de limiter les efforts au maximum, de rentrer à l'hôpital pour effectuer un bilan. Elle écoute avec attention. Elle habite au cinquième sans ascenseur et Pinzutu a besoin d'elle. Elle le trouvait bien mais finalement il est *stragnu*, antipathique, ce jeune docteur bientôt à la retraite, *goffu cum'un peccatu*, moche comme le péché.

— Prescrivez-moi vos pilules, je les prendrai. Mais vivre à petit feu ne m'intéresse pas.

Elle regrimpe avec effort dans son pigeonnier et consulte Internet, elle devient de plus en plus douée dans le maniement de l'ordinateur. Maïli a arrêté de lui donner des cours depuis qu'elle est tombée amoureuse de Darius, mais Seb a pris la relève, elle le remet en selle pour l'orthographe et il la guide dans l'univers informatique. Elle se renseigne plus précisément sur son état. Son cœur va être de moins en moins sensible au traitement, il peut s'arrêter à tout moment à la suite d'une infection, d'un trouble du rythme, d'une embolie pulmonaire, d'un infarctus, d'une poussée de tension. En bref, la machine est vieille et il n'y a pas de pièces de rechange. Internet recommande un repos partagé entre le lit et le fauteuil, et interdit le lait, les charcuteries, les fromages, les pâtisseries, tout ce qui donne du goût aux aliments et à la vie. Alberte est attachée à son pigeonnier, à ses petits oliviers, au chocolat chaud de Malo et aux fromages de Lucie, et par-dessus tout à son chien. Elle prend d'autres renseignements plus ciblés.

Sébastien arrive pour son cours de français. Il progresse, il est intelligent et rapide. Après la leçon il lui montre quelques astuces informatiques et pour lui en faire la démonstration il demande l'historique de ses consultations Internet. Il fronce les sourcils. Elle a visité plusieurs sites de pompes funèbres et s'est renseignée sur les rapatriements de corps du continent vers la Corse.

— Vous êtes malade, Alberte ?

— Non, mon Girafon, ce n'est pas pour moi mais pour une amie. Quand on naît corse, on meurt corse.

Il lui parle de ses parents, tout va beaucoup mieux depuis qu'il est redevenu autonome. Ils vivent tous les trois chacun de son côté comme aux États-Unis. Dans sept ans il sera majeur et il prendra son envol. Ce ne sont pas de mauvais parents, ils sont simplement dans leur univers.

— Je ne comprends pas pourquoi Léa est jalouse de Brian, soupire-t-il. Il est prisonnier et coincé parce qu'il ne parle pas français, ça me rappelle quand j'étais en traction dans mon lit. C'est normal et logique que je l'aide. J'ai invité Léa à se baigner avec nous, elle a refusé et maintenant elle m'en veut de ne pas avoir insisté, c'est idiot ! Mais il n'est pas mon ami. Léa n'a rien à craindre.

— Tu le lui as dit ?

Seb secoue la tête.

Lucie

QUATRIÈME SEMAINE

LUNDI 13 h 45
De Mouette à Charlie
— *Vous avez trouvé des solutions à vos soucis ? Vous envisagez de revenir bientôt en Provence ?*
De Charlie à Mouette
— *Les choses ne s'arrangent pas pour l'instant.*
De Mouette à Charlie
— *Je peux faire quelque chose pour vous aider ?*
De Charlie à Mouette
— *Écouter la chanson Suo Gan, une berceuse galloise que Steven Spielberg a utilisée dans son film L'Empire du soleil.*
De Mouette à Charlie
— *Les choses ne sont pas à sens unique, je voudrais vous renvoyer l'ascenseur, ce qui vous arrive m'importe, c'est norm...*

Je lève la tête. Un ambulancier arrive en poussant sur un fauteuil roulant un vieux monsieur endormi. J'ajoute « al » à mon dernier mot et j'envoie mon message à Charlie pendant que l'ambulancier cale le fauteuil le long du mur, sort son paquet de cigarettes et son briquet, puis disparaît avec l'intention évidente d'en griller une dehors. Son patient dort toujours, je ne le vois même pas respirer, sa poitrine ne se soulève pas du tout... pas du tout... vraiment pas du tout... ?

— Monsieur ? Vous vous sentez bien ?

Il ne réagit pas. Inquiète, je me lève, je m'approche de lui, j'hésite à aller chercher du secours.

— Monsieur, vous m'entendez ? Ohé ? Monsieur ? Vous me faites peur, là. Monsieur ?

Affolée, je tambourine à la porte interdite.

— S'il vous plaît, j'ai besoin d'aide ici !

La porte s'ouvre, une manipulatrice sort.

— Ce monsieur ne se réveille pas, je crois qu'il a fait un malaise.

— Il est sourd, dit-elle calmement avant de crier : Signor Ferretti, vous avez encore joué aux cartes toute la nuit ?

Alors que je trouve son humour douteux, mon mort se réveille en sursaut.

— *Bella di casa,* quand vous aurez mon âge, vous saisirez toutes les occasions de vous amuser ! dit-il en roulant les *r.* J'ai emménagé dans une maison de retraite où j'ai retrouvé d'autres Italiens, je passe mes nuits à jouer au *burraco,* ça vous requinque un homme ! Je suis prêt pour votre enfer de Dante. *Andiamo !*

Il disparaît dans la cabine et je me réfugie dans la musique de Charlie, bercée par la pureté incroyable de la voix du petit garçon qui chante. J'ai paniqué à tort, je suis plus vulnérable en ce moment. Quand la manipulatrice roule le vieil Italien hors de la cabine, il chantonne, ses mains noueuses battent déjà les cartes de la nuit prochaine.

— Vous êtes prête ?

J'acquiesce. Aujourd'hui je n'emmène pas la musique de Charlie dans le bunker, j'y pénètre avec ses soucis, ces choses qui ne s'arrangent pas pour l'instant, dont il refuse de parler, qui l'empêchent de revenir en Provence faire ta connaissance et la mienne. Et la vision d'une table de jeu autour de laquelle des hommes à l'accent mélodieux oublient tout le reste.

MERCREDI, 13 h 50

De Charlie à Mouette

— Ar Baradoz du pianiste breton Didier Squiban. Baradoz veut dire paradis.

Aujourd'hui je suis pile à mi-parcours, j'ai trois semaines et demie de rayons derrière moi et autant devant. Tandis que j'écoute la musique celtique, la fontaine à eau et la clinique s'effacent, l'océan roule dans mes oreilles, un groupe de rochers surgit des flots au milieu de la mer, une lumière luit derrière la fenêtre d'une maison blanche sur une lande battue par les vents...

De Mouette à Charlie, 13 h 55

— *Elle ressemble à cette musique, l'île de vos vacances d'enfant ?*

De Charlie à Mouette, 13 h 56

— *Oui. On vient d'y construire un Parcabout unique en son genre, un parc de marins fait de cordes et de nœuds, où on se balade librement dans des filets au-dessus du vide et où on peut dormir à ciel ouvert dans des nids en haut des arbres. Vous devriez y aller avec votre fille, elle adorera.*

De Mouette à Charlie

— *Vous pourriez nous le faire découvrir ?*

De Charlie à Mouette

— *Pourquoi pas ?*

Sa réponse vague me déplaît, ça ressemble à une fin de non-recevoir. Chaque jour à 13 h 55 il est là, je suis de plus en plus attachée à lui, pourtant chaque fois que j'avance il se dérobe et ne manifeste aucun désir de me rencontrer. La manipulatrice vient me chercher. J'ai presque oublié où j'étais.

JEUDI, 5 heures du matin

Je passe devant un accident sur la route des halles, les gyrophares trouent la nuit, des silhouettes courent partout, un énorme camion est renversé sur la chaussée, la Smart dorée encastrée dessous a l'air d'un jouet écrasé. Je conduis plus lentement après. Il suffit d'un rien. Les deux conducteurs croyaient sans doute que ça n'arrive qu'aux autres. Tu ne conduiras jamais une Smart dorée, ma Léa des bois, quand tu auras ton permis je t'offrirai un char d'assaut Leclerc. Moi aussi, je croyais que le cancer n'arrivait qu'aux autres.

J'y repense à 13 h 50 dans la salle d'attente en écoutant le choix de Charlie : « *Mister Paganini* d'Ella Fitzgerald ». La voix si spéciale se superpose aux gyrophares et aux tôles froissées, la personne qui conduisait la Smart dorée était forcément aimée par quelqu'un qui ne l'a pas vue revenir. Tu te réveilles dans la chambre à côté de la mienne et je te retrouve tous les soirs ma douce. J'ai des nouvelles de Charlie chaque après-midi, ses mélodies collent à mon quotidien, il fait désormais partie de ma vie. Je préfère ne pas penser à ce qu'il adviendra quand mon traitement sera fini...

De Mouette à Charlie, 13 h 55
— *Avant, vous faisiez quoi, à cette heure-là ?*
De Charlie à Mouette, 13 h 56
— *J'attendais de vous rencontrer.*
De Charlie à Mouette, 13 h 57
— *Non, je plaisante. Je digérais mon déjeuner.*

Si je fais un pas vers lui il recule, dès qu'il laisse tomber sa garde il se reprend et il met de la distance. Sommes-nous condamnés à ne fusionner que dans la musique ? Il y a quelque chose qui m'échappe.

En ce moment je suis plus émotive, plus anxieuse, plus irritable et plus fatigable. Est-ce cela qu'on ressent lorsqu'on vieillit et que le corps ne suit plus ? Le temps de la sidération est passé, j'étais sonnée, je me relève. J'accepte consciemment d'être brûlée chaque jour un peu plus. Je ne reste que le temps d'une photo mais ça bouillonne sous ma peau. J'ai acheté des soutiens-gorge sans armature, ceux d'avant me blessaient, ma peau est plus fragile. La porte du blockhaus se referme, je reste seule dans le grille-pain avec dans ma tête la voix d'Ella et dans ma mémoire le « j'attendais de vous rencontrer » de Charlie.

Malo

Raoul quitte la fromagerie en jetant un œil assassin à Malo qui parle avec un client devant le bar. Ils ne sont pas rivaux, Lucie n'appartient à aucun d'eux. Hier, il voulait lui conseiller *My Heart Belongs to Daddy* chanté par Marilyn Monroe, il a changé d'avis en se souvenant que son père a disparu dans la nature.

Lucie sort prendre le soleil, son col boutonné jusqu'en haut lui donne un petit air rétro assez excitant.

— Ce Raoul a vraiment une case en moins, avant il me draguait, maintenant il est presque agressif. Quelle mouche le pique ?

— Aucune idée !

Erwan arrive pour déjeuner et lance des miettes de pain sur le trottoir à un oiseau qui s'approche en sautillant.

— Malo, tu te souviens de Ju...

Malo le foudroie du regard et secoue la tête d'un air si furieux qu'Erwan s'interrompt sans comprendre. Lucie rentre dans son magasin.

— Qu'est-ce que j'ai dit ? souffle Erwan, effaré.

Malo l'entraîne à l'intérieur du bar.

— Charlie lui a parlé de Julie et de Groix, alors tu oublies tout ce qui concerne mon enfance. OK ?

Erwan lève les yeux au ciel.

— Il faut lui dire, Malo.

— Laisse-moi encore un peu de temps.

Lucie

CINQUIÈME SEMAINE

LUNDI, 13 h 55
De Charlie à Mouette
— *De Henry Purcell, King Arthur, Fairest Isle.*

Pour la première fois la magie ne fonctionne pas, je ne vibre pas! C'est indéniablement beau et pourtant ça ne m'émeut pas...

Je me sens triste, vide, très perturbée, transie. Je n'ose même pas écouter Caccini de peur d'avoir perdu le don miraculeux de l'apprécier. Je ne l'avoue pas à Charlie. J'espère de toute mon âme être à nouveau ensorcelée demain. J'entre dans le grille-pain en me sentant seule et abandonnée. Ce que je craignais depuis le début s'est produit. Je n'aime plus la musique et c'est aussi terrible que si j'étais brusquement devenue aveugle. Je tombe du tapis magique, je suis désarmée, et surtout je perds Charlie.

MARDI, 13 h 45
De Mouette à Charlie
— *J'ai une confession à vous faire. Pour la première fois je n'ai pas aimé la musique d'hier et ça m'a gâché la soirée.*
De Charlie à Mouette, 13 h 46
— *Rien n'est parfait, soupira le renard.*

Moi aussi j'ai lu Saint-Exupéry et j'adore ce passage, je peux même le citer de mémoire.

De Mouette à Charlie, 13 h 50
— *Rien n'est parfait, soupira le renard. Ma vie est monotone, je chasse les poules, les hommes me chassent. Toutes les poules se ressemblent, et tous les hommes se ressemblent.*
De Charlie à Mouette, 13 h 55
— *Toutes les musiques ne se ressemblent pas et c'est tant mieux ! De Schubert, le 2e mouvement du quintette en ut.*

Crispée des pieds à la tête, j'inspire lentement et à fond, je prends mon élan, je lance la musique... Et je sens avec délice les notes cavaler le long de mes veines comme une drogue familière, un shoot bienheureux, mes oreilles s'ouvrent à nouveau, je frémis, je ferme les yeux, j'ai retrouvé ma part manquante. Est-ce cela qu'éprouvent les hommes impuissants quand le désir les enflamme à nouveau ?
— C'est à vous !
Je m'allonge dans le blockhaus, je ferme les yeux, confiante, la mélodie bien à l'abri dans ma tête.

De Mouette à Charlie
— *C'est revenu. J'ai eu sacrément peur.*
De Charlie à Mouette
— *Moi aussi !*

JEUDI, 13 h 55
De Charlie à Mouette
— *L'Adagio du concerto pour clarinette A KV 622 de Wolfgang Amadeus Mozart.*

Alors que je suis pelotonnée dans la musique, Martin et sa femme entrent dans la salle. Elle a les yeux gonflés et le visage crayeux. Dès qu'elle disparaît dans la cabine, Martin me souffle :
— Vous vous souvenez de cette femme en robe rouge à pois

blancs ? Éliane a tissé des liens avec elle pendant sa chimio, depuis elles se téléphonaient tous les matins. Sa voisine vient de nous prévenir, elle est décédée cette nuit. Elle avait senti une boule dans son sein et elle a attendu trois ans pour consulter, vous vous rendez compte, trois ans ! Elle vivait seule, elle était au chômage, et elle est morte seule.

Je me demande si la voisine de Véro va rappeler tous ceux à qui elle racontait au téléphone qu'elle était en pleine forme, au top du top, et qu'elle croulait sous le boulot au bureau.

— C'est à vous !

Les manipulatrices savent-elles que Véro est morte ? Elles voient défiler tant de gens, elles n'ont pas le temps de s'attacher. Je ne bouge pas tandis que les rayons se focalisent sur leur cible. J'ai à peine connu Véro, mais sa disparition fait un trou dans mon cœur.

Mon téléphone sonne pendant que je me rhabille. C'est ton école. Tu as du mal à avaler et 39 °C de fièvre, ils veulent que je vienne te chercher. Je fonce.

Tu es en sueur, tu as les joues rouges et les yeux trop brillants, nous nous arrêtons chez le médecin qui diagnostique une angine blanche et te met sous antibiotiques. Tu te couches, tu es brûlante, j'apporte l'ordinateur devant toi et nous regardons une fois de plus ton émission préférée *Rendez-vous en terre inconnue*, où Frédéric Lopez emmène Charlotte de Turckheim au-delà du cercle polaire en Sibérie. Tu as moins chaud en voyant l'actrice superposer les couches de vêtements dans un igloo glacial.

Je te laisse dormir le lendemain matin, je passe rue de l'Église écrire sur notre ardoise que la fromagerie est fermée, puis je vaque à travers l'appartement en venant régulièrement vérifier que ton sommeil est paisible. Tu émerges des bras de Morphée à midi, je te fais chauffer de la soupe, tu replonges. Darius, dépêché par Seb qui l'a prévenu via le site, vient t'examiner. Je décide de sécher ma radiothérapie pour rester avec toi mais il s'y oppose. Je proteste, il insiste. Je m'énerve, il hausse le ton. Je me bute, il se braque. Je finis pourtant par céder à un argument aussi pervers qu'imparable : je dois rester en forme pour pouvoir te soigner. Darius me remplace à ton chevet tandis que je pars à la clinique en culpabilisant et en pestant.

J'entre dans la salle d'attente, renfrognée et hostile, la petite pièce est vide. J'écoute *Fly Me to the Moon* par Oscar Peterson, je pourrais décrocher la lune pour que ta fièvre tombe, ma toute petite douce, j'en ai marre de m'occuper plus de moi que de toi, ça a assez duré, j'en ai assez de ce toaster qui m'assassine la peau, de cette année pourrie, du mariage de Diane et Bertrand qui me ravirait si je n'étais pas forcée d'y assister, de ces musiques qui me mettent l'âme à nu, de ce Charlie qui chavire mon cœur en gardant ses distances.

De Mouette à Charlie

— *Une malade que je croisais régulièrement est morte hier. Ma fille a une angine et une fièvre de cheval, pas étonnant avec tout ce que je lui fais subir. Je ne sais même pas si ces rayons servent à autre chose qu'à me brûler, ils prennent un canon pour tuer une mouche et ils bousillent mes cellules saines en dommage collatéral. Et vous, vos problèmes, ça s'arrange, vous reviendrez un jour, ça ne me regarde pas, c'est ça ?*

De Charlie à Mouette

— *Votre fille est sûrement bien soignée. Vous avez fait le plus gros du traitement. Mes problèmes ne sont pas vitaux et vous ne pouvez rien pour m'aider mais merci de votre amitié.*

Amitié ? C'est donc de cela qu'il s'agit pour lui ?

Léa

Elle se sent dolente, tour à tour feu et glace. C'est doux d'être dorlotée par sa maman, de baisser sa garde et de se laisser soigner. Oublier le cancer, oublier Brian, flotter, légère. Un jour, c'est sûr, elle ira sur le cercle polaire, elle montera dans un traîneau tiré par des rennes, elle verra des ours, des lièvres arctiques et des perdrix des neiges.

— Léa, tu as une visite !

Elle se réveille en sursaut. Seb entre. Il parle d'Alberte qui est moins fringante que d'habitude. Il trouve Brian snob et vaniteux. Léa admet qu'à part ses vêtements de marque et sa coiffure cool Louis est un gros nul. Seb reste peu pour ne pas la fatiguer. Quand il part elle va beaucoup mieux.

Lucie

SIXIÈME SEMAINE

Tu reprends l'école lundi, tu n'as plus de fièvre et je n'ai plus que deux semaines de traitement. Je rassemble mon courage pour les séances qui restent, on y est presque, je ne vais pas craquer maintenant.

De Charlie à Mouette
— *Viens ! de Benjamin Godard chanté par le ténor Hervé Lamy.*

La voix me touche et la chanson m'apaise. Charlie n'est pas forcé de m'aimer, je me suis fourvoyée, c'est le meilleur ami que j'aie jamais eu, un ami pour la vie, tellement mieux qu'un amant de passage, je me le répète en boucle, je finirai bien par le croire.

Diane m'appelle l'après-midi alors qu'il y a foule au magasin, elle a réservé nos places de train pour le mariage samedi, je la rembourserai comme convenu. Tu n'as pas de tenue imposée, tu es la seule demoiselle d'honneur, il suffit que tu viennes en blanc.

— J'ai hâte d'y être ! souffle ma frêle grande sœur.

Moi, j'ai hâte de la voir heureuse et comblée, de voir maman satisfaite et joyeuse, et surtout d'être avec toi dans le train du retour. Nous essayons et choisissons nos tenues de mariage, je te trouve irrésistible.

De Mouette à Charlie, tard le soir

— *Ma sœur se marie ce week-end, je suis son témoin et je n'ai pas envie d'y aller. Vous avez des frères et sœurs ?*

De Charlie à Mouette

— *Une sœur. Moi, non plus je n'avais pas envie d'aller au mariage.*

MERCREDI

De Charlie à Mouette, 13 h 55

— *L'Ave Maria de Caccini chanté par Inessa Galante.*

Je l'écoute en ayant l'impression de trahir Sumi Jo, c'est différent mais tout aussi chamboulant.

Ricardo m'accueille avec sa chaleur habituelle, ce qui est logique pour un homme qui m'irradie allègrement. Ma peau se défend comme elle peut, elle réagit de plus en plus, mais il trouve ça absolument normal. Je bavarde avec Sandra, la clinique m'est désormais familière.

Tu as retrouvé tes forces, tes couleurs et Seb. Moi, je suis tendue et sur les nerfs à l'idée de monter à Paris, mais je ne peux me confier à personne, même pas à Charlie et surtout pas à toi. Je préviens mes clients que le magasin sera fermé samedi et dimanche. Darius stresse pour son examen qui a lieu lundi. Erwan ne plaisante plus avec moi comme avant. Malo a maigri. Et Charlie l'ami fidèle se terre toujours de l'autre côté de l'écran alors que je craque pour lui.

Tu n'as pas cours cet après-midi, tu vas chez Alberte avec Seb, je vous y retrouve le soir.

— Ne croyez jamais ceux qui vous disent que leur âge ne les gêne pas, me souffle Alberte. On a perdu ses parents et tant d'amis en chemin, on se réveille chaque matin avec mal partout, il faut se dérouiller et se mettre en route à la manivelle, mais une fois qu'on y est, sans blague, quel plaisir de filer sur la route !

Nous dînons ensemble, je la trouve fatiguée, je ne suis pas

non plus au mieux de ma forme, heureusement que ta gaieté et celle de Seb sont contagieuses.

VENDREDI

De Charlie à Mouette, 13 h 55

— *De Mina, une immense chanteuse italienne : Il cielo in una stanza.*

Un de mes fournisseurs des halles a eu des jumeaux, on s'est tous cotisés pour le cadeau. Une des caissières est morte d'une rupture d'anévrisme, on s'est tous cotisés pour les fleurs. Charlie m'offre une chanson qui, même si je ne comprends pas les paroles, est évidemment une chanson d'amour… mais il prend soin de m'exprimer son amitié pour ne pas que je me fasse des idées.

De Mouette à Charlie

— *Molto bello ! Exceptionnellement, je pourrai avoir une musique demain ? Les vieux démons seront de sortie, l'absence de notre père sera formidablement présente, notre mère sera dans sa bulle, quelques notes ne seront pas de trop.*

De Charlie à Mouette

— *Pourquoi y allez-vous si ça vous remue autant ?*

De Mouette à Charlie

— *Je ne laisse pas tomber ceux que j'aime.*

De Mouette à Corsica

— *Je pars avec Léa au mariage de ma sœur. Je vous ai trouvé mauvaise mine, reposez-vous.*

De Corsica à Mouette

— *J'aurai tout le temps de me reposer quand je serai six pieds sous terre. Malo m'a apporté du chocolat, il me plaît ce garçon, il mériterait d'être corse. Le Girafon a eu un déclic, il progresse de jour en jour. Darius aussi. Je vous ai trouvée tendue, vous aviez de nouveau votre voix d'angoisse.*

De Mouette à Corsica

— *Toujours quand je monte à Paris.*

De Mouette à Maldive et Hafez

— *Sans vous je n'aurais jamais tenu le coup.*

De Maldive à Mouette

— *Sans vous je n'aurais jamais rencontré Darius.*

De Hafez à Mouette

— *Sans vous je n'aurais jamais rencontré Maïli.*

Une cliente m'a commandé un grand plateau de fromages pour un anniversaire, je le prépare dans l'arrière-boutique, tu piques les étiquettes, je laisse la clef à Maïli qui le livrera dimanche matin. Tu écris sur l'ardoise « fermeture exceptionnelle, mariage familial ». Je ferme la porte. Malo est sur le seuil de son bar.

— Bon courage pour le mariage, j'ai été le témoin de ma sœur, on croit que c'est anodin mais ça remue.

J'acquiesce. Ce type est généreux et troublant, il gagne à être connu, je ne comprends pas pourquoi je ne peux pas m'empêcher de me méfier de lui. Il m'appelle alors que je rentre dans ma voiture.

— Lucie ?

— Oui ?

Je regarde ma montre, je dois encore acheter le dîner, repasser nos tenues de fête, téléphoner à Diane puis à maman séparément pour vérifier que tout roule.

— Oui ?

— Non, rien. Bon week-end !

Dans une semaine, j'aurai fini ma radiothérapie et ce sera un vrai bonheur mais j'ai peur du silence de Charlie. Je n'ai parlé de ses musiques à personne, elles m'ont aidée à tenir, c'est notre histoire, notre secret. Je vais avoir du mal à me passer des messages. Et je me sens incapable de me passer du messager.

Alberte

De Corsica à Mouette, tard le vendredi soir

— *Un jour, quand le temps aura passé, vous regarderez la terrible épreuve que vous avez traversée cette année comme un coup de poignard dans le contrat de la joie. J'ai regardé la ligne de vie dans votre paume gauche, celle qui commence entre le pouce et l'index, elle est brisée à la fin du premier tiers, puis elle continue jusqu'au poignet. Vous vivrez vieille, Lucie. Oubliez les fromages et les rayons demain, dansez, buvez, amusez-vous, aimez !*

Lucie

Le jour de Diane est arrivé. Ma sœur se marie ce matin à la mairie en comité restreint, la vraie fête est pour tout à l'heure. Nous prenons le train toi et moi avec chacune une petite valise, l'écossaise restera à jamais liée à la clinique. Ricardo a raison, la radiothérapie fatigue, je somnole pendant tout le voyage. Nous prenons le métro jusqu'à l'immeuble de mon enfance, je me blinde, je n'ai jamais compris pourquoi maman et ma sœur n'avaient pas déménagé.

— Tu es ravissante, Diane... La plus jolie mariée de la terre !

Une joie profonde m'envahit tandis que je serre ma grande sœur sur mon cœur en prenant soin de ne pas la décoiffer. Il existe des jeunes femmes plus belles mais aucune n'a cette lumière dans les yeux et cette soif de vivre. On a gagné ! Théo aurait adoré voir ça. Papa aurait dû voir ça. Maman va revivre son propre mariage, je suis inquiète pour elle mais elle surgit, délicieuse dans un tailleur bleu qui fait ressortir son regard. Ses yeux azur glissent sur les hommes depuis le départ de papa, elle ne les laisse pas approcher de sa tour d'ivoire, elle s'est murée en son château comme une princesse touchée par un mauvais sort, les arbres se sont écartés pour la laisser passer puis se sont refermés en l'empêchant à jamais de rebrousser chemin. Quel gâchis !

— Tu es très élégante, maman !

Elle tourne sur elle-même comme une petite fille fière de sa belle robe, gracieuse et douloureuse.

Nos voisins et amis Jean-Philippe et Marylou nous conduisent à l'église dans leur Espace familiale. Bertrand est allé dormir chez ses parents, tradition oblige, le marié ne doit pas voir la robe avant. Comme il passe toujours Noël dans l'Est avec sa famille, je ne l'ai pas revu depuis que j'ai quitté Paris pour Lyon, il y a une éternité. Nous entrons par l'arrière dans la sacristie. Je ne suis pas revenue dans cette église depuis ma communion solennelle, horrible souvenir, la compagne de classe trop émotive qui me suivait dans le rang avait vomi sur mon aube blanche, on m'avait promptement écartée et déshabillée, j'étais la seule en vêtements civils au milieu des autres qui ressemblaient à des anges, je me sentais mortifiée, privée d'ailes. Aujourd'hui elles sont solidement ancrées à mon dos, je suis l'ange gardien de ma sœur et de ma mère, et aussi le tien ma Léa des bois, un ange gardien constellé de morceaux de Scotch et de repères au feutre, mais grâce à Charlie je connais des musiques célestes, je suis vivante, c'est immortel un ange, je n'ai pas d'homme dans ma vie, c'est asexué un ange. C'est pour ça que je sais, en mon for intérieur, que Charlie ne peut pas être pour moi...

Je ne porte pas d'aube blanche mais une robe jaune sagement boutonnée jusqu'au cou. Ma tendre grande sœur, mon double avec la peau sur les os, s'avance dans sa robe de mariée faite sur mesure parce qu'elle est si mince qu'elle s'habille au rayon enfants et que les enfants ne se marient pas. Tu l'aides, délicieuse dans ton ensemble en lin blanc. Maman nous laisse pour aller de son pas dansant sur le parvis accueillir les invités. Dans trois quarts d'heure Diane prononcera le oui magique. Je repense aux histoires de Théo, *Ils se marièrent, ils vécurent heureux*... C'est ce que je souhaite à Diane, elle en a tellement bavé.

— Devine ce que j'ai choisi comme musique pour entrer dans l'église, Lucie ?

— Teresa ?

Elle opine.

Malo

La camionnette marron du bar à chocolats brave la circulation parisienne. Malo, en jean noir, pull rouille, veste et Converse noires, tient le volant. À sa droite, Erwan, en vareuse bleu ciel, pantalon de marin et chaussures de pont, se félicite de ne pas vivre au milieu de cet océan de voitures. C'est un véhicule commercial, il n'y a pas de banquette à l'arrière, Seb, en jean, sweat gris à capuche et baskets, est assis à même la carrosserie.

— On y est presque, promet Malo en négociant un virage sur les chapeaux de roues.

Ils ont quitté le Vaucluse ce matin, sur un coup de tête, après avoir lu les messages de Léa et de Lucie.

De Eskimo à Arobase

— *On part à Paris au mariage de ma marraine, messe à 16 heures à l'église Saint-Pierre puis soirée en péniche sur la Seine. Dommage que tu sois pas là, tu vas me manquer.*

De Mouette à Charlie

— *Je pars à Paris. Joie et détresse. J'ai une robe fermée jusqu'au cou pour cacher les repères du grille-pain. Et un bizarre pressentiment.*

— Pourquoi vous n'y allez pas ? a suggéré Maïli.

Ils ont souri, croyant qu'elle ne parlait pas sérieusement. Mais elle a insisté.

— Nous ne sommes pas invités, a fait remarquer Malo.

— Nous n'avons pas la tenue adéquate, a ajouté Erwan en montrant sa vareuse.

— Rien ne nous empêche d'entrer dans l'église Saint-Pierre à 16 heures, a tranché Seb.

Il y a quatre églises Saint-Pierre à Paris : celle du Gros Caillou dans le VIIe, celle de Montrouge dans le XIVe, celle de Chaillot dans le XVIe, celle de Montmartre dans le XVIIIe. Ils ont choisi au hasard l'église du VIIe. La camionnette s'engage dans l'avenue Bosquet, tourne rue Saint-Dominique, s'arrête dans l'impasse. Erwan se précipite pour vérifier. Malo et Seb attendent en silence. Erwan revient en secouant la tête.

— Pas de mariage aujourd'hui.

Ils consultent le plan. Saint-Pierre-de-Chaillot est tout près mais de l'autre côté de la Seine. Saint-Pierre-de-Montrouge est près de Denfert-Rochereau.

— Je veux voir le lion de Denfert, exige Erwan.

Tandis que la camionnette se réinsère dans le flot des voitures, il fredonne la chanson de Reggiani où la statue tremble sous son manteau de bronze vert.

Ils arrivent par l'avenue du Maine, il y a un attroupement devant l'église, c'est sûrement là. Une jolie mariée descend d'une voiture. Malo se gare sur une place de livraison, ils s'avancent tous les trois, cherchant des yeux Lucie et Léa au sein de la foule compacte. Malo s'adresse à un groupe de jeunes :

— Comment s'appellent les mariés ?

— Tristan et Clémence.

Ils cavalent vers la camionnette, si la bonne église est celle du XVIe ils ont encore une chance d'y arriver à temps, si c'est celle de Montmartre c'est fichu.

Ils se garent avenue Marceau. Une tour est accolée à la façade de l'église qui comporte trois porches. Erwan court se renseigner. Malo et Seb attendent, fébriles. Malo ferme les yeux un instant, vaincu par la fatigue, il a conduit toute la route. Seb remarque le curieux manège d'un homme qui épie l'entrée de l'église. Caché derrière un camion à benne, il avance le cou à intervalles réguliers. Seb fronce les sourcils.

— Réveille-toi, Malo, regarde le camion marqué Entreprise Rouberol, il y a un homme derrière, qu'est-ce qu'il fait?

Malo se frotte les yeux.

— Il surveille sans se faire voir.

— Si c'était le père de Léa? Il faut que j'aille lui parler. Ouvre-moi.

Malo, soudain intéressé, examine le type avec plus d'attention. Il imagine mal Mouette dans ses bras.

— Il est trop vieux, maugrée-t-il.

— Libère-moi, je veux y aller.

Malo sort et ouvre les battants arrière de la camionnette marron. Seb déplie ses longues jambes à l'extérieur au moment où Erwan revient. Ils sont au bon endroit Malo et Seb s'approchent en silence du camion et de l'homme embusqué.

— Qu'est-ce que vous regardez? demande Malo.

L'homme sursaute. Il a des traits réguliers, des cheveux poivre et sel, une expression angoissée, l'air las, ses yeux ont la couleur de l'eau dans les piscines.

— Vous m'avez fait peur! dit-il d'une voix étonnement basse.

— C'est la sœur de Lucie qui se marie, vous la connaissez? dit Seb.

L'homme secoue la tête mais ses yeux le trahissent. Seb cherche une ressemblance entre Léa et lui.

— J'ai été adopté, dit-il avec naturel. J'ignore qui sont mes vrais parents. Léa aussi ignore qui est son père et ça lui manque...

L'homme ne tressaille pas en entendant son nom.

— Qui est Léa?

— La fille de Lucie.

L'homme a un sourire étrange.

— Lucie a une fille? Je n'en avais aucune idée... Et toi, qui es-tu?

— Je suis le meilleur ami de Léa. Vous êtes son père?

L'homme aux yeux couleur d'eau secoue la tête.

— Pas celui de Léa.

Lucie

Maman et Bertrand prennent en charge les invités sur le parvis, je suis toujours dans la sacristie avec Diane et toi. Tu me souffles, un peu déçue :

— C'est moins joli que dans *Le Grand Meaulnes*...

J'admets que la fête est moins extraordinaire, mais aujourd'hui la mariée est là et les mariés repartiront ensemble. J'ignore où ils vont en voyage de noces. Je demande à ma sœur :

— Vous partez où ?

— Bertrand s'en est occupé, on va aux Maldives.

Tu échanges un regard avec moi. Nous leur parlerons du sandbank ce soir en voguant sur la Seine. La messe ne commencera pas avant dix minutes. La porte sur la rue de Chaillot s'ouvre. Je ne rêve pas ? Je n'ai pas d'hallucinations ? C'est bien Malo qui vient d'entrer ? Et c'est ton ami Sébastien qui le suit ?

Tu es plus rapide que moi.

— Qu'est-ce que vous faites là ?

— Je suis venu t'aider, te dit Seb.

— Vous êtes venus comment ?

— Dans la camionnette du bar, dit Malo. Il faut que vous me suiviez dehors, Lucie.

Il a des cernes sous les yeux et un regard bizarre.

— Je ne peux pas, ma sœur ne va pas tarder à entrer dans l'église.

— Venez, s'il vous plaît, c'est très important.

— Vous êtes gentil, mais...

— Faites-moi confiance, pour une fois, Mouette !

Il sait que j'ai pris ce pseudonyme sur le Site des Voisins mais l'entendre dans sa bouche me trouble. Parce qu'il a prononcé ce mot, j'accepte de le suivre.

— Vous allez être très émue. Préparez-vous à avoir un choc...

Je lui emboîte le pas, surprise mais absolument pas inquiète. J'aperçois Erwan de face de l'autre côté de la rue, en grande conversation avec un homme aux cheveux poivre et sel que je vois de dos.

— Jolie vareuse, dis-je à Erwan.

Son interlocuteur se retourne. Je me mets à trembler si fort que Malo met la main sur mon épaule.

— Bonjour, Lucie.

Instinctivement, je m'appuie sur Malo. Je reconnais sa voix basse, je reconnais ses mains, je reconnais sa façon de jouer avec la chevalière qu'il porte au petit doigt. La dernière fois que je l'ai vu, j'avais onze ans moins un jour

— Il paraît que tu as une petite fille ?

Ses premiers mots sont pour toi. Je lève une main pour le repousser, pour lui interdire de prononcer ton prénom, il n'en a pas le droit. L comme Laurent, L comme lâcheur, L comme larmes. Papa a le même visage que dans mon souvenir, mais il me semble plus petit parce que j'ai grandi et plus vieux parce que ses cheveux ont blanchi.

— Je n'ai pas osé entrer dans l'église. Si tes amis ne m'avaient pas parlé je crois que je serais reparti. Je suis désolé, Lucie...

Je frissonne de tout mon être. Sa voix me chamboule. J'ai autant envie de me jeter dans ses bras que de le frapper. Je croyais le détester, j'étais persuadée de ne plus avoir une miette d'amour pour lui, je hais de toute mon âme le salaud qui nous a plaquées, mais j'aime encore l'homme qui se tient devant moi.

— Comment as-tu su ?

— Bertrand m'a écrit.

J'en reste bouche bée. Bertrand lui a écrit. Sacré cadeau de noces. Il est devant moi, à ma merci. Je peux lui demander où il vit, comment, avec qui, si c'est mieux qu'avec nous. Je peux lui dire mon amour pour toi, lui parler de mon cancer, de ma peur avant l'opération, de mon ganglion courageux, du bunker et du grille-pain grandeur nature dans lequel je pénètre chaque jour depuis six semaines, des musiques de Charlie et du Site des Voisins. Je peux lui raconter Véro, Éliane, Meg ou le vieil Italien qui joue aux cartes la nuit. Je peux lui décrire les souffrances de Diane et la fuite de maman dans un univers irréel. Je peux l'injurier, le chasser, le traiter de tous les noms, le mettre plus bas que terre, le blesser à mort, le détruire. Je peux l'embrasser et me blottir dans ses bras. Au lieu de ça, je dis :

— Théo est morte.

Il hoche la tête.

— Je sais, chérie.

Le bon père de famille qui nous a laissées tomber au moment où on avait le plus besoin de lui m'appelle chérie et je ne hurle pas, parce que ce jour ne m'appartient pas, c'est le jour de Diane. Cette pensée m'empêche de commettre l'irréparable, le virer ou l'étreindre. C'est son mariage, c'est à elle de décider.

Tu sors de la sacristie, tu me cherches, tu traverses la rue, tu regardes avec curiosité l'homme inconnu auquel je parle.

— Léa, ce monsieur est mon père.

Tu écarquilles les yeux. Il te salue d'une courtoise et digne inclination de la tête, il me saluait ainsi autrefois et le monde s'éclairait. Il a éteint la lumière en disparaissant, je me suis retrouvée dans le noir si longtemps, jusqu'à ce que tu rallumes ma vie en venant au monde, ma douce.

— Je suis très honoré, Léa, dit-il.

Sa voix me serre le ventre. Tu es plus sage que moi, tu ne te laisses pas prendre au piège de sa séduction.

— Pourquoi vous êtes parti ?

Ta question me brûlait les lèvres. Les yeux de papa filent d'un côté puis de l'autre sans trouver de sortie de secours.

— C'était trop dur. Je n'avais pas la force. Je n'étais pas un héros mais un homme ordinaire.

Les émotions affluent, mes poings se serrent, je me retiens pour ne pas crier ma rage. Nous non plus on n'avait pas les épaules, et pourtant on ne s'est pas enfuies en courant comme des poulets sans tête. On a eu mal, on a eu peur, on a été broyées et déchirées, mais on est restées debout. Aujourd'hui c'est la fête parce que nous avons fait face toutes les trois. Le gel nous a transies, la tempête nous a balayées, on a tenu bon en s'encordant les unes aux autres. Papa a quitté la cordée de son plein gré.

Je le fixe, je pourrais le fixer pendant des siècles.

— Il est presque quatre heures, Mouette, dit Malo.

J'acquiesce.

— Quand tu étais petite, dit papa, je t'appelais ma mouette rieuse et j'appelais Diane mon moineau dans la lune. Tu te souviens ?

Je le dévisage, stupéfaite. J'ai l'impression qu'il parle de quelqu'un d'autre. Je n'ai aucun souvenir qu'il m'ait jamais surnommée ainsi.

Je réponds, d'une voix sourde :

— Diane est dans la sacristie.

Je rentre en premier pour amortir le choc. Diane est là, touchante et si belle dans sa robe de princesse.

— Bertrand a voulu te faire une surprise, Diane.

Elle me dévisage, sceptique.

— Il a invité papa. Il est venu pour toi. Il est ici.

Je m'efface. Papa s'avance. Les yeux de biche de Diane se remplissent de larmes. Je chuchote, affolée :

— Ton rimmel est waterproof?

Nous n'avons pas vu notre père depuis vingt ans et je me préoccupe du maquillage de ma sœur.

— Bertrand m'a téléphoné, dit papa de cette voix basse et chaude qui nous rassurait tant jusqu'au jour où il s'est barré.

— Il t'a retrouvé comment? dis-je. J'ai appelé les renseignements, j'ai regardé dans l'annuaire, sur Google, sur Facebook, partout...

— Tu as regardé en France. Je vis en Italie, j'ai pris l'avion à Rome ce matin, je repars tout à l'heure.

Bertrand n'avait aucune raison de penser que papa vivait en Italie. Il l'a cherché dans le monde entier. Charlie n'avait aucune raison de me faire découvrir une chanteuse italienne hier. Le hasard n'existe pas. Papa se tourne vers Diane.

— Je suis venu te proposer de te conduire à l'autel.

Le visage de Diane s'éclaire lentement, son sourire relève les coins de sa bouche puis prend lentement possession de son visage entier, elle est transfigurée. Une joie profonde m'envahit. Puis nos yeux se croisent et nous avons la même pensée au même moment.

— On ne peut pas infliger ça à maman..., murmure la mariée sur un ton désolé.

Papa encaisse. Diane ne veut pas se venger, elle énonce juste une vérité. Elle adorerait entrer dans l'église à son bras mais c'est impensable. Seb chuchote quelques mots à ton oreille. Tu suggères :

— On ne peut pas faire ça à grand-mère, par contre vous pouvez ouvrir le bal ensemble comme dans les films.

Nos regards incrédules convergent vers toi. Tu précises :

— C'est la même chose que le sandbank. Vous ne pourrez pas danser ensemble ce soir sur la péniche, mais qu'est-ce qui vous empêche de le faire maintenant ?

Papa ne peut pas comprendre l'allusion pourtant il réagit le premier. Il s'incline devant Diane :

— Tu veux bien m'accorder cette danse ?

Diane hésite. Le temps presse. Maman risque d'arriver à tout moment. Je lis dans les yeux de ma sœur qu'elle est comme moi partagée entre la haine et l'amour. Il s'est enfui, il l'a abandonnée, mais aujourd'hui il est présent.

— J'ai toujours aimé *Le Beau Danube bleu*, murmure-t-elle.

Papa l'enlace et ils se mettent tous les deux à tourner au son de la valse qui joue dans leurs têtes. C'est un moment surréaliste, hors du temps. L'église est remplie d'invités qui attendent tandis que dans la sacristie la jolie mariée trop mince valse avec son mauvais père au son d'une musique qu'ils sont seuls à entendre.

Malo me tend la main et me tutoie pour la première fois :

— Tu danses ?

Je secoue la tête, ce n'est pas mon jour mais celui de ma sœur. Il insiste :

— Allez, Lucie, j'ai quelque chose d'important à te dire.

Il a un regard magnétique. J'accepte. Il danse bien, je me laisse guider.

— Ton père ne ressemble pas au mien, dit-il.

— Le tien est un triste sire qui t'a pesé, le nôtre est un déserteur qui nous a manqué. C'est vraiment gentil de ta part d'être venu accompagner Sébastien. Léa a besoin d'amitié.

— Pas toi ?

Je souris, gênée, en pensant à Charlie. Papa et Diane s'arrêtent de danser, papa s'approche et m'enlace tandis que Malo commence à valser avec toi et que Diane reprend son souffle. Papa a la même eau de toilette qu'autrefois et le visage frappant d'un homme en souffrance. Je ne lui pardonne pas et je ne comprends pas mais je danse avec lui, ce qui aurait été inconcevable avant ma maladie. J'ai tourné le dos au passé, révisé mes priorités, chamboulé mes certitudes.

— Ton ami a l'air de quelqu'un de bien, ma mouette.

— Tu m'appelais vraiment comme ça? Malo est juste un voisin.

— Il te regarde comme un homme amoureux, Lucie.

J'esquive.

— Tu t'es remarié? Tu as une autre famille? D'autres enfants?

Il secoue la tête, il vit seul.

— Tu vas parfois à l'Opéra?

Il acquiesce.

— Tu es heureux?

— Non. Et toi, Lucie?

Je ne réponds pas. Nous ne dansons pas sur le pont du *Titanic* mais dans la sacristie. Je ne lui parle pas de mon cancer. Il ne me demande pas qui est ton père.

— Je n'ai aucune excuse, dit-il.

Ce n'est pas une justification. Il ne quête pas notre absolution. Nous nous sommes reconstruites, sa défection l'a laminé. Les déserteurs sont condamnés par contumace.

— Tu n'es pas parti à cause de moi, n'est-ce pas?

Ma question est absurde mais il fallait que je la pose.

— J'ai failli revenir pour toi. Théo m'a dit que tu t'en sortais bien.

Je suis si surprise que j'arrête de danser.

— Tu avais gardé le contact avec elle ? Elle ne me l'a jamais dit !

— Elle me l'avait promis. Je regrette tellement, Lucie...

Le monde n'est pas fait de héros et de zéros mais d'humains tout à tour blâmables et courageux. Je ne me sens plus abandonnée, je me sens infiniment lasse.

— Je ne suis pas heureux, mais je l'ai été aujourd'hui de danser avec mes deux filles, dit-il avant de s'écarter.

Il se dirige vers Diane, lui prend le bras et s'avance avec elle vers la porte fermée qui donne sur l'église.

— Je vais être obligé de t'abandonner là.

Le mot abandonner flotte dans l'air, y laissant un parfum de tristesse, ce ne sera pas la première fois.

— Je te souhaite beaucoup de bonheur avec ton mari, dit-il en la lâchant juste devant la porte.

— Tu repars en Italie ?

Il incline la tête. Il recule dans l'ombre. Elle pousse la porte. La voix enregistrée de Teresa Berganza s'élève dans la pénombre de l'église.

Diane s'avance seule dans l'allée, son bras droit arrondi porte encore en creux le poids du bras de papa. Tu marches derrière elle avec grâce, un bouquet rond et blanc à la main. Bertrand vous attend devant l'autel, il n'a pas changé depuis douze ans, un peu forci peut-être. Tu ne lui ressembles pas à proprement parler mais tu tiens de lui, ma Léa des bois, j'ai toujours été étonnée que personne ne s'en soit rendu compte. J'avais dix-huit ans la nuit où tu as été conçue, je venais de passer mon bac, c'était l'anniversaire de Diane, Bertrand et elle n'étaient encore que des amis et elle l'avait invité à sa soirée. Il avait trop bu, je l'ai quitté au petit matin, il n'en a gardé aucun souvenir, nous n'en avons jamais reparlé, c'était la première fois que je le voyais. Diane m'a annoncé qu'elle l'aimait le jour où j'ai appris que j'étais enceinte. Elle souriait pour la première fois depuis des années, elle avait à nouveau faim et envie de vivre. Si je lui avais dit que j'attendais un enfant de Bertrand, ça l'aurait tuée. Je n'ai pas voulu te priver de père, ma toute petite douce, mais je n'avais pas le choix. Je suis à ma manière aussi fautive et coupable que papa. J'ai limité les dégâts, j'ai cru que je pouvais t'aimer assez fort pour deux. Je pensais vous dire la vérité quand Diane cesserait d'aimer Bertrand, je ne pouvais pas deviner que je serais un jour leur témoin...

Maman regarde Diane avancer avec toi vers Bertrand, elle découvre le groupe disparate qui émerge de la sacristie à votre suite, Malo en jean et Converse, Sébastien en jean et baskets, Erwan en vareuse de marin et chaussures de pont, moi qui ferme la marche. La porte qui donne sur la rue se referme avec un claquement.

Je souffle à Malo :

— Je vais m'asseoir près de ma mère au premier rang. On se voit tout à l'heure, vous venez faire la fête sur la péniche avec nous ?

Il me dévisage avec une expression bizarre et ces mots ahurissants sortent de sa bouche :

— De Charlie à Mouette, ton nez est mille fois plus joli que le bec de Julie.

J'hallucine. Une sueur froide m'envahit. Je flageole. Il m'attrape le bras en me regardant avec insistance et tendresse. Je flotte, je ne sais plus où j'en suis, je suis stupéfaite et sûrement cramoisie.

— C'est le livre de Roald Dahl *Charlie et la Chocolaterie* qui m'a donné l'idée de mon pseudo. Sébastien est venu pour Léa. Moi, je suis venu pour toi.

Il me lâche pour rejoindre Erwan et Seb dans leur travée. Hébétée, je mets mécaniquement un pied devant l'autre. Je m'assieds au premier rang à côté de maman qui se penche vers moi :

— Le jour de mon mariage j'avais une robe de rêve, incroyable, ivoire teintée de rose, avec un voile aussi léger que le vent sur la mer.

Maman est restée coincée dans la forêt enchantée. Bertrand vit dans son monde de chiffres. Diane prend aujourd'hui pied dans la réalité. Je suis devenue adulte le jour de ta naissance, ma douce. Malo ne peut pas être Charlie, c'est inconcevable. Charlie ne peut pas être Malo, c'est inimaginable. Je me retourne. Je l'aperçois dans le fond au milieu d'une marée de visages connus et inconnus. Charlie n'a pour moi ni corps, ni regard, ni mains, ni sexe, il est ces lettres d'amour en musique qui m'ont accompagnée dans le blockhaus, il est ces messages provocants et pétillants qui ont séché mes larmes et tempéré ma panique, il est mon frère d'armes et mon compagnon de quart. Malo est mon voisin, un type beau et intense mais un étranger. Je ne peux pas les superposer.

— Luciiiiiie !

Maman me donne un coup de coude. Je sors de ma torpeur. On en est déjà à l'échange des consentements, à la bénédiction, aux alliances. La cérémonie continue, je replonge dans ma léthargie.

— Psssttt, mamaaaaan ?

On nomme les malades des patients même s'ils sont impatients, et les pratiquants d'une religion des fidèles même s'ils sont infidèles. Les fidèles s'avancent dans la rangée centrale pour communier. Tu me demandes si tu dois les imiter. Je secoue la tête. Théo connaît, désormais, la part de Dieu et la part des hommes. Je remercie Dieu de toute mon âme, c'est le moins que je puisse faire. Je ne suis plus fâchée contre lui, je n'en veux plus à mes parents de s'être défilés chacun à sa manière, je ne m'en veux plus. Charlie a raison, il faut être en paix avec le passé pour aller vers l'avenir, il faut avoir été triste pour entendre la musique, il faut être en paix avec soi-même pour la supporter.

— Luciiiiie !

Diane m'appelle. Les témoins doivent signer le registre. Je m'exécute, je remplis avec tendresse mon office de témoin du bonheur de ma sœur. Tu n'as croisé ton père qu'une fois il y a des années et il ne s'est rien passé, ma Léa, la voix du sang n'a pas hurlé dans le silence, tout ça ce sont des foutaises. Tu te tiens à quelques mètres de lui, vous n'avez que l'ADN en commun, rien d'autre. Il faut dire la vérité aux enfants, oui, mais cette vérité-là ne m'appartient pas, elle balaierait ma sœur et elle ne te rendrait pas un père. Je te la dirai peut-être un jour, maintenant que Diane et Bertrand sont mariés la donne change. Je ne suis pas plus parfaite que papa, ma petite douce, me le pardonneras-tu ?

Le parvis de l'église est noir de monde. On me reconnaît, on me salue, je te présente. Je retrouve des cousins éloignés, des amis de nos parents ou de Diane. Bertrand fend la foule pour m'embrasser.

— Diane m'a raconté, j'ai eu une bonne idée, hein ? Je n'en ai parlé à personne avant, je n'étais pas sûr qu'il viendrait.

Je te cherche des yeux. Tu es à l'écart avec Sébastien, tout va bien pour vous.

— Il y a trop de gens, soupire Bertrand.

Pour lui qui vit en ermite au milieu de ses chiffres, ce mariage est une épreuve. Je me glisse au côté de ma sœur.

— Bertrand t'a fait le plus joli des cadeaux... ça va ? Tu tiens le coup ?

Elle opine. Je ne lui ai jamais vu un regard aussi apaisé. J'ajoute :

— *Carmen* était un excellent choix pour ton entrée. Tu crois vraiment que l'amour est un oiseau rebelle ?

C'est bon de l'entendre rire. La vareuse d'Erwan intrigue maman, je le lui présente.

— Vous êtes marin, monsieur ?

Il répond qu'il est mateloteur, elle rétorque qu'elle est coloriste, ils en ont pour un moment à s'expliquer leurs métiers. Je ne vois plus Malo nulle part, j'ai beau scruter la foule, il a disparu. J'ai réglé mon iPhone sur le mode vibreur pendant la messe, il tressaute au fond de mon sac et la vibration se transmet par les anses jusqu'à ma main. Ce n'est pas un message de Charlie à Mouette sur le Site des Voisins mais un SMS, un message personnel de Malo pour Lucie : *De Malo à Lucie, Misty chanté par Ella Fitzgerald.*

Tout va bien pour ceux que j'aime, tu es avec Seb, Diane est avec Bertrand, maman parle à Erwan. L'homme qui appartient au passé retourne en Italie, ma colère est tombée, j'ai juste le sentiment d'un stupide gâchis, le revoir m'a libérée, je peux tourner la page. Je m'écarte du groupe, je mets mes écouteurs, je me connecte à Internet, je me réfugie dans la brume d'Ella. Soudain la main de Charlie se pose sur mon épaule. La bouche de Malo s'approche de mon cou. Mon cœur bat la chamade. Nous ne pourrons plus revenir en arrière. Je ne pourrai plus dire qu'il m'est indifférent, que le courant ne passe pas. Charlie me fait pivoter et pose ses lèvres sur les miennes. Malo m'embrasse avec passion, je découvre la douce chaleur de sa bouche. Pendant les six dernières semaines, chaque musique qu'il m'a envoyée annonçait cette étreinte.

La péniche quitte le quai et commence à naviguer sur la Seine, la noce est joyeuse et le champagne Mercier rosé coule sans parcimonie. Quand Diane ouvre le bal avec Bertrand, la foule bruisse et frémit : « Son père n'est pas là, la pauvre. » Diane s'en fiche, elle a valsé avec l'homme d'Italie dans la sacristie, elle a marché à son bras vers Bertrand. Maman parle toujours avec Erwan, leurs deux cœurs cabossés se seraient-ils trouvés ? Elle écoute, fascinée, ce prince charmant senior qui vogue sur la mer. Tu es avec Sébastien dans la cabine de pilotage, on vous confie la barre le temps de quelques minutes enivrantes.

Les rocks succèdent aux valses, les slows prennent le relais, je suis Mouette qui danse avec Charlie, je suis Lucie qui danse avec Malo. Alberte me connaît depuis peu et mon père ne m'avait pas vue depuis longtemps mais ils ont raison, je n'avais pas bien regardé Malo. Vivre c'est prendre le risque de mourir, de souffrir et d'aimer. Tu mimes la façon dont tu as tenu la barre. Bertrand, quelques mètres plus loin, joue les capitaines pour faire rire Diane. Malo est à côté de moi, nous t'avons en ligne de mire au premier plan avec Bertrand juste derrière. Les similitudes sont flagrantes. Cela passe par les gestes et les mimiques, cela tient à l'intensité, à la poésie intérieure. Diane et maman ne peuvent pas s'en rendre compte, pour elles Bertrand est trop lié à ma sœur. Tu sors sur le pont avec Seb.

— Tu ne l'as jamais dit à personne ? demande Malo.

— Dit quoi ?

Alors qu'il va répondre, Bertrand se plante devant moi.

— Je souhaite danser avec ma belle-sœur, c'est envisageable ?

Nous entrons en piste. Diane, entourée d'amis, se repose à une table. C'est le jour des vérités assenées et des abcès crevés, Bertrand va-t-il me parler de toi ? Non, il me remercie de tout ce que j'ai fait pour Diane. Je l'ai vu moins souvent que les doigts d'une main et pourtant il m'a offert deux cadeaux inestimables : toi, il y a onze ans, papa, tout à l'heure. Je vérifie :

— Vous vivez ensemble depuis des années, pourquoi vous marier ?

— Pas pour fonder une famille en tout cas. Si tu savais tous les gens qui m'ont posé la question ce matin ! J'ai toujours été mal à l'aise avec les enfants, même quand j'en étais un, heureusement Diane ne peut pas en avoir. Je me sens plus en confiance avec les chiffres.

Il vient de m'offrir un troisième cadeau sans prix : j'ai eu raison de me taire.

Le bateau glisse devant Notre-Dame illuminée. Malo me rejoint sur le pont et ôte sa veste pour m'en couvrir les épaules.

— Personne n'a jamais deviné, Lucie ? C'est pourtant évident.

Je vérifie que personne n'est à proximité.

— Nous parlons de la même chose ?

— Nous parlons du mari de ta sœur qui est le père de ta fille. Lui non plus ne sait pas ?

Je secoue la tête. J'ai quitté Paris il y a douze ans parce que nos morts et nos vivants plus morts que vifs me tiraient vers le fond, parce que j'étais enceinte de toi, et parce que ton père sauvait la vie de ma sœur.

Après la place de la Concorde qui brillait de mille feux, nous longeons les quais ponctués de tentes de SDF.

— Vous avez pris une chambre d'hôtel ?

Dans la précipitation ils n'y ont même pas songé.

Tard dans la nuit, la péniche s'amarre au quai et la noce s'éparpille J'ai dansé, bu, grignoté, je suis épuisée. Tu es pimpante, un vrai vif-argent. Bertrand et Diane prennent l'avion tôt demain matin, je leur raconte le sandbank.

— Tu as l'air fatiguée, s'inquiète ma sœur, tout va bien Lucie ?

Rien ne doit assombrir la fête.

— Je suis en pleine forme et infiniment heureuse pour vous deux.

— Ton homme me plaît, souffle-t-elle. Vous êtes ensemble depuis longtemps ?

Si je lui réponds depuis ce soir elle ne me croira pas. Les mariés s'en vont les premiers. Erwan veut continuer à discuter avec maman, je la préviens que je ne passerai pas la nuit chez elle, ce qui la laisse libre de l'inviter si elle le désire. Je ne suis jamais allée à l'hôtel à Paris puisque j'y vivais. Nous partons à pied le long des quais sous la voûte étoilée, Malo, Sébastien, toi et moi.

— Voilà ce qui s'appelle marcher au petit bonheur, dis-je.

— Au petit bonheur du jour, ajoute Malo en montrant le soleil qui se lève.

Nous entrons dans un hôtel au hasard, le veilleur de nuit n'a plus que deux chambres, une avec un lit matrimonial, une avec deux lits séparés. Je prends la matrimoniale pour toi et moi, Malo et Seb occuperont l'autre. Ils n'ont pas emporté de valise, les nôtres sont chez maman, c'est le dernier de nos soucis. Nous nous séparons sur le palier.

— Tu crois qu'Erwan va dormir chez grand-mère, maman ?

— Peut-être. On dit que les mariages sont propices aux rencontres.

Je me déshabille et je me glisse sous la couette, il fait plus froid qu'en Provence.

— J'ai oublié de demander un truc à Seb...

Tu disparais sans me laisser le temps de réagir. Je me pelotonne sous la couette, je me tourne vers la fenêtre, *Le Beau Danuble bleu* me trotte dans la tête, je me revois valsant avec mon père puis avec Malo. La porte s'ouvre.

— Ce que vous aviez à vous dire ne pouvait pas attendre demain, Léa ?

— Ce n'est pas Léa, fait la voix de Malo.

Je me retourne d'un bloc. Tu l'as fichu dehors pour rester avec Seb. Je me redresse en remontant la couette jusqu'à mon menton. Malo s'assied souplement en tailleur sur le lit.

Le désir rend ses yeux plus verts, ses boucles noires sont emmêlées, il a gardé son jean et son pull rouille, il est pieds nus. Il prend mon visage entre ses mains avec une infinie douceur et se penche vers ma bouche. J'ai envie de fondre dans ses bras mais c'est impossible. La cicatrice de mon sein est trop visible, celle qui barre mon aisselle est rouge et boursouflée, une partie de mon sein et une portion de mon bras sont devenues insensibles, j'ai l'impression d'avoir échangé mon corps contre celui d'une autre. Je suis bardée de scotchs. Je suis brûlée et bicolore.

— J'ai des papiers collés sur la peau à cause de la radiothérapie, je suis couturée et un peu cuite, je ne peux pa...

Il met un doigt sur mes lèvres pour m'empêcher de parler. Son regard ressemble aux notes des musiques de Charlie et aux mots de ses messages. Je n'y lis nulle pitié, seulement du désir. Il descend très lentement la couette sous laquelle je suis nue, son geste est d'une sensualité affolante. Il découvre mes balafres. Il promène sa langue sur mon sein gauche blanc puis effleure délicatement mon sein droit brun du bout des lèvres.

— Tu es africaine d'un côté et européenne de l'autre, tu résumes le monde...

Nous nous embrassons avec passion, nos langues se font plus avides, je me débats avec la fermeture Éclair de son jean, il m'attire sur lui. Nous nous connaissons par cœur, si nous nous trompons ce sera irréparable. J'ai envie de lui, éperdument, douloureusement. Il prend soin de ne pas décoller mes scotchs, il navigue entre les écueils pour réveiller mon corps, il va le rechercher à la consigne de la clinique et il me le rend. J'aime son odeur et sa saveur. Nous roulons, enlacés, ma peau renaît, la sienne vibre.

— De toi à moi, de moi à toi..., dit-il d'une voix rauque.

Je n'avais pas demandé au Dr B. et au Dr V. quand je pourrais refaire l'amour, ce n'est plus la peine, j'ai la réponse, à bout de souffle, à bout de cœur.

Nous restons longtemps emmêlés, essoufflés et heureux.

Il caresse mon sein rescapé, ses doigts suivent la démarcation entre le brun et le blanc, là où le faisceau des rayons cesse de me bombarder.

— On dirait que tu as été frôlée par un ange, dit-il.

Il m'a laissé la trace de son battement d'ailes.

Léa

Ils ont parlé très tard puis se sont endormis tout habillés. Quand elle se réveille, Sébastien est déjà debout et regarde par la fenêtre.

— Tu es une vraie marmotte ! J'ai super faim.

— J'ai trop bien dormi...

Elle saute sur ses pieds, regarde l'heure. Ils descendent prendre le petit déjeuner, Seb fait honneur au buffet, Léa se contente de céréales. Sa maman et Malo les rejoignent, ils ont des cernes sous les yeux et ils sourient.

— Vos enfants ont fini, vous prenez du thé ou du café ? dit la serveuse.

Léa et Seb échangent un regard complice. Pour en arriver là il a fallu deux déménagements, des centaines de connexions Internet, un rhume de hanche, des fautes d'orthographe, de la confiance, des cauchemars, une peur panique, trois lieux de culte, un sandbank dans une salle de bains, des mensonges, de l'espoir, des rires, des larmes, un Brian, un Louis, de l'amitié et un Site des Voisins.

Lucie

Pour en arriver là, il a fallu une peur abyssale, une Famozoizo, des centaines de connexions Internet, des analyses, un bistouri, des rayons, un secret, des mensonges, de l'espoir, du chocolat, des fromages, des rires, des larmes, des pères, de l'amour et un Site des Voisins.

Je téléphone à maman, elle est en train de savourer des pancakes avec Erwan.

— Nous avons discuté toute la nuit, ça m'a rappelé mes années d'étudiante ! Vous devez vraiment repartir aussi tôt ? Il ne peut pas rester au moins la journée ?

Pour une fois qu'elle s'amuse, nous convenons qu'Erwan prendra le train avec mon billet cet après-midi. Je rentre en voiture avec Malo, tu t'installes avec Seb à l'arrière de la camionnette marron, nous vous entendons rire et chahuter. Demain, j'entame mon ultime semaine de radiothérapie. La voiture file sur l'autoroute ensoleillée. Nous ressemblons à une famille. Je consulte ma montre. Il est 13 h 55 et aujourd'hui la musique de vos voix me suffit. Nous nous arrêtons dans une station-service prendre de l'essence, boire un café et nous dégourdir les jambes. Je me connecte sur le site par habitude.

— Maïli a livré mon plateau de fromages ce matin, j'avais complètement oublié ! Darius s'est tordu la cheville, il ira passer son examen demain avec des béquilles. Alberte... c'est quoi, ça ?

Je lis à haute voix le message :

De Corsica à Mouette

— *Mon cardiologue insiste pour que je fasse un bilan à l'hôpital. Je peux vous demander d'héberger Pinzutu pour quelq...*

— Elle s'est arrêtée au milieu du mot mais elle a quand même expédié le message ! Est-ce qu'elle a eu un malaise ?

Je lui téléphone, ça ne répond pas. J'ai le numéro de son propriétaire mais évidemment je l'ai laissé à la maison. Je lui écris sur le site, je suis si anxieuse que mes doigts effleurent les mauvaises touches de l'écran tactile et débordent sur les lettres d'à côté.

De Mouette à Corsica

— *Appelez-moi surt mon poirtable viyte.*

Mon téléphone reste muet.

— Prévenons Darius !

Ça sonne dans le vide, souvent quand il est avec Maïli ils coupent leurs portables. Erwan est à Paris. Je ne peux pas déclencher les secours sur une simple présomption, Alberte a peut-être juste fait une mauvaise manipulation, si j'appelle les pompiers, qu'elle est sortie et qu'ils défoncent sa porte elle risque d'avoir vraiment un infarctus. Les parents de Sébastien sont au laboratoire. Pas question de demander un service à Raoul. Nous connaissons des tas de gens du quartier mais nous ignorons leurs noms ou leurs adresses. C'est encore une fois le Site des Voisins qui nous sauve.

De Mouette à Paris Hilton

— *C'est une urgence, une amie du site a peut-être eu un malaise, vous êtes en ligne ?*

Nous fixons le petit écran comme si c'était le Graal.

De Paris Hilton à Mouette

— *Elle habite où ?*

Je lui donne l'adresse du pigeonnier et mon numéro de portable, je précise qu'Alberte a quatre-vingts ans, que son chien s'appelle Pinzutu et qu'il est gentil. Nous repartons. Mon mauvais pressentiment est revenu. Vous ne riez plus, derrière.

— La semaine dernière, elle a consulté des sites de pompes funèbres sur Internet, murmure Sébastien. Elle a dit que quand on naît corse, on meurt corse.

Malo appuie sur le champignon. Un radar nous flashe. On s'en fiche.

Paris Hilton, qui s'appelle en réalité Aurélie, rappelle au bout de trois quarts d'heure. Elle est montée au pigeonnier, elle a sonné et frappé en vain. Elle entendait Pinzutu gémir et aboyer à l'intérieur. Elle a appelé les pompiers qui ont enfoncé la porte.

— J'ai une très mauvaise nouvelle...

Alberte est morte sur son balcon, près de ses oliviers. Son ordinateur était encore allumé, elle a dû se sentir mal et sortir prendre l'air.

— Je me charge du chien jusqu'à votre arrivée.

Plus besoin de foncer. La camionnette du bar à chocolats poursuit sa route vers le Vaucluse, ses quatre occupants pleurent.

Alberte n'a cessé de vivre ni dans le grand lit où ses parents ont rendu l'âme, ni sous la couette aux cœurs rouges de la mezzanine. Elle croyait que la mort ne connaissait pas son adresse en Provence mais elle a retrouvé sa trace. Alberte n'avait pas de pacemaker, elle n'est pas morte vivante comme elle le craignait. Dans la housse de son vieux corps ridé et tatoué, elle était toujours la jeune fille enthousiaste qui s'était avancée sur l'estrade soixante ans plus tôt pour prendre en charge sa première fournée d'élèves.

Le reste de la journée se perd dans une avalanche d'actes administratifs et de décisions hâtives. Tout est plus compliqué parce que nous sommes dimanche. Alors que Diane et Bertrand s'envolent pour l'océan Indien, nous choisissons le capiton et le bois d'un cercueil et nous joignons la famille et les amis d'Alberte. Darius avec ses béquilles et Maïli sont là aussi. Paris Hilton a dix-huit ans, le rimmel a coulé sous ses yeux de biche trop maquillés, c'est son premier contact avec la mort. Nous récupérons Pinzutu. J'étais si heureuse ce matin, l'atterrissage est rude.

Erwan nous rejoint. Il reste fidèle au souvenir de sa femme, maman a réintégré son conte de fées et retrouvé les couleurs de sa table à dessin, on n'est pas au pays des Bisounours, leurs vies se sont entrelacées vingt-quatre heures, ils ont navigué de concert, leurs routes se séparent mais chacun en sort ragaillardi.

Le chagrin et l'émotion nous terrassent, Malo rentre chez lui, je prends Pinzutu à la maison dans un premier temps, il connaît les lieux, il sera moins désorienté. Il se dirige vers ta chambre et se couche au pied de ton lit, tu replies tes jambes pour ne pas le gêner. Il ne joue pas avec sa balle, il n'agite pas la queue, il accepte nos caresses, il écoute nos voix, il pose sa tête sur ses pattes et il reste là, triste et immobile. Mardi matin, il y aura une cérémonie funèbre ici, à l'église du quartier. Le corps partira pour la Corse mercredi, la messe et l'enterrement au village auront lieu jeudi.

De Charlie à Mouette, dimanche soir, minuit

— *On ne peut rien faire de plus. La musique du jour, c'est la mélodie d'Alberte. Je pense à toi. Tu me manques.*

Lucie

SEPTIÈME SEMAINE

LUNDI

Je t'envoie à l'école, c'est ce qu'aurait voulu Alberte. Darius passe son examen aujourd'hui. J'ai si peu le cœur à aller dans le grille-pain que j'oublie presque ma séance, Malo s'en doute et me la rappelle.

Je me connecte sur le site avant d'entrer dans le bunker.

De Charlie à Mouette, 13 h 55

— *Du groupe corse I Muvrini : A Cursita. Je n'arrive pas à croire qu'elle n'est plus là. Elle aurait mérité d'être bretonne.*

La chanson est bouleversante, impossible de garder les yeux secs.

Un des scotchs est tombé pendant que je faisais l'amour avec Malo, la manipulatrice le replace et s'inquiète en voyant mes joues mouillées.

— Ça ne va pas, madame ?

Je vais bien. Mais j'ai tellement de chagrin que notre vieille amie ait enfin tout le temps de se reposer. Ma peau cloque, elle pleure à sa façon.

Léa

MARDI

Léa était en blanc pour sa marraine, elle est en noir pour Alberte. C'était son premier mariage, c'est son premier enterrement.

Diane a dû batailler ferme pour que le prêtre de Paris accepte de passer le disque de Teresa Berganza au lieu de la marche nuptiale. Le prêtre du Vaucluse est plus cool, il a accepté la présence de Pinzutu et de Max à condition qu'on ne les voie pas et qu'on ne les entende pas. Seb et Léa sont dans le fond de l'église, chacun tient une laisse, les chiens sont immobiles, les oreilles aux aguets. Ange, le propriétaire du pigeonnier, est à côté d'eux. Seb a annoncé la mort d'Alberte sur les blogs et les sites corses des environs, l'église est pleine. Meg est venue avec son mari et leurs deux enfants. Les témoignages se succèdent, un jeune homme s'avance vers le pupitre et explique qu'il a voyagé à côté d'Alberte dans l'avion et qu'il lui a parlé du Site des Voisins. Karim décrit sa première prise de contact avec un ordinateur au cybercafé et réussit à faire sourire tout le monde. Une ancienne élève qui travaille au ministère de l'Éducation nationale annonce qu'une pétition a été lancée pour que son nom soit donné à une école de l'île.

— Plus personne ne m'appellera Le Girafon. J'ai pas envie de monter sur l'estrade, mais chaque faute d'orthographe que j'éviterai sera grâce à elle, souffle Seb.

Léa, les joues baignées de larmes, hoche la tête en caressant

Pinzutu. Sa maman et Malo sont au premier rang avec Darius, Maïli et Erwan.

Après la célébration, tout le monde se retrouve au bar où Malo offre une tournée générale de chocolat chaud. Lucie hume celui de Léa puis le repose. Le nom d'Alberte est sur toutes les bouches. Un vieux Corse lève son verre de chocolat et chante une chanson que d'autres reprennent en chœur. Les voix montent de la foule, Léa ne comprend pas les paroles mais l'émotion passe. Paris Hilton explique à Meg qu'Alberte avait l'air de dormir, que son visage avait une expression apaisée. Pinzutu surveille la porte.

Lucie

MARDI

Je quitte le bar à regret. Dans quatre séances, je pourrai enfin retirer les scotchs mais Alberte ne sera pas là pour s'en réjouir avec moi.

De Charlie à Mouette, 13 h 55

— *De Gustav Mahler, l'adagietto de la symphonie n° 5, du film Mort à Venise.*

Tu es trop jeune pour aimer le film de Luchino Visconti, ma douce, tu auras tant de choses merveilleuses à découvrir. Alberte avait la sagesse et la connaissance, tu as la fougue et la curiosité. Où est-elle à présent ? Si le paradis existe, on y trouve forcément une association corse.

Ma peau s'ulcère comme si j'étais restée au soleil sans protection à l'heure la plus chaude et que je réitérais stupidement cette erreur chaque jour. Je ne suis plus du tout présentable, heureusement que Malo n'a pas vu ça.

La fromagerie et le bar sont fermés, tu es à l'école avec Seb. Malo m'aide à ranger le pigeonnier, toutes les affaires d'Alberte tiennent dans une valise. Karim vient nettoyer l'ordinateur, Santa ne trouvera aucune trace informatique du passage de notre amie mais elle a marqué nos cœurs et le Site des Voisins est en deuil.

Nous dînons tous à la maison, Maïli a préparé des nems, Darius du riz en croûte à l'iranienne sur lequel chacun verse un jaune d'œuf cru, tu as confectionné un far breton avec Seb, Malo et Erwan, Aurélie qui se joint à nous pour la première fois a apporté un énorme paquet de M&M's. Je sors le *casgiu merzu*, le fromage aux asticots que j'avais acheté pour Alberte. Seuls Malo et Darius y goûtent. Nous discutons jusque tard dans la nuit, repoussant le moment de nous séparer comme si nous dire au revoir allait rompre le lien qui nous retient encore à Corsica.

Malo repart avec les autres. Pinzutu te suit vers ta chambre. Je ne peux pas l'emmener à la fromagerie, il souffre de la solitude. Malo a son chat, ils s'étriperaient. C'est trop petit chez Darius et Maïli. Erwan est allergique aux poils. Je n'ai pas promis à Alberte de garder son chien mais je me suis engagée à lui trouver un bon foyer, il faudra que je m'en occupe.

MERCREDI

De Charlie à Mouette, 13 h 55

— *Aujourd'hui pas de musique mais des mots, pas de notes mais des paroles. Charlie va s'effacer et disparaître. Je m'appelle Malo. Et je reste.*

Sandra me prévient que le Dr V. me verra vendredi après mon ultime séance de rayons. Je suis de plus en plus rôtie mais je ne vais pas flancher la dernière semaine.

De Mouette à Charlie

— *Je m'appelle Lucie. Et je suis là.*

En rouvrant le magasin j'ai un irrésistible besoin de musique, j'allume la radio et je change de station jusqu'au moment où je tombe sur Radio Classique. À l'heure où Alberte prend le bateau pour rentrer définitivement chez elle, Olivier Bellamy passe un des vingt-six préludes de Chopin en disant que le compositeur préférait commencer plutôt que finir. Alors que la dernière note retentit, Maïli entre en courant, radieuse : Darius a réussi son examen, il va redevenir chirurgien.

JEUDI

Alberte a été enterrée ce matin, la procession a suivi son cercueil à pied depuis l'église jusqu'au cimetière. Le maire est allé de groupe en groupe faire signer la pétition pour l'école à son nom, l'inspecteur qui l'a décorée des Palmes académiques y a même apposé son paraphe.

De Mouette à Charlie, 13 h 55

— *Merci pour cette main posée sur mon épaule pendant cette épreuve. Merci pour Caccini et les mélodies de chaque jour. Merci de m'avoir présenté Malo.*

De Charlie à la Mouette au plumage bicolore, 13 h 56

— *Merci de n'avoir pas perdu courage. Merci de m'avoir cru quand je t'ai dit que tu allais t'en sortir. Des Beatles, Lucy in the Sky with Diamonds.*

Ma peau est à vif et part en lambeaux, j'ai l'air de m'être endormie devant une lampe à bronzer.

Malo dîne à la maison avec toi et moi puis nous promenons Pinzutu ensemble. Nous faisons un détour pour éviter la rue d'Alberte mais il tire sur sa laisse. Tu entoures son cou de tes bras, tu lui chuchotes quelque chose. Il accepte de nous suivre. En bas de chez nous, tu dis comme une évidence :

— Il faudra refaire une clef pour Malo et graver notre numéro de téléphone sur la médaille de Pinzutu.

Tu as donc décidé que nous serons désormais quatre. Pinzutu et Bidule apprendront à cohabiter, ils n'ont pas le choix, chacun d'eux est un héritage sacré. Malo monte à l'appartement avec nous, je dormirai en tee-shirt pour cacher ma peau blessée jusqu'à ce qu'elle se régénère. Vous me laissez la salle de bains en premier. Quand j'en ressors, protégée par du coton blanc, vous m'annoncez en chœur que demain vous m'accompagnez à ma dernière séance de rayons.

— Seb viendra aussi, maman, tu nous feras un mot pour l'école.

VENDREDI, 14 heures

La dame blonde de l'accueil n'est pas là. Nous descendons dans la petite salle d'attente. Je rentre pour la dernière fois dans le blockhaus en repassant l'*Ave Maria* de Caccini dans ma tête. Puis je salue les manipulatrices et je leur offre du chocolat pour les remercier. Elles se sont montrées bonnes envers moi mais j'espère bien ne jamais les revoir.

Nous passons dans la grande salle remplie d'inconnus. Je repense à Éliane et à Martin, à Meg et à ses enfants, à Pull Poussin, à Casquette Rouge et à sa mère, à Véro, aux jeunes femmes musulmanes, au signor Ferretti, à l'amant de chou d'amour, à tous ces étrangers que j'ai rencontrés depuis ton anniversaire et qui ont fait si intimement partie de ma vie.

Sandra me fait signe. Je me lève, vous m'emboîtez le pas, elle vous décoche un large sourire. Nous rentrons tous les quatre dans le petit bureau. Ricardo nous salue avec sa courtoisie habituelle.

— Votre fils vous ressemble, me dit-il en regardant Seb.

Tu lui précises gentiment :

— Ce n'est pas son fils.

— Mais toi, tu as le regard de ton papa, te dit-il avec assurance.

— Léa est ma fille mais Malo n'est si son père ni mon mari, dis-je.

Malo se tourne vers moi :

— Je ne suis pas son père mais elle pourra toujours compter sur moi. Je ne suis pas ton mari mais je t'aime et si tu y tiens ça peut s'arranger.

Je n'en crois pas mes oreilles. Même Ricardo est décontenancé.

— Je rêve ou tu viens de me faire une déclaration dans le sous-sol d'une clinique d'oncologie... dans le bureau de mon radiothérapeute... dans le lieu le moins adapté, le moins romantique, le moins...

Malo me coupe la parole.

— Ils t'ont sauvée, Lucie. Pour moi cet endroit est plus adéquat et plus romantique que la tour Eiffel, l'Empire State Building ou tous les sandbanks des Maldives.

J'ose poser à Ricardo la question qui me taraude :

— Quelles sont mes chances de guérison ?

Il me dévisage, étonné.

— Vous avez eu un cancer *in situ*, pris à temps, presque en amont. Vous devriez être absolument tranquille.

— Vous pouvez répéter ?

Il hoche la tête.

— Votre cancer était complètement enfermé dans sa gangue, localisé, non infiltrant, non invasif. Vous ferez deux contrôles par an pendant cinq ans, une fois avec le Dr B. couplé à une mammographie, une fois avec moi. Puis un seul contrôle par an jusqu'à la fin de votre vie. Il ne devrait plus vous causer de problèmes.

J'ai un peu le vertige. Ce séisme inattendu et inconcevable ne m'a pas balayée. La maladie ne m'a pas coupé les ailes, je peux à nouveau voler haut, j'ai de nouveau toute la vie devant moi. Une femme sur huit en France risque de développer un cancer du sein, j'ai été cette femme-là. Nous sommes des statistiques, nous rentrons dans des cases, pourtant chacune de nous est un cas unique, à part, original. Véro est morte, Éliane a perdu ses cheveux et un sein mais elle guérira, Meg a besoin d'aide psychologique mais elle s'en sortira, Alberte a gagné vingt ans de plus et des tatouages. Famozoizo m'a sauvé la vie, le Dr B. s'est envolé par-dessus l'obstacle comme sa fille, Ricardo a exaucé mon vœu.

Il détache enfin mes scotchs, en rentrant à la maison je prendrai mon premier vrai bain depuis sept semaines, finis les douches et le parcours du combattant pour me laver sans risquer de décoller ces fichus repères. Je ne m'immergerai pas tout de suite dans la mousse à cause de mon sein brûlé, mais ce n'est que partie remise.

Je remercie le Dr V. et Sandra, à eux aussi j'offre des chocolats. Voilà, c'est fini. Je reviendrai seulement pour les contrôles. Mon nom ne figure plus sur le calendrier, mon dossier est classé, je reprends ma liberté.

Nous ressortons tous les quatre de la clinique Sur le trottoir d'en face, les fantômes de Véro et d'Alberte nous disent adieu en agitant la main avant de disparaître.

Le destin est comme un pécheur qui lance son filet en haute mer. Certains sont pris dans la nasse, d'autres passent à travers les mailles du filet, ils sont libérés par leurs ravisseurs, ils survivent au crash, ils émergent des tôles froissées, les médecins et les chirurgiens les sauvent. Michèle H., Nicole V., Didier B. et Jacques V. m'ont sortie du filet et rejetée à la mer. Je file vers les eaux calmes, je l'ai échappé belle.

— On ira remercier tous les dieux chez eux maman ?

Je hoche la tête. Il faudra que nous ayons une longue conversation à ce sujet, toi et moi.

Je me souviens de cette chanson : « On dort les uns contre les autres mais au bout du compte on se rend compte qu'on est toujours tout seul au monde. » Je me souviens de ces mots de Charlie, au tout début : « Quel que soit le résultat, on sera là. » Je me souviens de Théo : « Je ne sais plus quel est notre degré de parenté mais je sais qu'on s'aime. » Je me souviens de Darius : « Si je devais choisir un cancer pour la femme que j'aime, je choisirais celui-là. » Je me souviens d'Alberte : « On vit beaucoup mieux après... quand le temps aura passé vous regarderez cette terrible épreuve comme un coup de poignard dans le contrat de la joie... j'ai regardé la ligne de vie dans votre paume gauche, vous vivrez vieille. » Je me souviens de Maïli : « Enjoy. » Je me souviens de la sagesse, de la force et de la beauté de l'*Ave Maria* de Caccini et de toutes les musiques de Malo qui m'ont servi de tapis volant et de sabre laser. Je me souviens de ton sandbank dans notre salle de bains, ma toute petite douce. Je me souviens de tes dieux et du dieu de Théo. Je me souviens du coup de boule de Seb. Je me souviens du parfum du chocolat. Je me souviens de Diane marchant seule vers Bertrand et de maman bavardant avec Erwan. Je me souviens du bonheur-du-jour et de tous les petits bonheurs de chaque jour. Je me souviens de l'amour avec Malo, de ses doigts caressant la démarcation entre le brun et le blanc et de sa voix murmurant que j'ai été frôlée par un ange. Je me souviens de la valse dans la sacristie avec papa et de sa question à laquelle je n'ai pas répondu. S'il me la reposait, je dirais : Oui.

Malo marche devant nous. Tu racontes une histoire à Seb. Je m'arrête pour vous regarder, et puis je me connecte au site.

De Charlie à Mouette
— *De Louis Armstrong : What a Wonderful World.*

Tu regardes par-dessus ton épaule et tu me souris.

2009

Le temps qui reste

(...)

Je l'aime tant, le temps qui reste...
Je veux rire, courir, pleurer, parler,
Et voir, et croire
Et boire, danser,
Crier, manger, nager, bondir, désobéir
J'ai pas fini, j'ai pas fini
Voler, chanter, partir, repartir
Souffrir, aimer
Je l'aime tant le temps qui reste
(...)
Je veux des histoires, des voyages...
J'ai tant de gens à voir, tant d'images...
Des enfants, des femmes, des grands hommes,
Des petits hommes, des marrants, des tristes,
Des très intelligents et des cons,
C'est drôle, les cons ça repose,
C'est comme le feuillage au milieu des roses...

Combien de temps...
Combien de temps encore ?
Des années, des jours, des heures, combien ?
Je m'en fous mon amour...
Quand l'orchestre s'arrêtera, je danserai encore...

Quand les avions ne voleront plus, je volerai tout seul...
Quand le temps s'arrêtera...
Je t'aimerai encore
Je ne sais pas où, je ne sais pas comment...
Mais je t'aimerai encore...
D'accord ?

Serge Reggiani, Jean-Loup Dabadie

Merci

À Bernard Barrault et Françoise Delivet

À Michèle Huet, Nicole Voillemot, Didier Bourgeois, Jacques Vilcoq, Luc Rotenberg, Mireille Villejoubert, Sandra Partouche, Philippe Soyer, Emmanuel Barranger, Geneviève Wolmark

À Teresa Berganza, Sumi Jo, Odile Descols, à Élodie Fondacci, Denisa Kershova et Olivier Bellamy de Radio Classique

Au verre de Marqués de Cáceres et à la glace à la vanille avec la pâte de spéculos, la gelée de piments et la confiture de figues du restaurant Les Feuilles libres

À Myriam, Renata, Noëlle et Jean, Yveline, Sylvie O., Christine, Catherine B. Catherine F. Catherine R., Sophie, Jean-Philippe et Marylou, Vincent Anne et Esther, Sylvie et Joël, Evelyne et Pierre, Valérie et Jean-Charles, Valérie Véro et Katia, Aurore, Christianne, Nicole, Behzad, Silvia, Isabella, Alberto et Lori, Sandra et Achille, Didier et Michelle, Jean-Pierre et Monique, Marie-Amélie et Mathilde, Guillaume H. de Puerto Cacao, Caroline et Sylvaine de Clinique, Christiane C., Claude H., Janine B., Martine S., Laurent Fialaix

Et évidemment à Uriel.

Musiques

Giulio Caccini, l'*Ave Maria* chanté par Sumi Jo
Erik Satie, *Gymnopédie n° 1*
Georg Friedrich Haendel, *Eternal Source of Light Divine*
Antonio Vivaldi, *Nisi Dominus*
Ray Charles, *Georgia on my Mind*
Giacomo Puccini, *O mio babbino caro*
Antonin Dvorak, le largo de la *Symphonie du Nouveau Monde*
Samuel Barber, l'*Adagio*
Vincenzo Bellini, *Norma*, « Casta Diva », chanté par Maria Callas
Jacques Brel, *La Quête*
Ludwig van Beethoven, *Ah Perfido*
Alfredo Catalani, *La Wally*
Gioacchino Rossini, *Cats Duet*, chanté par Teresa Berganza et Elena Obraztsova
Suo Gan, BO de *L'Empire du soleil*, de Steven Spielberg
Didier Squiban, *Ar Baradoz*
Ella Fitzgerald, *Mister Paganini*
Henry Purcell, *King Arthur*, « Fairest isle »
Franz Schubert, 2e mouvement du *Quintette en ut*
Wolfgang Amadeus Mozart, l'adagio du *Concerto pour clarinette A KV 622*
Oscar Peterson, *Fly Me to the Moon*
Benjamin Godard, *Viens !* chanté par Hervé Lamy
Giulio Caccini, l'*Ave Maria*, chanté par Inessa Galante

Mina, *Un cielo in una stanza*

Georges Bizet, *Carmen,* « L'amour est un oiseau rebelle », chanté par Teresa Berganza

Ella Fitzgerald, *Misty*

I Muvrini, *A Cursita*

Gustav Mahler, l'adagietto de la *Symphonie n° 5*

Les Beatles, *Lucy in the Sky with Diamonds*

Louis Armstrong, *What a Wonderful World*

La photocomposition de cet ouvrage
a été réalisée par
GRAPHIC HAINAUT
59163 Condé-sur-l'Escaut

Cet ouvrage a été imprimé
en février 2010 par

FIRMIN-DIDOT

27650 Mesnil-sur-l'Estrée

Dépôt légal : mars 2010
N° d'édition : 50377/01. – N° d'impression : 98823.

Imprimé en France